中國語言文字研究輯刊

十一編

許錟輝 主編

第7冊

語言接觸與漢語詞匯、語法問題研究

張文 著

花木蘭文化出版社

國家圖書館出版品預行編目資料

語言接觸與漢語詞匯、語法問題研究／張文 著 -- 初版 --
新北市：花木蘭文化出版社，2016〔民105〕
序2+目4+280面；21×29.7公分
（中國語言文字研究輯刊 十一編；第7冊）
ISBN 978-986-404-734-5（精裝）
1. 漢語語法
802.08 105013765

ISBN-978-986-404-734-5

中國語言文字研究輯刊
十一編 第七冊 ISBN：978-986-404-734-5

語言接觸與漢語詞匯、語法問題研究

作　　者　張　文
主　　編　許錟輝
總 編 輯　杜潔祥
副總編輯　楊嘉樂
編　　輯　許郁翎、王筑　美術編輯　陳逸婷
出　　版　花木蘭文化出版社
社　　長　高小娟
聯絡地址　235 新北市中和區中安街七二號十三樓
　　　　　電話：02-2923-1455／傳眞：02-2923-1452
網　　址　http://www.huamulan.tw 信箱 hml 810518@gmail.com
印　　刷　普羅文化出版廣告事業
初　　版　2016年9月
全書字數　236539字
定　　價　十一編17冊（精裝）台幣42,000元

語言接觸與漢語詞匯、語法問題研究

張文 著

作者簡介

張文，北京大學博士，中國社會科學院博士後，曾留學美國加州大學聖塔芭芭拉分校，目前在中國政法大學人文學院中文系工作，主要研究領域爲漢語史、法律語言。在《古漢語研究》、《語言教學與研究》、《語言學論叢》、《歷史語言學研究》、《寧夏大學學報》等刊物發表學術論文多篇。主持中國博士後科學基金第 56 批面上資助（2014M561142）、中國博士後科學基金第八批特別資助（2015T80187）和中國政法大學 2016 年校級科學研究青年項目（16ZFQ74001）等項目。

提　要

本研究對語言接觸對漢語詞彙和語法演變所起的作用問題進行了專題研究。在漢語的發展歷程中，主要出現過兩次異質語言的影響。第一次是中古譯經語言的影響，梵文佛典文獻通過譯經者影響漢語，產生了帶有梵文等譯經原典語言特徵的佛經譯文。第二次是金元時期阿爾泰語對漢語的影響，出現了類似阿爾泰語的「漢兒言語」。本研究著重討論這些特殊歷史時期的語言面貌，藉以窺知語言接觸對漢語詞彙和語法演變所起的作用。本書主要討論了如下問題：討論語言接觸對漢語詞彙的影響。選取受語言接觸影響有代表性的歷史時期——魏晉南北朝時期和元代進行具體研究，展現這兩個特殊歷史時期語序的基本面貌。在漢語雙及物構式的歷時演變研究的基礎上，討論賓語居前是 OV 型語言對 VO 型語言影響的主要表現特徵之一。在「來」的個案研究的基礎上，討論動詞居後是 OV 型語言對 VO 型語言影響的主要表現特徵之一。在「除……外」個案研究的基礎上，討論受語言接觸影響的疊加式的重疊與歸一問題。以「V 給」的特殊句法表現爲個案，探究 OV 型語言對漢語「V 給」的句法表現的影響，進一步體現了 OV 型語言對 VO 型語言影響所帶來的語言演變。

序

張文的《語言接觸與漢語詞彙、語法問題研究》即將由花木蘭文化出版社出版，應她的要求，我在書前面寫幾句話。

張文曾在北京大學攻讀博士，2013 年得到博士學位後，又到中國社會科學院語言研究所攻讀博士後，指導老師是曹廣順先生，在學習期間，得到曹廣順先生的悉心指導。她的出站報告《語言接觸與漢語詞彙、語法問題研究》得到評審專家的一致好評。現在出版的這本書是在她博士後出站報告的基礎上修改而成的。

語言接觸是近年來語言研究的一個熱點，關於語言接觸對漢語的影響，已經有不少人進行了研究，寫了很多文章。以語言接觸爲題來寫出站報告，不乏參考的依據，但也帶來一個難題：作者有什麼創新？如果僅僅是以前研究的綜述，其價值就不大了。

這部書從詞彙和語法兩個方面進行討論，兩個方面都有創新。

在詞彙方面，一般談語言接觸對漢語的影響總是談外來詞。這確實是語言接觸產生影響的一個重要方面，但沒有深入到詞彙結構和詞彙系統層面。張文的著作中指出，語言接觸對漢語詞彙影響的一個重要的方面是使漢語固有詞彙（特別是功能詞）發展出新的義項和用法；語言接觸還影響到漢語的構詞法，使得疊音、疊義、附加構詞法都表現出新的形式，使漢語固有構詞法功能擴展或顯化；漢語一些固有的構詞法在語言接觸中獲得了更高頻的使用。這就比原先的研究深入了一步。

在語法方面，張文的著作重點探討了語言接觸對漢語語序的影響。她抓住了 OV 型語言賓語居前，動詞居後的特點，深入考察了幾種重要的句式受語言接觸的影響。如雙及物構式，這是她博士論文做過的題目，在這部著作中放到語言接觸的角度進行研究，更加擴大了視野，注重漢語歷史發展中的地域因素，比較了現代西北方言、普通話和南方方言和漢語史上雙及物構式的異同，探討語言接觸的影響。又如從「給予」到「使役」到「被動」的演變，指出 $V_{給}$發展出使役義、處置標記和被動標記用法的一個重要句法環境是「$V_{給}$+乙+V」結構，而這種結構（如「世尊故衣，勿與我著」）是漢譯佛典中受語言接觸而發展起來的。再如，「重疊與歸一」是曹廣順先生在研究語言接觸時提出的一個重要論點，在張文的著作中，對「除……外」這種重疊形式做了細緻的研究，探討語言接觸對這種格式的影響。在做這些研究時，作者一方面收集了大量語料，另一方面閱讀了大量理論著作，做了深入的理論思考。

本書在結語中指出，研究語言問題，要重視內外因相結合的研究視角。

張文是一個很有希望的青年學者，她勤奮，好學，視野開闊，思想敏捷，有理論意識和創新意識，這些都是做學問的重要條件。這部書是她在兩年博士後的學習中，在導師指導下刻苦努力的成果。希望她在這部專著出版後能繼續前進，聽取專家和讀者的意見，對書中的粗疏失誤之處加以修改，同時，從事更多的課題研究，取得新的進步。

蔣紹愚

2016 年 7 月

目次

符號表

Adj－形容詞（Adjective）	PL/Plur－複數（Plural）
Adv－副詞（Adverb）	Po－後置詞（Postposition）
AORIST/AOR－不定過去時（Aorist）	PP－介詞短語（Preposition Phrase）
ART－冠詞（Article）	Pre/Pr－前置詞（Preposition）
ASP－體貌（Aspectual）	PRET－已完成過去時（Preterite）
COMP/CPL－完成貌（Completive）	PTCPL－分詞（Participle）
DAT－與格（Dative）	R－與事（Recipient）
Dem－指示代詞（Demonstrative）	RE－內容（Relative）
DIR－方向格（Directional）	REC－互指（Reciprocal）
ERG－作格（Ergative case）	REFL－反身（Reflexive）
G－領屬格（Genitive）	Rel－關係化成分（Relativizer）
Intens－程度詞（intensifier）	RL－現實情態（Realis）
M－標記（Marker）	S/SUBJ－主語（Subject）
N－名詞（Noun）	SG－單數（Single）
Num－數（Number）	St－基準（Standard）
O/OBJ－賓語（Object）	T－客事（Theme）
OBL－旁格（Oblique）	TA－對象（Target）
P－受事（Patient）	TRANS－及物（Transitive）
PASS－被動（Passive）	V－動詞（Verb）
PST－過去時（PAST）	1,2,3－第一、二、三人稱

第一章　緒　論

1.1　研究範圍和研究對象

本研究擬系統探究語言接觸對漢語詞彙和語法演變的影響作用。對於詞彙的討論，主要集中在構詞法、外來詞以及某些功能詞上。對於語法的討論，主要限定在對語序問題的討論上。這是因爲，Thomason（2001）指出最容易移借的語言成分首先是詞彙，其次是語序。Dryer（1992）指出世界語言中語法特徵的擴散最普遍地體現在語序上。根據 Thomason（2001）的借用層級理論，語序借用在強度不高的接觸（Slight more intense contact）階段就可以出現。本研究主要集中在詞彙和語法（主要是語序研究）兩個方面。本文擬解決的關鍵問題如下：

（一）展現受語言接觸影響的特殊歷史時期，如魏晉南北朝時期和元代的漢語語序面貌。通過比較展現受語言接觸影響的特殊語料與純粹漢語材料語言的不同特點，兼顧詞彙和語法兩個方面。

（二）系統探討語言接觸對漢語影響的主要表現特徵。

（三）探討由於語言接觸的作用力所帶來的漢語的變化。

漢語在歷史發展過程中受到了佛經語言和阿爾泰語言的影響是肯定的，但其具體機制有待深入探討。

1.2 研究回顧

一、語言接觸與詞彙問題研究

有關詞彙比較及詞語變化機制的理論研究。如：朱冠明（2008）《移植：中古佛經翻譯影響漢語的一種方式》指出在佛經翻譯中，譯師由於自己母語的影響，在類推心理機制的作用下，會把母語中某個詞的意義或用法強加給漢語，從而導致漢語詞義或用法的改變。這種作用給漢語語法也造成了影響，比如「自」的領屬語用法就來自譯師的「移植」，由此使得漢語反身代詞「自己」得以產生。

不同性質語料詞彙的比較研究，如：胡敕瑞（2002）把《論衡》與東漢佛典詞語進行了比較研究。揭明了兩種材料詞彙上的異同。通過不同性質語料的對比討論了詞語變化的機制問題。書中所討論的詞語變化的機制有填補空格、類推創新、拉鏈推鏈等，詞義發展的途徑有引申、相因生義、格式同化、感染、反流等。汪維輝（2010）《〈百喻經〉與〈世說新語〉詞彙比較研究》一文選擇具有「共時地域性」的《百喻經》和《世說新語》進行比較研究，認爲總體而言，《世》的詞彙比《百》豐富多彩，書面語色彩重於《百》，《世》的「特用詞」的數量也遠大於《百》；但也不可一概而論，《世》的詞彙在反映當時口語方面也有勝過《百》的地方。《百》的詞彙雖然跟《世》存在若干差異，但本質上仍是漢語詞彙，其中個別詞語的特殊用法也許可以追溯到源頭語，但例子並不多，沒有對漢語的基本詞產生什麼影響。

有關漢譯佛典和禪宗語錄詞語的研究。譯經佛典和禪宗語錄中有很多俗詞語，也有很多特殊詞語，有不少學者也做過研究。專著有袁賓《禪宗著作詞語彙釋》（江蘇古籍出版社，1990）、《禪宗詞典》（湖北人民出版社，1994），梁曉紅《佛教詞語的構造與漢語詞彙的發展》（北京語言學院出版社，1994）等。

有關漢語詞彙「佛化」的方式的研究。顏洽茂（1998）指出佛教爲外來之學，譯經師除創造「寂滅」、「煩惱」等新詞或通過音譯轉寫等方式接受外來詞表示教義外，大部分通過「灌注」而使中土語詞「佛化」，使之成爲佛教名詞術語。中古翻譯佛經中主要表現爲兩種情況：（1）利用原有詞灌注教義，使之成爲佛教名詞術語。如「定」在古代漢語表示「安定」「平定」之意，譯人作爲梵語 Samādhi 的意譯，指心注一境，精力集中不散亂的一種精神狀態。（2）利用原有詞組，借形灌義，使之成爲佛教名詞術語，如：「殺生」本爲詞組，謂宰殺動物，佛教將「殺生」列爲十惡業之一，謂殺害人畜等一切有情之生命，也包括自傷自殺在內。「灌注得義」與「自然引申」不同。所謂自然引申，有兩層意思：一是從詞本身的理性義和隱含義出發、基於聯想作用而產生的詞義發展，往往受到本民族文化心理的制約，因爲「聯想」是具有人文因素的。詞彙系統，往往是民族文化觀體系的反映，詞義的演變同樣也受到民族文化心理的制約。二是自然引申下產生的新義，從模糊影響到漸漸清晰，往往有一個詞義逐漸穩定並得到社會認可的約定俗成的過程。而「灌注得義」是，首先，佛教是外來宗教，中土原有詞義系統並不具備佛教教義的要素，如果沒有佛教傳入，在一般情況下，詞義不會向那個方向引申轉化，而這種「灌注」是譯經師將外來的宗教概念「嫁接」在中土的語詞上，帶有強烈的主觀色彩。早期譯經在介紹佛學名詞概念時，往往從道家、儒家著作中尋找哲學名詞概念來比附，這種「強行移栽」的「格義」現象，也證實了「灌注」的存在。其次，所「灌注」的詞義，蘊含豐富的哲學含義，其表達的概念複雜化，往往具有體系性。如「定」包括「生定」和「修定」，它又是「三學」「六度」的組成部分。

有關漢語與異族語言接觸所帶來的借詞的研究。近代漢語作品中的非漢語詞語研究有方齡貴《元明戲曲中的蒙古語》（漢語大詞典出版社，1991）等。

蔣紹愚（1989）認爲：「詞不是孤立地存在的，它們處於互相的聯繫之中。一批有關聯的詞，組成一個語義場。在語言的歷史發展中，詞在語義場中的分佈會產生種種變化。有的詞從這一語義場跑到了另一語義場，有的詞留在原來的語義場中，但和其它詞的關係發生了變化。」譯經中這些「佛化」的中土詞語，一方面以原有身份在原來的語義場繼續發揮作用，另一方面又與其它詞組成新的聚合關係，形成新的語義場。這種「流動」必會打破原有的平衡，引起詞與詞之間關係的變化。

二、語言接觸與語法問題研究

（一）國外從類型學角度對語序進行研究的成果主要有：

1. Greenberg（1963）提出了 45 條語言共性，共涉及 30 種語言，以抽樣統計爲方法，以蘊含性命題、四分表爲表述，開闢了語序類型學研究領域。遍及歐亞非澳和南北美六大洲，漢藏、印歐、阿爾泰、閃－含、芬蘭－烏戈爾、南島、尼日爾－剛果、印第安諸語、日、朝等眾多語系及繫屬不明語言，Greenberg（1966）修訂其語言分類附錄爲 142 種語言，把人類語言的語序大致分爲 VSO、SVO、SOV 三種。這些語言共性大都與語序有關，因此又被稱爲 Greenberg 語序類型學。Greenberg 的貢獻在於他第一次從理論上和方法論上把不同語言結構的語序放在一起，以各種方式考察不同語序之間的相關性和蘊涵性。在這個基礎上，他發現了語序之間有和諧與不和諧關係之分。

2. W. Lehmann（1978）和 Vennemann（1973）的語序類型學模型凸顯了「和諧性」在語序類型學中的重要作用，提出了基於核心－從屬語位置一致性的語序和諧性。W. Lehmann（1978）把所有句法結構都看作由統轄成分（如動賓結構中的動詞）和被統轄成分（如賓語）兩部分組成，而各種結構都傾向於和諧的語序，統轄成分都在結構的同一側，而被統轄成分都在結構的另一側。他提到受和諧原則支配的結構按「統轄－被統轄」方式可以列舉如下：動－賓，介詞－名詞，形容詞－比較基準，頭銜－人名，名－姓，係數－位數（以上爲單句結構），包孕動詞－被包孕小句（複句類）。凡是 VO 型語言，其它結構都會取上述語序，凡是 OV 型語言，其它結構的語序都會與上述順序相反。他的理論又被稱爲「從屬語－中心語理論」。Lehmann（1973）在格林伯格基礎上，全面總結語序的相關性，把語序相關性歸結爲 V 和 O 兩種相對語序與其它語序的相關性。

3. Hawkins（1994）增加了 Greenberg（1966）語序蘊涵共性的存在條件，追求無例外的蘊涵共性，並且用量化的方式來處理和諧性，不追求絕對和諧，提出了「直接成分盡早識別原則」（EIC），即，能夠使直接成分最快地得到識別的語序具有處理上的優越性。Hawkins 增加蘊涵關係的前件，以雙重前件追求無例外的蘊涵共性，Croft（1990：52）稱之爲「複式蘊涵共性」，這增加了 Greenberg（1966）語序蘊涵共性的存在條件，如：若某語言屬於後置詞語言，並且若其形容詞定語前置於名詞，或者關係從句前置於名詞，那麼其指示、數詞都前置於名詞；或者，若其指示詞或數詞前置於名詞，那麼領屬語也前置於名詞。Hawkins 用量化的方式來處理和諧性，不追求絕對性和諧，從而減少了例外。

4. Dryer 對和諧性統計模型作了進一步的改進，其研究建立在大量統計基礎上。Dryer（1992）提到十五對與和諧性有關的語序。Dryer（2005）又指出如下語序類型與動詞和賓語語序無關：(1)形容詞和名詞(2)指示詞和名詞(3)數詞和名詞（4）否定分詞和動詞（5）時體分詞和動詞（6）程度詞和形容詞。有關 Dryer（2005）的研究，我們在 3.1 部分還會詳細討論。

以上學者討論過的與語序和諧性有關的類型列表如下：

表 1

Greenberg（1966）		Lehmann（1973）		Dryer（1992）		Dryer（2005）	
與 VO 相關	與 OV 相關	與 VO 相關	與 OV 相關	與 VO 相關	與 OV 相關	與 VO 相關	與 OV 相關
前置詞	後置詞	介詞＋名詞	名詞＋介詞	介詞－NP	NP－介詞	介詞－NP	NP－介詞
				係動詞－謂語	謂語－係動詞	係動詞－謂語	謂語－係動詞
Aux－V	V－Aux	助動詞＋主要動詞	主要動詞＋助動詞	「想」－VP	VP－「想」	助動詞－主要動詞	主要動詞－助動詞
				時體助詞－VP	VP－時體助詞		
		否定詞＋動詞	動詞＋否定詞	否定助動詞－VP	VP－否定助動詞		
				標句詞－S	S－標句詞		
句首	句尾	居首疑問詞＋S	非居首疑問詞	疑問小品詞－S	S－疑問小品詞	疑問小品詞－S	S－疑問小品詞
		主從連詞＋子句	子句＋主從連詞	狀語性主從連詞－S	S－狀語性主從連詞	狀語性主從連詞－S	S－狀語性主從連詞
				冠詞－N'	N'－冠詞	冠詞－N'	N'－冠詞
				複數標記－N'	N'－複數標記	複數標記－N'	N'－複數標記
N－G	G－N	名詞＋領屬成分	領屬成分＋名詞	名詞－領屬定語	領屬定語－名詞	名詞－領屬定語	領屬定語－名詞

N－RelCL	RelCL－N	名詞＋關係小句	關係小句＋名詞	名詞－關係小句	關係小句－名詞	名詞－關係小句	關係小句－名詞
形容詞－比較標記－基準	基準－比較標記－形容詞	比較形容詞＋基準	基準＋比較形容詞	形容詞－比較基準	比較基準－形容詞	形容詞－比較基準	比較基準－形容詞
				動詞－介詞短語	介詞短語－動詞	動詞－介詞短語	介詞短語－動詞
		動詞＋副詞	副詞＋動詞	動詞－方式副詞	方式副詞－動詞	動詞－方式副詞	方式副詞－動詞
						前補詞	後補詞
						主句－從句	從句－主句
N－M	M－N	名詞＋形容詞	形容詞＋名詞				
前綴	後綴	前綴	後綴				

（二）有關漢語語序研究的重要成果有：

1. 關於漢語基本語序類型有過激烈的討論，其中句法位置與語義關係是諸多問題的關鍵。這一問題早在《馬氏文通》中就有所涉及，呂叔湘（1942）、王力（1943）、朱德熙（1982）等都做過討論。在 Greenberg（1966）語序類型學和諧理論影響下，漢語基本語序成爲新的討論熱點，如：Li & Thompson（1974）、Tai（1976）等學者認爲漢語正處於由 SVO 型語言逐漸演變爲 SOV 型語言的過程中，這種核心居末結構是類型演變的結果，也有學者堅決反對這種意見，如 Sun & Givon（1985）、Sun（1996）、Peyraube（1997）等均認爲兩千年來漢語維持著語序的穩定，沒有發生所謂 SVO 向 SOV 的演變。還有不少漢藏語比較學者如 Matisoff、LaPolla 等（LaPolla 1994）通過構擬原始漢藏語的 SOV 語序，認爲上古漢語還保留了一些 SOV 語序特點，這些特點在以後的漢語中反而消失了。近年來，學者們對這一問題又做出了新的討論，如：金立鑫、於秀金（2013）以類型學中與 OV－VO 語序類型相關的語法組配爲參照逐一考察現代漢語普通話的語序類型。考察結果發現，10 組相關語法組配中，普通話有 4 組兼有 OV 和 VO 組配，有 3 組傾向於 OV 組配，3 組傾向於 VO 組配，因此普通話屬於較爲典型的 OV 和 VO 的混合語。Xu，Dan（徐丹）*Typological Change in Chinese Syntax*（《漢語句法的類型演變》）（Oxford：Oxford University Press，2006）的第一章專門討論漢語從上古到中古的語序變化，包括「上古漢語中的 OV 結構」、「OV 結構與 VO 結構」、「前置詞和後置詞」、「位移動詞的語序」等方面的內容，基本結論是中古以前「VO」和「OV」兩種語序並存的結構在中古都表現出了向「VO」語序的演變。

2. 發現漢語一系列違反 Greenberg（1966）語序共性之處進而尋找解決方案的研究。國內外學者嘗試從認知和功能的角度來解釋漢語的不和諧現象，如：黎天睦（Light, 1979）「位置意義原則」、戴浩一（Tai, 1985）「時間順序原則」、劉寧生（1995）「參照物先於目的物原則」、陸丙甫（2005）「可別度領前原則」，王偉（2008）討論了漢語表達空間域的語序及認知策略，李英哲（2013）認爲空間順序對漢語語序有制約作用。但這些解釋大都只針對漢語的一兩種特殊參項，尚未對整個語序的「不和諧性」作出統一的解釋。

3. 調查漢語方言、少數民族語言的語序進而討論其與周邊語言的關係問題。如：橋本萬太郎（1985）認爲整個漢語區從中國南部到北部呈現一個由順行的 VO 結構向逆行的 OV 結構逐漸過渡的狀態，雲曉（1988）進行了蒙漢語語序的比較研究，王森（1993）介紹了西北臨夏方言的語序，王森（2001）介紹了東幹話的語序，李藍（2003）討論了現代漢語方言差比句的語序類型，劉丹青（2003）認爲漢語存在下列等級序列：吳閩（最弱的 VO）－官話等（溫和的 VO）－粵語（強烈的 VO），李啓群（2004）討論了湘西州漢語方言兩種特殊語序，羅美珍（2004）討論了西雙版納傣語的語序，梁源（2005）討論了粵語的易位句，林素娥（2007）進行了漢語方言語序類型學的比較研究，馬夢玲（2007）探討了西寧方言 SOV 句式的類型學特點，石毓智（2008）討論了漢語方言語序變化的兩種動因及其性質差異，李雲兵（2008）對中國南方 98 種民族語言的語序類型進行了描寫和跨語言比較研究，趙晶（2008）對漢壯名詞組語序進行了比較研究，肖亞麗、關玲（2009）討論了少數民族語言對黔東南漢語方言語序的影響，馬夢玲（2009）討論了西寧方言中與語序有關的附置詞及其類型學特點，馬夢玲（2009）把西寧方言 SOV 句式與境內阿爾泰諸語言語法進行了比較，王雙成（2009）討論了西寧方言的差比句，林青（2010）討論了制約維吾爾語語序的各種因素之間的關係，韓林林、王俊清（2011）對語言接觸下的壯漢名詞語語序類型進行了對比研究，王雙成（2012）討論了西寧方言的介詞類型，柯偉智（2012）討論了語序類型學視角下的漢泰修飾成分，程博（2012）討論了壯侗語數量名結構語序，等。

4. 單一語序的共時和歷時演變研究

（1）對於介詞語序的研究，包括介詞和賓語的語序以及介詞短語相對於謂語核心的語序兩個方面，如：孫朝奮（Sun 1996）、Peyraube（1994）、張赬（2002）等，孫朝奮（Sun 1996）認爲，前置詞短語由動詞後到動詞前是兩千年來漢語僅有的重要語序演變，張赬（2002）指出先秦、西漢時期介詞詞組位於中心成分後佔優勢，東漢時期介詞詞組的詞序在不同性質的文獻中反映出來的詞序情況差別很大，在非佛經類中基本延續著上一時期的情況，但少數介詞詞組前置的用例不必出現在對比句、強調句中；在佛經文獻中有較大變化，「介詞＋場所」位於 VP 前的居多，已顯示出介詞詞組的語義與其詞序有關的趨勢，「介詞＋對象」有近四分之一的例句位於 VP 前，其中 VP 帶眞賓語的句子中介詞詞組前置的最多，「介詞＋工具」已全部位於 VP 前，東漢時期介詞詞組詞序肯定已經開始變化了。魏晉南北朝時期是漢語介詞詞組詞序發生劇烈變化的時期。「介詞＋場所」在佛經類文獻和非佛經類文獻中都大量前移，「介詞＋對象」在佛經文獻中以位於 VP 前爲主，但在非佛經文獻中還維持原狀。工具介詞詞組的前移已經結束，在兩類文獻中都是前置佔了絕對優勢。唐五代時期是介詞詞組前移繼續進行並大致結束的時期。宋元明時期是影響介詞詞組詞序有關規律進一步嚴格並完善的時期。從魏晉南北朝開始 VP 爲非單音結構時介詞詞組一直以前置爲主；VP 帶補語除趨向補語外一直是前置占絕對優勢，VP 帶趨向補語時元明以前介詞詞組是可以後置的，元明時期 VP 帶趨向補語時介詞詞組後置的只有個別用例；VP 帶準賓語時介詞詞組一直是全部前置的；VP 帶「了、著、過、將、看」等成分時介詞詞組也一直全部前置的。劉丹青（2003）《語序類型學與介詞理論》一書系統介紹了語序類型學的理論，並且從歷時和共時的角度討論了漢語前後置詞的語序問題。

（2）對於比較句的研究，在 940 種語言語種庫中，漢語比較句的語序是

VO 型語言裏唯一的例外。太田辰夫（1958）較早對漢語比較句演變作全面的考察，貝羅貝（1989）描述了漢語比較句的發展變化，魏培泉（2001）重點討論了中古漢語的平比句，謝仁友（2003）描寫了先秦至清代的平比句式的發展，橋本萬太郎（2008）指出漢語比較句結構的南北推移現象。張赬（2010）細緻描述了比較句語序的歷史演變，指出唐宋時期比較句最顯著的演變就是出現了很多比較句式。元明時期漢語比較句的變化主要就是新舊句式的興替和比較句語序的變化。「基準＋結果」型差比句和「結果＋基準」型差比句在元明時期句法成分的構成有差異、分佈有所不同，表達上各有側重，但「基準＋結果」型差比句（主要是「比」字句）在使用中逐步擴大自己的適用範圍，最終在清代取代了「結果＋基準」型差比句，漢語差比句的語序也徹底變爲結果項在基準後。漢語平比句式從古到今經歷了由「結果＋基準」型「如/似」字平比句到「基準＋結果」型「如/似」字平比句，再到「與/和」字句的演變。漢語的差比句式古今經歷了從「結果＋基準」型「於」字句到「結果＋基準」型「如/似」字差比句再到「基準＋結果」型「比」字句的變化。

（3）關於名詞性短語語序的研究，Dryer（1992）提到在被調查的 61 個 SVO 語言中，唯獨漢語是定語前置。劉丹青（2008）指出，漢語名詞短語最根本的語序特點是「作爲以前置詞爲主的 SVO 語言，所有定語一律前置於核心名詞。」此處所說的定語，包括由名詞、區別詞、形容詞、動詞、介詞短語、定語從句、指示詞、冠詞、數量詞語、量化詞語（全量或分量詞語）等多種性質的成分所充當的定語。劉丹青 唐正大（2012）對「名詞性短語」作了系統研究，其中涉及到形容詞、關係從句、指代詞、數量短語、方位詞、并列結構與名詞的語序問題。很多學者討論過「數＋量」結構與中心名詞語序的演變，認爲漢語數量短語從位於其所修飾的中心名詞後移到位於中心名詞前，是古今漢語語序的一個重要演變，如：王力（1958）、劉世儒（1965）、柳世鎮（1992）、宋麗萍（2006）、張赬（2010）等。張赬（2010）指出魏晉南北朝時期「數＋量＋名」式的使用頻率就比「名＋數＋量」高，但這一時期量詞的使用頻率還很低。從魏晉南北朝到晚唐五代各類數量表達格式中變化最大的是「數＋名」式和「數＋量＋名」式，前者使用頻率大幅下降，後者大幅上陞。

（4）關於狀語語序研究，袁毓林（2002）討論了多項副詞共現的語序原則，楊德峰（2006）對時間副詞做狀語的位置作了考察，佘東濤（2006）探討了謂語時間詞狀語與謂語動詞的語序類型，佘東濤（2011）從語言類型學角度對時間狀語作了考察，潘國英（2010）討論了漢語狀語語序及其類型學意義，史金生（2011）對現代漢語副詞連用順序和同現問題進行了研究。

（5）魏培泉（2004）指出唐宋時賓語的位置主要在補語之前（即「VO 不 C」及「V 得 OC」），而現代漢語中賓語都位於補語之後（即「V 不 CO」及「V 得 CO」），後者在元代北方已成爲主流；這一變化過程中有一個普遍的趨勢：賓語往後移的速度以復音名詞及子句最快，代詞最慢，而單音名詞只比代詞稍快一些。

（6）郭銳（2011）曾指出現代漢語與 VO 不和諧的語序有如下幾種：（1）關係從句－名詞（2）領屬定語－名詞（3）指示詞－名詞（4）形容詞定語－名詞（5）數詞－名詞（6）介詞短語－V（7）方式副詞－V（8）程度增強詞－形容詞（9）基準－形容詞（10）S－疑問語氣詞（11）名詞－複數（12）後綴。

（三）語言接觸視角下對語法問題的研究

語言接觸（language contact）問題最初引起學界的關注，始於人們對接觸語言相似性的觀察。譜系樹理論創始人 August Schleicher 在構建譜系樹理論大廈時，敏銳地注意到了「地理鄰接語言的相似性」問題。他的學生斯 J. Schimidt 後來也發現，印歐語系的某一個語支和其它很多語支有特殊的相似點，而這些相似點難以用譜系樹理論來解釋，因而於 1872 年提出了波浪說理論。Nikolai S. Trubetzkoy 觀察到烏拉爾語系西芬蘭語和印歐語系東斯拉夫語因相互借用而產生元音間的對應，提出印歐語由於接觸而產生了語言聯盟（language union）的設想。1953 年，Weinreich 出版 *Language in Contact Findings and Problems*（《接觸中的語言：發現與問題》）一書，首次提出「語言接觸」這一術語，系統研究了語言接觸問題，論述了語言接觸和語言結構的關係，討論了語言接觸與心理、社會文化環境等的關係問題。Martinet 在這本經典性著作的序言中明確提出語言「接觸引起模仿，模仿引起趨同」的論斷。後來學者們提出並討論的「區域特徵趨同」，與馬爾丁納這一重要思想不無關係。60 年代至 70 年代語言接觸研究開始在歐美流行，研究內容以本國語爲主，集中討論了雙語問題。70 年代開始，語言接觸研究進入黃金時期，這一時期的特點就是將語言接觸及其影響作爲普通語言學研究的主要領域，更作爲社會語言學重要的有機組成部分。90 年代，語言接觸作爲一門新興學科，開始獨立於社會語言學。同時，語言接觸類型、語言接觸特點以及雙語問題成爲語言接觸的焦點。90 年代，國際語言接觸研究協會成立，每年召開一次研討會，著重討論世界各地語言接觸的新問題，極大地推動了接觸語言學的發展。

上世紀 90 年代以後，語言接觸逐漸成爲研究熱點，研究內容和方法比前期均有較大突破。研究內容上，有學者側重研究語言接觸的過程機制和制約因素，如：Heine & Kuteva（2005）指出語言接觸可以滲透到語言各個層面。主張接觸引發語法演變的機制主要有語法借用和語法複製兩種，「借用」作爲接觸引發語言演變的機制，指的是語音形式或音－義單位的遷移。語法複製包括「語法意義複製」和「語法結構複製」兩個方面。前者是指一個語言（複製語）對另一個語言（模型語）的語法概念或語法概念演變過程的複製，後者是一個語言（複製語）對另一個語言（模型語）語法結構的複製。語法結構複製主要有兩種模式：結構重組和構式拷貝。前者是指一個語言（複製語）的使用者依照另一個語言（模型語）的句法和形態模式來重排或選擇自己語言裏意義單位的語序。構式拷貝則指一個語言仿照另一個語言的模式，用自身的語言材料構建出與模型語對等的（形態/句法）結構式。結構重組主要有兩種策略，一是「重排」（rearranging），另一種結構重組的策略是「擇一」（narrowing）。

Heine（2008）認爲基本語序在語言接觸中「相當易感」，通過考察南美、中亞、北歐、東歐等地一些證據比較確鑿的基本語序因接觸而改變的案例，發現沒有一例是眞正從其它語言直接借來一種異己的語序，其最終發生的語序變化都是語言接觸帶來的「不變之變（contact-induced word order change without word order change）」的結果，亦即接觸的效應不是借貸，而是對受到影響一方固有的某種可換說的次要語序的一種強化。Heine（2008）指出在語言接觸中，創造匹配模型語言的排列的新語序的策略主要有：（1）在已存在的幾種語序的可選項中選擇與模型語言語序相匹配的一項（narrowing of options）。（2）使用已經存在的結構並且分配給它新的功能（shift from one construction type to another）。（3）使用語用上有標記的結構並且使之發展成爲語用上無標記的結構（pragmatic unmarking）。（4）擴展一個已用模式到新的語境中（extension）。（5）

更加頻繁地使用一個已用模式（frequency）。並認爲：語言接觸所導致的轉移（transfer）的兩種主要的類型之間有根本性的不同，即借用（borrowing）和複製（replication），前者包含從一種語言到另一種語言實質（substance）的轉移，實質可以採用借詞、借用的語音單位或者一些屬性等等，而在複製中則沒有任何眞正的轉移，然而說話人所做的是他們在複製語言中採用可用的語法手段以便創造在模型語言中符合或者是被認爲符合的恰當的新的結構。

有學者側重研究漢語中由接觸引發的語言演變，如：余志鴻（2000）指出，由於「借用」效應，混合類型的新生，使地理上鄰近的不同語言之間的界限變得模糊起來，從而造成語言類型在地理上的推移現象。李泰洙 江藍生（2000）研究了受語言接觸影響的特殊語料《老乞大》中的語序問題。江藍生（2003）研究了語言接觸與元明時期的特殊判斷句。曹廣順（2004）探討了跟接觸有關的重疊式的重疊與歸一問題，認爲當語序不同時，就有可能出現語法格式的重疊。遇笑容、曹廣順、祖生利（2010）《漢語史中的語言接觸問題研究》一書收入了有關漢語史語言接觸問題研究的經典論文。蔣紹愚、胡敕瑞主編了《漢譯佛典語法研究論集》（2013），收入了漢譯佛典相關研究文章。陳輝（2007）《論早期東亞與歐洲的語言接觸》，其中提到耶穌會士直面漢語的過程，羅明堅和利瑪竇研習漢語的過程及早期來華耶穌會士對漢語的貢獻，主要反映在《葡漢詞典》抄本及相關的漢語札記，如《賓主問答私擬》等，以及耶穌會插圖本「專業漢語」教材《西字奇跡》中。橋本萬太郎（2008）根據東方語言接觸發展史中的事實和材料，論證東亞大陸語言的發展基本上是漢語緩慢同化周圍語言的過程。這種同化離不开漢語與周邊語言的接觸，同化的結果之一就是語言的區域性趨同。洪波、阿錯（2007）討論了漢語與周邊語言的接觸類型。戴慶廈對民族語言語言接觸問題進行了系列研究，如：《互補和競爭：語言接觸的槓杆——以阿昌語的語言接觸爲例》、《漢語言研究與少數民族語言結合的一些理論方法問題》等。吳福祥（2003、2008、2009、2012）對南方方言能性述補結構、差比句等問題做了系統研究。王小靜、閻俊林（2011）討論了漢壯接觸與平話副詞後置的關係問題，羅昕如、劉宗豔（2013）對方言中的接觸進行了個案考察。

此外，有關中古譯經所體現的語言接觸的影響。朱慶之（2001）指出，由於翻譯多採取逐字逐句對譯的方式，原典句子結構的影響隨處可見，比如：(1) 西晉竺法護譯《生經》卷一「那賴經」:「一時佛遊舍衛國祇樹給孤獨園，與大比丘眾千二百五十人俱」，這是佛經常見的開場白，後面的「與大比丘眾千二百五十人俱」並不是一個句子，而是一個介詞短語，應是原典的一個按照具格（instrumental）變格的復合名詞的對譯，現在依照原典的順序放在句末，顯然不符合漢語的習慣。(2) 又如竺法護譯《正法華經》卷一：「世尊告曰：『止，族姓子！仁等無乃建發是計……』」(9/110b)「族姓子」作爲插入語的用法也是漢語罕見的，這是原文呼格（vocative）名詞的對譯，如果按照漢語的習慣當作「師尊告族姓子曰……」(3) 多用被動句，除了漢語典型的被動句式「R 爲 AV」和「R 爲 A 所 V」外，漢譯佛典還多見不用「爲」的「RA 所/所見 V」的句式，「有子聰明，……無央數人所共愛敬」(西晉竺法護譯《生經》)，這在中土文獻中幾乎沒有用例。(4) 特殊的「于/於」和「而」的使用，「擊於大法鼓」「供養於佛」，這種用法在漢譯佛經中普遍存在。「爾時無住菩薩而白佛言」「爾時阿難羅睺，而作是念」中的「而」爲了湊足音節，沒有實際意義。(5) 係動詞「是」構成的判斷句，反覆問句，佛典提供了大量的例證。此外，表完成態「已」和表示代詞複數形式的「等」、「曹」的大量使用，口語化的代詞系統，較少使用文言語氣詞等。

朱慶之、朱冠明（2006）、朱冠明（2011）指出，1980 年代以後，研究數量迅速增多，從研究領域上看，幾乎所有漢語歷史語法所關注的問題，在佛典語法研究中都有不同程度的涉及。如功能詞方面，人稱代詞「他」、「自己」，指示代詞「這」、「那」，疑問代詞「那」，襯音詞「於」的研究、各類助動詞，形成中的助詞「了」、「著」、「底」以及與它們的形成密切相關的「已」、「所、許」，語氣詞「那」、「爲」、「不」、「來」，還有眾多的副詞、介詞、連詞等等，都得到了進一步的研究。句法方面，判斷句、動補結構、處置式、被動式、選擇/反覆問句、比擬式、受事主語句、「V（O）已」的研究等一些語法史上倍受關注的問題，也成爲佛典語法研究的中心問題。除此之外，還不乏佛典語法自身特點的研究，如「四字格」及其對佛典語法的影響、佛典慣用句型（如開場白「與……俱」）的發展和定型、從語法角度對佛典翻譯年代及譯者的考辨等等。研究方法上，除了傳統歷史語法研究的基本方法外，還針對翻譯佛典的特性，採用了「同經異譯對勘」、「梵漢對勘」等有效的研究方法。朱慶之、朱冠明（2006）在談到原典語法對佛典語法的影響時，舉有不同學者的研究成果共 10 項，分別是：a.複數。b.呼格。c.被動。d.表完成態的「已」。e.「S，N 是」判斷句。f.「取 OV」式狹義處置式。g.語氣副詞「將無」。h.「云何」的特殊用法。i.用於分句末的表原因的「故」。j.用作領屬語的「自」。此外還有漢語「除捨」排他標記的來源是梵文詞 sthāpayitvā 和 muktvā 的直譯、話題轉移的標記「復次」與梵文詞 punar-apara，punar 和 apara 有關、反身代詞「自己」的來源受梵文反身代詞 sva 的影響、時間疑問詞「久如」的來源是梵語 kiyat ciram 或同類結構的仿譯形式、「若 A 若 B」結構的來源是受梵文並列連詞 ca 或選擇連詞 vā 的影響而產生的、疑問代詞「何」表任指用法的來源是對梵文疑問代詞兼關係代詞 yad 任指功能的複製、「與……」的特殊用法按梵文的語序放在了動詞短語的後面、并列成分後置由於譯師照搬了梵文原典並列成分的語序。

曹廣順（2011）提到的中古譯經中的特殊現象有：1.複數。2.呼格。3.被動。4.表完成態的「已」。5.「S，N 是」式判斷句。6.語氣副詞「將無」。7.「云何」的特殊用法。8.用於分句末的表原因的「故」。9.用作屬格標記的「所/許」。10.「使/令 V」。11.受事主語句。12.後置定語及定語從句。13.「若 A 若 B」。14.處置式「取 OV」。15.襯音詞「於」。16.漢語「除捨」排他標記的來源。17.話題轉移的標記「復次」。18.反身代詞「自己」的來源。19.時間疑問詞「久如」的來源。20.疑問代詞「何」表任指用法的來源。21.「與……」的特殊用法。22.並列成分後置。23.漢語選擇疑問句連詞的使用形式。

龍國富（2013：7）《〈妙法蓮花經〉語法研究》指出，漢譯佛經中，通常會有一些從梵文佛經直譯的結構出現，這些因直譯而來的結構又往往在使用頻率上或表達上與中土文獻的表達不符。一、漢語中，倘若是受事做賓語，那麼這種賓語主要還是出現在謂語動詞之後。從上古到中古，雖然中土文獻也有受事做主語的情況，但總歸是少數，而漢譯佛經中則普遍出現受事主語句。又分兩種情況：（1）只出現受事主語，施事主語隱藏。（2）受事與施事共同出現在謂語前面。梵文翻譯在客觀上造成了漢譯佛經中普遍使用受事主語句。二、定語後置現象普遍出現。漢語的定語一般在所修飾的名詞之前，古漢語中存在少量的定語後置現象，但需要有「之」「者」等形式標誌。如「石之鏗然有聲者，所在皆是也。」而《法華經》中，定語後置於名詞之後的現象很常見。此外，還有特殊判斷句和特殊疑問形式。這類句式在句法上能體現漢譯佛經獨有的語言特色。這些句式使用頻率大量增加是語言接觸所誘發的語法化產生的動因。它是模型語言中大量的使用模式被複製在複製語言中的一種產物。漢譯佛經副詞連用的線性次序，總體來說，與漢語保持一致：累加副詞→類同副詞→關聯副詞或語氣副詞→總括或限定副詞→時間副詞→頻率副詞→程度副詞→情狀方式副詞→否定副詞。與述語中心語的語義關係越是密切的副詞，其在連用中的次序就越是靠近述謂中心語。語義管轄範圍越大的副詞，其在連用中的次序就越是遠離述謂中心語。中古漢譯佛經副詞的連用不是很普遍，主要集中在部分語氣副詞、部分時間副詞、累加副詞、類同副詞、範圍副詞和程度副詞上。

有關元代蒙漢語言接觸研究，如：李崇興、祖生利（2011）指出《元典章・刑部》中比較特殊的語法現象有：漢語在引述話語的時候是先用道說義的動詞，再引話語，蒙古語則引語結束後復用道說義動詞表示引用，「奏」、「聖旨了也」、「聖旨有」都放在相應的話語之後。「麼道」是爲翻譯蒙古語引語動詞生造出來的詞，純正的漢語文獻中見不到，這個詞放在引語或某種內容的表述之後，意思是「說」、「想」、「叫做」、「以爲」，有時只作爲引語的標記。「裏、根底、有、呵」本來是漢語語詞，但在直譯體文字中都被賦予了特殊的意義。此外，動詞帶上時體成分，加「底/的」之後修飾名詞這種句法形式在元代得以普遍使用有蒙古語的推動，在「動 1＋著＋動 2」連動結構中，「動 1 著」表示動 2 的方式，是元代新出現的一種動 1 與動 2 之間的意義關係。

有關語言接觸理論的探究也比較多，如遇笑容（2004）指出，在語言接觸影響下產生變化的基本途徑是：新格式出現－新舊共存－淘汰一種，保留一種。具體來說，（1）新格式最容易出現在漢語與其它語言差異最大的語法特點上，例如介詞和賓語的位置是常常出現變化的地方。（2）新舊共存有兩種形式，一種是漢語固有的和外來影響產生的兩種格式在漢語中同時使用。另一種是把兩種格式疊加在一起，造成一種新的格式。（3）當漢語面臨在兩種格式中淘汰與保留的選擇時，只要引進的新的格式沒有與漢語固有格式融合、改造，漢語一般會保留固有的，淘汰引進的。張興權（2012）《接觸語言學》是國內第一部以「接觸語言學」爲書名的理論性著作，從歷時和共時角度比較系統地研究了中外語言學家關於語言接觸的有關理論，介紹了接觸語言學的先行理論：洪堡特的論述、施萊赫爾的論述、舒哈特的論述、博杜恩·德·庫爾特內的論述、保羅的論述、房德里耶斯的論述、謝爾巴的論述、薩丕爾的論述、布隆菲爾德的論述、波利瓦諾夫的論述、特魯別茨科依和雅可布森的論述、帕默爾的論述、新村出的論述、張世祿的論述、羅常培的論述。此書還介紹了有關接觸語言學的國內外基礎的理論，涉及到語言成分的借用、雙語兼用、多語兼用、雙語並用、語言轉用、語言轉換、語言混用、語言聯盟、語言干擾、語言混合、語言保持、語言消亡等研究課題。

關於語言接觸類型的討論也較多。胡開寶（2006）區分語言接觸爲語言內部接觸和語言外部接觸。前者是雙語人心理詞庫中的兩種或幾種語言之間的相互影響，具體表現爲口頭交際形式，又稱爲直接語言接觸。後者則指語言應用過程中，兩種或幾種語言經由文字傳播或文獻翻譯等途徑所發生的接觸，即間接語言接觸。語言接觸還可分爲親密接觸和文化接觸。親密接觸是指同一語言社區使用兩種語言所產生的接觸。文化接觸是由於技術和文化的傳播，不同語言之間發生的接觸。胡明揚（2007）指出，直接接觸指使用不同語言的人直接進行口頭語言交際，間接接觸指使用不同語言的人沒有直接的口頭語言交際，而只是通過書面語或現代通訊媒體進行的間接交際。不論是直接接觸，還是間接接觸，都還有一個廣度和深度問題。邊境地區零星的直接接觸和不同民族生活在同一個社會內部，互相通婚、雜居，日常進行頻繁的口頭交際，語言接觸的結果明顯不同。語言態度指對某種語言的主觀認同或牴觸態度。周磊（2007）《我國境內語言接觸的層次和方式》指出，在我國語言接觸的研究首先可以分爲兩大層次，親屬語言之間的接觸和非親屬語言之間的接觸。在親屬語言內部還包括方言與方言的接觸。語言接觸途徑的方式有區域性語言接觸和非區域性語言接觸。區域性語言接觸還可以分雙語人與雙語人的語言接觸，雙語人與單語人的語言接觸。雙語人又因第一語言習得程度的不同分爲若干層級，使語言的接觸呈現出非常複雜的情況。王遠新、劉玉屏（2007）《論語言接觸與語言的變化》指出，（1）接觸各方語言的性質和特點對語言變化的影響。（2）語言接觸方式對語言變化的影響：直接接觸和間接接觸，淺層接觸和深度接觸，長期接觸和短期接觸，口頭接觸和書面接觸。（3）語言接觸過程中語言使用者的語言態度對語言變化的影響：由語言的社會文化功能所決定的仿傚強勢語言的心理，在一定程度上影響著語言變化的方向。以增強言語社區內部凝聚力爲目的的聚合心理，也可能影響著語言變化的方向。何俊芳、周慶生（2010）討論語言衝突這一非和諧性語言關係發展到激烈程度的表現形式。

三、目前研究還存在如下不足之處

（一）詞彙研究相比較語法研究還比較薄弱。詞彙是語言接觸研究中的重點也是難點，目前對外來詞討論較多，但對外來借詞進入漢語之後的發展問題研究不夠，特別是語言接觸對漢語構詞法有什麼影響還討論較少，對構詞法問題的討論，一方面涉及到外來詞的理據性問題，另一方面也可以此探求語言接觸影響的深度問題，因爲 Givón（1971）曾說「今天的詞法曾是昨天的句法」。因此，如果語言接觸可以影響到漢語的構詞法，也可以反推其對漢語句法上的影響也必然是深刻的。

（二）從語言接觸角度對漢語問題的研究還比較薄弱，特別是對語序問題的研究，從世界語言來看，許多語序演變都是由於語言接觸引發的，這已經形成了一些專門的語言接觸的理論，如，根據 Heine（2008），複製語言的說話者激活其次要使用形式中與模型語言語序匹配的一種語序而泛化這一語序爲主要的無標記的語序形式，新語序是通過頻率提高來取代舊有的語序的，等等。漢語語序研究應積極吸取語言接觸有關研究成果。同時，過去有關語言接觸的研究重點在語言地區（areas）或聯盟（sprachbunds）以及克里奧爾語上，但哪些因素，具體的歷史過程及語言接觸實際對一些特殊的變化貢獻了什麼並不清楚。

（三）語法研究上，對單一語序問題研究較多，而綜合考察多個語序參項的研究還較少，對各歷史時期漢語語序面貌還缺乏一種整體上的認識。如果不能整體把握一種語言的面貌，所做的討論就會失之片面。目前對漢語語序整體面貌無論是共時平面還是歷時平面都還並不清晰。關於漢語呈現出違反 Greenberg（1966）語序和諧性的反例，可以參照但不應迷信這些語序共性，否則很難認清漢語語序自身內部的和諧性。W. Lehmann（1978）也承認，很少有語言全面符合設想的語序。這是因爲，首先，Greenberg（1966）語序類型學一開始就存在著優勢語序與和諧語序兩個有所矛盾的方面，語序並不依賴「和諧性」而存在，「優勢」對語序存在也提供了合理性依據。其次，爲確定一種語言的基本語序類型而通過與之和諧的其它語序類型進行反推的做法值得反思。類型學上語序研究的基本操作程序是將整個語言劃分爲某種基本語序類型，然後討論與基本語序類型和諧的其它語序特徵而非相反。再次，由於語種內部的複雜性，類型學研究從來就沒法成功地給語言以精確的分類。因而，語序內部和諧只是一種大致傾向，不和諧語序的存在則是常態。目前漢語語序研究過分偏重於對違反 Greenberg（1966）和諧性的語序的研究，重視單一語序面貌的研究，從而忽略了對漢語自身語序面貌的探索。

（四）對勘（包括梵漢對勘、蒙漢對勘）是目前研究語言接觸問題的重要研究方法，但卻存在一些局限，主要表現在：一是譯師不是完全對譯，會在翻譯中做變通處理，這種變通會造成語法關係的不對稱，從而使對勘的意義需要討論，如遇笑容、曹廣順（2007）指出《撰集百緣經》中有的梵文原文是肯定句，可是漢譯卻用了疑問句。二是對勘只能幫助發現翻譯文獻中的特殊現象可能受到外語的影響，如果不結合漢語文獻討論，很容易使結論失之偏頗，如「NP 1，NP 2＋是也」與「NP 1，NP 2 ＋是」有不同的來歷，前者是對西漢以後漢語自身興起的「NP 1，NP 2 ＋是也」判斷句的直接繼承，後者很可能是譯者受梵文影響而產生的句式。三是漢語與外語的語法系統差別很大，漢語是孤立語，而無論梵文還是蒙古語都帶有黏著語的特點，如果用翻譯文獻中的特殊現象來完全比附黏著語的語法現象，特別是對於漢語有而外語沒有的語法範疇，就容易得出錯誤的結論。所以除了常用的對堪的研究方法，還應採取其它研究方法，如把翻譯文獻與漢語文獻進行比較研究等。

1.3 選題意義及創新之處

（一）本文研究內容具有重要研究價值。語序是對一種語言的句法要求和語義表達要求的綜合反映，觀察語序的歷史發展變化可以有助於我們觀察一種語言的句法和語義系統的演變。而語序問題對漢語來說尤爲重要，因爲語序是漢語一種非常重要的語法手段。此外，詞彙也是漢語史研究中非常重要的組成部分，詞彙是語言的建築材料，而且在語音、語法和詞彙三者中，詞彙的發展變化是最迅速的。但同時詞彙系統又不如語音系統、語法系統那樣整齊，所以詞彙的研究難度很大。本文擬從語言接觸的角度對漢語詞彙和語法（語序）問題進行研究，是有意義的探索。

（二）本研究是從漢語史的角度來研究語序類型學關注的問題，對於類型學研究來說，歷時視角是一個非常重要的研究視角。Croft（1990）曾明確指出語言包括其語法一直處在演變之中，各種現象都是昨天演變的結果和明天演變的起點，很多現象是一種正處在演變中的過渡狀態。類型學發端於歷史比較語言學，因而它重視語言的歷時問題，這在某種程度上是類型學家區別於其它語言學流派的一大特點。本研究捕捉到類型學研究中這一重要的研究思路，考察類型學語序參項在漢語中的歷時狀況，這是有意義的探索。

（三）本研究突破以往研究的局限。例如，以往對語序的研究，多側重於對單一語序進行研究，而非綜合考慮多種語序參項並把其置於某一具體歷史時期語序的共時存在的視角下來進行研究。本研究擬打破這一局限，而並不受限於某單一語序的演變而擬完整呈現歷史上某一共時平面上的語序面貌，這將涉及到語序類型學研究的多個參項。只有釐清一種語言的基本語序、優勢語序、和諧語序和特殊語序的具體狀況，在此基礎上對語序問題的討論才是有意義的。

（四）從語言接觸視角研究詞彙和語法問題是有意義的探索。漢語和周邊語言的關係極爲複雜，在漢語史上尤其如此。漢語不僅在東漢以後由於中古譯經傳入受到佛經原典語言的影響，而且在元代更是由於受說蒙古語民族的統治而出現了所謂的「漢兒言語」。漢語在與其它語言的接觸過程中發生了哪些具體的變化，這是本研究所要重點探討的問題，漢語歷史材料豐富，應加強從歷時角度對漢語語言接觸問題的研究，從而爲語言接觸的具體歷史演變過程提供線索。從語言接觸的視角系統討論漢語語序問題，進行專題研究。以往對語序問題的研究多從認知語用角度對語序歷時演變或共時存在進行解釋，而忽視了語言接觸的因素。而且，以往研究也較多排斥外部因素對漢語演變的作用，但是値得注意的是，不僅類型學研究重視語言接觸的因素，漢語自身發展歷史也使得語言接觸在語言演變過程研究中不容忽視。在漢語的發展歷程中，主要出現過兩次異質語言的影響。第一次是中古譯經語言的影響，梵文佛典文獻通過譯經產生了帶有梵文等譯經原典語言特徵的中古譯經進而影響漢語。第二次是金元時期阿爾泰語對漢語的影響，出現了類似阿爾泰語的「漢兒言語」。宋遼西夏金，是我國歷史上一次大分裂時期。從金滅北宋到元滅金，社會變革使得異族語言大量接觸並滲透進北方漢語，形成了漢語史上一個非常特殊的階段。在北方非漢語與漢語深度接觸的過程中，漢語的 VO 基本語序與阿爾泰語的 OV 基本語序兩種不同的句法結構不斷發生撞碰，經過「協商」和「妥協」，北方漢語中產生了一些特殊的語言現象，也就是所謂的「漢兒言語」。本研究將著重討論這些特殊歷史時期語言面貌，藉以窺知語言接觸對語言演變所起到的重要作用。

1.4　研究方法

本研究在對某一歷史時期語言面貌分析和描寫時，主要通過選取這一時期有代表性的語料進行逐句標注的方法。本研究不局限於關注單一性質的語料而是從語言對比的角度出發，觀察不同性質的語料受語言接觸影響程度不同，並討論性質不同的語言材料的差異問題。在魏晉南北朝時期，分別呈現中古譯經與本土文獻的語言面貌；在蒙元時期，分別呈現蒙式漢語與純粹漢語的語言面貌。在細緻描寫的基礎上，對這些不同性質的語料進行比較研究。

此外，本研究所用到的一些具體研究方法如下：

（一）本研究採取定量統計和定性分析的研究方法。如：使用數據統計的方法呈現魏晉南北朝和元代的語序面貌，在此基礎上進一步討論漢語的基本語序、優勢語序、和諧語序和特殊語序等問題。

（二）本研究採取描寫和解釋相結合的研究方法。如：細緻描寫魏晉南北朝時期和元代漢語語序面貌，分析和解釋這兩個歷史時期語序表現差異的原因等問題。

（三）本研究採取內因和外因相結合的研究方法。語言變化的原因可以是內部的或外部的。由於語言接觸的作用是以往研究中較爲薄弱的環節，因此本研究在綜合考慮內外因對語序作用的基礎上重視外因的作用。內因和外因並非互相排斥的，二者是共同存在於同一語言現象發展過程之中的，只有分別尋找到語言演變的內部因素和外部因素，我們才能清晰地看出其發展脈絡，進而尋找其演變規律。

（四）本研究採取從個性中提取共性的研究方法。如：通過漢語雙及物構式、V（O）來、除……外、「V給」的個案研究，提取出 OV 型語言對 VO 型語言語序影響的主要表現特徵。而對動詞居後、賓語居前及疊加式這些語序表現特徵的分析，又主要通過個案研究來進行具體闡釋。

1.5 應用前景

本研究所探討的歷史上的語言接觸對漢語語法變化所起的作用可以深化漢語研究,具有普遍意義,其研究成果可推廣運用於語言研究的其它領域,如:(一)當代語言類型學研究發端於 Greenberg（1966）提出了 45 條語言共性，這些語言共性大都與語序有關，對漢語語序問題的討論可以深化對於人類語言共性和個性的認識。(二)人類語言一直處於空間或時間上的接觸狀態，本文所探索的語言接觸理論可以推廣運用於其它相關語言現象研究，具有普遍意義。(三)相關研究成果可用於中文信息處理。(四)相關研究成果可用於二語習得領域，由於漢語形式複雜，且在世界語言中具有特殊性，因此對留學生習得漢語造成困難。本研究探索漢語的詞彙和語法問題，可以爲對外漢語教學工作提供參照。（五）語言排列是人類思維和語言中一個重要的範疇，是人類認知系統的重要組成部分。通過對相關問題的研究，可以深化對語言與思維、思維與外部世界等關係的認識，幫助我們深入理解人類語言的本質。

1.6 論文框架

本研究共分爲八章。

第一章爲緒論部分，論述本研究的選題緣起和主要研究內容，對相關術語進行界定，回顧已有研究成果並指出其存在問題，在此基礎上論述文章選題意義和主要研究方法。

第二章重點討論語言接觸對漢語詞彙的影響，首先討論漢語的外來借詞的類型，其次，在此基礎上討論漢語外來詞在漢語中的發展問題，最後，重點討論語言接觸對漢語構詞法的影響。

第三章選取受語言接觸影響有代表性的歷史時期，如魏晉南北朝時期和元代進行具體研究。展現這兩個特殊歷史時期的語言面貌。比較這兩個時期語言接觸影響模式的不同，進而探討語言接觸在漢語史上的主要類型問題。

第四章至第六章在個案研究的基礎上進一步討論漢語中的動詞居後、賓語居前、疊加式是與 OV 型語言接觸的結果。

第七章探究語言接觸對漢語語法和語義演變的影響作用。

第八章結論部分，總結各章主要內容，討論漢語史上語言接觸對漢語詞彙和語法變化的主要作用。

第二章　語言接觸與漢語詞彙問題研究

語言接觸最直接的結果就是大量借詞的產生。愛德華・薩丕爾（1985）曾經說過：「語言，像文化一樣，很少是自給自足的。鄰居的人群互相接觸，不論程度怎樣，性質怎樣，一般都足以引起某種語言上的交互影響。一般來說，兩種語言的接觸越多，一種語言向另一種語言的借用就越多，而詞彙更是最容易產生借入的語言層次。」漢語自古就和周邊的語言有接觸，語言接觸對漢語的影響也集中體現在詞彙上，總體來說語言接觸影響漢語詞彙主要有三個階段。

2.1　語言接觸影響漢語詞彙的三個主要階段及其特點

2.1.1　東漢魏晉南北朝（佛典翻譯影響）

漢末軍閥混戰，晉代八王之亂，接著「五胡亂華」，佛教很容易爲中國人民所接受。統治階級爲了利用佛教來麻痹人民，掩飾社會和階級的矛盾，也往往極力加以提倡。與此同時，佛教文化在藝術、建築等方面都有自己的優點和特點，可以補充和豐富漢族固有的文化。因此，佛教傳入中國後，得到了極爲廣泛而迅速的傳播，佛教對漢語的影響也日益加大，豐富了漢語的詞彙。

朱慶之（2000：125）指出中古是漢語詞彙發展史上一個十分重要的時期，

此時明顯可見的是，在內容方面，新詞大量出現；大多數舊詞的意義發生了類型各異的演變，產生了許多新義項和新用法；同義詞顯著增加，提高了漢語表達精度和修辭能力。在形式方面，詞彙雙音化眞正成爲歷史的必然，並迅速得以實現，具體表現爲舊有的由單音節形式表示的概念大都有了雙音節形式，而新概念則基本上都由雙音節形式表示。漢語詞彙在中古時期的上述巨大變化，原因是多方面的，這當中包括佛典原文隨著翻譯對漢語產生的直接的和間接的影響。據唐智昇《開元釋教錄》的不完全統計，從東漢到南北朝，譯經總數至少有三四千卷。大量佛典被譯成漢語，不啻將當時古代印度文化的大部分介紹給了中國，這就爲漢語增添了新詞新義。

向熹（2010：558）也指出佛教的傳入，佛經的翻譯，對於漢語詞彙的影響是巨大的。不僅增添了許多有關佛教的專門詞語，更重要的是其中有一些逐漸進入了漢語普通詞彙，甚至成爲最常用的詞，例如：過去、未來、煩惱、方便等。有些反映佛教內容的單音詞，具有強大的構詞能力，例如以「佛」爲基本詞素構成的複音詞有「佛典」、「佛殿」、「佛法」等。

2.1.2　元明清時期（阿爾泰語影響）

很久以來中國北方就是漢族和非漢族人民雜居之地。公元 1279 年，蒙古大汗鐵木眞（成吉思汗）的孫子忽必烈（世祖）統一中國，建立元朝，至公元 1368 年（順帝至正二十八年）滅亡，蒙古貴族統治中國 90 年。滿族是女眞族的後裔，清太祖努爾哈赤改稱滿洲族，省稱滿族。（見《清史稿・太祖本紀》）公元 1644 年清世祖福臨（順治）從滿洲入關，建都北京，至 1911 年宣統帝溥儀退位，滿族貴族統治中國 276 年。這期間，漢族和蒙、滿兩族人民交往密切。漢語和蒙語、滿語相互影響和滲透，一些蒙語和滿語的詞被借入漢語。

元代統治者是蒙古貴族，清朝統治者是滿洲貴族，他們不能不在很大程度上接受漢族原有的制度和傳統的文化。客觀上增進了漢族和蒙、滿兩族人民的互相聯繫和相互影響。反映在語言上就是蒙語和滿語裏吸收了大量漢族借詞，漢語裏也曾經一度吸收某些蒙語和滿語借詞，有的保留至今。

2.1.3　19～20 世紀（西方語言以及通過日語的影響）

13 世紀，西方傳教士在傳教的同時，向中國人傳授了一些近代西方文化和科學知識。中國士大夫中一些有識之士也希望吸取西洋的文化科學知識作爲強國富兵之本，他們學習西洋語言，並和某些外國傳教士合作，翻譯或者編撰了一些科學書籍。15 世紀初，鄭和七下西洋，遠達非洲東海岸，促進了中國和亞非國家經濟文化的交流。16 世紀中國和西方資本主義國家開始發生交往。清初一度閉關自守，到 18 世紀，海禁又開。19 世紀開始，西方帝國主義先後侵略中國，與此同時，隨著西方近代文化傳入中國，許多愛國的先進分子強調辦理洋務，向西方派遣留學生，開設學堂，創辦製造局。不少中國青年出國留學，到西方尋找救國救民的方法，大量西方的學術科技著作在中國翻譯出版。漢語也不可避免地受到極大的影響，出現了大量的借詞，產生了大量新詞，大批的詞增加了新義。

這三個時期產生了大量借詞，但又有不同特點。蔣紹愚先生在《對浙大〈漢語詞匯通史〉的評論》〔註 1〕中就指出從「史」的角度來考慮，中古的語言接觸跟近代的語言接觸有所不同。中古時期，因爲佛教的傳入，很多新概念，新詞語都一下子進來了。如「佛」、「塔」、「僧」、「尼」、「涅槃」等，這些是漢語沒有的，它進來以後就佔據了漢語的地位。而且有不少是經歷過「漢化」的過程，逐漸變得像漢語詞彙的模樣了。如「比丘尼」，是三音節的音譯詞，漢人說起來覺得不順口，就把它簡縮成「尼」，又覺得「尼」太簡單，又叫「尼姑」。這就在漢語中站住了。不是學漢語的，一看就以爲是漢語本身的構詞法。近代漢語主要是與蒙古語接觸，這情況就不大一樣。元明時期使用的一些蒙語詞，主要不是反映新概念的詞語，而是一些普通的蒙古語音譯詞，如「抹鄰」（馬），「哈喇」（殺），但是這些詞語很快就從漢語中退出了，只有少數（如「站」）站住腳了。倒是表達蒙語裏一些語法成分的詞語，如「上」，（表示原因，如「這上」），「裏」（表示工具，如「杖子裏敲著」），不但在元代常用，而且直到《兒女英雄傳》中，還有不少「因此上」的說法。

語言接觸對漢語詞彙的影響，主要體現在外來詞的借入和漢語固有功能詞語義的變化以及語言接觸對漢語構詞法的影響上。

〔註 1〕《國家社科基金重大招標項目「漢語詞彙通史」開題論證專家發言》，2015，《漢語史學報》第 15 輯。

2.2 外來詞

2.2.1 外來詞的借入

Thomason（2001）指出借用總是始於詞彙成分（非基本詞彙或文化詞），非基本詞的借用無須雙語制。李心釋（2012：215）指出，處於接觸中的語言之間必然會發生詞彙借用現象，語言中存在借用優先原則，而非創造新詞語優先，這是爲語言使用的經濟性原則所決定的。其中，文化詞是具有地域特色的物質名詞和抽象名詞，代表了自然、文化、宗教、習俗中特有的東西，或者是當地人所特有的語義表達形式，符合「沒有才借」的借用基本規律，即互補借貸，能夠較快借入。

華夏人民從商周起就與外族人民有了聯繫，語言上也互相影響，尤其是北方的獫狁（漢時叫匈奴）和西方的戎族。漢武帝時，張騫出使西域，中西交通開始發達。六朝以後，中西經商往來頻繁，絲綢之路形成。東漢佛教傳入中國，大量佛經譯成漢文，對漢語詞彙的影響尤爲巨大。由於以上種種中外交流，漢語裏出現了許多外來詞，並產生了一些反映外來事物的新詞語。從外來詞的來源上看，可以分爲如下幾類：

一、西域等國借詞〔註 2〕

（一）先秦借入漢語的詞，如：駱駝是匈奴詞 da da 的音譯。最初作「橐駞」。漢代寫作「駱駞」。六朝以後，「駱駝」成爲常用的名稱。也單作「駝」，駝又與其它詞素構成偏正式複合詞，如「駝背、駝鈎」等。師比，匈奴語 serbi 的音譯，是一種上有貔獸形象的金屬帶鈎。狻麑，來源於梵語的 siniba，一說來源於粟特語的 šrɤw，šarɤs，就是獅子。

（二）兩漢借入的詞，如：琥珀，是突厥語 xu bix 或波斯語 kahrupai 的音譯。琉璃，是梵語 velūriya 的音譯，各種天然的有光寶石。苜蓿，原始伊蘭語或大宛語 buksuk、buxsux 的音譯，一種牧草和綠肥作物。葡萄，是大宛語 bādaga 的音譯。檳榔，是馬來西亞或印尼語 pinang 的音譯。石榴，伊蘭語 arsak 或波斯語 ɑnār 的音譯。

〔註 2〕在上文討論中未把這一時期作爲語言接觸影響漢語詞彙的一個主要階段單獨列出是因爲從外來詞的來源上看與其它階段有交叉。

（三）六朝以至唐、五代借入的詞。菠薐，即菠菜，尼泊爾語 palinga 的音譯，一種蔬菜，唐時傳入中國。胡荽，伊蘭語 koswi，gošwi 的音譯，俗稱香菜。可汗，來源於突厥語 qaɤan，古代鮮卑、柔然、突厥、迴紇、蒙古等族最高統治者的稱號。茉莉，梵語 mallikā 的譯音，一說爲敘利亞語 molo 的音譯，來自波斯。西瓜，女眞語 xeko 的音譯，更早則來源於哥爾德語 seko、sego，原產非洲，六朝叫「寒瓜」，也叫「綠沈瓜」。柘枝，源於波斯語 chaj，一種舞蹈，唐時傳入中國，初爲女子獨舞，或二女童對舞，宋代發展爲多人隊舞。

內容上，從秦漢至隋唐，漢族經濟、文化、科學水平高於西域諸國，因此，漢語借入的有關經濟、政治、文化方面的詞較少。形式上，最初借詞大都採用音譯，有的詞爲了適應漢語詞彙雙音化的音節結構特點，往往加以縮略爲雙音節詞。

二、佛教詞彙的影響

佛教自東漢傳入中國，不僅使漢語出現了有關佛教的借詞和新詞，而且使漢語一些固有詞增添了有關佛教的新義。漢語裏出現了不少有關佛教的借詞和新詞，許多詞增加了有關佛教的新義。這些借詞、新詞或新義，一部分作爲宗教行業語而存在，一部分進入了漢語的普通詞彙乃至於基本詞彙。從借入方式上可以分爲如下幾類〔註 3〕：

（一）音　譯

音譯是根據原詞的發音直接進行翻譯，例如，比丘：梵語 hiksu 的音譯，出家修行的男子，少年初受戒，叫做「沙彌」；至二十歲，再受具足戒，叫做「比丘」。唄，梵語 pāthaka（唄匿）的音譯省稱，也稱「梵唄」，意爲讚頌佛法的短偈，後來也指讚頌佛經或頌經聲，一般由三十二字或四句構成。缽，梵語 pātra（缽多羅）的省譯，是一種盛飯的器皿，比丘六物之一，又有複音詞「缽盂」（僧人食器）、「缽囊」（僧人盛放缽盂的袋子）、「缽錢」（布施僧尼的錢財）、「缽授」（僧侶傳授衣缽等法物）、「缽袋」（同「衣缽」）等。阿彌陀佛（Emítuófó），梵語 amitābha 的音譯，佛家指西方極樂世界中最大的佛；後世佛教徒用作口頭誦念的佛號，表示祈禱、祝願或感謝神靈。梵，梵語 brahma（梵摩、婆羅賀摩）的音譯省稱，佛教經典都用古印度書面語（梵語、梵文）

〔註 3〕本章的例子，如無特殊說明，主要引自向熹（2010）。

寫成，故與印度、佛教有關的事物大都可以稱「梵」或複音詞中冠以「梵」字，「梵」指古印度書面語梵文，「梵語」指古印度的書面語，「梵典」指佛教經典，「梵筵」指做佛事的道場。

（二）意　譯

即用漢語的詞素按照漢語造詞規律構造新詞以翻譯佛經中的新概念，這類詞數量甚多，很適合中國人的習慣，例如：大乘，梵語 mahāyāna（摩訶衍那）的意譯，指大乘佛教。道場，梵語 mandala（曼荼羅）的意譯，指供奉佛菩薩像、誦經禮拜、舉行法會的地方，也指舉行法會。導師，梵語 mayaka 的意譯，佛教指引導眾生入佛修道的人，是佛菩薩的通稱。地獄，梵語 naraka 或 niraya（泥梨）的意譯，意思是「苦的世界」。煩惱，梵語 klesd 的意譯，佛家指身心爲貪欲所惑而產生的精神狀態。果報，就是因果報應。合掌，梵語 samputa（三補吒）的意譯，佛教的一種儀式，合兩掌以表示敬意。金剛，梵語 vajra（縛日羅）的意譯，金剛石，又指用金剛石所製的杵，又佛教護法神手執金剛杵，因以「金剛」爲護法神名。輪迴，梵語 samsāra 的意譯，佛家認爲，世界眾生莫不輾轉生死於「六道」之中，如車輪旋轉，稱爲「輪迴」。平等，梵語 upeksā 的意譯，意思是無差別，指一切現象在共性或空性、唯識性、心眞如性等上沒有差別。如來，梵語 tathāgata 的意譯，佛的別名，意思是從如實之道來而成正覺，又爲釋迦摩尼十種法號的第一種。三生，梵語 trijati 的意譯，指生命的三個階段，即前生、今生、來生。世界，梵語 lokadhātu 的意譯，「世」指時間，「界」指空間，相當於漢語原有的「宇宙」，包括上下四合，古往今來，引申爲世上，人間，又指人們活動的某一領域、範圍或境界。世尊，梵語 bhagavat（薄伽梵）的意譯，佛教徒對釋迦摩尼的尊稱。

（三）舊詞新義〔註 4〕

方欣欣（2005）指出人們是連音帶義地借用外語源詞，卻不可能把外語源詞的整個應用範圍都搬到本國語言裏來，往往只搬用其意義範圍中的一部分，有時還可以加上一些新的意義。詞義交融的不對稱性表現爲四個方面：（1）增

〔註 4〕也有學者認爲意譯是用漢語原有的詞素按漢語構詞規律創造新詞，或利用漢語舊詞賦予新的意義以進行翻譯。按照這種觀點，此處所討論的「舊詞新義」也可歸入「意譯詞」一類。

加義項，指的是在詞義交融過程中給本國語言裏的詞語加人一個新的意義。(2) 覆蓋義項，指的是在詞義交融過程中借詞的詞義覆蓋掉或擠走了原有的詞義。(3) 減少義項，指的是在詞義交融過程中義項減少的情況。(4) 置換義項，指的是在詞義交融過程中一種語言雖然借用了外語源詞的語音形式，但詞義卻用本國語的詞義進行了置換。

佛教傳入中國後，對漢語的影響巨大，不僅增加了許多新詞，也使一些漢語固有詞增加了新義。翻譯佛經時利用漢語中原有的詞的書面語形式而賦予新的意義，這些詞語意義發生了變化，內容更豐富了，有的只是借用舊詞形式表達佛經裏的某種意義，與原義並無關係，如：俞理明（1990）指出在漢末魏晉的譯經中，「子」可以指稱第三人稱，這個指稱第三人稱的「子」與產生於先秦的第二人稱稱謂詞「子」沒有直接的淵源關係，它所稱的對象多是卑下卑鄙者，可以兼指複數。「子」的這種用法只見於翻譯的佛典中，可能與當時漢語缺乏一個眞正的第三人稱代詞有關，南北朝時就很少這類用例了。再如，報應：古人信奉天人感應學說，認爲日月星辰的變化是人事治亂的反應，叫做「報應」，佛教用以指種善得善果，種惡得惡果，後專指種惡得惡果。燈：本是照明的工具。佛法是能指明人到達極樂世界的途徑，佛家因以燈比喻佛法。俗：本義是風俗習慣。佛教傳入後，「俗」又產生「塵世間」的意思。與「出家爲僧」相對。布施：上古漢語是以物予人，佛家用來翻譯梵語的 dāna（檀那），爲六波羅蜜（六度）之一。寺：原爲官署之義，如「大理寺」、「鴻臚寺」。漢代佛教傳入，東漢明帝時攝摩騰竺法蘭自西域以白馬馱經而來，舍於鴻臚寺，自此「寺」變爲佛寺之稱。

佛教是東漢印度傳入的，道教是漢末中國本土產生的宗教。兩者在教義、教規、修行方式等方面各有特點，並不相同。但某些帶宗教性質的詞，佛道兩家往往可以通用，如：道家：本指我國古代以老子、莊子爲代表的一種思想流派。中古時期「道家」可以指道教，也可以指佛教。居士：上古指有才能而隱居不出仕的人，沒有出仕的人。漢魏以後，可以稱在家受過三皈五戒的佛教徒，爲梵語 grhapati（迦羅越）的音譯，「居士」也稱道教信徒。戒律：宗教禁止教徒違反教義的法規叫做「戒律」，這個詞佛、道並用。打坐：閉目盤腿而坐，摒除雜念，手放在一定位置上，這是佛教徒和道教徒都用的一種修煉方法。咒：

上古漢語「咒」有「咒罵」「禱告」兩個意思。道教有咒語，佛教用「咒」來意譯梵語 dhārani（陀羅尼），也譯爲「眞言」。

三、蒙語、滿語詞彙的影響

（一）借自蒙語的詞

蒙語借詞大都見於元人雜劇和元代史書裏，尤其是元代雜劇，反映了以大都爲中心的元代北方人民的口語，也反映了漢語和北方各民族語言特別是和蒙語融合的事實，例如：保兒赤：蒙語 bugurči，buurč（口語）音譯，廚子。答剌孫，蒙語 darasun 音譯，酒，黃酒。哈敦，蒙語 hatun 音譯，娘子，夫人。虎兒赤，蒙語 xooči 音譯，琴手，藝人。里列馬赤，蒙語 kele mürči 音譯，通事，翻譯官。米罕，蒙語 mihan 音譯，肉。那顏，蒙語 noyan 音譯，官人，長官。「速門」是蒙語 sumun 音譯，箭。撒敦，蒙語 sadun 音譯，親戚。掃兀，蒙語 sagu 音譯，坐。鐵里溫，蒙語 terigün 音譯，頭。兀剌，蒙語 ula 音譯，鞋，靴。五裂蔑疊，蒙語 ulü medel 音譯，不知道，不曉得。

以上所舉的蒙古借詞，大都沒有表達什麼新事物、新概念，也不符合漢語構詞的規律。漢語裏有相應的詞存在。當時北方一代漢蒙雜居，人民可以聽懂。到了明清，社會條件改變，它們也就失去了存在的價值而被淘汰了，但也有少數蒙語借詞在漢語裏生了根，至今仍然通用的，如：褡膊、褡連：蒙語 takalimpa、talimp 的音譯，一種中間開口，兩頭可以裝東西的長方形口袋，大的可以搭在肩上，小的可以掛在腰帶上。歹：蒙語 tai 音譯，意思是「不好、壞」。蘑菇，蒙語 moku 音譯，一種優良的食用菌，生長在樹林裏或草地上。「戈壁」（沙漠）是蒙語 gobi 的音譯，「哈巴（狗）」是蒙語 xaba 的音譯，「喇叭」（一種上細下粗的管樂器）是蒙語 labai 的音譯。這些詞現在都成爲漢語普通的詞。

（二）借自滿語的詞

滿族的前身是女眞族，早就和北方漢族人民有著密切的交往，已有一些新詞借入漢語詞彙，如：阿馬，女眞語 ama 音譯，父親。兔鶻，女眞語 tuhu 音譯，腰帶，束帶。到了清代，漢語裏的滿語借詞更多一些，如：包衣，滿語 booi 音譯，booiaha（包衣阿哈）的簡稱，指爲滿族貴族所佔有，沒有人身自由，被迫從事各種家務勞動的努力。額娘，滿語 eniye 音譯，母親。格格，滿語 gege 音譯，小姐，清朝貴族女子的稱呼。海里奔，滿語 hailiben 音譯，新奇，少見。

岳伯，滿語 yobo 音譯，戲謔、揶揄。從滿語滲入漢語的詞還有「諳版」（amban，官員，大臣）、「額附」（efu，駙馬）、「額眞」（ejen，天子、大王）、「蝲蛄」（lagu，螻蛄）、「薩其瑪」（sacima，一種用油炸麵條和糖黏合而成的糕點）、「把式」（baksi，儒）、「妞妞」（nionio，對小孩的愛稱）、「肋脦」（lete lata，累墜的樣子）、「胳肢」（gezhiheshembi，胳肢）、「姥姥」（long long seme，只管胡說的樣子）、「媽虎子」（mahuu，鬼臉）、「嘎妞」（ganio，怪異）等。隨著清王朝的滅亡，滿族人民通常以漢語作爲本民族的交際工具，這些來自滿語的音譯詞大都失去繼續存在的價值，除「薩其瑪」等個別的詞以外，幾乎全部消亡了。

四、西方文化對漢語詞彙的影響

隨著西洋近代自然科學和社會科學輸入中國，帶來了許多新的事物和概念。漢語翻譯這些事物和概念，採取音譯、意譯、半音半意譯三種辦法。如：Asia，音譯「亞細亞」，拉丁語，又譯「亞洲」。Geometria，研究物體形狀、大小與位置間相互關係的數學，意大利語，徐光啓意譯爲「幾何」，至今沿用。Catholic father，西方對天主教、東正教神職人員的尊敬，協助主教管理教務，通常爲單個教堂的負責人，英語，17 世紀初傳入中國，半音譯半意譯作「神父」。這一時期的借詞主要有三個方面的來源：一是借用日譯詞或日語借詞；二是印歐語借詞；三是自造新詞或舊詞新用。

（一）日譯詞或日語借詞

日譯詞是日本在明治維新以後，大量翻譯了西方的文化科學書籍，其中絕大多數是日本人用漢字構造新詞進行意譯的。後來中國人把這些詞連形帶義搬回漢語。語音上，日語用日語的讀法，漢語用漢語的讀法。日譯詞 99%來自英語。高名凱和劉正琰（1958：82～98）認爲來自於日語的外來詞分爲 3 類：1）日語本族語借詞：2）選用古漢語詞彙翻譯西方語言的意譯詞；3）日本人創造的詞彙，如根據西方語言創造的音譯詞、仿譯詞新詞。根據王立達（1958）的意見，漢語經由 3 種途徑吸收日語詞彙：1）日本音譯外來語的漢字寫法被借用到漢語中來。2）用漢字書寫但只有訓讀的日語詞被借到漢語中來。3）日本人意譯的外語詞彙。

從內容上，日譯詞包括：（1）有關科學技術方面的名稱：電報、動力學、生態學等。（2）有關政治、經濟方面的名稱：霸權、獨裁、高利貸、國際等。（3）

有關文化藝術方面的名稱：幻燈、交響樂、舞臺等。（4）一般事物名稱：方式、空間、目的等。（5）稱謂：講師、總理、仲裁人等。從詞類上，日譯詞裏，動詞不少，例如：出庭、反應、綜合等。日譯詞裏，形容詞要少一些，例如：抽象（的）、間接（的）、主觀（的）等。

來自古代漢語的日譯詞：日本人有時用古代漢語中的現成詞語去翻譯西方的新概念，這些詞語形式上爲古代漢語所固有，意義上有的有繼承關係，有的不相同。（1）名詞，如：法律，日讀 horitsu，由立法機關制定，由國家政權機關保證執行，公民必須遵守的行爲規則，意譯英語 law，古代漢語指刑法和各種律令。共和，日讀 kyowa，意譯英語 republic，古代漢語稱西周厲王失國後由周、召二公共同執政的十四年。精神，日讀 seishin，意譯英語 mind，spirit，古代漢語指天地萬物的精氣。（2）動詞，如：反對，日讀 hantai，意譯英語 pooosition，古代漢語指韻文中辭反而義同的對偶句。拘留，日讀 kōryū，意譯英語 detain，古代漢語指扣留。勞動，日讀 rōdō，意譯英語 labour，古代漢語指活動。（3）形容詞，如：具體，日讀 gutai，意譯英語 concrete，古代漢語指總體的各部分都具備而形狀或規模較小。文明，日讀 bunmei，意譯英語 civilized，古代漢語指文采光明。相對，日讀 sōtai，意譯英語 relative，古代漢語指有面對面或兩相對應的意思。

日語借詞，指日本人除用漢字構詞來翻譯西洋作品外，自己還創造了一些新詞，這些也用漢字構成，後來借入中國，跟「來自西洋，路經日本」的日譯詞不同，這些詞是眞正的日本的產物，數量有幾百個之多，如：（1）名詞：茶道、大局、流感。（2）動詞：服務、臨床、取締。（3）形容詞：單純、簡單、私立。

（二）印歐語借詞

這些借詞，除了來自日語以外，大多數直接來自英語，少數來自德語、法語和其它西方語言。借用的方式有完全音譯、音兼意譯和半音半意譯三種。（1）完全音譯，如：阿門，英語 amen，基督徒祈禱完畢時的用語，意思爲心願如此。阿司匹林，英語 aspirin，醋柳酸，乙酰水楊酸。鎊，英語 pound，英、澳等國的貨幣單位。（2）音兼意譯，用漢語翻譯，兼顧語音和意義兩個方面，如：繃帶，英語 bandage，包紮傷口或患處的紗布帶。模特兒，英語 model。颱風，英語 typhoon。烏托邦，英語 utopia。（3）半音半意譯，譯詞的一部分是音譯，一部分是意譯，如：冰激淩，英語 ice cream。東亞，英語 East Asia。有時在音譯的後面加上一個漢語表意的詞素，也算這一類，如：可蘭經，英語 Keran。啤酒，德國 Bier。

（三）自創新詞和舊詞新用

19 世紀後半期，中國人翻譯西方作品，除了日譯詞和西方語言的音譯借詞以外，還有許多是自創新詞和舊詞新用。自創新詞大都可以在西方語言裏找到互相對應的詞語。（1）名詞，如：地球，英語 the earth；法院，英語 court of justice，law court；工程師，英語 engineer；（2）動詞，如：罷免，英語 recall；表演，英語 perform, act, play；壓迫，英語 oppress, repress。（3）形容詞，如：辯證，英語 dialectical；超重，英語 overload；集體，英語 collective。舊詞新用指用古漢語舊有的詞來翻譯外來概念，從而使不少舊詞有了新意義，換了新的內容。如：大使，意譯英語 ambassador，古代漢語指帝王臨時特派的使節。公民，意譯英語 citizen，古代漢語指爲公之民或公家之民。教育，意譯英語 education，古代漢語指教誨培育。

2.2.2　外來詞的發展

楊振蘭（1989）認爲從廣義上講，外來詞的漢化問題涉及共時和歷時的漢化，前者指引入外來詞時對其實行加工改造，後者是指外來詞在長期的語言運用中和漢語體系的自然融合。

Zuckermann（2000）指出，詞彙借用可分爲三個階段：（1）輸入階段（input analysis），對源語的各個要素進行檢驗。（2）識別階段（input analysis），對借語中與之對應的要素進行識別。（3）輸出階段（output production），產生新詞，往往依照借詞的語素音位特徵（morphophonemic characteristics）來輸出。在輸出階段，借詞通常更向借語靠攏。Zuckermann 提出了 FEN（Folk-Etymological Nativization 本土化理據論），即人們遇到發音陌生或難理解的借詞時，往往用某個自己熟悉的、發音或形態相似、意義相關的詞去取代，經過長期使用，這種取代詞便逐漸成了一個新詞，一個更像本族語言的詞。

彭曉（2015）指出外源詞進入漢語後所產生的重新標記現象實際上反映了

異質成分融入漢語後的一種自行調校。語言接觸的過程中，目標語在吸納外源性成分時，進行重新標記的初衷是消解其異質性，使其更適應本族語系統。

對於漢語的借詞來說，中古漢語已有一些音譯的外語借詞，近代漢語又有許多蒙古借詞，不過從蒙語借來的詞大多數並不代表什麼新概念，漢語裏已有相應的詞存在，它們借入漢語，並沒有起到豐富漢語詞彙的作用。因爲它們絕大部分未能在漢語裏站穩腳跟，隨著元代滅亡，它們就逐漸消失了。明末翻譯作品中的一些借詞，也只有少數保留下來。到了 19 世紀和 20 世紀初期，情況起了極大的變化，大量借詞作爲漢語詞彙的一部分而保存下來。

通過翻譯作品爲漢語引入的外來詞，向熹（2010：686）指出有的譯名能夠一直保存下來，有的後來被別的譯名代替了。這一方面要看譯名本身是否妥當，是否通俗；另一個方面，要看翻譯作品流行的情況，如，明代翻譯的著作傳播範圍不廣，其中很多新詞尚未得到廣泛的使用，未能進入漢語一般詞彙。

一般來說，自創新詞中，譯詞深奧的總是被通俗的所代替，表義模糊的總是被表義明確的所代替。初期翻譯家爲了譯文典雅，往往喜歡用一些當時已不通行的古代詞語來進行翻譯，也有一些譯名雖不古奧，但表達原詞的意義不太明確，等到有比較通俗而明確的譯名出來，這些譯名就逐漸被淘汰了。如：Atlantic Ocean，西洋－大西洋；laboratory，驗室－實驗室；telescope，遠鏡－望遠鏡。還有一些譯名，就其通俗性和明確性來看，似乎都差不多，但是在流通過程中有的消失了，有的保存下來，例如：compete，爭競－競爭；hardness，堅度－硬度；scope，limits，圈限－範圍。能夠保留的譯名，也許出現在流行較廣，影響較大的著作裏，爲大多數群眾所接受，所以能夠淘汰另一譯名。

此外，漢語中的外來詞的吸收也很能體現中國文化的特點，很多外來詞逐漸被「漢化」，即逐漸取得和漢語固有的詞語相同或相近的形式，以致人們覺察不到它們是一個外來詞了。蔣紹愚（2010：172）認爲外來詞進入漢語，最方便的當然是音譯，但由於外語和漢語語音結構不同，譯音詞在漢語中往往有點「格格不入」，所以後來就改變形式，變得和漢語差不多，使漢族人容易接受。下面我們討論外來詞發展的具體情形。

2.2.2.1　音譯固定為意譯以及變異形式的逐步消失

有的音譯詞由於爲漢語引入了新事物，可以在漢語中生存下來，如滿語的

「薩其瑪」，拉丁語音譯詞「邏輯」。但更多的情況是，音譯詞由於受漢語自身音節結構的限制而逐漸固定爲意譯，比如，從佛經的翻譯來看，意譯比較地能爲漢語所接受，有些詞有音譯、意譯兩種形式，產生時代有先有後，但通行的都是意譯。例如，梵語 chandas 南朝時音譯爲闡陀，最後意譯爲韻律學；梵語 mahāmandārava 東晉意譯爲摩訶曼陀羅，到唐朝意譯爲大白蓮花。

漢語比較習慣用創造新詞的方式來意譯外來的概念，初期許多音譯詞，後來都被意譯詞代替了，多音節的音譯詞尤其是這樣。如：atman，安德門－靈魂、自我；chimpanzee，昔門子－黑猩猩；democracy，德謨克拉西－民主

此外，還有一種情況，就是本爲音譯詞，但是固定爲意譯詞後，其意義又有了進一步的發展，如：胡同，蒙語 gudum 音譯，原義爲「水井」，借入漢語後表示「巷子」、「小街道」。元關漢卿《單刀會》三折：「直殺一個血胡同。」張清常《胡同與水井》：「我國北方一些城市特有的『胡同』這個詞始見於元代，可能借自蒙古語的水井。」有的學者認爲「胡同」的合音爲「巷」。朱駿聲《說文通訓定聲・豐部》：「今京師呼巷曰胡同，胡同合音爲巷也。」

向熹（2010：558）指出，上古漢語以單音詞爲主，中古漢語複音詞逐漸佔據了優勢，這一時期產生的新詞絕大多數都是雙音詞。西方語言一個詞可以由好幾個音節構成，不符合漢語的構詞習慣。因此，漢語在翻譯外來詞時，往往用自造的雙音詞（不排斥少數單音詞或多音詞）進行意譯。漢魏以後漢語單音詞已十分豐富，足夠作爲詞素來構造任何新詞，這就是許多開始用音譯的詞後來改成意譯的原因。當然，也有相反的情況，少數音譯詞比自創詞更能確切地表達原詞的意思，它們能夠保留下來，有的甚至淘汰了自創新詞，如「邏輯」、「蘇打」、「瓦斯」、「白蘭地」等。

2.2.2.2　合璧詞的出現

不同來源的構詞成分互相結合構成一個詞，是語言長期接觸對詞彙系統的常見的影響結果。合璧詞，即「半音半譯」的詞。合璧詞既要服從並適應漢語的語音系統，包括音節構造（音譯部分），又要服從並適應漢語的語法結構，包括構詞法（意譯部分），還要根據漢語詞彙的一些規律把它們有機的組合起來。

梁曉紅（2001）指出「梵漢合璧詞」的構成條件有：（1）省「梵音」以就漢詞，梵漢合璧詞因其含有一個意譯的成分，自然與漢語的關係更密切一點，

所以它的音譯的部分更省略，一般只保留一個音節。如「懺悔」的「懺」爲「懺摩」的省音；「僧侶」的「僧」爲「僧伽」的省音；「衣缽」之「缽」爲「缽多羅」的省音。(2) 選會意字以適詞義〔註5〕，音譯部分因爲要與漢語固有的成分組成新詞，自然要盡可能採用符合漢字表意特點的成分。人們在譯經時，不僅利用漢語原有的材料創造了大量的新詞，還創造了一些新的漢字，以滿足構詞的需要，如：「魔鬼」之「魔」是梵語 Māra 的略音，漢語裏本無此字，開始譯經時借用漢語中的「磨」，後來梁武帝把它改爲「魔」字。需要注意的是，表音譯部分的字多是形聲字，依靠漢字形旁表意功能，取得了文字形式上的漢化，再加一個表意的漢語詞根，自然就與漢語詞更接近了。梵漢合璧中的「梵」，雖然屬於音譯部分，但並非全不管其意，在被使用的過程中，它已經在音節構造、詞形等方面盡可能地被漢語同化了，這樣，合璧後的新詞能很快被漢語接受，而又無外來之感，其中有些甚至逐漸成爲漢語詞彙家族中的中堅。

梵漢合璧詞的構成方式有：(1) 音譯加類名詞，創造新詞。如，「菩薩」是梵文 Bodhisattva 的音譯節略，其所造的新詞有：菩薩性、菩薩行、菩薩乘、菩薩道等。(2) 音兼意譯加類詞，創造新詞。譯經者根據方塊漢字具有「意符」的性質，往往把代表其類意義的偏旁，挑選與梵語音相似的漢字，放在一起，重新創造形聲字，表示佛教的概念。如，「蘋果」最初音譯爲「頻婆羅」，簡作「頻婆」，後再簡爲「頻」，加「果」表示屬於水果類，並給「頻」加「艹」頭，成爲「蘋」，於是漢語裏增加了「蘋果」一詞。其成詞過程，既表現了「梵漢合璧」的詞，從音節上適應漢語詞雙音節爲主的漢化方式，也表現了漢語改造梵語對音字，使之成爲表意成分的手段，眞正是「音兼意譯」了。此外，在翻譯過程中，根據需要，一個詞的概念幾經轉換，最後用來構詞的對音字所表達的內容與梵語本義已不大一樣了，因此，這個字不是純粹的記音成分了。如，「菩提樹」雖是 Bodhi 的對音再加漢語類名「樹」而成，但實際上已非眞正梵語原音，「菩提」意譯爲「覺悟」或「智慧」，即佛家所謂斷絕世間煩惱而成就涅槃所達到的一種精神境界，其實，「菩提樹」眞正的音譯爲「畢缽羅」Pippala，相傳釋迦牟尼是在此書下苦思六年，終成正果的，但它眞正的學名卻不用了。漢語若完全意譯，應爲「思維樹」，所以「菩提樹」相比「畢缽羅樹」和「思維樹」，是音兼意譯。(3) 梵漢同

〔註5〕此處的「會意字」似應爲「表意字」或「形聲字」。

義合併、互補，創造新詞。這一類所用的漢語成分意思與梵語音節所表達的原意基本相同，從意義上看是並列補充關係。例如，尼姑，「尼」與「姑」分別是梵漢中用來表示女性的成分。刹土，刹是梵語 Ksetra 之音譯省略，其本義是「土」、「土田」或「國土」。塔廟，古印度最初的「塔」實際就是埋葬屍骨的墳冢。缽盂，缽是梵文 pātra 的音譯，「缽」是新造字，爲比丘六物之一，吃飯用的器皿，而「盂」爲中國古有之名。僧眾，僧爲梵文 Sangha 的音譯「僧伽」的省稱，本是一個複數名詞，進入漢語後，逐漸可指單個的出家人，「僧伽」的外來氣息太濃，於是漢語佛典中出現了「僧眾」，以表僧人集體多數。偈頌，「偈」爲梵語 Gātha 的音譯「偈陀」的省略。坐禪，「禪那」作爲僧人修行的方法之一，靜坐思惟是最基本的，故在「禪」前綴加「坐」，成「坐禪」。

合璧詞的出現是有其合理性的。在大部分語言接觸的借用現象中，借用的往往是詞，但也可以借用語素，只有雙語流利者才會創造合璧詞。Thomason（2001）指出長期的雙語社會或語言間長期的密切接觸，可致借用擴展到結構特徵。

2.2.2.3　描寫詞的出現

漢語外來詞還有一類，羅常培稱爲「描寫詞」，即本來是一種外國的事物，傳入中國後不用音譯，而是比況中國原有的事物給它命名，前面往往加上一個「胡」、「番」、「洋」，以表明它是外來的東西，如：胡服、胡瓜、胡琴等。但是，向熹（2010：534）指出上述詞語都是用「胡」等加漢語原有的詞素構成，它們表達外來的事物和人的稱謂，卻不是外語借詞。這些詞隨著人們對這種事物習以爲常，其名稱前面的「胡」、「番」、「洋」也就去掉了，看起來更像一個地道的漢語詞，如：

（一）胡麻（sesame）——脂麻——芝麻。

麻：向熹（2010：463）上古指大麻，其莖皮纖維可以織布。東漢以後用麻造紙。唐宋時，用黃麻、白麻紙頒詔，故稱詔書爲「麻」。有關將相任免的詔書用白麻紙謄寫，即稱「白麻」；慰問軍旅的詔書用黃麻紙謄寫，即稱「黃麻」。《舊唐書・憲宗紀下》：「將相出入，翰林草制，謂之白麻。」唐白居易《見於給事暇日上直寄南省諸郎官詩因以戲贈》詩：「黃麻敕勝長生籙，白紵詞嫌內景篇。」

宋代以前，外來的東西常常在前面加個「胡」，如「胡琴」、「胡麻」、「胡椒」等。這些詞有的保存下來，但人們已經意識不到「胡」的意義了。有的東西就去掉「胡」，改用別的名稱。如「芝麻」，原稱「胡麻」。沈括《夢溪筆談・藥議》：「胡麻直是今油麻，更無他說。……中國之麻，今謂之大麻是也，有實為苴麻，無實為枲麻，又曰麻牡。張騫始自大宛得油麻之種，亦謂之麻，故以胡麻別之，謂漢麻為大麻也。」後來種植既久，就去掉「胡」字，但要和中國固有的「麻」區別，就改稱「脂麻」（因為有油）。後來俗稱「芝麻」。李時珍《本草綱目・穀一・胡麻》：「巨勝、方莖、狗蝨、油麻、脂麻，俗作芝麻，非。」

（二）洋錢——大洋

明清時期，外來的東西常常在前面加個「洋」，如「洋蔥」、「洋槍」、「洋錢」。有些名稱保留下來，如「洋蔥」。有些「洋」字去掉了，如「洋槍」。最有趣的是「洋錢」，「洋錢」即銀元，因為最初是從西班牙進來的，所以稱「洋」。但後來人們把銀元叫做「大洋」，這就把「洋」當作一種貨幣，和「外來的」無關了。

2.2.2.4　循環借用（返借詞）

胡增益（1995）指出，借貸中的輾轉反借現象是指一個詞從甲語言借到乙語言，後來甲語言又從乙語言中把一個詞借回來。這種情況再漢語和北方民族語言中不乏其例，例如：突厥語 beg 來自漢語「伯」，意思是「首長」、「統治者」等，是對顯貴或統治者的尊稱。演化到維吾爾語，作為地方官吏或頭人的稱號。漢語又回借了 beg，寫作「伯克」，將其作為清代新疆地方官吏的總稱，如伊什罕伯克等。蒙古語的 taidʒi，來自漢語「太子」，意為「皇子」，後來也成為也速該和成吉思汗後裔的通稱，漢語回借了 taidʒi，寫作「臺吉」，作為封爵的名號，用來封贈蒙古及西北邊疆地區某些民族中的貴族首領，在「王」、「貝勒」、「貝子」、「公」之下。滿語的 bithesi，來自蒙古語 bitʃigətʃi，而 bitʃigətʃi 又來自突厥語 bit-，「書寫」、「記」，而突厥語的 bit-，又來自漢語的「筆」。bithesi 為清代官名，掌握翻譯滿漢章奏文字，相當於「文書」，在衙署是低級的官員。漢語回借了 bithesi，寫作「筆帖式」。福晉，滿語 fujin 的音譯，清代親王、郡王及親王世子的正妻，原為漢語中的「夫人」，清代把親王及其世子、郡王及其長子的正室均稱作 fuzhin，漢語回借了 fuzhin，寫作「福晉」，《清史稿・后妃傳序》：「太祖初起，草創闊略，宮闈未有位號，但循國俗稱『福晉』。『福晉』蓋『可敦』之轉音，史述后妃，後人緣飾名之，非當時本稱也」。滿語的 zhanggin，來自漢語「將軍」，用於軍職官稱，漢語回借滿語的 zhanggin，寫作「章京」。從這些詞語看，借貸中有輾轉反借的現象，輾轉反借的詞語原詞相比在語音、語義上都有了不同，對原語講成了一個借入的詞。

有一些詞語，本是漢語中的，後來傳到海外，又作爲外來詞重新進入漢語。這些詞語，在日語和漢語之間非常常見。如：日譯詞和日語借詞都是日本人創造的，用漢字構成，中國人借來以後，讀漢字的音，並且由字形可以推知其意義，接受起來非常容易，所以它們一到中國，很快就得到廣泛的傳播，與漢語原有的詞融爲一體，時間稍久，人們簡直不知道其來自東洋了。有些日譯詞本來就是古代漢語原有的，日本人借去翻譯西洋的概念，這些詞雖然有了嶄新的內容，卻容易爲中國人所掌握或瞭解。有一大批外來詞是從日本譯名直接進入漢語的，如「文化」（culture）、「革命」（revolution）等，這些譯名和中國典籍中的詞語只是表面相同而實際意義並不相同。如《易・革卦》：「湯武革命，順乎天而應乎人。」「革命」是「改變天命」之意。《說苑・指武》：「文化不改，然後加誅。」「文化」是「以文德教化」之意。但因爲這些日本譯名看起來是「古已有之」，所以很容易被接受。再如，向熹（2010：685）指出，Oeconomica，在歷史上一定時期的社會生產關係的總和，也指研究國民經濟各方面問題的學科，拉丁語，音譯爲「額各諾靡加」，日本人用古代漢語裏的「經濟」意譯英語的 economy 或 economics，漢語就改用這個日譯詞，漢語「經濟」一詞，最早見於晉穆帝永和二年（公元 346 年）會稽王司馬昱《答殷浩書》：「足下沉識淹長，思綜通練，起而明之，足以經濟。」（《晉書・殷浩傳》）這裡的「經濟」是「經世濟民」的意思。1989 年康有爲在北京創建「經濟學會」，則是漢語中「經濟」一詞具有現代詞義的較早例。

還有一種情況是，日譯詞和自創新詞同時存在，何去何存，得看這些詞本身適應能力，（1）有的是自創新詞保留下來，日譯詞被淘汰了，如：catalyzer（英），觸媒－催化劑；efficiency（英），能率－效率；enzyme（英），酵素－酶；lethe（英），旋盤－車床；steam（英），水汀－水蒸氣，暖氣。（2）另外一些詞是日譯詞保存下來，而漢語自創的新詞被淘汰了，如：chemistry，質學－化學；deduction，外籀－演繹；heredity，種姓之說－遺傳。（3）還有一種情況，自創詞和日譯詞同時存在，但意義上有了分工，例如英語的 engineer，日譯爲「技師」，漢譯爲「工程師」，現在兩者都是技術人員的職務名稱。「工程師」指能夠獨立完成某一專門技術任務的設計、施工工作的專門人員，「技師」指初級工程師或高級技術人員。

向熹（2010：628）指出還有漢語和蒙古語裏的詞循環借用的情況。例如，「博士」原是漢語裏的詞，蒙語借去讀爲 pakci 意思是「老師、師父」。漢語從蒙語借回來，寫作「把勢」或「把式」，指擅長某種手藝或能耐的人。元武漢臣《玉壺春》二折：「若是我老把式，展旗幡，立馬停驂……」。

有的循環借用的情況較爲複雜，如胡增益（1995）指出，滿語的 baibi 和 bai 來自漢語的「白白」和「白」。「白白」和「白」，特別是「白」借入滿語之後，產生了新的詞義，如「只是」、「不過是」、「隨便」、「略微」的意思。漢語又從漢語回借了這個「白」字，因此漢語的副詞「白」是實際上包括了兩個來源：一個是漢語固有的「白」；一個是在滿語中詞義有了發展的「白」，也就是滿語的「白」。但滿語的「白」並沒有爲使用漢語的地區普遍接受，隨著歲月的推移變得越來越不能被人理解，進而幾乎完全消失。

2.2.2.5　雙音化

朱慶之（2001）認爲譯經語言高度雙音化與佛經四字格特殊文體的需要有關，另外，原典詞彙結構上的影響也起到重要的作用，許多雙音節詞語是翻譯者臨時創造的。有些音譯詞是多音節的，也有雙音化的趨勢，如「菩提薩埵」雙音化爲「菩薩」。雙音化的手段有「同義連文」，或在自由構詞語素的幫助下創造出一個雙音節形式來。我們在 2.4 討論構詞法的問題時，還會涉及到雙音化的問題。

2.2.2.6　外來詞詞形上的漢化

包括從詞語組成形式上的漢化及詞語字形上的漢化，其中詞語組成形式上的漢化，指把外語音節語素化，即截取外來詞中的某些音節作爲語素，並以之構成新詞，如：比丘尼－尼－尼姑。

蔣紹愚（2001：173）指出，「比丘尼」是梵文 bhikkhuni 的音譯，指已受具足戒的女性。但三個音節的音譯詞，人們不容易接受，所以後來簡稱爲「尼」。但單用一個「尼」意義又不太明確，所以又加上類名「姑」，成爲「尼姑」。「尼姑」這個「漢化」的詞在漢語中穩定下來。漢語中很少三音節的單純詞，所以這個詞後來說成「尼姑」，「尼姑」這個詞就完全「漢化」了。

有的音譯詞的音節較多，可以簡化爲一個音節，再加上一個表意的詞素構成複音詞，如：Africa，阿非利加－非洲；America，亞美利加－美國或美洲；Australia，澳大利亞－澳洲；Europe，歐羅巴－歐洲。「巴士」是英語 bus 的粵語音譯，以「巴」爲語素可以構成複合詞「大巴」、「中巴」等。

詞語字形上的漢化，如：「師子」，「師」本來也是一個譯音詞，但「師」容易和漢語固有的「師長」的「師」相混，於是後面加詞尾「子」。後又加「犬」旁，寫作「獅」，這樣一看就知道是一種獸了。

2.2.2.7　外來詞（義）替代漢語固有詞（義）

（一）業

「業」本義爲樂器架子橫木上的大板，刻成鋸齒狀，用以懸掛鐘、鼓、磬等樂器。《毛傳》：「業，大板也，所以飾栒爲縣也。」上古「業」還有「書冊的夾板」、「築牆板」、「學習的內容和過程」、「產業」、「基業」等意義，是一個多義詞。東漢佛教傳入中國，「業」是佛教的用語，梵文 karman「羯磨」的意譯。業由身、口、意三處發動，分別稱身業、口業、意業。業分善、不善、無記（非善非不善）三種，有什麼業就有什麼報，由此決定在第六道中的生死輪迴。一般都指惡業，如《百喻經・爲二婦故喪其兩目喻》：「親近邪友習行非法，造作結業墮三惡道。」這和漢語「業」的原來用法（事業、功業）相差較遠，後來就逐漸爲「孽」所代替。

（二）精進：上古指精幹而有上進心，《漢書・敘傳上》：「乃召屬縣長吏，選精進掾史。」佛家用來意譯梵語的 vīya（毗梨耶），指勤修佛法，不懈地修善正惡，利益眾生，爲佛家「六度」之一。後泛指刻苦學習，不斷進步，《朱子語類》卷四十二：「善人只循循自守，據見定，不會勇猛精進，循規蹈矩則有餘，責之以任道則不足。」

（三）站，站赤，中古漢語中「站」本是動詞，「直立不動」、「久立」的意思。《廣韻・陷韻》：「站，俗言獨立。」《集韻・陷韻》：「站，久立也。」蒙語 jam，音譯爲「站」，指驛站，爲陸路傳遞信息休息換馬之所或水路停留舟船之所。《元史・兵志四》：「凡站，陸則以馬似牛，或以驢，或以車，而水則以舟。」明葉子奇《草木子・雜制》：「傳命，陸有馬站，水有水站」。明朝從太祖洪武元年（公元 1368 年）九月起，通令「改站爲驛」，全國恢復「驛」字，清代「站」、「驛」兩字並用，現代漢語「站」字應用廣泛，完全取代了「驛」字的用法。

2.3 語言接觸對漢語固有功能詞的影響

2.3.1 方位詞

江藍生（1998）指出後置詞「行」在宋元明白話文獻中用以構成兩種句式「動/介＋N 行（＋VP）」，「N 行＋VP」。從句型的角度看，頭一種是漢語自古以來就有的，後一種是元代漢語受蒙古語語序影響而產生的新興句式，「行」只是一個提前賓語或補語的語法標記，是一個蒙古語－位格或賓格成分的對譯。

江藍生（1999）指出元代直譯體文字用「處」來對譯與－位格和離格，且多用「介詞（於、從）……處」這樣的混合形式。元代直譯體文字常用「－處」來對譯蒙古語靜詞的共同格附加成分-lu・a/-lü・e，表示動作的伴同對象，猶漢語介詞或連詞「與」、「和」、「同」、「共」。

李崇興、祖生利（2011）指出「根底」用在體詞性成分之後，表示多種格關係，「卻將他胡家的親子胡總管根底殺了有」，「根底」表示它前面的體詞是「殺」的受事。「賊每根底與了錢」，「胡總管的媳婦、孩兒根底分付與者」，這兩處的「根底」跟給與義的動詞相配，表示給與的對象。「又王庭、羅鐵三名字的兩個人，胡參政根底要了錢」，「胡參政的根底後底要了錢」，這兩處的「根底」跟獲取義的動詞相配，表示索取的來源。「根底」是蒙古語賓格成分的對應成分。

趙長才（2014）指出「後頭」在元明時期除了表示處所方位外，還表示時間，而且在某些特定類型的語料中，表「時間」的後頭具有一些跟元代以前同一時期其它類型語料所沒有的特殊用法（如「死了的後頭，後續句」、「那的/這的後頭，後續句」）。元明時期「後頭」在表達時間方面的特殊用法具有明顯的語言接觸背景，是該時期漢語與北方阿爾泰系語言（蒙古語、朝鮮語）接觸的結果。從漢語史的角度看，「後頭」自東漢時期產生後，至唐宋時期，一直主要在與佛教相關的文獻裏使用，而這些文獻在一定程度上代表了各時期的口語，因此「後頭」應該是一個比較口語化的詞彙。宋代禪宗語錄中開始出現的表時間用法，也是其表方位處所義用法的自然引申。但元明時期一些語料裏「後頭」所反映出來的表時間的特殊用法，則具有明顯的語言接觸的背景，是漢語與蒙古語、朝鮮語接觸而產生的新用法，集中出現在編撰者母語爲蒙古語或朝鮮語的語料裏，如《元典章》、《通制條格》、《蒙古秘史》的旁譯（以及總譯的個別句子）、高麗朝晚期和朝鮮時代的漢語教科書如《老乞大》系列版本、《訓世評話》、《象院題語》等。隨著元朝的滅亡，來自蒙古語的影響逐漸退出，明清時期主要體現在朝鮮漢語教科書中，但到清代晚期的朝鮮漢語教科書中「後頭」這種表時間的特殊用法也漸趨式微了，而在元明清地道的漢語文獻裏，則很難找到用例，說明這種用法並未真正融入到漢語中來。

關於元代方位詞的後置詞用法，江藍生（1998）、余志鴻（1992）、祖生利（2001，2004）認爲與蒙古語有關。

2.3.2　助　詞

太田辰夫（1958）最早注意到譯經中的「著」與持續態助詞「著」的產生密切相關，以後曹廣順（1986）、志村良治（1984）也討論了這一問題。曹廣順（1995：8）認爲漢魏佛教盛行，佛經翻譯是當時社會的一大需要，並給當時的漢語帶來影響，這種影響也波及助詞，動態助詞「著」形成之前，佛經中有一種跟在動詞後面的「著」:「不留心於無明，貪著世間。」(《大寶積經》93)，這種表示心理活動（貪著）的「著」用在動詞之後，隱含有動作獲得結果的意思，是動態助詞「著」的直接來源。而這種用法的出現，無疑是受了佛教文化進入中國社會的影響。唐宋時期，隨著「著」前動詞情狀類型的不斷擴大和「V_1著XV_2」連動結構的日益廣泛使用，兼表持續和共時的「著」在語用因素等作用下又發展出表進行、表方式、表目的等用法。元代是「著」發展演變史上的一個重要階段，表進行和方式用法都在這一時期發展成熟。這與中古蒙古語的接觸影響有很大關係。元代北方漢語口語裏，助詞「著」是與中古蒙古語並列副動詞尾-ǰu在語法意義、功能、位置乃至語音上最爲接近的語法成分。

梅祖麟（1981）認爲表完成貌的動態助詞「了」來源於南北朝的完成動詞「竟、訖、已、畢」，認爲這些完成動詞是「了」的前身。蔣紹愚（2001）進一步指出「已」可以分做兩個，用於持續動詞後的「已 1」是先秦以來漢語中「已」的固有用法的延續，用於瞬間動詞後的「已 2」是譯經中新出現的現象，是對梵文「絕對分詞」的對譯，表示動作的完成或實現，「了」的前身是「已 2」。

江藍生（1992）指出金元時代白話資料裏的比擬助詞「似」是漢語搬用蒙古語表達語序時新產生的語法成分，另一比擬助詞「也似」的「也」是漢語在借用蒙古比擬後置詞「似」時，爲把比擬助詞「似」跟動詞「似」從形式上區別開來而添加的襯詞。

李崇興、祖生利（2011）指出漢語在引述話語的時候是先用道說義的動詞，再引話語，蒙古語則是引語結束後復用道說義動詞表示引用，「麼道」是爲了翻譯蒙古語引語動詞生造出來的詞，純粹的漢語文獻中見不到。《元典章・刑部》中「道」、「說」、「麼道」、「這般道」、「這般說」等標記引語的用法實際是對譯蒙古語引語動詞 ke・e-的結果。

太田辰夫（1988）、江藍生（1999）、曹廣順（1999）主要依據譯經的材料分析中古「許（所）」表領屬的用法，以及漢語結構助詞「底（的）」的產生過程。述補結構「V 得 C」中結構助詞「得」、嘗試態助詞「看」的產生時間和過程的研究，也在譯經中得到支持。

2.3.3 語氣詞

李崇興、祖生利（2011：5）指出「呵」的用法主要表示假設或表示一種動作引出另一種動作。「呵」用爲語氣詞始見於宋，但用例不多，在《元典章・刑部》中成爲用量最大的語氣詞，是受蒙古語影響所致。「呵」在《元典章・刑部》中的兩項用法，表假設和構成時間從句，都有蒙古語的來源。

李崇興、祖生利（2011：349）指出，《元典章・刑部》中「一般」常常不表示類比或比擬，而表示說話人（多數是臣僚）對某種情況的委婉肯定。「一般」這種表推量、商榷語氣的用法顯然不是元代漢語所固有的，而是直譯蒙古語比較後置詞 metü 的結果。

語氣詞「者」主要表示祈使命令。「者」表祈使命令的用法是漢語所固有的，元代「者」在用法上沒有什麼變化，但用量大增，這顯然是受蒙古語動詞祈使式影響的結果。表祈使命令語氣的「也者」只見於直譯體文獻，是蒙古語表示確定語氣的助詞 ǰe 的對譯。先秦漢語裏用於名詞性或謂詞性成分後的「也者」，根據朱德熙（1983），都是表示指稱的，是名詞化的標記，與蒙古語強調助詞 ǰe 性質不同，且漢代以後就在口語裏消亡了。直譯體文字用「也者」對譯 ǰe，因爲其功能和讀音都很相似。

有關疑問詞的研究。「云何 kim」外借，漢語中義爲「爲什麼」、「怎麼」。漢語疑問句本來已是完整的句子了，「云何」的出現是一種冗餘，已經失去了疑問功能。這種不表疑問的用法應該是受梵文影響，是譯者母語干擾的結果。（請參看遇笑容，2003）

表示「但願不……」「該不是……」意思的語氣副詞「將無」的產生與原典有關，是 mā 的對譯。（請參看朱慶之 1991c）

祖生利（2013）考察了《清文啓蒙》、《清文指要》、《續編兼漢清文指要》三種兼漢會話材料，指出句末表示祈使的語氣助詞「是呢」反映了清代中期旗人漢語的若干滿語干擾特徵。表確定的語氣助詞「罷咧（罷了）」既可以表示消極、否定的判斷，也可以表示積極、肯定的判斷。「罷咧（罷了）」主要對譯的是滿語語氣詞 dabala、dere。

2.3.4 代　詞

有關代詞的研究，如漢語的第一人稱代詞包括式和排除式的區別，呂叔湘（1984）說：「包容排除二式之分，疑非漢語所固有……頗疑緣於北方外族語言之影響。」呂叔湘（1985）、向熹（2010）等通過譯經的例子證明代詞「他」在六朝以前即已產生。俞理明（1993）認爲指示代詞「這」是「適」的俗體，佛經中用例很多，因「這」的讀音相近，被借來作指示代詞的用字。俞理明（1993）指出疑問代詞「那」在中古有兩種用法：詢問事理，最早用例見於安世高譯經；詢問處所，也見於中古譯經。漢語沒有數的變化，但梵文的名詞（包括形容詞和代詞）有單、雙、複數之別，中古譯經中人稱代詞複數的「等」「曹」的大量使用，可能與原典有關。

根據李崇興、祖生利（2011）中古蒙古語缺乏獨立、專門的第三人稱代詞，其第三人稱的表達常用替代人的指示代詞 ene/tere、ede/tede 來兼指，元代直譯體文字中有很多對譯於 ene/tere、ede/tede 作第三人稱代詞用的「這的」、「那的」、「這的每」、「這每」、「那的每」。

2.4　語言接觸對漢語構詞法的影響

2.4.1　語言接觸對漢語構詞法的直接影響

2.4.1.1.　重　疊

一、疊　音

在音譯外來詞中，有一種採用疊音構詞的方式，即採用同一語音形式重疊構詞，我們可以在中古譯經中發現大量「疊音詞」，如「狌狌、牲牲、生生、猩猩、蛩蛩、邛邛」。這些疊音詞主要用於表達外來事物概念。同時，這類疊音詞也是漢語音節雙音化趨勢在外來詞上的體現。

中古譯經中的「疊音詞」跟先秦既已存在的「重言詞」有所不同。「重言詞」也是使用「語音重疊」的方式構詞的，它在《詩經》中是一種非常能產的形式。上古漢語中的「重言詞」，其主要作用是為了模擬聲音或情貌，以增強語言的表現力，跟中古譯經中出現的「疊音詞」用來引入外來事物概念及適應漢語音節雙音化趨勢發展有所不同。此外，「重言詞」因描摹性強，主要以形容詞為主。而中古譯經中的「疊音詞」，可以有名詞、量詞、動詞等多種詞類。胡敕瑞（2002：65）指出，佛典由重疊構成的新興雙音詞，名詞最多（如「日日」、「心心」、「家家」、「國國」、「在在」），此外還有形容詞（如「了了」、「空空」）、代詞（如「尔尔」、「各各」），副詞（如「忽忽」、「數數」）、數詞（如「億億」）等。

語言接觸對「疊音」構詞的影響作用主要表現在：

（一）與上古漢語「重言詞」相比，中古譯經中「疊音」構詞的語素類型得以擴展。先秦「疊音」構詞主要用於形容詞，即使在同時期的本土文獻中，如《論衡》中，參與「疊音」構詞的語素也主要是形容詞性的（如「粗」、「庸」），而在中古譯經中，「疊音」構詞語素可以是名詞、量詞、動詞等多種詞類了，如上文所述。

（二）擴大了漢語「疊音詞」的表達功能，先秦的「重言詞」主要用於模擬聲音或情狀，而在中古譯經中，「疊音詞」還用於引入新的事物概念，具有「每」的含義或加強程度等。這又與上文提到的參與「疊音」構詞的語素的詞類有關，形容詞可以用於模擬聲音或情狀，而當構詞語素擴展到名詞、量詞或動詞等後，其所表達的功能也隨之擴展，可以引入新的概念，具有「每」或加強程度的含義，如，生生，起起〈utpādotpāda：utpāda 出生、出現，重疊後附加了「每」的意思，時時〈kālānukālam：kāla 意為時間、某個合適的時刻、偶而，重疊後語氣加重，表示極偶而，疾疾〈sīghra-sīghra：sīghra 意為快、快速、重疊後加強語意，表示更快，這些都是「疊音」詞的新的語義功能，這就比先秦「重言詞」所表達的語義功能豐富了，先秦「重言詞」，如「登登、呱呱、驕驕、巍巍」只用於模擬聲音或情狀。

（三）中古以後，漢語出現了雙音化的趨勢，「疊音」外來詞適應並且鞏固和發展了這一趨勢，這是先秦「重言詞」所不具有的韻律上的要求。正是由於佛典語言中「疊音」構詞符合了漢語音節雙音化的趨勢，所以使得佛經語言比當時的本土文獻更接近口語。因爲佛經語言更接近口語，便於普通百姓口耳相傳，這在某種程度上也使得中古譯經中「疊音」構詞出現的新特點可以滲透到漢語固有的「疊音」詞中，進而影響其發展。如向熹（2010）指出跟上古漢語一樣，中古產生的重言詞主要是形容詞，如：可可（自得的樣子）、了了（聰明伶俐）等，也有一些名詞和動詞，如：娘娘、星星、羊羊等，動詞中重言詞只有少數例子，如：波波（奔波，辛辛苦苦地奔走）、嗤嗤、恨恨等。但到了近代漢語中「疊音詞」的詞類和所指範圍都非常廣泛了，如「巴巴」、「嬸嬸」、「太太」、「戧戧」、「餑餑」、「訕訕」、「乖乖」等。我們認爲，這不可否認是中古譯經中「疊音詞」引入新的事物概念的表達功能以及「疊音詞」詞類擴展，語義表達功能豐富化等特點滲透到漢語固有「疊音」構詞法所帶來的影響。

總之，漢語接觸對漢語「疊音」構詞的影響主要體現在：參與「疊音」構詞的語素詞類得到擴展，使原本使用在某個或某幾個詞類的構詞法擴展到更多的詞類的詞使用，同時「疊音」詞所表達的語義功能也更廣泛了。由於中古譯經口耳相傳便於傳播的特點，中古譯經中「疊音」構詞這些新發展可以更快滲透到漢語固有「疊音」構詞法中。

二、疊 義

此處所說的「疊義」和上文所討論的「疊音」雖都是重疊形式，但所指不同，二者在詞形上有所區別。「疊義」指構詞語素意義相同而詞形不同，而「疊音」指構詞語素詞形相同而對意義不作要求，可以相同也可以有所區別，一般意義相同，所以此處區分二者的標準主要是詞形。本文所討論的「疊義」構詞形式，如：

副詞構詞語素重疊

（1）得獵者至甚大歡喜。（《摩訶僧祇律》卷第一）

（2）依止毘捨離比丘皆悉令集。（《摩訶僧祇律》卷第一）

動詞構詞語素重疊

（3）次行木坊，見飛梯材少無二枚。（《摩訶僧祇律》卷第二）

（4）佛問比丘安居樂不？乞食易得不？行道如法不？安居訖已，得安居衣不？諸優婆塞數來往不？（《摩訶僧祇律》卷第四）

也有學者並不把這種「疊義」現象看作是詞而是一種翻譯手段，或者是更加中性的說法「同義詞語」，我們認為，由於這些「疊義」詞（語）使用其構成語素的任一單音節形式就可以表達相同的語義，其所構成的詞並沒有出現新的意義，所以容易讓人感覺其構成語素從語義上來說是相對獨立的。但由於其所構成語素之間不能插入並列連詞等其它成分，所以兩個語素之間雖語義上相對獨立但結構緊密，而且在譯經中是作為一個整體出現的，所以我們把這種形式看作詞。

對於這種現象，研究佛經的學者已注意到，如，遇笑容（2010）指出同義詞語連用是佛經翻譯中常用的手段，最常見的是總括副詞，如：常共、常恒、都皆、都悉、共俱、共同、恒共、皆共、皆悉、悉都、咸皆、咸共等。完成動詞連用，如：已訖、訖已、已竟、訖竟、畢已等。朱慶之（1992b）指出這些雙音形式的產生大都不是出於表意的需要，它們只是原有的單音詞的同義擴展，它們當中的一部分可能來自口語，另一部分則是翻譯佛典時的創造。由於特殊文體的需要，譯經時引進的新詞新義必然採取雙音或多音的形式；已有的舊詞往往也需要在形式上由單變雙，如果在譯者個人言語的詞彙系統裏沒有足夠的雙音形式可供選擇，就導致了這種創新。

我們這裡需指出的是，第一，這種「疊義」詞（語）在譯經中大量存在，如上文所說，有的是翻譯佛典時的創造，既然是翻譯語言的直接創新，則即是語言接觸對「疊義」構詞的直接影響。第二，在譯經中，存在大量梵漢同義合璧詞，其中音譯的語素在梵文中與漢語固有的表意的語素同義，如「懺悔」的「懺」為「懺摩」的省音；「僧侶」的「僧」為「僧伽」的省音。省音而來的語素又與其後一語素同義，因此外來詞中的同義合璧詞的存在，對漢語「疊義」構詞起到示範作用。第三，由於兩個語素同義，這種雙音形式並非表意的需要。我們認為這更可能是漢語音節雙音化趨勢在口語中的反映，因為漢語口語中出現「疊義」構詞是一種語義羨餘，不符合語言經濟性交際原則的需要，但卻符合漢語音節雙音化的趨勢。而漢語音節雙音化的趨勢跟語言接觸關係密切，這可以看作語言接觸對「疊義」構詞的間接影響作用。

總之，漢語接觸對漢語「疊義」構詞的影響主要體現在：「疊義」詞在譯經中大量存在，有的是佛經語言的創新，有的是其中音譯語素與漢語固有的表意的語素同義的合璧詞的示範作用，此外，「疊義」詞也符合漢語音節雙音化的趨勢。

2.4.1.2　派　生

「派生」構詞指用詞根加詞綴一起構詞，具有能產性和類推性。派生構詞具有能產性和類推性是因爲每一組派生詞都有相同的詞綴，這個共同的詞綴是類推造詞聚合類的形式標記。詞綴的特點是：（1）詞綴是由獨立的詞演變而來的，失去其原來的實在的詞彙意義而用於構詞。（2）詞綴的位置一般是固定的，可以黏附在詞根之前或之後。（3）詞綴具有類化功能，包括語義的類化和詞類屬性的類化。此外，漢語中還存在「類詞綴」，呂叔湘（1979）提出「類前綴」和「類後綴」的概念，他說：「漢語裏地道的語綴並不很多，有不少詞素差不多可以算是前綴或後綴，然而還是差一點兒，只可以稱爲類前綴和類後綴。……說他們作爲前綴和後綴還差點兒，還得加個『類』字，是因爲他們在語義上還沒有完全虛化，有時候還以詞根的面貌出現。……存在這種類前綴和類後綴可以說是漢語語綴的一個特點。」

漢語外來詞綴的產生跟漢語固有詞綴的區別在於有些並非像漢語固有詞綴一樣由於語法化演變而來，而是直接由所音譯的音節類化而來。漢語外來詞音譯的音節語素化後，會給漢語帶來新的語素，新產生的語素既有成詞語素，如「佛」、「魔」、「梵」等，也有不成詞語素，如「蘋」等〔註 6〕。外來詞音譯過來的音節語素化後，就成爲組詞的構件或直接成詞了。如果其所音譯的音節語素化後所形成的語素滿足詞綴位置固定，意義虛泛等條件，且具有類化功能，則就成爲音譯音節語素化所形成的詞綴了。如，「胡」、「梵」等。「胡」是兩漢時期匈奴語 Huns 的音譯，最初是匈奴人的自稱，借入漢語後發展爲構詞能力很強的詞綴，如「胡琴、胡桃、胡椒、胡蘿蔔、胡笳」等。「梵」是梵語 brahma 的音譯省稱，構詞能力強且位置固定，具有類推作用，如「梵文、梵唱、梵音」等。

漢語外來詞音譯的音節語素化會形成新的詞綴，此外，漢語外來詞意譯所形成的語素如果滿足詞綴位置固定，意義虛泛，且具有類化作用的要求，則也有可能實現爲類詞綴的形式。如，「導師」是梵語 mayaka 的意譯，指舉行法會時擔任唱經表白職務的人。中古譯經有「～師」形式，而且很多見，常用這一

〔註 6〕上文也提到過，「蘋果」最初音譯爲「頻婆羅」，簡作「頻婆」，後再簡爲「頻」，加「果」表示屬於水果類，並給「頻」加「艸」頭，成爲「蘋」。

類詞綴構成表某類職業的詞，如「織師」指以紡織或做衣服爲職業的人，再如「木師」、「泥師」、「鐵師」、「瓦師」、「屋師」、「獵師」等，不分男女，均可稱之。現代漢語中也有意譯詞綴，如「～門」、「～化」等。

漢語外來詞音譯的音節語素及意譯語素都可以稱之爲外來語素。外來語素的詞綴化是語言接觸深入的體現。外來詞通過縮略或者典型語素的提取轉換外來特徵而變爲更爲本土化的構詞材料。外來詞的直接音譯是語言接觸初期的表現形式，隨著接觸程度的加強，音譯形式逐漸固定爲意譯形式，或者直接轉化爲漢語的構詞語素而參與構詞。隨著接觸程度的進一步加強，某些音譯或者意譯而來的構詞語素位置固定，且具有類化功能，就逐步發展爲詞綴或者類詞綴了。外來音譯音節或者意譯語素的詞綴化發展是語言接觸程度逐步強化而漢化並在漢語土壤中具備生命力的體現。

除了外來詞音節語素及意譯語素進入漢語逐步位置固定且具有類推功能發展而來的詞綴/類詞綴外，漢語有沒有直接從外語中借入的詞綴呢？從語言共性的角度看，詞綴借用可以發生在語言接觸較強的階段。根據 Thomson（2001）的語言借用層級，借用層級有：（1）偶然接觸（casual contact），借用者對源語言（source language）不需要流利使用並且在借用語言者之間很少雙語者，只有非基本詞彙借用，僅借用實詞，而且經常是名詞，也有動詞、形容詞和副詞，沒有結構上的借用。（2）強度不高的接觸（Slight more intense contact），需要流利的雙語者，但他們可能在借用語言者之間占少數，可以借入功能詞，如連詞和副詞性小品詞，可以借入非基本詞彙，僅有少數結構借用。（3）強度較高的接觸（more intense contact），需要更多雙語者，其語言態度或其它社會因素更傾向於借用，可以借用更多功能詞，包括代詞和較低的數，借用更多顯著的結構特徵。需要注意的是，在這一時期，派生詞綴也可以借用了，如，-able/ible 起初通過法語借詞進入英語然後擴展到本土英語詞彙。（4）高強度的接觸（intense contact），在借用語言說話者間存在廣泛的雙語現象，社會因素強烈傾向於借用各種詞類和結構。通過 Thomson（2001）的語言借用層級，我們可以發現，派生詞綴的借用在第三個階段「強度較高的接觸」中可能出現，而在漢語中語言接觸的情形是，中古譯經中翻譯式接觸不是「強度較高的接觸」，而在受外族統治的元代和清代，最終還是漢語佔了優勢，所以漢語借用的詞綴幾乎沒有〔註 7〕。

詞綴具有能產性和類推性，是形態語言重要的構詞手段。外來詞音譯或意譯語素在漢語中發展而來的詞綴/類詞綴，由於其類推功能，使漢語派生構詞法大大增強了，由此而產生了大量的新詞，而詞綴的脫落也會帶來其所在詞彙的消亡，所以利用詞綴派生構詞是一種重要的構詞方式，對漢語詞彙具有重要影響作用。當大量新事物概念借入以後，復合構詞一次只能造出一個詞，對新事物概念指稱的迫切性與復合構詞的滯後性及有限性之間存在矛盾，語言及時迅速反映社會變化的功能也受到限制，而派生構詞由於詞綴的類推功能可以及時解決這一問題。

雖然漢語自身也有一些語法化而來的詞綴，如，「～子」、「～兒」、「～頭」、「老～」、「阿～」等，但不得不承認，語言接觸對漢語派生構詞法起到推波助瀾的作用。這主要表現在如下方面：（一）由於語言接觸帶來大量新的事物概念，大量運用派生構詞，外來音譯或意譯語素發展而來的詞綴和漢語固有詞綴得到更高頻的使用。如，上文提到的由「胡～」構成的詞有「胡餅、胡服、胡瓶、胡鼓、胡瓜、胡笳、胡椒、胡琴、胡言、胡語、胡書、胡人、胡兒、胡雛、胡賈、胡姬、胡客、胡奴、胡僧」等。向熹（2010：485）指出中古由詞頭「阿」、「老」和詞尾「子」、「兒」、「頭」等構成的附加式合成詞數量大大增加。（二）當派生構詞法在漢語構詞法中得到重用後，也使得漢語固有詞綴得到顯化〔註 8〕，更高頻的使用，進而獲得了進一步的發展。韓淑紅（2013）指出，「子」在先秦文獻中已廣泛使用，具有實義，表「對人的尊稱；稱老師或稱有道德、有學問的人」，「子」在「瞳子、眸子」中表「小稱」的

〔註 7〕梅祖麟（1986）認爲漢語「們」綴的「-n 尾是從阿爾泰語借來的」，是受阿爾泰語元音*i 或以*-i 收尾的詞根複數加*-n 綴影響的結果。現代某些北方方言中「小雞們」「樹們」之類的說法，可能是歷史上受蒙漢對譯影響在語言中留下的痕跡。但學者們指出此說也存在一定問題，如難以解釋元代受阿爾泰語影響最強，而偏多寫作「每」的事實，並與呂叔湘先生所持「們」類本南方系官話用字觀點想左。總之，對「們」綴需要作出語音上的解釋，「們」綴如果本有鼻韻尾，-n 尾何以脫落了；「們」綴本無鼻韻尾，又從何而來。元代以後北方系官話也不說「每」而說「們」了。

〔註 8〕即如果詞綴是一個由實而虛的發展過程的話，「顯化」即更向虛的方向發展。

語義是其語義演變的開始，並且語音也逐步輕化。而「子」在兩漢外來詞「千歲子」、「獅子」、「熊子」等中的義位又進一步向虛化發展。「子」在構詞中不表示共時語義中的已有義位，其作用主要用來構成音節，意義虛化，有向詞綴發展的萌芽跡象。兩漢外來詞中的「-子」結構，其用法與共時「-子」的語義有了明顯的差別，爲「子」的後綴演變提供了可能。

朱慶之（2001）曾指出佛教漢語詞彙特色的那些兼有構詞和構形作用的語素「家」「子」「師」「頭」「等」「曹」的大量出現或普遍使用，就與佛典有直接的關係。此外，我們還認爲，佛典中大量使用或者由外來語素發展而來的詞綴或者漢語自身語法化而來的詞綴派生構詞，也與漢語韻律雙音化的發展趨勢有關，派生構詞也在某種程度上鞏固和加強了漢語雙音化的趨勢。漢語雙音化趨勢的出現既有其內部語音變化的要求，也有佛典便於傳播有利於口語交際的推動作用，這也可以看作語言接觸對漢語派生構詞的影響。

最後，需要指出的是，語言接觸使漢語中多了外來語素這一類構詞材料，這對漢語構詞法產生了重要影響。此外，外來語素對漢語構詞的音節模式也有影響作用，除了上文所討論的雙音化趨勢外，還表現在外來語素可以構成多音節詞。這是因爲外來語素可以是單音節的，如：「禪」、「佛」、「劫」等，也可以是多音節的，如：「菩薩」、「蘭若」、「伽藍」等。多音節的構詞語素再附加詞綴派生構詞或與其它語素合成構詞後就會產生多音節詞。

總之，外來語素演變爲詞綴爲派生構詞提供了新的素材。語言接觸使漢語派生構詞高頻使用。語言接觸也使漢語固有詞綴得到顯化並獲得進一步發展，並且鞏固和加強了漢語雙音化的趨勢。

2.4.1.3 仿　構

仿構所成的詞，又叫仿譯詞（calque），即用漢語中現有的語素逐項翻譯借用詞語的語素，它不是具體語言成分的借用，而是某種語言特徵或結構方式上的模仿和趨同，因此可以看作構詞法的範疇。我們認爲，漢語中的仿造構詞可以說是語言接觸影響的直接產物，因爲其直接模擬所借入詞彙的源語言構詞方式而來，在某種程度上也反映出語言接觸中的源語言可以影響借用詞彙的內部結構。

仿構會對漢語固有詞彙及構詞法產生影響，如，朱慶之（2000）認爲佛典翻譯中的仿譯會給漢語詞彙帶來新的內部形式，同時還可以導致原詞意義的改變。如，「隨～」大多數是帶著前綴 anu-的梵語詞之仿譯，anu-放在動詞名詞前，在梵文原典中的很多場合併沒有具體的意義，只起到擴充音節的作用，在漢譯時譯作「隨」，如，隨得〈S. anu-prāpta，得到，達到；隨與〈S. anu-pradanata，給，送。需要注意的是，一方面「隨」仿構梵文原典中的 anu-放在動詞名詞前這種結構形式，使漢語中出現「隨~」的詞彙結構形式；另一方面，原詞「隨」在漢語中僅起到了擴充音節的作用，其自身的詞彙意義「跟隨」義虛化了，成爲構詞語素〔註 9〕。

象似性在仿構中具有重要作用，同時類推機制可以促使所仿結構在本土詞彙中的擴展。由於象似性原則的作用，在借用新詞時，傾向於利用漢語固有語素模擬源語言詞彙中的語素結構來構詞，並把這種構詞方式類推到新詞中去，從而推導、衍生出新詞。仿構詞可以發展爲一種固定的模式，新詞語就會按照這個模式衍生出來。如，非耕〈a-kṛṣṭa（荒野），非取〈a-graha（捨棄），非家〈an-agārikā（出家），非靜〈an-avakṛṣṭa（鬧）等。

總之，語言接觸對「仿構」的影響主要體現在：仿構是受語言接觸直接影響產生的構詞法，這種構詞方式不僅可以爲漢語詞帶來新的內部形式，而且可以導致原詞意義的改變。

2.4.1.4　逆　序

同素逆序詞是詞語發展過程中不穩定的過渡階段，其最終會走向詞序的定型，這是語言表達經濟性原則及語言競爭的必然結果。如暫不考慮借貸方向，單從構詞語素詞序變換之後的語義結果看，逆序詞有如下幾種：（1）同義，如「比鄰」、「鄰比」。（2）擴大，如，漢語「厚重」的意義爲①又厚又重，②豐厚，

〔註 9〕此外，漢語句法上還有一類類似輕動詞成分的詞，如「行、用、有、加」等，與構詞上的仿構成分不同，如：松發意用棒將本人行打，又用腳踢打，以致本人身死。（《元典章・刑部》卷之四）到任以來，專管刑獄，一同署押刑名行移文字，不管其餘府事。（《元典章・刑部》卷之二）我須千愚癡人用作大會。（《摩訶僧祇律》卷第三）不如合稻而用作之，壁可白淨，泥治好平。（《百喻經・見他人塗舍喻》）累贓有至百定或三五十定。（《元典章・刑部》卷之八）仍令各道廉訪司嚴加糾治。（《元典章・刑部》卷之二）如事發之後，故縱親隨、駈口人等在逃，先行著落正委人員追陪。（《元典章・刑部》卷之八）

③敦厚持重，而日語「重厚」沒有漢語前兩個義項。(3) 縮小，如，漢語「告誡」表示警告勸告，多用於上級對下級或長輩對晚輩。而日語「戒告」，意爲爲了使其不違反命令或規則而作出警告、告誡，可指口頭上的直接勸告，也可指書面上的警告，不限於上級對下級或長輩對晚輩。(4) 轉移，如，漢語「告密」指向有關部門告發旁人的私下言論或活動（多含貶義），而日語「密告」指檢舉（含褒義）。我們此處主要討論同義的一類。如果從構詞語素的關係看，胡敕瑞（2002：264）區分了兩種情況：一種是聯合關係的雙音詞序位相反，如：城宮：宮城。另一種是非聯合關係的雙音詞語序位相反，又分爲兩種情況，一種是AB=BA，如：道中：中道；一類是 AB≠BA，如：才高：高才。

出現逆序構詞的原因很多，(一) 逆序構詞是漢語一種固有的構詞方式，並非借入，如，向熹（2010：567）指出上古漢語已有一批語素相同，詞素順序相反的雙音詞。當口語中詞彙的構詞語素未定序時會出現逆序構詞現象，這也反映了新詞匯出現時人們對其詞序選擇的心理映像。(二) 逆序構詞也有可能是人們對已定型詞彙的標新立異的使用以與固有詞彙區別。(三) 外來詞對逆序構詞有影響。中古譯經中存在大量逆序詞，這是因爲在佛經翻譯過程中，不同的譯經者可能會選擇相同的語素但使用不同的詞序來進行翻譯，這樣就會出現大量的逆序詞。之所以如此，是因爲：第一，在當時漢語口語中由於詞彙還處於不穩定狀態而存在大量逆序詞，中古譯經中的逆序詞只是對當時口語詞彙不穩定性的一種反映，如「城宮－宮城」。第二，外來詞由於進入漢語不久詞序還未固定，音譯詞和意譯詞都有可能出現逆序詞，如，「因果－果因」(「因果」是意譯詞)、「懺悔－悔懺」(懺悔是梵語 kṣama 的音譯)、「涅槃－盤涅」(「涅槃」是梵語 nirvāṇạ的音譯)。第三，譯經者受母語干擾的影響，在翻譯佛經時譯經者傾向於選擇或創造符合其母語詞序的詞語，如，「因果－果因」，根據語序類型學研究，跟 VO 型語言和諧的語序是「主句－從句」，跟 OV 型語言和諧的語序是「從句－主句」，詞序也是語序的內在反映，佛經元典語言是 OV 型語言，與之和諧的詞序是「因果」，漢語是 VO 型語言，與之和諧的詞序是「果因」〔註 10〕。在中古譯經中，「因果」顯然比「果因」

〔註 10〕 漢語中有很多述補結構的詞，如「闡明」、「說服」、「摧毀」等，語義上可以理解爲由前一語素的因而產生後一語素的果，但這種結構中後一語素主要是補充佔優勢，可以看作是譯經者受其母語干擾的影響。第四，中古譯經中使用逆序構詞有時也爲了與本土文獻所使用的詞彙相區分，如，中古譯經中表示「程度」的逆序詞「大甚」、「甚大」在本土文獻中是不見的。

同義逆序詞會影響同一語義場詞彙成員的競爭及調整，被淘汰的詞逐漸趨於生僻，既可以是本土詞彙被淘汰，如，「樸質」不用而「質樸」保留。也可以是外來同義逆序詞被淘汰，如，「大甚」、「甚大」逐漸消失。

總之，語言接觸對「逆序」構詞的影響體現在：中古譯經中出現大量逆序詞，有可能因爲外來詞進入漢語不久詞序還未固定，或者由於受母語干擾，譯經者傾向於選擇或創造出符合自己母語詞序的詞彙。此外，有的譯經者也爲了與本土詞彙相區分而故意使用逆序詞而有意爲之（debilerate decidion）。逆序詞的存在會影響漢語語義場，帶來語義場內部詞彙成員的競爭及促動淘汰機制。

2.4.2　語言接觸對漢語構詞法的間接影響

語言接觸除對漢語構詞法有直接影響外。還通過對其它語言原則的作用對漢語構詞法產生間接影響，主要表現爲如下幾個方面。

2.4.1.1.　語言接觸對漢語雙音化有加速作用

漢語音節雙音化趨勢對漢語構詞法有重要影響。王力（1988）把雙音化列爲漢語語法史的最重要五個變化之一，五至十二世紀是雙音化趨勢發展的最爲關鍵的時期。王雲路（2001）認爲詞綴是漢語由單音節向復音節發展的重要手段之一。我們認爲，漢語音節雙音化對漢語詞彙產生了重要影響，主要表現在上古很多單音詞不能再獨立成詞而成爲構詞語素，漢語雙音詞的急速增加，雙音詞構詞詞綴的大量出現，促進了疊音、疊義、派生構詞的極大發展。疊音和疊義構詞可以利用同形的單音語素或同義的單音語素來實現漢語音節雙音化。而詞綴化傾向的日益發展和派生構詞的大量出現，突破了漢語本身原有的表達形式，豐富了漢語詞彙系統，一些原有的單音語素可以大量通過附加詞綴的方式實現雙音節化。

語言接觸對漢語音節雙音化的趨勢有促進作用。漢語音節雙音化的趨勢，既是由於語音的演變，很多古代不同音的字到現代都成爲同音字了，雙

說明前一語素的，說明動作行爲的結果，跟我們此處所說的「因果—果因」逆序詞不同。

音化是一種補償手段這種內因的作用，同時也有外來詞的影響作用，關於外來詞對漢語音節雙音化的影響作用，以往學者多有論述，如，王力（1980：397）曾指出：「漢語復音化有兩個主要的因素：第一是語音的簡化；第二是外語的吸收。……即使語音不簡化，也不吸收外來語，漢語也會逐漸走上復音化的道路的，因爲這是漢語發展的內部規律之一。不過，由於有了這兩個重要因素，漢語復音化的速度更快了。」語言接觸通過影響漢語音節雙音化的趨勢可以間接影響漢語構詞法。

2.4.1.2. 語言接觸對類推機制有促動作用

類推機制對漢語構詞法有影響，因爲「類推」是構詞法的本質要求。我們上文提到，派生構詞在構造新詞中表現出了很強的能產性，其主要原因之一就是類推機制發揮了作用。此外，仿構也是相似性原則和類推機制的結果。類推機制產生的心理基礎是隱喻，人們對新現象的認識和理解總是在已有知識和經驗的基礎上進行的，有一個對新舊現象比較的過程。從認知心理上來說，通過與固有現象的比較和歸納，類推出的結果既有對固有現象共性特徵的繼承，同時又具備其個性特徵，因此可以更好地進入固有語言系統從而爲語言使用者所接受。此外，「類推」是構詞法的本質屬性，是因爲從根本上說，構詞法既然是詞的構造方式，是一種創造新詞的方法，無論是本文所討論的重疊、派生、仿構、逆序還是復合、縮略、轉類等都需要在語言要素的組合關係和聚合關係上具有可類推性。類推機制可以促使在已有構詞法的基礎上迅速產生大量的易於理解和接受的新詞。

語言接觸對漢語類推機制的影響主要體現在語言接觸的強度及語言使用者的心理認同上。如果接觸的強度較高，在借用語言說話者間存在廣泛的雙語現象及大量雙語者，這些社會因素有利於促動類推機制。

2.4.1.3. 語言接觸對交際原則有強化作用

經濟性交際原則對漢語構詞法產生影響。經濟原則，也叫省力原則，就是人們盡可能使用最少的語言，最短的時間傳達出自己的意思，力求言簡意賅，這是人類言語交際行爲的基本原則之一。經濟原則要求大量使用派生構詞，由於其能產生性和類推性，派生詞可以用簡潔凝練的形式表達意義。

語言接觸對經濟原則有影響。由於語言接觸帶來了大量新事物新概念，要求人們運用最有效的方式盡快反映這些新事物和新概念，如果大量使用音譯造詞，會增加人們記憶的負擔，不符合經濟原則要求，如果大量使用意譯造詞，由於意譯詞需要在漢語中尋找表意語素，因此相對滯後，不便滿足交際的時效性，而派生構詞，既可以滿足由語言接觸帶來的大量新事物概念需要在語言中有所反映的要求，又可以滿足語言表達的經濟性原則要求，因此在語言接觸的情況下派生構詞大量使用，這也體現了語言接觸對語言表達的經濟原則的壓力。

2.5 小　結

本章細緻論述了漢語史上幾次大規模的外來詞的借入。外來詞跟語言接觸關係密切，主要體現爲東漢魏晉南北朝受佛典翻譯影響，元明清時期受阿爾泰語影響，19～20 世紀受西方以及通過日語的影響而借入大量外來詞。外來詞借入以後會逐步漢化，並且對漢語固有詞彙產生影響。

本章還重點討論了語言接觸對漢語構詞法的影響。語言接觸對漢語構詞法的影響作用主要體現在：

（一）語言接觸對漢語構詞法的影響，主要體現在使漢語固有構詞法功能擴展或顯化上，使原本使用在某個或某幾個詞類的構詞法擴展到更多詞類的詞使用。如，「疊音」構詞法在先秦多用於形容詞，在中古譯經中不局限於此，多用於名詞、量詞、副詞、動詞等，而在同時期本土文獻中「疊音」構詞法和先秦漢語構詞法一樣多用於形容詞。而到了近代漢語中，「疊音」構詞也不再局限於形容詞而擴展到名詞、量詞、副詞等詞類了。雖然「構詞」上的新特點也有漢語自身發展的可能性，但中古譯經更接近口語能最先反映這種語言中的新變化，並且通過其口耳相傳的特點，對漢語構詞法的自身發展的苗頭也可以起到加強和鞏固的作用。另外，語言接觸也使漢語固有詞綴得到顯化並獲得進一步發展，如「～子」綴。

（二）漢語一些固有的構詞法也在語言接觸中獲得了高頻使用。如，「疊義」詞在譯經中大量存在，有的是佛經語言的創新，有的是其音譯語素與漢語固有的表意的語素同義的合璧詞。此外，語言接觸使漢語派生構詞高頻使用。

（三）語言接觸可以對漢語構詞法產生直接「干擾」作用。首先，仿構是受語言接觸直接影響產生的構詞法，這種構詞方式不僅可以爲漢語詞帶來新的內部形式，而且可以導致原詞意義的改變。其次，外來詞進入漢語未固定之前也會使大量逆序詞得以存在。再次，語言接觸使得外來語素演變爲詞綴，使漢語產生新的詞綴/類詞綴，從而直接影響到漢語的「派生」構詞。最後，「疊音」構詞用於名詞、動詞等詞類，是爲了引入新的事物概念，這也可以看作語言接觸對漢語構詞法的直接「干擾」作用。

此外，需要指出的是，外來音節語素化後成爲成詞語素獨立成詞，或者成爲非成詞語素參與構詞，對豐富漢語詞彙有重要作用，外來語素成爲構詞材料，會對漢語構詞法整體上產生影響作用。另外，語言接觸對漢語構詞法的間接影響作用主要通過雙音化、類推機制以及語言交際原則體現出來。

Heine & Kutava（2005）指出，使用模式的複製有以下兩類情形：一類可稱爲「觸發型」，即複製語中本來就有某使用模式，只不過一直處於次要使用模式狀態，受模式語觸發，該使用模式使用頻率提升，甚至由次要使用模型變爲主要使用模型。還有一類屬於「無中生有」型，即：複製語中原本沒有該使用模式，是通過複製模式語而獲得的。本文所討論的構詞法都是漢語固有的構詞法，語言接觸對漢語構詞法的影響並非直接借入所出現的從無到有的作用，但語言接觸對它們都有「觸發」影響作用，或更高頻使用，或得到功能擴展，因此，語言接觸對漢語構詞法更多是起到「觸發型」干擾作用。

第三章　特殊歷史時期漢語語序面貌

3.1　Dryer（2005）所討論的語序特徵

3.1.1　語序類型

3.1.1.1　動詞居後語言

人們在談論語序問題時主要關注兩個問題:(1)所討論的語言的語序如何？（2）這一語言的語序與跨語言的共性關係如何？

Lezgian（高加索山的一種語言）是動詞居後語言（verb-final），其語序是SOV，如：

（1）Alfija-di　　maq　　ala kx̂e-na.

Alfija-ERG　article　write-AORIST

S　　　O　　　V

"Alfija wrote an article"

大部分動詞居後的語言都是SOV語序，儘管也有語言是OSV。SOV語言是世界語言中最普遍的類型。動詞居後語言如Siroi（巴布亞新幾內亞的一種語言）和Slave（加拿大北部的一種語言）。

OV型語言典型的其它語序特徵：方式副詞＋動詞（manner adverb-verb），

後置詞（Postposition），領屬性名詞短語＋名詞（GN），基準＋比較標記＋形容詞（St-M-Adj），子句＋主從連詞（Clause-Subord）。

3.1.1.2 動詞居前語言

動詞居前語言比動詞居後語言數量少，Fiji 語（一種在太平洋斐濟島使用的澳大利亞語言）是一種動詞居前的語言。在 Fiji 語，主語和賓語均在動詞之後，如：

（2）e rai-ca a gone a qase

3SG see- TRANS ART child ART old.person

V S/O S/O

‘the old person saw the child’ or ‘the child saw the old person’

此句既可以理解爲「那個人看到了孩子」，也可以理解爲「孩子看到了那個人」，在使用中二者都是普遍的。

動詞居前語言和動詞居後語言在如下特徵上不同：動詞＋方式副詞（V-manner adverb），前置詞（Preposition），名詞＋領屬性名詞短語（NG），形容詞＋比較標記＋基準（Adj-M-St），主從連詞＋子句（Subord-Clause）。

動詞居前語言有：Turkana 語等。Lealao Chinantec（在墨西哥使用的一種 Oto-Manguean 語）也是動詞居前的語言，語序爲 VOS 而非 VSO。其語序特徵與上文所說的 Fiji 語相同。

3.1.1.3 SVO 語言

SVO 語言既非動詞居前也非動詞居後。SVO 是第二大廣泛分佈的語序，少於動詞居後語言但多於動詞居前語言。SVO 語言的語序特徵更像動詞居前語言而非動詞居後語言，英語是一種 SVO 語言，其語序特徵爲：

（3）The woman saw the dog.

S V O

其它語序特徵爲：

（一）前置詞

On the table

Pr NP

（二）形容詞－比較標記－比較標準

Nancy is more intelligent than Jeff.

Adj　M　St

（三）主從連詞－從句

because　it was raining

Subord　Clause

（四）領屬詞＋名詞/名詞＋領屬詞

a.the box’s cover　　b. the cover of the box

G　N　　N　G

（五）動詞－方式副詞

a.*John is slowly walking .　　b. John is walking slowly.

Adv　V　　V　Adv

英語中雖然有 GN/NG 語序，但是在大多數 SVO 語言中，NG 語序更普遍。

3.1.1.4　賓語居前語言

世界語言中最普遍的語序是 SOV，SVO 和動詞居前語言（包括 VSO 和 VOS）。其餘的語序爲 OVS 和 OSV，雖也存在但數量極少。Hixkaryana 是 OVS 語言（一種 Brazil 使用的 Carib 語），如：

（4）toto　y-ahos　-ye　kamara

man　3SUBJ.3OBJ -grab- DISTANT.PAST　jaguar

O　V　S

“the jaguar grabbed the man”

儘管一些語言聲稱是 OSV，但其確實存在的證據不足。一些語言的證據證明，OVS 與 OSV 跟 SOV 的語言特徵更匹配。

3.1.1.5　小　結

SOV	SVO	Verb-initial
Adv-V	V-Adv	V-Adv
NP Po	Pr NP	Pr NP
GN	GN or NG	NG
St-M-Adj	Adj-M-St	Adj-M-St
Clause-Subord	Subord-Clause	Subord -Clause

SVO 和動詞居前語言類型相同，可以合併爲 VO，OVS 和 OSV 與 SOV 類型相同，可以合併爲 OV，因而各種語序之間就是 VO 與 OV 之間的對立。比較特殊的是比較句。比較句中包含了三個成分，比較句也可以認爲是兩個成分，基準和標記，以及基準和形容詞，僅有很少的語言二者不一致，如漢語是 SVO，但是標記＋基準（M-St），爲 VO 特徵；同時又是標準＋形容詞（St-Adj），爲 OV 特徵。

3.1.2 標準的問題

關於頻率在確定語序上的作用存在一些爭議，一些學者認爲頻率是一種可操作的可信的手段，一些學者認爲遇到頻率接近的情形時不容易定性。實際上，頻率是最重要的標準，因爲大多數情況下，頻率與其它標準是一致的。此外還有分佈的標準，以及儘量是簡單句的標準以及一些語用標準，即需要語用上是中性的。例如，在美國和墨西哥邊境的 Uto-Aztecan 語，OV 語序是與無定賓語相關聯的，而 VO 語序是與有定賓語相關聯的。至於句首成分還涉及到話題化，雖然還很難給出客觀標準辨別話題化實際的語用影響。

當不同的標準相互衝突時，最好不要把一種語言強行歸入某個類別，可以把它歸爲一種基本語序並不清楚的語言。

3.1.3 對跨語言結構的判定

3.1.3.1 區分主語、賓語和動詞

主語和動詞間的語序在及物動詞和不及物動詞之間是不同的。如，西班牙語爲 SVO，但在大多數不及物句中爲 VS 語序。

主語和賓語應是非代詞性的。因爲在動詞居後和動詞居前的語言中，代詞性論元爲動詞性附綴形式，用語序來識別及物句中名詞性成分的語法角色是不夠充分的。

3.1.3.2 區分詞彙性名詞短語和代詞

主語和賓語應是名詞而非代詞。受句法和語用規則制約，代詞可能呈現與詞彙性名詞短語不同的分佈，如在英語中，代詞與詞彙性名詞短語的分佈差別不大，而在其它語言中，如 Barasano（一種在哥倫比亞使用的 Tucanoan 語），

詞彙性主語出現在動詞前後均可，但代詞性主語通常僅出現在動詞之後。這表明如果不區分詞彙性主語還是代詞性主語，Barasano 中最常見的語序是 OVS，如果限制在詞彙性主語上時，則 SOV 和 OVS 均可。

3.1.3.3　關於方式副詞

關於結構的純語義標準和句法特徵的相關性問題，很多語言學家在定義結構時使用語義的標準，但語義標準容易被與英語之間的對譯所影響，以及存在把英語範疇強加給並不適用這一範疇的語言的危險。比如，Jacaltec 語存在是動詞居前語言而把方式副詞置於動詞之後的例外，但仔細觀察發現，對譯英語方式副詞的詞在 Jacaltec 語中實際上是動詞，而對譯英語動詞的詞在 Jacaltec 語中是從屬動詞。因此在定義一種語言的方式副詞時，需要確保其實際上的確修飾了動詞。

跨語言比較時，只討論方式副詞而非其它種類副詞的語序是因爲在很多語言中其它副詞相對動詞來說位置是自由的，而方式副詞與動詞語序和動賓語序關聯性更強。但無論動賓語序如何，呈現背景信息的時間和處所副詞傾向於出現在句首位置。

方式副詞在語法描寫中可以有不同的定義。我們對方式副詞的界定是表明事件如何發生的修飾動詞的副詞。典型的方式副詞是對應於英語 *well, quick* 和 *slow* 等的副詞。在我們的定義中，它不適用於 *immediately*（實際是某種時間副詞）或 *very*（實際是程度副詞）。

3.1.3.4　關於前置詞和後置詞

主要的問題是語義上的標準是否充分。可能最大的問題在於是否適用於在語義上有對應關係的語素成分，即是詞綴還是獨立的詞。如在西澳大利亞，英語的前置詞 *toward* 的意思表現爲後綴的形式，如：

（5）ngayu　pamararri-lha　ngurra-wurrini

1SG　call.out- PAST　camp-towards

"I called out towards the camp"

這些後綴歷史上衍生自獨立的後置詞，因此從歷時上區分後綴還是後置詞是沒有意義的。一種更普遍的觀點是這些語素不應看作後置詞，因爲其位置取決於這種語言的形態，即相對於名詞詞幹的位置，而非取決於這種語言的句法，即相對於名詞的位置。

不應把格附綴（case affix）看作後置詞，但注意區分語綴（clitic）的情況仍很重要。語綴（clitic）與詞的表現是一致的。

前置詞和後置詞在一些情況下還具有名詞性特徵。如在 Mam（一種在 Guatemala 使用的 Mayan 語），

（6）ma b'aj t-aq'na-7n Cheep t-jaq’ kjo7n t-uuk’ Xwaan t-e xjaal

REC.PAST DIR 3SG.ERGwork-DIR Jos 3SG-in cornfield 3SG -with Juan 3SG -for person

“José worked in the cornfield with Juan for the person”

在 Mam 對譯英語前置詞的 *in, with* 和 *for*，其形態和結構和其所結合的名詞短語與領屬格所修飾的名詞短語一致。我們認為，漢語也有這樣的問題，如「桌子上」，「桌子」和「上」是領屬關係，「上」是看作後置詞還是名詞呢？其實，它們是名詞並不意味著不能同時是介詞。有一些語言的內部標準把它們歸入到名詞的次類。而且，有很多介詞也是來自名詞的，如處所名詞語法化而來的後置詞。

3.1.3.5 識別領屬詞

需要注意，有些語言區分可分離性領屬關係和不可分離性領屬關係，而二者的語序是不同的，如在 Mallakmallak 語（澳大利亞北部的一種 Daly 語）。有的語言區分詞彙性領屬和代詞性領屬，如法語。

3.1.4 語序共性的例外

需要強調的是我們所討論的共性僅是一種趨勢，它們在多數情況下存在例外。例如，Kurdish 是 OV 型語言但卻是前置詞型語言，Northern Tepehuan（墨西哥使用的一種 Uto-Aztecan 語）是動詞居前型語言卻是後置詞型語言，Arbore（Ethiopia 使用的一種 Cushitic 語）是 OV 型語言但是 NG 型語言，Yagua 是動詞居前型語言但是 GN 型語言等等。

3.1.5 與動賓語序雙向蘊含的語序特徵

上文 3.1.1.5 部分所討論的五組語序與動賓語序是雙向蘊含關係，如，OV

〈=〉Po，即，如果一種語言是 OV 型，那麼它是後置詞型；如果一種語言是後置詞型，那麼它是 OV 型。除此之外，與動賓語序雙向蘊含的語序有：動詞與介詞短語的語序，動詞與非論元名詞短語的語序，主要動詞和助動詞的語序，係動詞和謂語的語序，疑問小品詞的語序，補足語和從句的語序，冠詞和名詞的語序，從句和主句的語序等。

對於與動賓語序雙向蘊含的語序特徵需要說明的是：

（一）關於助動詞，主要包括情態助動詞，如「能/可能」、「應該」、「會」、「可以」；否定性助詞「未」、「莫」等。助動詞有時還可以用來指表時體的非動詞性小品詞，這種小品詞與動賓語序無關，如：「要」、「欲」等。

（二）關於疑問小品詞，許多語言區分極性（或「是非」）問句，疑問小品詞與特殊疑問表達不能混淆，這裡所說的疑問小品詞指極性問句中的疑問小品詞。在一些語言中，疑問小品詞的位置取決於疑問焦點，如土耳其語。一些語言的疑問小品詞出現在第二位置，如在 !Xu（南非一種 Khoisan 語），如：

（7）a.da’ama　re　ho　n!eng?

Child　Q　see　eland

‘Does the child see the eland?’

b.||e’iek　re　da’ama　ho　n!eng?

today　Q　child　see　eland

‘Does the child see the eland today?’

在另外一些語言中，疑問小品詞的位置與主要句子的語序有關，在 OV 型語言中，疑問小品詞經常出現在句末，如，Dolakha Newari（尼泊爾使用的一種藏緬語）。

（8）Dolakhā khā　tuŋ lā-eu　rā

Dolakha talk EMPH speak-3SG.FUT Q

‘will she speak the Dolakha language?’

在動詞居前 VO 型語言中，它們經常出現在句首位置，如在 Lealao Chinantec 語中。

（9）siïH　ma^{M}-zá^{L}　ka?^{M}ti^{LM}　ku：^{H}　kia：^{LH}a^{H}

Q　PAST-run.out：3　completely　money　POSS.1PL

‘has our money completely run out?’

（三）關於補足語，補足語 that 出現在從句起首位置，表明這一語言典型地是 VO 型語言，如英語 that 在 The teacher knows that Billy ate the cookies 中出現在從句之前。補足語出現在從句之後的表明這一語言典型地是 OV 型語言，如 Slave 語。漢語中則沒有這種從句補足語。

（四）關於冠詞，在印歐語中，冠詞是用來編碼有定或無定並且在某些語言中隨名詞短語的其它語法特徵，如性、數、格而變化的詞。不過在某些語言中，冠詞不隨有定無定而變化，而是根據話題非話題，普通名詞還是專有名詞而變化。還有一些把冠詞看作指示詞範疇的情況，但冠詞和指示詞是否屬於同一範疇在不同語言中是不同的，如在英語中，冠詞和指示詞出現在名詞短語同一指示位置，冠詞和指示詞不能同時出現，如*the this book。而在其它一些語言中冠詞和指示詞則屬於不同的詞類，如在 Fijian 語，冠詞在名詞之前而指示詞在名詞之後。研究表明，和冠詞不同的是，指示詞的語序與動賓語序是沒有關聯的。沒有冠詞的語言和有冠詞的語言一樣是很普遍的，但在 VO 型語言中比在 OV 型語言中更普遍。漢語中是沒有眞正的冠詞的。

（五）關於從句和主句的語序，一般來說，從句和主句的語序，在 OV 型語言中，從句在主句之前；在 VO 型語言中，從句在主語之後；還有一些語言的從句的位置是自由的。如英語，

a. Because it was raining, the children came into the house.

b. The children came into the house because it was raining.

但根據 Greenberg（1963），條件從句普遍傾向於在主句之前。

3.1.6 與動賓語序單向蘊含的語序特徵

上文主要討論的是與動賓語序具有雙向蘊含關係的語序，雙向蘊含即由動賓語序可以預測有雙向蘊含關係的其它語序特徵，而由有雙向蘊含關係的其它語序特徵也可以預測動賓語序。而單向蘊含關係並非如此。與動賓語序有單向蘊含關係的語序有：名詞和關係從句，複數詞和名詞等。

（一）名詞和關係從句的語序，大部分 VO 型語言，關係從句在名詞之後，如英語、Fijian、 Tetelcingo Nahuatl 語。而在 OV 型語言，兩種語序都很普遍，如 Lezgian 語是 OV 和 RelN 語序，如：

（10）〔gada　k’wal-iz　raq̃ur-aj〕　ruš

boy　house -DAT　send- PTCPL　girl

Rel　N

"the girl who sent the boy home"

而 Slave 是 OV 和 NRel 語序，如：

（11）tthik’íhí 〔neyaa　yet’ah　golo̧　thehk’é　sı̧́i〕

gun　2SG .son　it.with　moose　3.shot　COMP

N　Rel

"the gun that your son shot the moose with"

因此，OV & RelN, OV & NRel, VO & NRel 都是普遍的，只有 VO & RelN 不普遍。這是一種單向蘊含共性，即如果是 VO 語序，那麼是 NRel 語序，或者邏輯上等同於如果是 RelN 語序，那麼是 OV 語序。我們不能說「如果 OV，那麼……」，因爲對於 OV，NRel 和 RelN 兩種語序都存在。同樣地，也不能說「如果 NRel，那麼……」，因爲對於 NRel，VO 和 OV 兩種語序都存在。換句話說，預測是單向的。

（二）複數詞和名詞的語序，儘管最普遍的表達複數的方式是通過在名詞上加附綴的形式，很多語言還可以使用獨立的詞來表達這一複數功能。其與動賓語序的單向蘊含關係爲，如果一種語言是 OV，那麼其爲名詞＋複數標記（NPlur）語序。

3.1.7　與動賓語序沒有關聯的語序特徵

還有一些語序特徵與動賓語序是不相關的，即在 VO 型和 OV 型語言中，兩種語序都是普遍存在的或頻率相當，如：形容詞和名詞的語序，指示詞和名詞的語序，數詞和名詞的語序，否定詞和動詞的語序，時體詞和動詞的語序，程度詞和形容詞的語序等。

（一）關於形容詞和名詞的語序，一般認爲，NA 語序無論在 VO 型語言還是 OV 型語言中都比 AN 語序更普遍。但也有例外，如在歐亞大陸的 OV 型語言中，AN 語序比 NA 語序更普遍，而在歐亞大陸之外，在 OV 型語序中，NA 語序比 AN 語序更普遍。

很多語言在形容詞的判定上存在問題。依據最寬泛的詞類定義，形容詞還包括指示形容詞和數詞。然而，形容詞被經常用來指「描寫性形容詞」，用來修飾名詞並表明名詞的特徵，其原型意義爲表示「大」、「小」、「好」、「壞」、「新」、「舊」或顏色等的詞。除了指示性的詞和表數量的詞外，還應從描寫性形容詞中排除掉「其它」、「相同」、「如此」等在某些語言中顯示出不同語序特徵的詞。此外，形容詞在一些語言中還是動詞的次類，但它們與名詞的語序呈現出與其它動詞不同的語序，如在 Hanis Coos，形容詞性的動詞修飾名詞時通常在名詞之前，而其它動詞修飾名詞時通常在名詞之後，如，

（12）tsä´yux[u] tcîcÌ´mîł

small spruce.tree

Adj N

"a small spruce tree"

（13）t E to´qmas k!a´wat

the woodpecker peck

N V

"the woodpecker who was pecking at it"

另外，一種語言表面上看是 NA 和 AN 語序，但實際上其內部也可能是核心-從句語序，還需要排除這種情況。

（二）關於指示詞和名詞的語序，指示性修飾語，和形容詞一樣，在名詞之前或之後在 OV 型語言和 VO 型語言中均是普遍的，儘管 DemN 語序稍微更普遍一些。

（三）關於數詞和名詞的語序，在 VO 型語言和 OV 型語言中，NumN 和 NNum 語序都是普遍的，需要注意是，這裡的數詞主要是基數詞和名詞的語序而非序數詞和名詞的語序。在某些語言中，這兩種語序是不同的，如在 Gude 語中（在 Nigeria 使用的一種 Chadic 語），如：

（14）a. mbusə pu’

pumpkin ten

N Num

‘ten pumpkins’

b.tufə-nə　nga tihinə
five-ORD of　horse
ord　　　N
'fifth horse'

在 Gude 語中，基數詞的語序為 NNum，而序數詞的語序為 OrdN。

（四）關於否定詞和動詞的語序，這裡所說的否定性語素既非詞綴也非否定性助詞，而是指否定性小品詞。在 VO 型語言和 OV 型語言中，否定性小品詞在動詞之前或之後的兩種語序都存在，但否定性小品詞在動詞之前的語序更普遍。需要注意的是，動詞之前的否定性小品詞經常直接出現在動詞之前，而在 SVO 語言中，動詞之後的否定性小品詞經常出現在句尾位置。儘管否定性小品詞與動詞間的語序和動賓語序不相關，卻實際上與主語和動詞的語序有一定微弱的聯繫，因為否定性小品詞在動詞居前語言中出現在動詞之前而極少出現在動詞之後。漢語中否定性小品詞並非直接出現在動詞之前，動詞之後的否定性小品詞經常出現在句尾位置。

（五）關於時體詞和動詞的語序，時體小品詞指用非屈折形式表時體的詞，類似於助動詞，但是非動詞性的。這些詞有時被當作助詞，尤其在它們是語綴或語綴形式的語言中，它們經常出現在句中的第二個位置。如果不是第二個位置，它們的位置則與動詞相關，並且在 VO 型語言和 OV 型語言中，均可以位於動詞之前。雖然在 OV 型語言中更傾向於位於動詞之後，但區分也不明顯。

（六）關於程度詞和形容詞的語序，程度詞（Intensifier）指意義上類似英語 *very, more, rather, somewhat* 和 *slightly* 等的用來修飾形容詞的副詞。在 VO 型語言和 OV 型語言中，程度詞＋形容詞（Intens＋Adj）和形容詞＋程度詞（Adj＋Intens）兩種語序均存在，而程度詞＋形容詞（Intens＋Adj）在動詞居前型語言中較普遍。但需要注意的是，在很多語言中，程度詞並非語法上發展完善的一個詞類，在同一語言中，程度詞經常放前和放後的情況都有。

3.1.8　與動賓語序有關的其它類型學特徵

還有一些類型學特徵不涉及兩個成分的語序但與動賓語序有關。內部核心關係從句（internally-headed relative clauses）極少出現在 OV 型語言之外。冠詞在 VO 型語言比在 OV 型語言中明顯更經常使用。

在特殊疑問句中，疑問詞表達的位置也與動賓語序有關。在動詞居前語言中，疑問表達出現在句首位置（動詞因而在這種句子中並非句首位置了），而在 OV 型語言中，它們更傾向於出現在對應的非疑問表達經常出現的位置。但需要注意這種關聯並非強制而有很多例外。此外，疑問表達經常是短語形式，整個疑問表達可能出現在句首位置，但疑問詞可能出現在疑問短語較後的位置。

詞綴位置有如此傾向：後綴與 OV 型語言有關，前綴與 VO 型語言有關。這是一種單向關聯，因爲這三種類型都是普遍的，在 OV 型語言中是後綴，在 VO 型語言中可以是後綴，也可以是前綴。換言之，OV 型語言更普遍的是後綴，而不能說在 VO 型語言中是前綴。然而，如果一種語言中所有的附綴都是後綴，這一語言更可能是 OV 型。

OV 型語言比 VO 型語言更常使用格標記（格附綴或後置詞），這在 OV 型語言中最普遍，在動詞居前語言中次普遍，在 SVO 語言中最不普遍。

3.1.9 除動賓語序外，其它語序之間的蘊含共性

除了與 OV 或 OV 語序的蘊含共性外，其它語序之間也有蘊含共性，並且存在多重蘊含共性的情況。例如，如果一種語言是 NDem 語序，那麼是 NA 語序，或如果一種語言是 AN 語序，那麼是 DemN 語序。再如，Greenberg 共性 5「如果一種語言占主導的語序爲 SOV 並且領屬語在名詞之後，形容詞也在名詞之後。」但也有例外，如：

（15）a. ... ḥatte ʔəssit walat-ʔəsrael ḥəṣān waldat

One woman Israelite boy begot

S O V

'… an Israelite woman begot a boy'

b. walat farʕon

daughter Pharaoh

N G

'the daughter of the Pharaoh'

c. ɩa-gəndāb ʔənās

the-old man

Adj　　　N

'the old man'

對於同一層次成分的語序，名詞有多個修飾語，修飾語之間的語序如何？Dem-Num-A-N，語序是否嚴格？如果語序是自由的，有無優勢語序，決定這一語序的因素是什麼？跨語言的研究顯示，其主導語序是在名詞的同一側且有一種語序是優勢語序。指示詞典型地離名詞最遠，而形容詞典型地離名詞最近，要麼是 Dem-Num-A-N，要麼是 N-A-Num-Dem 語序。而當一種語言把指示詞和數詞均置於名詞之前，而把形容詞置於名詞之後時，如果指示詞和數詞有一種優勢語序的話，則指示詞在數詞之前。Greenberg（1963）注意到違反這一語序的是一種三個成分均處於名詞之後的情況，即相反的語序 N-Dem-Num-A，但這種例外形式並不普遍。

如果確定一種語言的語序類型是 OV 和 PP-V，仍有很多問題需要討論，如，動詞之前的成分與賓語的語序如何。在某些語言中，其語序是自由的，如在 Sanuma（巴西一種 Yanomam 語），是 SXOV，而在西格林蘭愛斯基摩語中，優勢語序是 SOXV。OX（VOX）是更普遍的語序，還未發現基本語序是 VXO 的語言。

此外，還需要注意，在很多語言中，一些成分的語序是自由的，而其它成分的自由性則較弱。如在 Tiwi 語（北澳大利亞的一種語言），短語成分的語序是自由的，但在名詞短語內部，修飾語和名詞的語序是非常嚴格的。漢語也是名詞性成分與其修飾語的語序是嚴格的，動詞與其修飾語語序是嚴格的，而動詞和賓語的語序則相對來說比較自由。語序在句子層面比在短語層面更自由。可以說，一種語言如果在短語層面語序是自由的，則其在句子層面語序也是自由的。

語序較為自由的語言傾向於更多地呈現 OV 型語言特徵而非 VO 型語言特徵。大部分語言允許兩種語序都存在，而要全面描寫這些是很複雜的。世界語言中一些普遍的範疇並不能總是清晰地用來分析我們所討論的範疇。在許多語言總有一些詞與其它語言中所對應詞的位置不同因而需要作具體描述。

3.1.10　小　結

把跟 VO 與 OV 雙向蘊含或單項蘊含的語序總結如下：

賓動（OV）	動賓（VO）
後置詞 （Postpositions）	前置詞 （prepositions）
領屬詞－名詞 （genitive-noun）	名詞－領數詞 （noun-genitive）
方式副詞－動詞 （Manner adverb-verb）	動詞－方式副詞 （verb-manner adverb）
基準－標記 （standard-marker）	標記－基準 （marker-standard）
基準－形容詞 （standard-adjective）	形容詞－基準 （adjective-standard）
後置從屬連詞 （Final adverbial subordinator）	前置從屬連詞 （initial adverbial subordinator）
介賓短語－動詞 （Adpositional phrase- verb）	動詞－介賓短語 （verb-adpositional phrase）
主要動詞－助動詞 （Main verb-auxiliary verb）	助動詞－主要動詞 （auxiliary verb-main verb）
謂語－係詞 （predicate-copula）	係詞－謂語 （copula-predicate）
疑問詞居後 （Final question particle）	疑問詞居前 （initial question particle）
補足語居後 （finalcomplementizer）	補足語居前 （initialcomplementizer）
名詞－冠詞 （noun-article）	冠詞－名詞 （article-noun）
從句－主句 （Subordinate clause-main clause）	主句－從句 （main clause-subordinate clause）
關係從句標記－名詞 （Relative clause-noun）	名詞－關係從句 （noun-relative clause）
名詞－複數詞 （noun - plural word）	複數詞－名詞 （plural word - noun）

跟 VO 和 OV 不相關的語序有：

形容詞－名詞（adjective, noun）

指示詞－名詞（demonstrative, noun）

數詞－名詞（numeral, noun）

否定詞－動詞（negativeparticle, verb）

時體詞－動詞（tense-aspect particle, verb）

程度詞－形容詞（intensifier, adjective）

3.1.11　討論漢語語序問題應注意之處

關於語序的討論，主要集中在兩個方面：一個是基本語序和諧理論，另一個是一種語言內部的語序情況。本文著重從基本語序和諧理論角度來討論漢語的語序問題。在討論漢語語序問題之前，我們需要注意如下幾點：

一、漢語可以使用結構助詞來連接修飾語及其中心語，結構助詞可以位於形容詞與名詞之間、領屬性修飾語與名詞之間、數詞與名詞之間、指示詞與名詞之間、方式副詞與動詞之間，如：

（16）諸軍皆有恐懼的心。（《新編五代史平話・唐史平話上》）（形容詞與名詞之間）

（17）您莫是奸細的人？（《新編五代史平話・漢史平話上》）（形容詞與名詞之間）

（18）非青非白非紅非赤，莫是個黃的色，這是「黃」字分曉；川田十八，這是個「巢」字分曉。（《新編五代史平話・梁史平話卷上》）（形容詞與名詞之間）

（19）使從臣訪求孔子、顏淵的二家子孫。（《新編五代史平話・周史平話上》）（領屬性修飾語與名詞之間）

（20）彥澤在晉時，素與閤門使高勛不叶，徑殺勛叔父及勛的弟。（《新編五代史平話・晉史平話下》）（領屬性修飾語與名詞之間）

（21）苻習共部下將三十餘人，聞得晉王的說，以義激發。（《新編五代史平話・唐史平話下》）（領屬性修飾語與名詞之間）

（22）只因袁天綱寫下了這兩句讖了，直到大唐第一十八個的皇帝，喚做僖宗皇帝，小名做儇，在後改名做儼，是懿宗皇帝的第五個兒子，初封普王。（《新編五代史平話・梁史平話上》）（數詞與名詞之間）

（23）朱五經有三個的兒子：第一的名做全昱，第二的名做存，第三的名做溫。（《新編五代史平話・梁史平話卷上》）（數詞與名詞之間）

漢語使用結構助詞來連接修飾語及其中心語體現了聯繫項居中原則的作用力，因此並不能反映其所連接的兩個成分的相對語序，因而在漢語中討論兩個成分的語序時，應排除結構助詞的干擾作用。

二、數詞和名詞之間量詞的使用

漢語可以使用數詞直接修飾名詞，如：

（24）黃巢大喜，令尚讓部那懸刀峰下五百人同來，計一千人軍，即日離了仁義里，同那尚讓、王播三個投向濮州路去，投奔王仙芝。（《新編五代史平話·梁史平話上》）

但漢語中更常見的是組成數量短語修飾名詞性成分。如：

（25）此後虞舜征伐三苗，在兩階田地裏舞著干羽，過了七十個日頭，有苗歸服。（《新編五代史平話·梁史平話上》）

關於數量短語和名詞的語序，學者們有過諸多討論，如：王力（1958）《漢語史稿》認為漢語的「數＋量」結構從主要位於中心名詞之後逐漸移到中心名詞之前，時間是在漢代到中古時期，劉世儒（1965）、黃盛璋（1961）、柳世鎮（1992）都持這一觀點，認為魏晉南北朝時期「數＋量＋名」已經普及，比「名＋數＋量」常用。貝羅貝（1998）則認為「數＋量＋名」到中古時期（3世紀）以後才看到，在漢語中普及是唐代以後的事。張赬（2009）認為漢語史上並不存在這一語序變化，表事物數量的修飾成分一直是位於中心名詞前的，在上古和中古漢語中主要是數詞直接修飾名詞，形成「數＋名」式，近代漢語以後是數量短語修飾中心名詞，形成「數＋量＋名」式。張赬（2010）詳細討論了數量短語與中心詞語序的歷史發展。發現「數＋量＋名」格式在魏晉時期的使用頻率就比「名＋數＋量」高，到晚唐五代兩類格式之間的差距進一步擴大。量詞的使用頻率在魏晉南北朝時期並不高，帶量詞的用例比不帶量詞的用例少得多，而到了晚唐五代情況有了很大改變，量詞普及的趨勢十分明顯。張赬（2010）指出數量修飾語位於中心名詞前是漢語最基本、最普遍的一種數量格式。Greenberg（1963）第18條共性指出：「如果描寫形容詞位於中心名詞前，那麼絕大多數情況是指代詞和數詞也位於中心名詞前。」漢語的描寫性形容詞是位於中心名詞前的，那麼數詞也應該位於中心名詞前，所以上古漢語中「數＋名」是用得最普遍的一類格式，當漢語的量詞普及後，「數＋量＋名」是用得最普遍的一類格式。Greenberg 並沒有在正文中討論數量短語與名詞的語序以及數詞或數量短語與 S、V、O 的基本語序的關係。但他在文後的附錄 1 中統計並描寫了數詞或數量短語與名詞的語序及其與基本語序之間的關係。在他的統計中，Greenberg 把數詞或有量詞的語言中的數量短語看成同一性質，將它們與名詞語序關係放在一組考慮，數詞或有量詞語言中的數量短語是指和指代詞、形容詞一樣的名詞一類修飾語。

三、漢語的附置詞（adposition）

漢語的附置詞主要表現爲介詞和方位詞的形式。貝羅貝（2003）指出，漢語方位詞的發展是逐漸由固定用法到非固定用法：名詞〉定向性或精確的方位詞〉泛向性或泛指的方位詞。主要是通過「核心意義＋語義操作」來完成的。

根據劉丹青（2002），世界語言語序類型最大差別在於前置詞語言和非前置詞語言，後者包括後置詞語言和無前置介詞語言。所謂無前置介詞語言多半可以歸入後置詞語言，因爲這些語言是用所謂格助詞或格後綴來介引動詞的間接論元的，而格助詞、格後綴基本上都是後置詞性質的。前置詞和後置詞的差別主要在獨立性的強弱上，前置詞一般有比較強的句法獨立性，漢語不是純粹的前置詞語言，而是前置詞後置詞並用的類型。而使用前置詞還是後置詞大致跟使用 VO 還是 OV 相和諧，SOV 語言一般都是使用後置詞的。現代漢語主要是使用前置詞的語言，一定程度上可以用來標誌動詞之後賓語的語義特徵，不使用前置詞的情況則是直接在動詞後加表示不同語義特徵的賓語。

四、漢語關係從句

根據劉丹青、唐正大（2012），國內通行的漢語語法學系統缺乏關係從句的觀念，尤其缺少「關係從句標記」（relativizer）的概念，沒有專門的關係從句標記。漢語關係從句的範圍尚未劃定。漢語中最普遍的關係從句標記類型是泛用定語標記「的」及其方言對應詞，如廣州話的「嘅」、蘇州話的「葛」等。下列要素兼有關係從句的作用：1.北京話的單個指示詞。2.北京話、廣州話及很多其它方言中的指量短語。3.吳語中整類具有定冠詞作用的量詞。4.以蘇州話爲代表的部分吳語中表示處所及存在體的 PPC（pre-postpositional compound，前後置詞複合詞）。

漢語中以往所討論的關係從句與其它語言有很大不同，也缺乏眞正的關係從句標記，如：

（26）定州管下西北有狼山，其土人就山上築堡以避胡寇，堡中有佛舍尼名孫深意的，在堡上住坐，以妖術惑眾，遠近信奉之甚謹。（《新編五代史平話・晉史平話下》）

（27）黃巢得知朱溫有反叛的意思，差使命兵喜來趕，到那小地名離愁村，趕著朱溫。（《新編五代史平話・梁史平話上》）

（28）適梁兵有降的來道：「梁軍正造浮橋。」（《新編五代史平話・唐史平話上》）

（29）李克用見那詔書不從起兵之請，終郁郁不平，便有攻伐朱全忠的意。（《新編五代史平話・唐史平話上》）

（30）若朝廷聽從，不但可以制伏河東，銷未然之變，亦可省邊庭調度之費。（《新編五代史平話・晉史平話卷上》）

（31）那時朝廷差著安重誨巡督征蜀諸軍，已到利州，召石敬瑭問：征蜀已是半月，您如何不立奇功？（《新編五代史平話・晉史平話卷上》）

漢語史上，修飾名詞的謂詞性成分與所修飾的名詞之間可以使用助詞，也可以不使用助詞。而對於這些助詞是否可以看作眞正的關係從句標記也可以進一步討論。漢語結構助詞「底」始見於唐代，宋代以後寫作「的」。「底」在唐五代時期即多用於 V/VP 之後，構成體詞性結構，充當定語，如「汝等昨夜見底光」（敦煌變文・頻婆娑羅）、「牛背上將養底兒子」（祖堂集卷三）。自古無不曉事情的聖賢（朱子語類卷一一七）、「新上了的弓」（古本老乞大）。

有學者認爲動詞加助詞修飾名詞是受外族語言的影響。如，李崇興、祖生利（2011：16）指出在元代直譯體文獻中，大量存在的「V 來的」修飾名詞的例子是受蒙古語的推動。因爲蒙古語的動詞不能直接修飾名詞，要修飾名詞時必得把它轉換成形動詞形式，翻成漢語，是在動詞之後加個「底（的）」字。在直譯體公文裏面，還有「V 了的 N」「V 了來的 N」等形式。動詞帶上時體成分，加「底/的」之後修飾名詞，元代以前雖有這樣的句法，但用例殊不多見，它在元代得到普遍運用，是蒙古語的影響和推動。李崇興、祖生利（2011：18）又指出動詞帶上時體成分，加「底/的」之後修飾名詞這種句法形式在元代得以普遍使用有蒙古語的推動。在元代直譯體文字中，結構組詞「的」（底）常用在動詞及動詞短語後，構成「V/VP 的（底）」這樣的體詞性結構，可以充當中心語的修飾語，如：

（32）各處百姓依前不肯應副吃的粥飯，安下房舍，致有相爭。（《元典章・刑部》卷之三）

可見，即使是使用助動詞的謂詞性成分修飾名詞的情況，其助詞也未必可看作關係從句標記，而有可能是受外來語言接觸影響的形式上的對應。

五、漢語複數標記形式

關於數範疇，需要注意以下幾點：印歐語系諸語言通過詞形屈折來實現「數」範疇的表達，漢語沒有印歐語言那種與詞形結合得十分緊密的形態變化。此外，有的語言有單數和複數的區別，這種區別在名詞和動詞這兩類詞上都要標記出來，如歐洲的一些語言，有的語言有單數、雙數（二）和複數，如希臘語和古阿拉伯語；有的語言有單數、雙數、三數和複數等。漢語對於和人稱有關的詞語存在單數和複數上的對立，如：我－我們、父親－父親們等。在對事物的指稱上也形成個體和集合、可數和不可數等的區別，如：人－人口、船－船隻。此外，還有一些事物總是成對出現，於是形成了雙數的概念，如：一雙鞋、一對夫妻。

根據以往研究，漢語複數的表達主要有四種方式：（1）用具有複數概念的專門詞來指示，如：「衣服」的複數表達稱「套」，「組」「群」「串」都屬於具有複數意義的語言單位。漢語裏還有一部分表雙數的專門詞，如「雙」「對」「倆」等。（2）用名詞或量詞的重疊表示，如「家家」、「個個」。（3）用複數前綴「每」，構成「每 N」格式，形成帶有分配意義的複數概念。（4）專用的複數後綴，如「們」。

和本文討論有關的主要是漢語表示複數的詞彙形式，在漢語史上，用來表示複數概念的詞彙形式主要有：眾、諸、群、餘、曹、等、每、瞞、懣、們等。「眾、諸、群、餘」是前置於名詞的表達複數概念的詞，而對於「曹、等、們」是否與「們」一樣可看作複數標記則討論較多。王力（1958：272）認爲，這一類的「曹/等」在中土文獻中還保留有一定的實義，它們和「們」字最大的差別在於，「們」字是複數的固定形尾，「曹/等」則不是固定的，沒有成爲固定形尾。龍國富（2013）指出，「我等」在漢譯佛經絕大多數用於全體自稱，只有極少數用於個體自稱。在其它的漢譯佛經裏，還有在人稱代詞後面加上「曹」，構成「我曹/汝曹」等的情況。「我等」做複數的用法，來自於梵文代詞的變革，多數做主語的「我等」，都從第一人稱代詞複數體格 vayam 譯來。而在被動語態中，做邏輯主語的第一人稱代詞複數具格的 asmābhir，也通常被譯作「我等」。梵文中動詞的變格，如現在時主動語態複數語尾 mas 和中間語態單數語尾 mahe，也有譯作「我等」的情況。此外，還有個別「我等」譯自 asmādṛśā，asmādṛśā 是由 asma（我們）和 adṛśa（這些人）組成。「我等」由「我們這些人」譯來。「我等」做個體自稱的情況，只在翻譯佛經初期出現，到翻譯佛經後期基本不用。漢譯佛經中，「等」大量使用在人稱代詞後面表示複數，從而造成人稱代詞出現單複數的對立。在漢譯佛經中，人稱代詞後面的「等」已經成爲詞綴，亦即王力先生所說的形尾，其功能與「們」一致，這種語法現象在中古本土文獻中確實還沒有產生，其在漢譯佛經中的產生應該與翻譯有關。在中土文獻中，漢代以後開始出現表示複數的「曹/等」。

關於「每」，以《秘史》爲例，其中的「每」有如下用法：（1）人稱代詞加「每」。（2）人際稱謂加「每」。（3）一般稱人名詞加「每」。（4）部落族群名加「每」。（5）複數概念名詞加「每」。「眾兒子每」、「些人每」、「三百人每」、「有些達達每」。（6）動物名詞加「每」。「騸馬每」。動物名稱之後加後綴「每」來表示動物名詞的複數，這是元代漢語比較特殊的語法現象。孫錫信認爲，《秘史》中的「～每」用法是蒙漢對譯而形成的扭曲了的語法現象，它本質上是蒙語的名詞複數形式，卻用漢語表現出來，這猶如生硬地將英語 books 譯成「書們」一樣。余志鴻（2007）認爲「每」的形成、發展和消亡，是漢語與民族語言接觸和產生變異的一個歷史過程。漢語沒有複雜的複數形態，但在跟有複雜變化的複數形式的蒙古語接觸時，漢語自覺地在直譯體語言中接受了這種名詞複數表達法（沒有接受動詞、形容詞的複數表達法），把本來處於萌芽狀態的「瞞、懣」等複數後綴演化爲選用具有複數意義的「每」，從而形成「每＋名」和「名＋每」分別表示「數」概念的一組最小對立單位。「每＋名」表示全體中逐個個體的連續數，「名＋每」表示代詞、名詞的複數。在漢語以後的發展變化中，元代漢語直譯體語法中「～每」可以接數量短語的用法，以及可以接複數意義集合名詞的用法，都漸漸淘汰了；而且「～每」作爲指物名詞複數後綴的用法也終於被淘汰了，它只保留在指人名詞和代詞（人稱代詞和指示代詞）的複數後綴用法中。

六、關於標句詞（complementizer），即如英語 that 一樣用來引導從句的標句詞有關的語序，在漢語中沒有明確的證據。漢語中用來標誌句子的，在句首一般是發語詞，在句尾一般是語氣詞。如：

（33）夫無者，誠萬物之所資，聖人莫肯致言。（《世說新語・文學第四》）

（34）夫爲王者憂念民物，何有人王傷截人指。（《摩訶僧祇律》卷第三）

（35）夫爲學者，研思精微，博通多識，宜應履行，遠求勝果。（《百喻經・磨大石喻》）

（36）其器深廣，難測量也。（《世說新語・德行第一》）

（37）時海神者豈異人乎，即我身是也。（《摩訶僧祇律》卷第四）

（38）汝色聲香味，莫復更來使我見也。（《百喻經・飲木桶水喻》）

七、副詞和動詞

楊榮祥（2005）分副詞爲十一類，包括總括副詞、限定副詞、統計副詞、時間副詞、頻率副詞、類同副詞、累加副詞、程度副詞、情狀方式副詞、語氣副詞、否定副詞。類型學上所討論的與副詞有關的蘊含共性主要涉及到情態方式副詞這一類，所以應排除其它副詞的情況。比如，應排除程度副詞，程度副詞既可以位於動詞之前作狀語又可以位於動詞之後作補語，如：甚、極、很。

此外，需要注意的是，漢語有補語的概念，一些動補結構，在補語是形容詞時，要注意把形容詞用作動詞補語的結構與漢語的 V＋Adv 結構區分開。

八、疑問語氣詞

關於「動詞＋否定詞」的情況，否定詞一般是「不」，「VP 不」一般用於反覆問句中，這一結構中「不」是否已經虛化爲語氣詞還存在爭議。吳福祥（1997）認爲當疑問語氣詞「寧」、否定副詞「不」、反詰副詞「豈」等出現在「VP 不」裏，由於「漢語的語義選擇規則」不允許這些詞類進入反覆問句的句法語義框架，這些句子中的否定詞「不」已喪失稱代性否定的功能，虛化成疑問語氣詞。但遇笑容、曹廣順（2002）指出現代漢語方言中使用疑問副詞，就不用「不」，這是一條「語義選擇規則」。但這條規則建立在疑問副詞是「句子疑問功能的負載者」這樣一個基礎之上，而中古漢語沒有這樣一個基礎，中古漢語中副詞「寧/頗」在疑問句中可以。但也認爲雙重否定是一種語義選擇框架，當格式中已經有了一個否定詞「不」，後面沒有必要再用一個「不」構成雙重否定的反覆問句，從而證明了出現在雙重否定句末的「不」應該已經虛化了。因此，我們把「動詞＋不」中的「不」看作疑問語氣詞。

王繼紅（2014：667）指出，根據 J.S.Speijer（1988），梵語中的疑問句分爲兩類：（一）對整個狀態或事件表示疑問，如：「他走了嗎？」大體相當於漢語中的非特指疑問句。這種類型的疑問句，可以由疑問小品詞（疑問代詞演化而來）引導，也可以通過疑問語氣標示出來。當疑問小品詞被取消時，動詞大多會位於句首。如果使用疑問小品詞，這些疑問小品詞一般會位於句首。梵文文獻中常見的疑問小品詞有 apiuta、kim、kaccit。（二）對事件或狀態中的某一要素提問，如：「他在哪兒住？」「誰看見他了？」這種類型的疑問句由疑問代詞或疑問副詞引導。疑問代詞爲 ka，疑問副詞 kva、kutah.、himiti 是它的派生詞。作爲梵文語法的一種規則，它們出現在句首位置上，至少在散文中遵守這個規則，而在詩歌中它們可以出現在任何位置。

總之，我們綜合以往學者所討論的語序類型，主要使用如下類型學參數來討論漢語的語序面貌：動詞和賓語、係動詞－謂語（copula-predicate）、介詞和賓語、助動詞－VP、時體助詞－VP、動詞－方式副詞、程度增強詞－形容詞、否定詞－動詞形式、介詞短語和動詞、領屬性定語和名詞、複數標記和名詞、形容詞和名詞、指示詞和名詞、數詞和名詞、疑問語氣詞－S、主從連詞－子句。對於比較句，本文歸併到介賓結構與謂語中心語的語序來討論，關於漢語有無眞正的冠詞、標句詞和關係從句還存在爭論，所以暫不考慮它們的語序問題，本文主要考慮單句的情況，暫不考慮複句的語序問題。本文討論的與 VO 和 OV 和諧的基本語序形式如下：

與 VO 和諧的語序	與 OV 和諧的語序
前置詞	後置詞
動詞＋介詞短語	介詞短語＋動詞
係詞＋謂語	謂語＋係詞
助動詞＋主要動詞	主要動詞＋助動詞
動詞＋方式副詞	方式副詞＋動詞
名詞＋領屬詞	領屬詞＋名詞
疑問詞＋S	S＋疑問詞

從屬連詞＋S	S＋從屬連詞
複數標記＋N	N＋複數標記
與 VO 和 OV 無關的語序	
否定詞－動詞	
名詞＋指示詞	
名詞＋數（量）詞	
名詞＋形容詞	
程度詞＋形容詞	
時體詞＋動詞	

下面擬以魏晉南北朝時期的本土文獻和中古譯經，以及元代的純粹漢語和蒙式漢語來討論這兩個特殊歷史時期漢語的語序面貌。

3.2 本土文獻《世說新語》與中古譯經《摩訶僧祇律》、《百喻經》比較

3.2.1 《世說新語》語序面貌

《世說新語》是中國南朝宋時期（420～581 年）產生的一部主要記述魏晉人物言談軼事的筆記小說，是由南朝劉宋宗室臨川王劉義慶（403～444 年）組織一批文人編寫的，梁代劉峻作注。分爲政事、文學、方正、德行、言語、雅量等三十六門，全書共一千多則，記述自漢末到劉宋時名士貴族的遺聞軼事，主要爲有關人物評論、清談玄言和機智應對的故事，文章多用當時口語，是研究當時語言情況的一部重要文獻。〔註 1〕

一、基本語序類型

1. 動詞和賓語

「VO」語序共 4986 例，占 98.79%，如：

（39）陳仲舉言爲士則，行爲世範，登車攬轡，有澄清天下之志。（《世說新語・德行第一》）

「OV」語序共 61 例，占 1.21%，如：

（40）賈后廢，李氏乃祔，葬遂定。（《世說新語・賢媛第十九》）

2. 係詞－謂語（copula-predicate）

「係詞＋謂語」有 168 例，占 97.67%，如：

〔註 1〕朱碧蓮、沈海波，2011《世說新語》，北京：中華書局。

（41）王之學華，皆是形骸之外，去之所以更遠。（《世說新語・德行第一》）

（42）我是李府君親。（《世說新語・言語第二》）

（43）卿雲「艾艾」，定是幾艾？（《世說新語・言語第二》）

（44）對曰：「鳳兮鳳兮，故是一鳳。」（《世說新語・言語第二》）

（45）歷年後，訊其所由，妾具說是北人遭亂，憶父母姓名，乃攸之甥也。（《世說新語・德行第一》）

（46）昔先君仲尼與君先人伯陽有師資之尊，是僕與君奕世爲通好也。（《世說新語・言語第二》）

「謂語＋係詞」有 4 例，占 2.33%，如：

（47）聞卿有四友，何者是？（《世說新語・品藻第九》）

（48）又問：「何者是？」（《世說新語・品藻第九》）

（49）帝時爲太子，好養武士，一夕中作池，比曉便成。今太子西池便是也。（《世說新語・豪爽第十三》）

（50）何處覓庾吳郡，此中便是！（《世說新語・任誕第二十三》）

蔣紹愚（2009）證明「NP1，NP2＋是也/是」中的「是」的性質不是指示代詞，而是後置的係詞。因爲在同一段文字中，「NP1，NP2＋是也/是」可以和漢語正常判斷句「N1 者，N2 也」、「NP1，NP2 也」和「NP1 是 NP2」並用。此外，如果有副詞「即」、「則」，一般都是「NP1，即/則＋NP2＋是也/是」，也可以是「NP1，NP2＋即/則＋是也/是」，此外，還有「非」、「是」拆開用，以及重複使用兩個「是」。

（51）稱伽拔吒非我身是。（《大莊嚴論經》）

（52）則是今現蓮華首菩薩是。（《正法華經》）

3. **介詞和賓語**（prepositions）

前置詞共 657 例，占 74.49%，如：

（53）友人有疾，不忍委之，寧以吾身代友人命。（《世說新語・德行第一》）

後置詞共 225 例，占 25.51%，如：

（54）既無餘席，便坐薦上。（《世說新語・德行第一》）

4. **助動詞－主要動詞**（auxiliary verb-main verb）

「Aux＋V」用例如：

（55）若使一慟果能傷人，濬沖必不免滅性之譏。（《世說新語・德行第一》）

（56）我今欲爲王孝伯作誄。（《世說新語・文學第四》）

「V＋Aux」沒有發現用例。

5. 動詞－方式副詞〔註2〕（verb-manner adverb）

「動詞＋方式副詞」沒有發現用例〔註3〕。

「方式副詞＋動詞」用例如：

（57）其器深廣，難測量也。（《世說新語・德行第一》）

（58）荀巨伯遠看友人疾，値胡賊攻郡。（《世說新語・德行第一》）

6. 介詞短語和動詞（verb-adpositional phrase）

「V＋Pre＋O」共64例，占31.68%，如：

（59）咨於太丘，太丘曰：「元方難爲兄，季方難爲弟。」（《世說新語・德行第一》）

「Pre＋O＋V」共135例，占66.83%，如：

（60）王戎、和嶠同時遭大喪，具以孝稱。（《世說新語・德行第一》）

「O＋Pre＋V」共3例，占1.49%，如：

（61）酒以成禮，不敢不拜。（《世說新語・言語第二》）

7. 領屬詞和名詞（noun-genitive）

「N＋G」沒有發現用例。

「G＋N」用例如：

（62）孫皓燒鋸截一賀頭，是誰？（《世說新語・紕漏第三十四》）

（63）洛中雅雅有三嘏：劉粹字純嘏，宏字終嘏，漢字沖嘏，是親兄弟，王安豐甥，並是王安豐女婿。（《世說新語・賞譽第八》）

（64）阮仲容先幸姑家鮮卑婢。（《世說新語・任誕第二十三》）

〔註2〕此處所指的，可看作如沒有特殊說明，均是討論的方式副詞。

〔註3〕以下諸例是連動形式：於時謝不即解阮語，重相咨盡。（《世說新語・文學第四》）人皆如此，便可結繩而治，但恐狐狸貒貉啖盡。（《世說新語・品藻第九》）及亡，劉尹臨殯，以犀柄麈尾著柩中，因慟絕。（《世說新語・傷逝第十七》）坐定，庾乃引咎責躬，深相遜謝。（《世說新語・假譎第二十七》）

8. **複數標記和名詞**（plural word - noun）

「複數標記＋名詞」共 152 例，占 92.12%，如：

（65）王平子、胡毋彥國諸人，皆以任放爲達，或有裸體者。（《世說新語・德行第一》）

（66）方問國士，而及諸兄，是以尤之耳。（《世說新語・言語第二》）

「名詞＋複數標記」共 13 例，占 7.88%，如：

（67）遂三起三疊，徒眾屬目，其氣十倍。（《世說新語・豪爽第十三》）

（68）門生輩輕其小兒，乃曰：「此郎亦管中窺豹，時見一斑。」（《世說新語・方正第五》）

9. **疑問詞-S**（initial question particle）

「疑問詞＋S」共 238 例，占 92.97%，如：

（69）當斯之時，桂樹焉知泰山之高，淵泉之深？（《世說新語・德行第一》）

（70）那得初不見君教兒？（《世說新語・德行第一》）

「S＋疑問詞」共 18 例，占 7.03%，如：

（71）冀罪止於身，二兒可得全不？（《世說新語・言語第二》）

（72）不知便可登峰造極不？然陶練之功，尚不可誣。（《世說新語・文學第四》）

（73）儆之，不亦達乎？（《世說新語・德行第一》）

（74）鼠被害，尚不能忘懷，今復以鼠損人，無乃不可乎？（《世說新語・德行第一》）

（75）阿奴欲放去邪？（《世說新語・德行第一》）

10. **主從連詞－子句**（initial adverbial subordinator）

「主從連詞＋子句」共 886 例，占 99.77%，如：

（76）知母憾之不已，因跪前請死。（《世說新語・德行第一》）

（77）吾時月不見黃叔度，則鄙吝之心已復生矣。（《世說新語・德行第一》）

（78）此人初不肯以談自居，然不讀老、莊，時聞其詠，往往與其旨合。（《世說新語・賞譽第八》）

「子句＋主從連詞」共 2 例，占 0.23%，如：

（79）答曰：「王比使君，田舍、貴人耳。」鎮西妖冶故也。（《世說新語・

品藻第九》）

（80）殷曰：「咄咄逼人！」仲堪眇目故也。（《世說新語・排調第二十五》）

有學者指出，這種用於分句末的表原因的「故」，中古文獻一般是「……，故……」，而佛經用「……故，……」或「……，……故」。許理和（1977）提出佛典中的這種特殊用法可能是梵文表原因的離格（causative ablative）的對譯；高崎直道（1993）認爲是梵文從格（即離格）或 iti 的對譯；王繼紅（2014）認爲「故」對譯的梵文可能是表原因的從格、具格或不變詞 hi，也可能是表目的的名詞 artha。遇笑容（2010：141）指出這種佛經裏用於分句末的表原因的「故」，在不同時期的譯經中都有出現，但在不同譯者筆下產生的機制不同，如《俱舍論》「眞諦本」是眞諦在學習使用漢語的過程中，受到母語的干擾。而在「玄奘本」中是受到目的語的干擾，不同的機制，造成了相同的錯誤形式。我們在 6.5.2 部分還會討論這個問題。

二、特殊語序形式

通過上文討論可以發現，漢語這一時期的基本語序形式爲 VO，所以體現 OV 語序特徵或混合語序特徵的我們稱之爲特殊語序形式。

（一）賓語居前

1. 否定句中

（81）武王式商容之閭，席不暇暖。（《世說新語・德行第一》）

（82）事定，詔未出。（《世說新語・識鑒第七》）

2. 疑問代詞作賓語

（83）卿何以不汗？（《世說新語・言語第二》）

3. 有代詞復指賓語

（84）卿海內之俊才，四方是則，如何當喪，錦被蒙上？（《世說新語・規箴第十》）

（85）今政荒民弊，覆亡是懼，臣何敢言盛！（《世說新語・規箴第十》）

（86）王敦舉兵圖逆，猜害忠良，朝廷駭懼，社稷是憂。故劬勞晨夕，用相覘察。（《世說新語・假譎第二十七》）

4. 唯

（87）右軍答曰：「唯丘壑獨存。」（《世說新語・容止第十》）

（88）唯公榮，可不與飲酒。（《世說新語・簡傲第二十四》）

5. 表〔＋完成〕的時間副詞作狀語

（89）元功既舉，時人咸歎超之先覺，又重其不以愛憎匿善。（《世說新語・識鑒第七》）

6. 情態助動詞

（90）北方何物可貴？（《世說新語・言語第二》）

（91）衆源未可得測。（《世說新語・賞譽第八》）

（92）近屬尊事，那得不行？（《世說新語・雅量第六》）

（93）樂令民望，不可殺，減李重者又不足殺。（《世說新語・賢媛第十九》）

（94）然陶練之功，尙不可誣。（《世說新語・文學第四》）

（二）動詞居後

1. VO 來/去

（95）令溫酒來！（《世說新語・任誕第二十三》）

（96）今日與謝孝劇談一出來。（《世說新語・文學第四》）

（三）疊加式

1. 表假設

（97）君欲自乘，則不論；若欲啖者，當以二十代之。（《世說新語・汰侈第三十》）

2. 表時間

（98）自昔諸人沒已來，常恐微言將絕。（《世說新語・賞譽第八》）

（99）自嵇生夭、阮公亡以來，便爲時所羈紲。（《世說新語・傷逝第十七》）

3. 表處所

（100）魏明帝於宣武場上斷虎爪牙，縱百姓觀之。（《世說新語・雅量第六》）

（101）太傅於眾坐中問庾，庾時頹然已醉，幘墮几上，以頭就穿取。（《世說新語・雅量第六》）

（102）遠近久承公名，令於是大遽，不敢移公，便於牛屋下修刺詣公，更宰殺爲饌，具於公前，鞭撻亭吏，欲以謝慚。（《世說新語・雅量第六》）

（103）便於手巾函中出之。（《世說新語・雅量第六》）

（104）玄聞之甚忿，常於眾中厲色曰：「丈夫提千兵入死地，此事君親故發，不得復云爲名！」（《世說新語・識鑒第七》）

（105）胡之每出，嘗於籬中見而異焉。（《世說新語・識鑒第七》）

3.2.2　中古譯經《摩訶僧祇律》、《百喻經》語序面貌

關於中古譯經，朱慶之（1992a：15）提出「佛教混合漢語」這一名稱；朱慶之（2001）又對這一名稱的內涵作了具體的論述：「佛教混合漢語與其它中土文獻語言有明顯的差別，是一種非自然產生的獨特變體。這主要表現在兩種混合上，一是漢語與大量原典語言成分的混合，二是文言文與大量口語俗語和不規範成分的混合。」但萬金川（2002）認爲朱所謂的「佛教混合漢語」，既沒有基於地緣關係的語言接觸，也沒有深度的語言影響，充其量只是語碼混雜，還達不到語言學中所謂的「混合語」的程度。遇笑容（2008）分別從梵漢對勘、同經異譯和中古譯經中的特殊語言現象幾個方面，對漢譯佛經的語言性質進行了討論。因爲這三方面都顯示漢語在佛經翻譯中受到的梵文影響相當有限，所以佛經漢語「基本上是一種中介語，是西域僧人學習漢語過程中不同階段的記錄。其中出現的特殊語言現象，是他們學習中出現的母語干擾」。朱慶之（2001）所提到的那些不經常見的語言現象往往可能是來自原典語的影響，或是對漢語的誤用。

下面我們以《摩訶僧祇律》前五卷和《百喻經》爲例來討論中古譯經的語序問題。

中古譯經作爲翻譯作品，是由佛經翻譯帶來的漢語與以梵語爲代表的印歐語語言接觸的產物，這又使它成爲研究語言接觸及其給漢語造成的影響的絕好材料。根據朱冠明（2008b）的研究，《摩訶僧祇律》，簡稱《僧祇律》，意譯爲「大眾律」，是佛教大眾部所奉持之廣律，東晉佛陀跋陀羅與法顯共譯，《大正新修大藏經》刊於第 22 冊，經號 1425。此律梁僧祐《出三藏記集》、隋費長房《歷代三寶記》、唐智升《開元釋教錄》、《隋書・經籍志》等均有記載。《摩訶僧祇律》記載的大量的制戒緣由故事所反映的社會生活尤其是日常生活面之廣，舉凡衣食住行、婚喪嫁娶、市井買賣、詈罵毆鬥等無不包括，是一般正統文獻無法比肩的。「對日常瑣事如此細緻地描述，不要說崇尚典雅的中土文獻，

就連佛典經部文獻中也不多見。這正是律部文獻的獨特價值所在。」

《百喻經》，全稱《百句譬喻經》，是古天竺僧伽斯那撰，南朝蕭齊天竺三藏法師求那毗地譯。《百喻經》稱「百喻」，就是指有一百篇譬喻故事，但現存的譬喻故事只有九十八篇；之所以稱之爲「百」，有兩種說法，一就整數而言，二是加上卷首引言和卷尾偈頌共爲百則。《百喻經》全文兩萬餘字，結構形式單一，每篇都採用兩步式，第一步是講故事，是引子，第二步是比喻，闡述一個佛學義理。它從梵文譯成漢文，距今已經有一千五百多年的歷史。《百喻經》口語性強，是一部以寓言譬喻故事演述大乘佛法的佛教文學作品〔註4〕。

一、基本語序類型

1. 動詞和賓語

《摩訶僧祇律》中，「VO」共5066例，占96.64%，《百喻經》中，「VO」共1470例，占95.89%，如：

（106）從本發意所修習者今已成就，欲度人故住舍衛城。（《摩訶僧祇律》卷第一）

（107）若彼愚人見水不飲，爲時所笑，亦復如是。（《百喻經・渴見水喻》）

《摩訶僧祇律》中，「OV」共176例，占3.36%，《百喻經》中，「OV」共63例，占4.11%，如：

（108）寶雖舉，繩未離杙，未波羅夷。（《摩訶僧祇律》卷第三）

（109）種好者賞；其不好者，當重罰之。（《百喻經・灌甘蔗喻》）

2. 係詞－謂語（copula-predicate）

《摩訶僧祇律》中，「係詞＋謂語」有542例，占98.01%，《百喻經》中，「係詞＋謂語」有40例，占100%，如：

（110）復次是罪僧中發露悔過，亦名僧伽婆尸沙。（《摩訶僧祇律》卷第五）

（111）此是眞金，若不信我語，今此草中有好金師，可往聞之。（《百喻經・爲惡賊所劫失氎喻》）

《摩訶僧祇律》中，「謂語＋係詞」有11例，占1.99%，《百喻經》中沒有發現用例，如：

〔註4〕據王孺童，2012《百喻經譯注》，北京：中華書局。

（112）時大臣陶利者，舍利弗是。（《摩訶僧祇律》卷第一）

（113）豈異人乎？則我身是。（《摩訶僧祇律》卷第五）

3. 介詞和賓語（prepositions）

《摩訶僧祇律》中，前置詞共 505 例，占 52.82%，《百喻經》中，前置詞共 176 例，占 79.28%，如：

（114）若比丘盜心取此杙上諸寶，以手舉寶。（《摩訶僧祇律》卷第三）

（115）我不欲作下二重之屋，先可爲我作最上屋。（《百喻經・三重樓喻》）

《摩訶僧祇律》中，後置詞共 451 例，占 47.18%，《百喻經》中，後置詞共 46 例，占 20.72%，如：

（116）又可寄著婢水瓶中，又可寄著羺羊毛中去。（《摩訶僧祇律》卷第三）

（117）應在手者著於腳上，應在腰者返著頭上。（《百喻經・山羌偷官庫衣喻》）

4. 助動詞－主要動詞（auxiliary verb-main verb）

《摩訶僧祇律》和《百喻經》中，「Aux＋VP」用例如：

（118）我於昔時畜生道中作鸚鵡鳥，能爲餘鳥說世八法。（《摩訶僧祇律》卷第四）

（119）昔有愚人，將會賓客，欲集牛乳，以擬供設。（《百喻經・愚人集牛乳喻》）

《摩訶僧祇律》和《百喻經》中均沒有「VP＋Aux」用例。

5. 動詞－方式副詞（verb-manner adverb）

《摩訶僧祇律》和《百喻經》中，「Adv＋V」用例如：

（120）若篤信善男子，欲得五事利益者，當盡受持此律。（《摩訶僧祇律》卷第一）

（121）如彼愚人，以鹽美故，而空食之，至令口爽，此亦復爾。（《百喻經・愚人食鹽喻》）

《摩訶僧祇律》和《百喻經》中，沒有發現「V＋Adv」用例。〔註 5〕

〔註 5〕以下例子皆不屬於我們討論的類型：有所約，勅盡當相與。（《摩訶僧祇律》卷第五）祀天已竟，迷失道路，不知所趣，窮困死盡。（《百喻經・殺商主祀天喻》）

6. 介詞短語和動詞（verb-adpositional phrase）

《摩訶僧祇律》中，「V＋Pre＋O」共 34 例，占 6.58%，《百喻經》中，「V＋Pre＋O」共 42 例，占 18.75%，如：

（122）我先恐怖時，仰憑於慈父。（《摩訶僧祇律》卷第五）

（123）經十二年，得藥來還，與女令服，將示於王。（《百喻經・醫與王女藥令卒長大喻》）

《摩訶僧祇律》中，「Pre＋O＋V」共 462 例，占 89.36%，《百喻經》中，「Pre＋O＋V」共 166 例，占 74.11%，如：

（124）若我渴死，錢復何用？盡以錢物買一瓶水。（《摩訶僧祇律》卷第三）

（125）以澡盥盛水，置於火上。（《百喻經・水火喻》）

《摩訶僧祇律》中，「O＋Pre＋V」共 21 例，占 4.06%，《百喻經》中，「O＋Pre＋V」共 16 例，占 7.14%，如：

（126）是時比丘身以觸船時，異人復語船主言。是比丘已取汝船。（《摩訶僧祇律》卷第三）

（127）今此小兒，七日當死，愍其夭殤，是以哭耳！（《百喻經・婆羅門殺子喻》）

7. 領屬詞和名詞（noun-genitive）

在《摩訶僧祇律》和《百喻經》中沒有發現「N＋G」用例。

《摩訶僧祇律》和《百喻經》中，「G＋N」用例如：

（128）今此家中大有財物，汝父母錢及余先祖財寶，恣汝所欲。（《摩訶僧祇律》卷第一）

（129）爾時世尊告阿難，持我衣來。（《摩訶僧祇律》卷第二）

（130）時彼弟子往瓦師家，時有一人驢負瓦器至市欲賣，須臾之間，驢盡破之。（《百喻經・雇倩瓦師喻》）

（131）婬欲逐旁夫，捨離己婿。（《百喻經・婦詐稱死喻》）

8. 複數標記和名詞（plural word - noun）

《摩訶僧祇律》中，「複數標記＋名詞」共 322 例，占 85.64%，《百喻經》中，「複數標記＋名詞」共 121 例，占 88.97%，如：

（132）佛告諸比丘，爾時僊人者，豈異人乎？即我身是。（《摩訶僧祇律》卷第二）

（133）作諸惡行，犯於淨戒。（《百喻經・唵米決口喻》）

《摩訶僧祇律》中，「名詞＋複數標記」共 54 例，占 14.36%，《百喻經》中，「名詞＋複數標記」共 15 例，占 11.03%，如：

（134）時婆羅門便大誇說諸商人等。（《摩訶僧祇律》卷第四）

（135）過去有人，共多人眾坐於屋中。（《百喻經・說人喜嗔喻》）

9. 疑問詞－S（initial question particle）

《摩訶僧祇律》中，「疑問詞＋S」共 111 例，占 55.78%，《百喻經》中，「疑問詞＋S」共 43 例，占 71.67%，如：

（136）傍人常待如貓伺鼠，成便見奪，奈何可辦？（《摩訶僧祇律》卷第二）

（137）何不避去？（《百喻經・以梨打頭破喻》）

《摩訶僧祇律》中，「S＋疑問詞」共 88 例，占 44.22%，《百喻經》中，「S＋疑問詞」共 17 例，占 28.33%，如：

（138）佛問比丘，安居樂不？（《摩訶僧祇律》卷第四）

（139）便問姊妹，能共作是事不？（《摩訶僧祇律》卷第五）

（140）時前行婆羅門豈異人乎？今失衣者是。（《摩訶僧祇律》卷第二）

（141）便瞋恚言，用看房舍爲？（《摩訶僧祇律》卷第五）

（142）我今寧可截取其鼻，著我婦面上，不亦好乎！（《百喻經・爲婦貿鼻喻》）

（143）即喚木匠而問言曰：「解作彼家端正舍不？」（《百喻經・三重樓喻》）

10. 主從連詞－子句（initial adverbial subordinator）

《摩訶僧祇律》中，「主從連詞＋子句」共 1009 例，占 86.68%，《百喻經》中，「主從連詞＋子句」共 266 例，占 98.89%，如：

（144）世尊不聽我持應稅物過彼稅處，然我今當教汝方便。（《摩訶僧祇律》卷第三）

（145）以己不能具持佛戒，遂便不受。（《百喻經・渴見水喻》）

《摩訶僧祇律》中，「子句＋主從連詞」共 155 例，占 13.32%，《百喻經》中，「子句＋主從連詞」共 3 例，占 1.12%，如：

（146）僊人德力故，我當忍飢渴，寧自失身命，不復食此龍。（《摩訶僧祇律》卷第三）

（147）是比丘詐心故，獨受，得越比尼罪。（《摩訶僧祇律》卷第三）

（148）於此世法不觀察故，若世利起則生貪著。（《摩訶僧祇律》卷第四）

（149）羞其婦故，不肯棄之，是以不語。（《百喻經・唵米決口喻》）

二、特殊語序形式

（一）賓語居前

1. 否定句中

（150）汝出家人，云何他物不與而取。（《摩訶僧祇律》卷第二）

（151）汝色聲香味，莫復更來使我見也。（《百喻經・飲木桶水喻》）

2. 疑問代詞或指示代詞作賓語

（152）若四方風吹則隨風散，何以故？無線連故。（《摩訶僧祇律》卷第一）

（153）此樹高廣，雖欲食之，何由能得？（《百喻經・斫樹取果喻》）

（154）汝何以不去，語言莫來。（《百喻經・五百歡喜丸喻》）

（155）汝何以不得瓦師將來？用是驢爲？（《百喻經・雇倩瓦師喻》）

（156）今此小兒，七日當死，愍其夭殤，是以哭耳！（《百喻經・婆羅門殺子喻》）

3. 有代詞復指賓語

（157）諸有犯王法者。皆令此象足蹈殺之。（《摩訶僧祇律》卷第二）

（158）此等敗人何道之有。（《摩訶僧祇律》卷第二）

4. 「總括」副詞作狀語

（159）淨想皆犯。（《摩訶僧祇律》卷第三）

（160）佛告諸比丘，依止毘捨離比丘皆悉令集。（《摩訶僧祇律》卷第四）

（161）官稅亦失，與比丘亦失，二俱失者，與比丘可得福德。（《摩訶僧祇律》卷第三）

（162）於是墮落，失諸功德，禪定道品、無漏諸善、三乘道果一切都失。（《百喻經・寶篋鏡喻》）

（163）如壓甘蔗，彼此都失。（《百喻經・灌甘蔗喻》）

（164）一切都破，無一在者。（《百喻經・殺群牛喻》）

（165）以不悔故，放逸滋蔓，一切都舍。（《百喻經・獼猴把豆喻》）

（166）奴去之後，舍中財物，賊盡持去。（《百喻經・奴守門喻》）

（167）樂在眾務憒鬧之處，貪少利養，為煩惱賊奪其功德、戒寶、瓔珞，如彼小兒貪少味故，一切所有，賊盡持去。（《百喻經・小兒得歡喜丸喻》

5. 表時間的副詞作狀語

（168）時長老達膩伽比丘從村乞食還見屋已壞，即作是言，誰壞此屋？（《摩訶僧祇律》卷第二）

（169）爾等所諍，我已得去。（《百喻經・毗舍闍鬼喻》）

（170）留爾守門，正為財物。財物既失，用於門為？（《百喻經・奴守門喻》）

6. 有情態助動詞

（171）日月長謝無窮盡，木魁鐵鍱難可壞。（《摩訶僧祇律》卷第四）

（172）此人可愍，莫使苦痛。（《摩訶僧祇律》卷第四）

（173）所有衣鉢及眾雜物，應現前僧分。（《摩訶僧祇律》卷第三）

（174）若比丘知物應稅，而不知過稅物，得波羅夷罪。（《摩訶僧祇律》卷第三）

（175）爾時衣物應屬現前僧。（《摩訶僧祇律》卷第三）

（176）是故諸覆者當開令不漏。（《摩訶僧祇律》卷第五）

（177）恐自今已往我等家中所有材木亦當取去。（《摩訶僧祇律》卷第二）

（178）若籠鳥合盜者，持去離本處。（《摩訶僧祇律》卷第三）

（179）是以如來滅後法得久住。（《摩訶僧祇律》卷第一）

（180）惡行漸得滅。（《摩訶僧祇律》卷第二）

（181）此驢今者適可能破，假使百年，不能成一。（《百喻經・雇倩瓦師喻》）

（182）瓦師久時所作瓦器，少時能破。（《百喻經・雇倩瓦師喻》）（能願）

（183）日月可闇，星宿可落，我之所記，終無違失。（《百喻經・婆羅門殺子喻》）

（184）未經幾日，天降大雨，果得濕潤，還復如故。（《百喻經・二鴿喻》）

（185）久時所作，須臾能破。（《百喻經・婆羅門殺子喻》）

（二）動詞居後

1. VO 來/去

（186）姊妹沐浴來，噉果來，出毒來。（《摩訶僧祇律》卷第五）

（187）與我物來。（《百喻經・索無物喻》）

（188）即爲挽卻，牽餘處去。（《百喻經・飲木桶水喻》）

（189）村人疲苦，悉欲移避，遠此村去。（《百喻經・送美水喻》）

（190）爾等所諍，我已得去。（《百喻經・毗舍闍鬼喻》）

（191）卻後一月，爾乃設會，迎置賓客，方牽牛來。（《百喻經・愚人集牛乳喻》）

2. VO 是

（192）爾時僊人童子俱舍頻頭者豈異人乎？即今禪難提是。（《摩訶僧祇律》卷第一）

（193）爾時僊人者，豈異人乎？即我身是。（《摩訶僧祇律》卷第二）

（194）爾時大象王者，豈異人乎？即今瓶沙王是。（《摩訶僧祇律》卷第二）

（195）爾時國王名稱者豈異人乎？即瓶沙王是。（《摩訶僧祇律》卷第三）

（196）爾時羅大鸚鵡子豈異人乎？即我身是。（《摩訶僧祇律》卷第四）

（197）時海神者豈異人乎，即我身是也。（《摩訶僧祇律》卷第四）

（198）佛告諸比丘，爾時仙人豈異人乎？即我身是。（《摩訶僧祇律》卷第五）

（三）疊加式

1. 表假設

（199）我當白王應募求鹿，若得者善，若不得者，我且遊散諸伴得出。（《摩訶僧祇律》卷第一）

（200）若我存者，自能得錢。（《摩訶僧祇律》卷第三）

（201）若作方便驅牛羊駱駝壞渠者亦如是。（《摩訶僧祇律》卷第三）

（202）若動彼杙者，偷蘭罪。（《摩訶僧祇律》卷第三）

（203）若不與者，或能燒劫寺內。（《摩訶僧祇律》卷第三）

（204）若欲得王意者，王之形相，汝當傚之。（《百喻經・人效王眼瞤喻》）

（205）設梵行人不知者，諸天知他人心者，豈不知耶？（《摩訶僧祇律》卷第五）

（206）若留好物時，偷蘭罪。（《摩訶僧祇律》卷第三）

（207）若受苦痛時，得偷蘭罪。若死者，波羅夷。是名坑陷殺。（《摩訶僧

祇律》卷第四）

（208）然前六餅，唐自捐棄，設知半餅能充足者，應先食之。（《百喻經·欲食半餅喻》）

2. 表原因〔註6〕

（209）以愛心重故，前抱鹿王。（《摩訶僧祇律》卷第一）

（210）以昔染污心重故，令彼鹿王金色即滅。（《摩訶僧祇律》卷第一）

（211）今復以達膩伽被袈裟故而不與罪。（《摩訶僧祇律》卷第二）

（212）處於煩惱饑儉善法，而欲遠求常樂我淨無上法食，便於五陰之中橫計於我，以我見故，流馳生死，煩惱所逐，不得自在。（《百喻經·伎兒著戲羅剎服共相驚怖喻》）

（213）昔有一人騎一黑馬入陣擊賊，以其怖故，不能戰鬥，便以血污塗其面目，詐現死相，臥死人中，其所乘馬爲他所奪。（《百喻經·詐言馬死喻》）

（214）持來歸家，詣市賣之。以其貴故，卒無買者。（《百喻經·入海取沈水喻》）

（215）以不悔故，放逸滋蔓，一切都舍。（《百喻經·獼猴把豆喻》）

（216）夫婦二人以先要故，眼看不語。（《百喻經·夫婦食餅共爲要喻》）

（217）猶如佛之四輩弟子，爲利養故，自稱得道，有愚人，殺善男子，詐現慈德，故使將來受苦無窮。（《百喻經·婆羅門殺子喻》）

（218）於是便興屋舍而自障蔽，爲非法故，彼時眾生便作是念。（《摩訶僧祇律》卷第二）

（219）爲救日月故，過精舍邊。（《摩訶僧祇律》卷第四）

（220）又復今世勤爲家業故得斯樂，時婆羅門便作是念。（《摩訶僧祇律》卷第四）

（221）爲利養故，取彼佛語化導眾生，而無實事，云何修行。（《百喻經·認人爲兄喻》）

（222）所以美者，緣有鹽故。少有尚可，況復多也？（《百喻經·愚人食

〔註6〕有人爲福故，常以船渡人。（《摩訶僧祇律》卷第三）爲婆羅門所捉，蒙世尊恩故，得脫。（《摩訶僧祇律》卷第五）根趕到憫忠寺後，不防有一男子投西來，三醜爲馬行得緊，又爲月黑，委是不見，將前項男子田快活撞倒身死。（《摩訶僧祇律》卷第四）

鹽喻》)

3. 表時間〔註 7〕

(223)從本以來,無常有樂,然其癡倒,橫生樂想。(《百喻經・欲食半餅喻》)

4. 表完成〔註 8〕

(224)既見王已,各白王言。(《摩訶僧祇律》卷第一)

(225)王既坐已,問諸群臣,愚人今在何處?可喚將來。(《摩訶僧祇律》卷第三)

(226)各滿鉢寶物既布施已,便先出關外住待諸比丘。(《摩訶僧祇律》卷第三)

(227)然此五欲相續不斷,既見之已。(《百喻經・飲木桶水喻》)

(228)既被鞭已,以馬屎傅之,欲令速差。(《百喻經・治鞭瘡喻》)

(229)即得之已,相將發引,至曠野中,有一天祠,當須人祀,然後得過。(《百喻經・殺商主祀天喻》)

(230)我已見竟。(《摩訶僧祇律》卷第五)

(231)我已示竟。(《摩訶僧祇律》卷第五)

(232)我已飲竟,水莫復來。(《百喻經・飲木桶水喻》)

(233)我已飲竟,語汝莫來,何以故來?(《百喻經・飲木桶水喻》)

5. 表複數

(234)王見賊已,集諸臣等,共詳此事。(《百喻經・山羌偷官庫衣喻》)

〔註 7〕我祖父已來,法常快餐。(《百喻經・效其祖先急速食喻》)時行伴中從睡寤者,卒見火邊有一羅剎,竟不諦觀,舍之而走。(《百喻經・伎兒著戲羅剎服共相驚怖喻》)

〔註 8〕如是王教出已,國中獵師一切皆集。(《摩訶僧祇律》卷第一)而時愚人聞此語已,即自思念。(《百喻經・子死欲停置家中喻》)爾時弟子見聞是已,歡喜念言:……(《百喻經・雇倩瓦師喻》)時有一人來見之已,而問之言:……(《百喻經・毗舍闍鬼喻》)汝今當信我語,修諸苦行,投岩赴火,捨是身已,當生梵天,長受快樂。(《百喻經・貧人燒粗褐衣喻》)作是念已,便捉牸牛母子,各繫異處。(《百喻經・愚人集牛乳喻》)聞聖人說法,修行諸善,捨此身已,可得生天,及以解脫,便自殺身,望得生天及以解脫。(《百喻經・見他人塗舍喻》)待我看訖。(《百喻經・觀作瓶喻》)

（235）諸眾生等從光音天還來至此。（《摩訶僧祇律》卷第一）

6. 表處所

（236）譬如鬘師，鬘師弟子以種種色花著於案上不以線連。（《摩訶僧祇律》卷第一）

（237）時此愚人見子既死，便欲停置於其家中，自欲棄去。（《百喻經・子死欲停置家中喻》）

3.2.3 比 較

我們把上述語序形式列表如下：

表 2

結構表達	語序	百喻經	摩訶僧祇律	世說新語
動詞和賓語	VO	95.89%	96.64%	98.79%
	OV	4.11%	3.36%	1.21%
係詞－謂語	係詞＋謂語	100%	98.01%	97.67%
	謂語＋係詞	0	1.99%	2.33%
介詞和賓語	PRE＋O	79.28%	52.82%	74.49%
	O＋PRE	20.72%	47.18%	25.51%
助動詞－主要動詞	AUX＋V	100%	100%	100%
	V＋Aux	0	0	0
動詞－方式副詞	動詞＋方式副詞	0	0	0
	方式副詞＋動詞	100%	100%	100%
介詞短語和動詞	V＋Pre＋O	18.75%	6.58%	31.68%
	Pre＋O＋V	74.11%	89.36%	66.83%
	O＋Pre＋V	7.14%	4.06%	1.49%
領屬詞和名詞	N＋G	0	0	0
	G＋N	100%	100%	100%
複數標記和名詞	複數標記＋名詞	88.97%	85.64%	92.12%
	名詞＋複數標記	11.03%	14.36%	7.88%
疑問詞－S	疑問詞＋S	71.67%	55.78%	92.97%
	S＋疑問詞	28.33%	44.22%	7.03%
主從連詞－子句	主從連詞＋子句	98.89%	86.68%	99.77%
	子句＋主從連詞	1.12%	13.32%	0.23%

劉丹青（2003：30）指出語序就是至少兩個語法成分在線性序列中的相對位置。語序主要包括「優勢」和「和諧」兩個方面，「優勢」是使用數量上，「和諧」是語序之間的關係上。

一、基本語序（Basic word order）

指一種語言的句子或短語的組成成分最普通的、無標記的（中性的）表達式的順序。確定基本語序的原則有：（一）頻率：基本語序是最常見的，使用頻率高。（二）無標記：如由漢語的「把」字句所形成的 OV 語序由於是有標記的，因此不能看作基本語序。（三）語用上中性：在風格上是中性的，即沒有特殊色彩和特殊表達功能。

中古時期的 OV 語序，一方面是漢語自身的因素所致，如及物動詞的發展和代詞「之」的急劇衰落，另一方面，更重要的則是因爲受到了梵文的影響。梵文受事賓語常常是放在動詞的前面，譯師照搬了梵文的語序。梵文因爲有嚴格的格標記，所以名詞不管放在哪個位置，它的賓語身份是清楚的，但是譯成漢語後，一旦放在動詞前面，往往就變成了受事主語或者話題。

本文所指的基本語序是指賓語相對於動詞的位置類型是 VO 還是 OV。所謂的和諧性一般是相對於基本語序來說的。本土文獻《世說新語》中的基本語序爲：VO。中古譯經《摩訶僧祇律》、《百喻經》中的基本語序爲：VO，但中古譯經中 OV 語序比例高於本土文獻。

二、和諧語序（Harmonious order）

語序的和諧性（harmony），由 Greenberg（1966：97）首次明確提出。W.Lehmann（1978）稱作「一致性（agreement）」，Dryer（1992）稱之爲「對應性（Correlation）」。Greenberg 是在與優勢語序的關係中引出和諧性的，和諧性是和蘊涵性共性和優勢語序相關的現象，而不是一條孤立存在的普遍原則。Greenberg 關於「語序和諧性」有如下說明：（一）一種優勢語序總是能存在，而其反面，即劣勢語序，卻只能在與該語序和諧的結構也存在的情況下存在。（二）在相似的結構中，對應的成分傾向於出現在同樣的語序中。

這需要我們在探討語序和諧性時注意到語序和諧性與優勢語序關係密切。關於二者的關係，劉丹青（2003：36）把 Greenberg 所揭示的和諧語序和優勢語序互動規則表述如下：A.兩種語序有和諧關係時可以並存於同一語言，即使其中有非優勢語序。B.兩種語序都是優勢語序時可以並存於同一語言，即使兩者不和諧。C.兩種語序沒有和諧關係，而且都不是優勢語序時，不能並存於同一種語言。

因此，優勢和和諧密切相關，又具有內在矛盾，優勢語序完全可以在不和諧狀態中存在，這種不和諧是自然而正常的。

在本土文獻《世說新語》以及中古譯經《摩訶僧祇律》、《百喻經》中與 VO 和諧的又有用例表現的語序爲：係詞＋謂語、前置詞、AUX＋V、V＋Pre＋O、複數標記＋名詞、疑問詞＋S、主從連詞＋子句。與 OV 和諧的又有用例表現的語序爲：後置詞、方式副詞＋動詞、Pre＋O＋V、G＋N、名詞＋複數標記、S＋疑問詞、子句＋主從連詞。

需要注意，中古譯經《摩訶僧祇律》中與 OV 和諧的語序「O＋PRE」、「子句＋主從連詞」、「Pre＋O＋V」、「名詞＋複數標記」、「S＋疑問詞」、「子句＋主從連詞」高於本土文獻《世說新語》中對應的語序的比例。

三、優勢語序（Dominant order）

處於被蘊涵項位置的語序相對於處於蘊涵項的語序來說就是優勢語序（dominant order），Dik（1997：34～41）用 priorities 指包括優勢語序在內的各種優勢現象。優勢語序是人類語言中很值得重視、也需要尋求合理解釋的現象。優勢語序不僅存在蘊涵共性中，也存在於非蘊涵共性中，特別是表現爲非蘊含性的傾向共性。如：

GU14 條件從句在所有語言中都以前置於主句爲正常語序。

條件從句本身的優勢語序就是前置於主句，這些優勢語序不需要其它語序相對而存在，不受其它語序蘊涵。

我們在考察優勢語序上應該注意：共時頻率統計是判定優勢語序的一個重要標準但並非唯一標準，還需要考慮某一語序與其它語序的組合能力，如果某一語序與其它語序共時存在具有較強的配置能力，也是一種優勢語序，因爲這一語序在共時存在狀態種更常見，這並非頻率更常見，而是在與其它語序的組配上更常見。優勢語序需要概率統計的支持，同時需要考慮組配能力。討論優勢語序的意義在於，一些不符合和諧語序的現象也可以存在。

在本土文獻《世說新語》以及中古譯經《摩訶僧祇律》、《百喻經》中的優勢語序分別爲：VO、係詞＋謂語、前置詞、AUX＋V、方式副詞＋動詞、Pre＋O＋V、G＋N、複數標記＋名詞、疑問詞＋S、主從連詞＋子句。其中，方式副詞＋動詞、Pre＋O＋V、G＋N 是與 OV 語序和諧的語序，其餘是與 VO 語序和諧的語序。

四、特殊語序

本文所討論的特殊語序指由於語言接觸影響而出現的語序類型，明顯帶有與基本語序不符的或混合的語序特徵。

對於「賓語居前」來說，本土文獻《世說新語》以及中古譯經《摩訶僧祇律》、《百喻經》中有否定句、疑問代詞或指示代詞作賓語、有代詞複指賓語、表時間的副詞作狀語、有情態助動詞幾種類型。此外，本土文獻《世說新語》有「惟……是」類型而在中古譯經《摩訶僧祇律》、《百喻經》中沒有發現用例。中古譯經《摩訶僧祇律》、《百喻經》中有「總括」副詞作狀語，但在本土文獻《世說新語》中沒有發現用例。

對於「動詞居後」來說，中古譯經《摩訶僧祇律》、《百喻經》中有「VO 來/去」、「VO 是」類型，在本土文獻《世說新語》中有「VO 來/去」的類型。

對於「疊加式」來說，本土文獻《世說新語》中有表假設、表時間、表方位幾種類型，而在中古譯經《摩訶僧祇律》、《百喻經》中除了上面幾種類型外，還有表原因、表完成、表複數的類型。

五、與 VO/OV 無關的語序在《世說新語》、《摩訶僧祇律》和《百喻經》中的表現情況如下：

（一）時體詞－動詞（tense-aspect particle-verb）

《世說新語》中，「時體詞＋動詞」用例如：

（238）既至，荀使叔慈應門，慈明行酒，餘六龍下食，文若亦小，坐著膝前。（《世說新語・德行第一》）

（239）歆蠟日，嘗集子侄燕飲，王亦學之。（《世說新語・德行第一》）

（240）既已納其自託，寧可以急相棄邪？（《世說新語・德行第一》）

（241）及與之言，理中清遠，將無以德掩其言。（《世說新語・德行第一》）

（242）謝太傅絕重褚公，常稱「褚季野雖不言，而四時之氣亦備。（《世說新語・德行第一》）

（243）卿年未三十，已爲萬石，亦太早。（《世說新語・言語第二》）

（244）僧彌得，便以己意改易所選者近半，王大甚以爲佳，更寫即奏。（《世說新語・政事第三》）

《世說新語》中，「動詞＋時體詞」用例如：

（245）王武子因其上直，率將少年能食之者，持斧詣園，飽共啖畢，伐之。（《世說新語・儉嗇第二十九》）

（246）提婆講竟，東亭問法岡道人曰：「弟子都未解，阿彌那得已解？所得云何？」（《世說新語・文學第四》）

（247）褚公飲訖，徐舉手云：「褚季野。」（《世說新語・輕詆第二十六》）

（248）桓南郡與殷荊州語次，因共作了語。（《世說新語・排調第二十五》）

《摩訶僧祇律》和《百喻經》中，「時體詞＋動詞」用例如：

（249）從本發意所修習者今已成就，欲度人故住舍衛城。（《摩訶僧祇律》卷第一）

（250）語我夫言，云我已死。（《百喻經・婦詐稱死喻》）

《摩訶僧祇律》和《百喻經》中，「動詞＋時體詞」用例如：

（251）我持汝物寄著守關人邊。（《摩訶僧祇律》卷第三）

（252）我已作竟。（《摩訶僧祇律》卷第五）

（253）我已飲竟，語汝莫來，何以故來？（《百喻經・飲木桶水喻》）

（254）比丘捉杖便打彼船主罵言，弊惡人，敢毀辱沙門釋子，罵訖，傷打船主手臂腳。（《摩訶僧祇律》卷第三）

（255）待我看訖。（《百喻經・觀作瓶喻》

（256）中間當以木爲齊限，聽法訖已，持種種雜物布施。（《摩訶僧祇律》卷第五）

（257）浣衣浣衣已竟，別在一處與人共語。（《摩訶僧祇律》卷第二）

（258）俱盧還已，彼兄弟尋更論議。（《摩訶僧祇律》卷第三）

（259）駝既死已，即剝其皮。（《百喻經・估客駝死喻》）

（二）程度詞－形容詞（intensifier-adjective）

《世說新語》中，「形容詞＋程度詞」用例如：

（260）君侯所患，正時精進太過所致耳。（《世說新語・術解第十二》）

（261）雞子於地圓轉未止，仍下地以屐齒碾之，又不得，瞋甚，復於地取內口中，齧破即吐之。（《世說新語・忿狷第三十一》）

《世說新語》中，「程度詞＋形容詞」用例如：

（262）王祥事後母朱夫人甚謹。（《世說新語・德行第一》）

（263）陛下晝過冷，夜過熱，恐非攝養之術。（《世說新語・夙慧第十二》）

《摩訶僧祇律》和《百喻經》中，「程度詞＋形容詞」用例如：

（264）所債甚少，所失極多。（《百喻經・債半錢喻》）

（265）彼是遠人，未可服信，如何卒爾寵遇過厚？（《百喻經・五百歡喜丸喻》）

（266）我極辛苦，得是寶物，如何一旦忽然落水。（《摩訶僧祇律》卷第四）

《摩訶僧祇律》中沒有發現「形容詞＋程度詞」用例，《百喻經》中，「形容詞＋程度詞」用例如：

（267）有眞金像，謂呼「有金」，即入水中撓泥求覓，疲極不得。（《百喻經・見水底金影喻》）

（三）否定詞－動詞（negative particle-verb）

《世說新語》中，「否定詞＋動詞」用例如：

（268）吾時月不見黃叔度，則鄙吝之心已復生矣。（《世說新語・德行第一》）

（269）當斯之時，桂樹焉知泰山之高，淵泉之深？不知有功德與無也。（《世說新語・德行第一》）

《世說新語》中，「動詞＋否定詞」沒有發現用例。

《摩訶僧祇律》和《百喻經》中，「否定詞＋動詞」用例如：

（270）若四方風吹不隨風散。（《摩訶僧祇律》卷第一）

（271）苟容己身，不顧禮義，現受惡名，後得苦報。（《百喻經・債半錢喻》）

在《摩訶僧祇律》和《百喻經》中沒有發現「動詞＋否定詞」用例。

（四）形容詞－名詞（adjective-noun）

《世說新語》中，「名詞＋形容詞」未發現用例。

《世說新語》中，「形容詞＋名詞」用例如：

（272）王戎父渾，有令名，官至涼州刺史。（《世說新語・德行第一》）

（273）魏明帝疑其傅粉，正夏月，與熱湯餅。（《世說新語・容止第十四》）

在《摩訶僧祇律》和《百喻經》中沒有發現「名詞＋形容詞」用例。

《摩訶僧祇律》和《百喻經》中，「形容詞＋名詞」用例如：

（274）如我沙門持戒行善法修梵行，以此法供養。（《摩訶僧祇律》卷第五）

（275）猶彼外道，聞佛善語，盜竊而用，以爲己有。（《百喻經・認人爲兄喻》）

（五）指示詞－名詞（demonstrative-noun）

《世說新語》中，「名詞＋指示詞」未發現用例。

《世說新語》中，「指示詞＋名詞」用例如：

（276）有人向張華說此事。（《世說新語・德行第一》）

（277）君吳、楚之士，亡國之餘，有何異才而應斯舉？（《世說新語・言語第二》）

在《摩訶僧祇律》和《百喻經》中沒有發現「名詞＋指示詞」用例。

《摩訶僧祇律》和《百喻經》中，「指示詞＋名詞」用例如：

（278）汝爲我持此物，寄著汝師衣囊中，過此稅處。（《摩訶僧祇律》卷第三）

（279）如彼商賈將入大海，殺其導者，迷失津濟，終致困死。（《百喻經・殺商主祀天喻》）

（六）數詞－名詞（numeral-noun）

《世說新語》中，「名詞＋數詞」用例如：

（280）郗公大聚斂，有錢千萬。（《世說新語・儉嗇第二十九》）

（281）韓豫章遺絹百匹，不受；減五十匹，復不受。（《世說新語・德行第一》）

《世說新語》中，「數詞＋名詞」用例如：

（282）公於是獨往食，輒含飯兩頰邊，還，吐與二兒。（《世說新語・德行第一》）

（283）大軍至，一郡盡空，汝何男子，而敢獨止？（《世說新語・德行第一》）

（284）長星！勸爾一杯酒，自古何時有萬歲天子！（《世說新語・雅量第六》）

《摩訶僧祇律》和《百喻經》中，「名詞＋數詞」用例如：

（285）得純金三十二段，摩尼珠十四枚，便隨伴還閻浮提船著岸渚。（《摩訶僧祇律》卷第四）

（286）是時會中有異學梵志五百人俱，從座而起。（《百喻經・引言》）

《摩訶僧祇律》和《百喻經》中，「數詞＋名詞」用例如：

（287）以十九錢爲一罽利沙槃，分一罽利沙槃爲四分。（《摩訶僧祇律》卷第三）

（288）盜取王家一枚小錢，買瓜食之，爲王所殺。（《摩訶僧祇律》卷第三）

（289）汝欲得離者，當攝汝六情，閉其心意，妄想不生，便得解脫。（《百喻經・飲木桶水喻》）

（290）捉一賢臣，仰使剝脊，取百兩肉。（《百喻經・人說王縱暴喻》）

3.3 純粹漢語《新編五代史平話》與蒙式漢語《元典章・刑部》比較〔註9〕

3.3.1 《新編五代史評話》語序面貌

《新編五代史平話》是講說五代十國時期梁、唐、晉、漢、周興廢戰爭史的話本。曹元忠在《景宋殘本五代史平話》跋語中，認爲此書是宋朝巾箱本。但從書中不避宋諱，書前署「新編」、「平話」字樣以及版式刀法來看，當是元人增刪的本子。《新編五代史平話》包括梁、唐、晉、漢、周五代史話各上下兩卷，共10卷，其中梁史、漢史缺下卷，它採用編年敘述的體例，近似一部五代史的通俗講話。〔註10〕

一、基本語序類型

1. 動詞和賓語

「VO」語序共12349例，占96.39%，如：

〔註9〕「純漢語」出自李邊《訓世評話》跋文：「《老乞大》、《朴通事》多帶蒙古之音，非『純漢語』。」爲了韻律和諧，本文稱爲「純粹漢語」。

〔註10〕引自羅筱玉，2012《〈新編五代史平話〉成書探源》，《文學遺產》第6期。

（291）話說郭威事漢高祖劉知遠，凡軍府之事，無問大小，悉以咨問於威。（《新編五代史平話・周史平話上》）

「OV」語序共 462 例，占 3.61%，如：

（292）豈料得這孩兒後，家中生計蕭條，田禾耗損。（《新編五代史平話・周史平話上》）

（293）顯德二年四月日，比部郎中臣王樸表上。（《新編五代史平話・周史平話下》）（SOV）

2. 係詞－謂語（copula-predicate）

「係詞＋謂語」語序共 740 例，占 98.54%，如：

（294）頸上一顆肉珠，乃是禾寶；（《新編五代史平話・周史平話上》）

「謂語＋係詞」語序共 11 例，占 1.46%，如：

（295）三國各有史，道是《三國志》是也。（《新編五代史平話・梁史平話上》）

（296）他雖困我，今窮蹙來歸我，又救其急，此孔子所謂「以德報怨」是也。（《新編五代史平話・唐史平話上》）

《新編五代史平話》中，均是「NP 是也」的形式，「NP 是」和「NP 是也」還是有區別的，下文會論述到。

3. 介詞和賓語（prepositions）

（297）前置詞語序共 1272 例，占 60.86%，如：

郭和向常氏道：「這個肉珠作怪！珠內有禾，莫是田禾之寶？」。（《新編五代史平話・周史平話上》

後置詞語序共 818 例，占 39.14%，如：

（298）郭和抱那兒孩一覷，見左邊頸上生一個肉珠大如錢樣，珠上有禾穗紋十分明朗。（《新編五代史平話・周史平話上》）

4. 助動詞－主要動詞（auxiliary verb-main verb）

「Aux＋V」語序用例如：

（299）一日出市上閒走，有一漢將著一條寶劍要賣。（《新編五代史平話・周史平話上》）

沒有發現「V＋Aux」語序用例。

5. 動詞－方式副詞（verb-manner adverb）

「動詞＋方式副詞」語序沒有發現用例。〔註 11〕

「方式副詞＋動詞」語序用例如：

（300）黃帝乃依陣布軍，遂殺死炎帝，活捉蚩尤，萬國平定。（《新編五代史平話・周史平話上》）

6. 介詞短語－動詞（verb-adpositional phrase）

「V＋Pre＋O」語序共 324 例，占 25.98%，如：

（301）話說郭威事漢高祖劉知遠，凡軍府之事，無問大小，悉以咨問於威。（《新編五代史平話・周史平話上》）

「Pre＋O＋V」語序共 909 例，占 72.89%，如：

（302）我爲你改了名，喚做郭威。（《新編五代史平話・周史平話上》）

「O＋Pre＋V」共 14 例，占 1.12%，如：

（303）四方貢獻，隨以給賜，所餘止此耳。（《新編五代史平話・唐史平話下》）

7. 領屬詞－名詞（noun-genitive）

「G＋N」用例如：

（304）只有漢高祖，姓劉字季，他取秦始皇天下，不用篡弒之謀。（《新編五代史平話・梁史平話上》）

（305）年至七八歲，他舅舅常武安使令郭成寶去看牧牛畜。（《新編五代史平話・周史平話上》）

「N＋G」沒有發現用例。

8. 複數標記－名詞（plural word - noun）

「複數標記＋名詞」共 201 例，占 48.91%，如：

（306）又怕山北諸州出兵，邀其歸路而擊之；（《新編五代史平話・晉史平話上》）

〔註 11〕 下列不屬於我們討論的類型：天祐五年正月，晉王李克用病篤。（《新編五代史平話・唐史平話上》）望盡如猶見，哀多如更聞。（《新編五代史平話・晉史平話上》）

（307）眾軍行伍，極是嚴整。（《新編五代史平話・周史平話下》）

「名詞＋複數標記」共 210 例，占 51.09%，如

（308）您孩兒每識個甚麼，您也不是個買劍人，咱這劍也不賣歸您。（《新編五代史平話・周史平話上》）

（309）知遠使郭威等誘承福等入城，以謀叛誣承福等，合其族四百人，殺之無遺。（《新編五代史平話・周史平話上》）

9. 疑問詞－S（initial question particle）

「疑問詞＋S」語序共 272 例，占 60.18%，如：

（310）舉措孟浪，謀略深沉，將至行營，必奪公兵柄，豈不使將士疑駭？（《新編五代史平話・晉史平話上》）

（311）朕自用內府錢，又何害於事？（《新編五代史平話・唐史平話下》）

「S＋疑問詞」語序共 180 例，占 39.82%，如：

（312）閉關自守，又何憂乎？（《新編五代史平話・周史平話上》）

（313）舍人怕死否？（《新編五代史平話・晉史平話下》）

（314）借問和尚過河無？（《新編五代史平話・晉史平話上》）

10. 主從連詞－子句（initial adverbial subordinator）

「主從連詞＋子句」共 910 例，占 94.01%，如：

（315）只因父親把那錢分付小人去納糧，在臥龍橋上被五個後生廝合擲骰，一齊輸了。（《新編五代史平話・漢史平話上》）

「子句＋主從連詞」共 58 例，占 5.99%，如：

（316）昔吾西征，見唐朝十八陵，無不被人發掘的，此無他事，只是多藏金寶故也。（《新編五代史平話・周史平話上》）

二、特殊語序形式

（一）賓語居前

1. 否定句中

（317）但茂貞不除，關中無寧息之日。（《新編五代史平話・唐史平話卷上》）

（318）國賊未除，先蒙恩賞。（《新編五代史平話・唐史平話卷上》）

（319）軍士至汴，自仁和門入城，秋毫無犯，百姓歡悅。（《新編五代史平話・周史平話卷下》）

2. 疑問代詞作賓語

（320）遮欄馬首欲何爲耶？（《新編五代史平話・周史平話卷上》）

（321）城陷食盡，又將安歸？（《新編五代史平話・晉史平話卷下》）

3. 有代詞複指賓語

（322）故門高之弒，樂器之焚，亦是自取其禍也。（《新編五代史平話・唐史平話卷下》）

（323）舊所進羨餘物，悉罷之。（《新編五代史平話・周史平話卷上》）

4. 惟……是、惟

（324）虜惟利是嗜，安鐵胡止以袍褲賜之，今欲其來朝，必重賂乃可致耳。（《新編五代史平話・晉史平話卷下》）

（325）惟河東必死之寇，不可以恩信誘，必當以強兵制之。（《新編五代史平話・周史平話卷下》）

5. 「總括」副詞作狀語

（326）此等虛文，宜一切革罷。（《新編五代史平話・周史平話卷上》）

（327）表凡八上，乃遣楊復恭奉使李克用軍，宣諭聖旨。（《新編五代史平話・唐史平話卷上》）

（328）又下詔求言，凡利民條陳的，許其封章來上。（《新編五代史平話・周史平話卷上》）

（329）眨眼間，三十貫錢一齊輸了，無錢可以出注。（《新編五代史平話・周史平話卷上》）

6. 時間副詞作狀語

（330）今延光反形已露，大梁去魏不過十驛田地，彼若有變，大軍尋至，所謂迅雷不及掩耳也。（《新編五代史平話・晉史平話卷下》）

（331）且中國新敗，士氣凋沮，又和親既絕，則當發兵守塞。（《新編五代史平話・晉史平話卷下》）

（332）大家左右有此等言話，我將廢乎？（《新編五代史平話・唐史平話卷下》）

（333）今大功始就，封賞未加於戰陣之士，先以伶人爲刺史，恐忠義之士扼腕，緩急無以爲用。（《新編五代史平話・唐史平話卷下》）

7. 有情態助動詞

（334）若得鄆州，則心腹內潰，而東平可得也。（《新編五代史平話・唐史平話卷下》）

（335）今馬殷已在大王軍營中了，合先爲除了這人，則知遠如失左右手，太原可以唾手拿來。（《新編五代史平話・周史平話卷上》）

（336）咱每這刀，要賣與烈士！（《新編五代史平話・梁史平話卷上》）

（337）由此得將士心，所守必固，所攻必克。（《新編五代史平話・周史平話卷上》）

（二）動詞居後

1. VO 來/去

（338）令左右將去剝取皮來，將付軍中蒙鼓。（《新編五代史平話・晉史平話卷下》）

三、疊加式

1. 表唯舍

（339）除征行軍馬，別行犒賞外，加諸鎮節度使各轉三官。（《新編五代史平話・周史平話卷上》）〔註 12〕

（340）但見縣城摧壞，屋舍皆無，悄無人煙，惟黃花紫蔓，荊棘蔽地而已。（《新編五代史平話・梁史平話卷上》）〔註 13〕

（341）使劉氏爲之，咱每但有反叛而已！（《新編五代史平話・周史平話卷上》）

〔註 12〕所有三鎮百姓，久遭干戈圍守，今年合徵田租，並行蠲免外，餘三年免徵一半。（《新編五代史平話・周史平話卷上》）

〔註 13〕惟太后入洛陽。（《新編五代史平話・唐史平話卷下》）

2. 表假設〔註 14〕

（342）若去劫他時，不消賢弟下手。（《新編五代史平話・梁史平話卷上》）

（343）爾若會事之時，奉表稱臣，則和好可成。（《新編五代史平話・周史平話卷下》）

3. 表時間〔註 15〕

（344）唐自天祐以來，欑宦豎用事干政，多用士人代為內諸司使。（《新編五代史平話・唐史平話卷下》）

（345）臣仰惟皇帝陛下，自居尊履位以來，未正中宮位號。（《新編五代史平話・唐史平話卷下》）

4. 表完成

（346）議論已定了，威背後使心腹的人，詣契丹牙帳，請事成後邀求重賞。（《新編五代史平話・晉史平話卷下》）

（347）臨清已被周侍中早據了也！（《新編五代史平話・唐史平話卷上》）

（348）今軍中飢渴已甚，若俟風回，吾屬已為虜矣。（《新編五代史平話・晉史平話卷下》）

5. 表處所

（349）不旬日間，當致茂貞之首懸於闕下，取進止！（《新編五代史平話・唐史平話卷上》）

〔註 14〕若使段凝得知大梁之急，便發援兵，兵未到而梁主已在吾阱中矣。（《新編五代史平話・唐史平話卷下》）若秋冬培溉其本根，則春夏枝葉榮茂。（《新編五代史平話・梁史平話卷上》）若貪污枉法贓濫，並連坐舉主。由是令錄得官，州縣之事無不治矣。（《新編五代史平話・周史平話卷下》）如三年不來，即一任改嫁。（《新編五代史平話・梁史平話卷上》）如或不然，擒汝來，取爾頭獻唐皇帝，博取節度使也！（《新編五代史平話・周史平話卷下》）郭雀兒待做天子時，做已多時。（《新編五代史平話・周史平話卷上》）您怕人說服内成親時，何不具狀告官後，召媒改嫁，幾多穩當。（《新編五代史平話・漢史平話卷上》）高平之戰，使非趙公用命當先，苟皆如樊、何之徒，則陛下之大事去矣！（《新編五代史平話・周史平話卷下》）

〔註 15〕肆朕受帝踐阼以來，考愼冊典，以祈協於神民。（《新編五代史平話・唐史平話卷下》）

3.3.2　《元典章・刑部》語序面貌

根據李崇興、祖生利（2011），《元典章》全稱《大元聖政國朝典章》〔註16〕，大約至治元年（1321年）頒行；新集不分卷，至治二年（1322年）頒行，彙集了元世祖中統元年（1260年）至仁宗延祐七年（1320年）的文書，作爲官吏辦案的依據。《元典章》是元代大量譯自蒙古語的白話公牘，多爲蒙元統治者所頒發的各種旨書（聖旨、懿旨、令旨、法旨等）及中央省、院、臺官的奏議、劄付。這些白話公牘的語言雖然採用了元代漢語的口語元素，但同時也摻雜了大量的蒙古語成分，具有鮮明的混合語體特點，人們習慣上稱之爲「直譯體」。需要指出的，這類直譯體文字並不只是一種存留在書面上的翻譯文字，而是有著現實的口語基礎，很大程度上是元代蒙古人所說的洋涇浜式漢語（可以稱之爲蒙式漢語）的書面反映，是中古蒙古語同元代漢語發生語言接觸的生動體現。深入研究其中的語言現象，對於瞭解元代以大都爲中心的北方漢語實際面貌有重要意義。

蒙古語與阿爾泰系語言有著關係：蒙古語在近親關係上隸屬於「蒙古親屬語言」，與達斡爾、東鄉、保安、東部裕固、莫戈勒、康家與土語等語言是近親關係；蒙古語與維吾爾、哈薩克、西部裕固、韃靼、撒拉、吉爾吉斯……等突厥語族語言，滿洲、鄂溫克、鄂倫春、錫伯……等滿－通語族語言有著遠親關係。古代蒙古語形成於阿爾泰母語解體，蒙古親屬諸語言共有母語形成之時開始的。而阿爾泰語系共有母語的階段是古蒙古語形成之前的基礎階段。關於中古時期的蒙古語，嘎日迪（2006：2）枚舉出從蒙古語的形成到現代的發展的十個特點，其中跟語法手段有關的特點有：以語法形態的變異來構成和表達句法結構的占主導地位，而以詞序來構成的句法結構占次要地位。

「古代蒙古語」句法方面特點主要有：句子的基本句型有SOV型之外還有SOVS和OVS型，並且句末的主語S均爲人稱代詞。屬格形態的人稱代詞在句子中充當定語成分時，其定語成分多數情況下在被定成分之後，少數情況下在被定成分之前。

〔註16〕《元典章・刑部》所錄文字可以分爲文言、語體吏牘和蒙古語直譯體三類。文言一般是官吏陳述關於刑政意見的呈文或牘文，除使用少量白話詞語以外，一般都用文言句法，價值不大，後兩類文字比較接近當時口語，語料價值較高。

本文主要選取《元典章・刑部》前十卷來討論其中的語序面貌。

一、基本語序類型

1. 動詞和賓語

「VO」語序共 8031 例，占 88.88%，如：

（350）世祖皇帝以來定到的斷例，後頭自元貞元年以來，因做好事上，好生失的寬了有。（《元典章・刑部》卷之一）

「OV」語序共 1005 例，占 11.12%，如：

（351）如今星芒天旱、百姓缺食的其間，似這般有罪過的歹人每放了呵，被害的人每，冤氣無處伸告，傷著和氣。（《元典章・刑部》卷之一）

2. 係詞－謂語（copula-predicate）

「係詞＋謂語」語序共 559 例，占 99.29%，如：

（352）既是回回人氏，莊農爲業，自合守分過日。（《元典章・刑部》卷之三）

「謂語＋係詞」語序共 4 例，占 0.71%，如：

（353）又知竟這賊每，赴官告報來的一個陳景春名字的里正，又拿賊去來的州司吏林樸，這兩個行的是來。（《元典章・刑部》卷之三）

（354）這底每根底不要罪過呵，更後頭怠慢呵，怎生治呵是？（《元典章・刑部》卷之三）

3. 介詞和賓語（prepositions）

前置詞語序共 1168 例，占 63.37%，如：

（355）亦有潑皮凶頑，皆非良善，以強淩弱，以眾害寡，妄興橫事。（《元典章・刑部》卷之一）

後置詞語序共 675 例，占 36.63%，如：

（356）如今，中政院管著的怯憐口、呵塔赤、阿察赤、玉烈赤匠人每管民官吏等，但是俺管著，省裏、臺裏、內外衙門，俺根底不商量，做罪過來。（《元典章・刑部》卷之一）

4. 助動詞－主要動詞（auxiliary verb-main verb）

「Aux＋V」語序用例如：

（357）又用麻繩於搥上懸弔，將欲垂命。（《元典章・刑部》卷之三）

沒有發現「V＋Aux」語序用例。

5. 動詞－方式副詞（verb-manner adverb）

「動詞＋方式副詞」語序沒有發現用例。〔註 17〕

「方式副詞＋動詞」語序用例如：

（358）張德安告松州官吏不公，本州島挾讎，執羅張德安不孝爲名，枉斷八十七下，遷徙遼陽，沿路杖瘡潰發身死等事。（《元典章・刑部》卷之一）

6. 介詞短語－動詞（verb-adpositional phrase）

「V＋Pre＋O」語序共 97 例，占 8.37%，如：

（359）可以行而不行，則失乎法；不可行而行之，則遂乎奸。（《元典章・刑部》卷之六）

「Pre＋O＋V」語序共 1053 例，占 90.85%，如：

（360）張敏繼母黨氏，係父張世英以禮求娶，義同親母。（《元典章・刑部》卷之三）

「O＋Pre＋V」共 9 例，占 0.78%，如：

（361）若同凡人以鬥毆致命論罪，何以勸示當世？（《元典章・刑部》卷之四）

關於介詞短語和動詞的語序，李崇興、祖生利（2011）指出，「在」字介賓短語的位置有規律性，表示動作發生或事物存在的處所用在動詞前，表示動作的主體或客體經過動作達到的處所用在動詞後。但在動詞「犯」後無論表示處所還是時間，一律後置，如：

（362）卻緣本婦犯在亡夫之家，已適他人，今既身屬後夫，難以追斷。（《元典章・刑部》卷之七）

「就」字短語一律放在動詞前，如：

（363）於至大元年六月二十日，有馬三就於甸內鋤田處對木八剌道……

〔註 17〕幺道，擬定了文書與將來有。（《元典章・刑部》卷之一）各處重囚，追勘完備，牒審無冤，結案待報。（《元典章・刑部》卷之二）凡有重囚，司、縣問定的實情款，卒急追會未完，依準所言，解付本路總管府，行移追會，相應。（《元典章・刑部》卷之二）問當本婦，抵諱不肯實說。（《元典章・刑部》卷之四）取到出錢、首錢人等指證相同，贓驗明白。（《元典章・刑部》卷之八）都是「動詞+形容詞」而非「動詞+副詞」的結構。

（《元典章・刑部》卷之三）

7. **領屬詞－名詞**（noun-genitive）

「G＋N」用例如：

（364）侵使軍人盤纏，比之取受，罪犯情重。（《元典章・刑部》卷之八）

（365）晉州達魯花赤捏克伯小名的人，「他娘死了」麼道說謊，撇了勾當，去家裏取將他媳婦來。（《元典章・刑部》卷之三）

「N＋G」沒有發現用例〔註 18〕。

8. **複數標記－名詞**（plural word -noun）

「複數標記＋名詞」共 43 例，占 8.16%，如：

（366）諸官吏不許將帶行人等，取受過度錢物，俱有禁例。（《元典章・刑部》卷之十）

「名詞＋複數標記」共 484 例，占 91.84%，如

（367）隨路、江南罪囚每，哏遲慢著有。（《元典章・刑部》卷之二）

9. **疑問詞－S**（initial question particle）

「疑問詞＋S」語序共 28 例，占 45.16%，如：

（368）巡檢職當捕盜，豈可得而行使，以致非法將平人拷訊，及用炮烙酷慘之物？（《元典章・刑部》卷之二）

（369）鬪毆誤傷，或有主奴相害，奚能一一遍數？（《元典章・刑部》卷之五）

「S＋疑問詞」語序共 34 例，占 54.84%，如：

（370）悞了待怎麼？（《元典章・刑部》卷之六）

（371）交保人每陪底，知它怎生有？（《元典章・刑部》卷之九）

〔註 18〕 雖然更多的是符合漢語語序的前置的說法，但《元典章・刑部》中可以看到人稱代詞領格作定語後置於中心語的語序，如：不揀是誰，但是有性命的，背地裏偷殺的人每，不斷按荅奚那甚麼！聖旨俺的。（《元典章・刑部》卷之十九）李崇興、祖生利（2011：283）指出這種表達式直譯蒙古語後置的人稱代詞領格形式的結果。在中古蒙古語裏，人稱代詞領格形式 minu（我的）、manu（我們的）、činu（你的）、tanu（你們的）、inu（他的）、anu（他們的）常置於名詞中心語後，表示領屬意義。但我們認爲，這裡是單獨成句的情況而非主要表達領屬關係。

（372）完澤、阿忽歹兩個根底商量了奏那？（《元典章・刑部》卷之一）

10. 主從連詞－子句（initial adverbial subordinator）

「主從連詞＋子句」共 986 例，占 95.08%，如：

（373）前項飛糧鈔數，若倉攢卞鑒亦赴按察司告首，緣所委官治中問出月日在前，其錢理合徵解本省，合無止令按察司作數？（《元典章・刑部》卷之九）

「子句＋主從連詞」共 51 例，占 4.92%，如：

（374）所據盜糶糧價、飛鈔輕賫盡數追沒外，正糧，於倉官並結攬糴買人處依價均徵還官。（《元典章・刑部》卷之九）

二、特殊語序形式

（一）賓語居前

1. 否定句中

（375）軍官不罷了，只依舊交管著他每的上頭，不敢告有。（《元典章・刑部》卷之八）

（376）管軍官每要了肚皮，交軍生受呵，他的勾當不罷呵，告的人也不敢告有，軍人每大生受有。（《元典章・刑部》卷之八）

（377）錢陪不起呵，他底田產、人口、頭疋底，不揀甚麼，准折屬官。（《元典章・刑部》卷之九）

2. 疑問代詞作賓語

（378）死者不可復生，官吏雖悔何及？（《元典章・刑部》卷之二）

（379）諸牧民官，不先潔己，何以治人？（《元典章・刑部》卷之八）

3. 有代詞複指賓語

（380）刑罰之用，本為禁暴止奸。（《元典章・刑部》卷之二）

（381）合面仰臥，順波而下，手足舒張裸形者有之，沿身帶傷者有之，皮肉潰亂者有之，連衣用繩綁縛者亦有之。（《元典章・刑部》卷之五）

4. 惟……是、惟

（382）非惟丁口增添，抑且敦美風化，實非小補。（《元典章・刑部》卷之四）

（383）欽惟國朝開闢以來，創立制度，參定刑法，酌古準今，典章具備。（《元典章・刑部》卷之八）

（384）近年以來，率多新進年幼，不諳大體，經營差使，惟利是求。（《元典章・刑部》卷之十）

5.「總括」副詞作狀語

（385）僞造鹽引者，皆斬。（《元典章・刑部》卷之十四）

（386）及諸人告捕是實，犯人家產全行給付；（《元典章・刑部》卷之十三）

6. 時間副詞作狀語

（387）徐保所犯，既已斷訖，固難再擬處重。（《元典章・刑部》卷之十七）

（388）先謂帖里、八紮哈牙等作歹，一干人等，明正典刑訖，告人已經陞賞。（《元典章・刑部》卷之三）

7. 有情態助動詞

（389）醜厮等只合喝住車牛，回來將也速救護，卻不合不行回來救護，以致身死，合得罪犯。（《元典章・刑部》卷之四）

（390）事輕者，止當羈管。（《元典章・刑部》卷之十）

（391）嘗謂法令固當謹守，奸弊亦可關防。（《元典章・刑部》卷之六）

（392）中間弊幸可知。（《元典章・刑部》卷之十）

（393）合用器仗必須備足。（《元典章・刑部》卷之十三）

（394）雖事已改正，其原斷情由仍須究治。（《元典章・刑部》卷之十五）

（395）枉法贓滿者，應授宣勅，並行追奪。（《元典章・刑部》卷之八）

（396）只問那人並與錢人根底要罪過著。（《元典章・刑部》卷之十）

（397）別個的根底，挨次著要罪過呵，怎生？（《元典章・刑部》卷之六）

（398）他每根底重要罪過呵，怎生？（《元典章・刑部》卷之八）

8. 連

（399）鞫勘罪囚，皆連職官同問，不得專委本廳及典吏推問。（《元典章・刑部》卷之二）

9. 有後置賓格標記

（400）省官人每覷面皮來底、課程錢不辦底別個勾當每，都交這省裏差人去，俺那裏去了底監察每一處，他每根底交問去。（《元典章・刑部》卷之九）

（401）爲這般上頭，皇帝根底奏呵，今後休教放者。（《元典章・刑部》卷之一）

（402）如今，這般底人每事發時分，錢，誰的房子裏出來呵，只問那人並與錢人根底要罪過著。（《元典章・刑部》卷之十）

（403）這詔書內，致傷人命合死的人每根底放呵，比先合與的燒埋錢添一倍，於犯人下教與有來。俀著這賊每有的教與。若他每是甚麼與的無呵，官司與呵，怎生？（《元典章・刑部》卷之五）

（404）這詔書內，致傷人命合死的人每根底放呵，比先合與的燒埋錢添一倍，於犯人下教與有來。（《元典章・刑部》卷之五）

（二）動詞居後

1. VO 來/去

（405）往常時，漢兒皇帝手裏有兩個好將軍來。（《元典章・刑部》卷之三）（V＋O＋來）

（406）如今，交立漢兒文卷，俺根底行將文字來呵，俺差監察每交審問，怎生？（《元典章・刑部》卷之一）（VO 來呵）

（407）麼道教行來聖旨來。（《元典章・刑部》卷之一）（V＋來＋O＋來）

2. VO 有

（408）根腳裏文書裏覷呵，他要了肚皮的明白有。（《元典章・刑部》卷之八）

（409）使人去呵，將使去人打了，更教賊人躲閃了有。因此遷調得訟詞長了，交百姓每生受有。（《元典章・刑部》卷之一）

（410）待要罪過呵，「赦前」麼道有。（《元典章・刑部》卷之九）

（411）我少人的錢有，更和人一處打官司有，我自抹死也。（《元典章・刑部》卷之四）

（412）行省再差人問去呵，明白了，推佯死，從實不招有。（《元典章・刑部》卷之四）

（413）管軍官每要了肚皮，交軍生受呵，他的勾當不罷呵，告的人也不敢告有，軍人每大生受有。（《元典章・刑部》卷之八）

（414）又十一個人，比這的每輕有，七十七、四十七、三十七下斷沒。（《元典章・刑部》卷之三）

（415）蒙古家體例，與女孩兒有。（《元典章・刑部》卷之五）

（416）待不要罪過呵，哏分外的一般有。（《元典章・刑部》卷之九）

（417）又十一個人，比這的每輕有，七十七、四十七、三十七下斷沒。（《元典章・刑部》卷之三）

3. VO 是

（418）俺如今怎生般理會呵是？（《元典章・刑部》卷之三）

（三）疊加式

1. 表唯舍

（419）本省除已札付龍興路，將童慶七、童庚二牢固監收聽候外，諮請照詳。（《元典章・刑部》卷一）

2. 表假設〔註 19〕

（420）若有罪而毆，邂逅致死者，不坐；（《元典章・刑部》卷之四）

（421）若是贓證明白，避罪不肯招伏呵，除重罪過的，依著已了的聖旨，立著箚子，訊問也者；（《元典章・刑部》卷之二）

（422）若有女孩兒呵，與女孩兒；（《元典章・刑部》卷之五）

（423）設若事情疑似，未易辨明者，則標寫作被告行兇人晝字。（《元典章・刑部》卷之五）

3. 表原因〔註 20〕

〔註 19〕如違，委監察糾察。（《元典章・刑部》卷之二）若有未經回報去處，尚書刑部依驗地裏遠近，比附舊例催舉。（《元典章・刑部》卷之一）設若苦主因其私怨，所告不實，倉卒之間，疑似未定，必須子細推鞠，方得其情。（《元典章・刑部》卷之五）

〔註 20〕議得：彭妙淨係是僧人，因師孫張德雲節次理詞，於都綱司妄告破壞鈔定，致令欠人債負爲仇，又被占管住持上，討合俗兄彭層二、彭層六前去與張德雲尋鬧。（《元典章・刑部》卷之六）不合爲本使弟打罵上，於至元四年七月初二日夜，將本使弟陳二用斧斫傷，罪犯。（《元典章・刑部》卷之三）今張驢兒就奸所捉獲，其劉三到將張驢兒頭髮捽挽不放，拒敵上，被張驢兒用刀子紮傷身死。（《元典章・刑部》卷之四）這般說的上頭，省官人每，樞密院、御史臺老的每商量來：爲頭兒做歹的、一同商量來的、理會的不首告的人，都一般處死斷沒者。（《元典章・刑部》卷之三）人論告的上頭，躲避行來。（《元典章・刑部》卷之八）軍官不罷了，只依舊交管著他每的上頭，不敢告有。（《元典章・刑部》卷之八）管民官每不肯治約的上頭，有氣力富豪民户裏窩藏著，轉做賊說謊的

（424）爲這般上頭，皇帝根底奏呵，今後休教放者。（《元典章・刑部》卷之一）

（425）爲那上頭，上位奏過，則教管民官問者。（《元典章・刑部》卷之一）

（426）那行省姓郭的都事，爲刷馬的上頭，徐知州小名的人根底取受了一個馬，阿難荅的奧刺赤田亨的根底取受了十一定鈔。（《元典章・刑部》卷之八）

（427）因著胡家的氣力裏，做到參政的名分有，卻將他胡家的親子胡總管根底殺了有。（《元典章・刑部》卷之三）

4. 表時間〔註 21〕

（428）自阿合馬擅權以來，專用酷吏爲刑部官。（《元典章・刑部》卷之二）

5. 表完成

（429）徐保所犯，既已斷訖，固難再擬處重。（《元典章・刑部》卷之十七）

6. 表處所

（430）其豪霸、茶食、安保人等，似前違犯，取問是實，初犯，於本罪上，比常人加二等斷罪，紅土粉壁，標示過惡。（《元典章・刑部》卷之一）

此外，需要注意的是，《元典章》中定語很複雜，如：

（431）蘭州申：準本州同知劉承事牒：任再興用馬鞭子及用拳，將當戝沿身歐打等事。（《元典章・刑部》卷之六）

（432）偷了錢物來的賊每根底不合放。（《元典章・刑部》卷之九）

3.3.3 比　較

我們把上述語序形式列表如下：

上頭，「那般的每根底合敲呵，是有。」麼道，說將去了來。（《元典章・刑部》卷之三）軍人每根底要了錢，卻不交當役的上頭，被廉訪司官人每察知。（《元典章・刑部》卷之八）董孝英將過房義男張壽孫，爲偷雞隻、剜耳銀鐶，用刀刈斷左腳筋等事。（《元典章・刑部》卷之三）爲弓手趙九住因與馬怗、鄭黑厮射虎回，栗林內一同射耍鵪，不防樹枝將節攧住，將馬怗射傷身死。（《元典章・刑部》卷之四）本家駈口小沈，因放馬食踐訖蘇則毛等田禾，其蘇則毛用棗棒將小沈右手第二指打折落訖一節，不見保辜體例，乞明降事。（《元典章・刑部》卷之六）

〔註 21〕近年已來，一等酷吏，晝則飽食而安寢。（《元典章・刑部》卷之二）近年以來，官吏推問，不詳法制之輕重，不肯以理而推尋。（《元典章・刑部》卷之二）

表 2

結構表達	語序	元典章	新編五代史平話
動詞和賓語	VO	88.88%	96.39%
	OV	11.12%	3.61%
係詞－謂語	係詞＋謂語	99.29%	98.54%
	謂語＋係詞	0.71%	1.46%
介詞和賓語	PRE＋O	63.37%	60.86%
	O＋PRE	36.63%	39.14%
助動詞－主要動詞	助動詞＋主要動詞	100%	100%
	主要動詞＋助動詞	0	0
動詞－方式副詞	動詞＋方式副詞	0	0
	方式副詞＋動詞	100%	100%
介詞短語和動詞	V＋Pre＋O	8.37%	25.98%
	Pre＋O＋V	90.85%	72.89%
	O＋Pre＋V	0.78%	1.12%
領屬詞和名詞	名詞＋領屬詞	0	0
	領屬詞＋名詞	100%	100%
複數標記和名詞	複數標記＋名詞	8.16%	48.91%
	名詞＋複數標記	91.84%	51.09%
疑問詞－S	疑問詞＋S	45.16%	60.18%
	S＋疑問詞	54.84%	39.82%
主從連詞－子句	主從連詞＋子句	95.08%	94.01%
	子句＋主從連詞	4.92%	5.99%

一、基本語序（Basic word order）

根據頻率的原則，純粹漢語《新編五代史平話》和蒙式漢語《元典章》中的基本語序均是 VO，但蒙式漢語《元典章》中 OV 比例高於純粹漢語《新編五代史平話》中 OV 比例。

二、和諧語序（Harmonious order）

在純粹漢語《新編五代史平話》和蒙式漢語《元典章》中與 VO 和諧的又有用例表現的語序爲：係詞＋謂語、前置詞、助動詞＋主要動詞、V＋Pre＋O、複數標記＋名詞、疑問詞＋S、主從連詞＋子句。與 OV 和諧的又有用例表現的語序爲：後置詞、方式副詞＋動詞、Pre＋O＋V、領屬詞＋名詞、名詞＋複數標記、S＋疑問詞、子句＋主從連詞。

需要注意，蒙式漢語《元典章》中與 OV 和諧的語序「Pre＋O＋V」、「名詞＋複數標記」、「S＋疑問詞」高於純粹漢語《新編五代史平話》中對應語序比例。

三、優勢語序（Dominant order）

在純粹漢語《新編五代史平話》中優勢語序爲：VO、係詞＋謂語、PRE＋O、助動詞＋主要動詞、疑問詞＋S、主從連詞＋子句、方式副詞＋動詞、Pre＋O＋V、領屬詞＋名詞、名詞＋複數標記，其中方式副詞＋動詞、Pre＋O＋V、領屬詞＋名詞、名詞＋複數標記是與 OV 語序和諧的語序，其餘是與 VO 語序和諧的語序。

在蒙式漢語《元典章》中優勢語序有：VO、係詞＋謂語、PRE＋O、助動詞＋主要動詞、主從連詞＋子句、方式副詞＋動詞、Pre＋O＋V、領屬詞＋名詞、名詞＋複數標記、S＋疑問詞，其中方式副詞＋動詞、Pre＋O＋V、領屬詞＋名詞、名詞＋複數標記、S＋疑問詞是與 OV 語序和諧的語序，其餘是與 VO 語序和諧的語序。需要注意，「S＋疑問詞」這一與 OV 語序和諧的語序在蒙式漢語《元典章》中是優勢語序，這與純粹漢語《新編五代史平話》中「疑問詞＋S」是優勢語序的情況不同。

四、特殊語序

本文所討論的特殊語序明顯帶有混合的語序特徵。

對於「賓語居前」來說，純粹漢語《新編五代史平話》中和蒙式漢語《元典章》中的情況是：否定句中、疑問代詞或指示代詞作賓語、有代詞複指賓語、惟……是、「總括」副詞作狀語、表「完成」的副詞作狀語、有情態助動詞幾種類型，此外，需要特別注意的是，蒙式漢語《元典章》中還有後置賓格標記的類型。

對於「動詞居後」來說，純粹漢語《新編五代史平話》中和蒙式漢語《元典章》中有「VO 是」的類型，此外，蒙式漢語《元典章》中有「VO 來/去」、「VO 有」的類型。

對於「疊加式」來說，純粹漢語《新編五代史平話》中有表唯舍、表假設、表時間、表完成、表處所的類型，蒙式漢語《元典章》中除了上面幾種類型外，還有表原因的類型。

五、與 VO/OV 無關的語序在《世說新語》、《摩訶僧祇律》和《百喻經》中的表現情況如下：

（一）時體詞－動詞（tense-aspect particle-verb）

《新編五代史平話》中，「時體詞＋動詞」用例如：

（433）歸歇泊處來，等候得赴試日已至，同士子入試場，把十年燈窗下勤苦的工夫盡力一戰。（《新編五代史平話・梁史平話上》）

《新編五代史平話》中，「動詞＋時體詞」用例如：

（434）怎生疑我是細作，枉把小人殺了。（《新編五代史平話・周史平話上》）

《元典章》中，「時體詞＋動詞」用例如：

（435）去年冬間，又開了詔赦來。（《元典章・刑部》卷之一）

《元典章》中，「動詞＋時體詞」用例如：

（436）即係遠房姪，雖已隔從，終有尊卑。（《元典章・刑部》卷之三）

（二）程度詞－形容詞（adjective-intensifier）

《新編五代史平話》中，「程度詞＋形容詞」用例如：

（437）而州縣文移督趣甚急，動加捶撻。（《新編五代史平話・梁史平話上》）

（438）李克用攻擊頗急，王行瑜走入邠州。（《新編五代史平話・唐史平話上》）

《新編五代史平話》中，「形容詞＋程度詞」用例如：

（439）唐主喜甚，將手攬住嗣源衣袂。（《新編五代史平話・唐史平話下》）

（440）唐帥劉仁贍病甚，監軍使周廷構等作仁贍降表，舁仁贍出城以降於周。（《新編五代史平話・周史平話下》）

《元典章》中，「程度詞＋形容詞」用例如：

（441）各人所犯，即係謀故殺人，情理甚重。（《元典章・刑部》卷之三）

《元典章》中，「形容詞＋程度詞」用例如：

（442）以使有所警懼，不惟革除前弊，軍人得養其力，實國家之福，天下幸甚〔註22〕。（《元典章・刑部》卷之八）

〔註22〕「甚」也有形容詞用法，如：穆豁子殺死親兄，惡逆尤甚。（《元典章・刑部》卷之三）

（三）否定詞－動詞（negative particle-verb）

《新編五代史平話》中，「否定詞＋動詞」用例如：

（443）那時諸侯皆已順從，獨蚩尤共著炎帝侵暴諸侯，不服王化。（《新編五代史平話・梁史平話上》）

《新編五代史平話》中，「動詞＋否定詞」，沒有發現用例。

《元典章》中，「否定詞＋動詞」用例如：

（444）除這的外，僧人的不揀甚麼勾當有呵，依著薛禪皇帝定來的體例行者。（《元典章・刑部》卷之一）

《元典章》中，「動詞＋否定詞」沒有發現用例。

（四）形容詞－名詞（adjective-noun）

《新編五代史平話》中，「形容詞＋名詞」用例如：

（445）常氏將飯食送往田間，在中路忽被大風將常氏吹過隔岸龍歸村。（《新編五代史平話・周史平話上》）

《新編五代史平話》中，「名詞＋形容詞」沒有發現用例。

《元典章》中，「形容詞＋名詞」用例如：

（446）若依王繼祖居喪成親例斷，卻緣王繼祖係求娶應得妻室，今張大榮不思報本，絕滅哀情，飲酒宿睡，情罪尤重。（《元典章・刑部》卷之三）

《元典章》中，「名詞＋形容詞」沒有發現用例。

（五）指示詞－名詞（demonstrative-noun）

《新編五代史平話》中，「指示詞＋名詞」用例如：

（447）郭和抱那兒孩一覷，見左邊頸上生一個肉珠大如錢樣，珠上有禾穗紋十分明朗。（《新編五代史平話・周史平話上》）

《新編五代史平話》中，「名詞＋指示詞」沒有發現用例。

《元典章》中，「指示詞＋名詞」用例如：

（448）既不拘此例呵，這聖旨上，索甚麼要！（《元典章・刑部》卷之一）

《元典章》中，「名詞＋指示詞」沒有發現用例。

（六）數詞－名詞（numeral-noun）

《新編五代史平話》中，「數詞＋名詞」用例如：

（449）離不得委官親到地頭，集鄰驗視顧驢兒屍首，除太陽穴一痕致命外，

餘無傷痕。(《新編五代史平話・周史平話上》)

(450) 此後虞舜征伐三苗，在兩階田地裏舞著干羽，過了七十個日頭，有苗歸服。(《新編五代史平話・梁史平話上》)

《新編五代史平話》中，「名詞＋數詞」用例如：

(451) 李嗣源統精兵五千趨鄆州。(《新編五代史平話・唐史平話下》)

(452) 臣請以馬軍三千爲先鋒，陛下親帥大軍殿後徐進。(《新編五代史平話・唐史平話下》)

(453) 左臂上天生肉騰蛇一條，右臂上天生肉隨球一個。(《新編五代史平話・梁史平話上》)

《元典章》中，「數詞＋名詞」用例如：

(454) 自創用繩索法，能以一繩縛囚，令其遍身痛楚。(《元典章・刑部》卷之二)

(455) 又王庭、羅鐵三名字的兩個人，胡參政根底要了錢，下手，用刀仗將胡總管殺了。(《元典章・刑部》卷之三)

《元典章》中，「名詞＋數詞」用例如：

(456) 父封德與訖張興物，折銀二定，和勸，要訖休書。(《元典章・刑部》卷之七)

(457) 今欽奉聖旨，改造至大銀鈔，一兩準至元鈔五貫，擬合每笞杖一下，罰贖至元鈔二錢。(《元典章・刑部》卷之一)

3.4 小　結

本章，我們主要在 Dryer（2005）的基礎上討論了漢語的語序特點，並以魏晉南北朝時期本土文獻《世說新語》和中古譯經《摩訶僧祇律》、《百喻經》，以及元代純粹漢語《新編五代史平話》和蒙式漢語《元典章》爲個案研究對象，討論特殊歷史時期特殊語料中的語序面貌。分析了上述幾部文獻中的基本語序、和諧語序、優勢語序、特殊語序以及與基本語序無關的語序的情況。

魏晉南北朝時期語序情況與元代語序情況相比，可以發現：

（一）對於基本語序，雖然在特殊語料中 OV 的比例增高，但整體看來，這兩個時期漢語的基本語序還是 VO。

（二）對於和諧語序，這兩個時期，與 VO 和諧的又有用例表現的語序均爲：係詞＋謂語、前置詞、助動詞＋主要動詞、V＋Pre＋O、複數標記＋名詞、疑問詞＋S、主從連詞＋子句。與 OV 和諧的又有用例表現的語序語序均爲：後置詞、方式副詞＋動詞、Pre＋O＋V、領屬詞＋名詞、名詞＋複數標記、S＋疑問詞、子句＋主從連詞。其中，「助動詞－主要動詞」只有與 VO 和諧的語序，「動詞－方式副詞」、「領屬詞－名詞」只有與 OV 和諧的語序。

（三）對於優勢語序，相同的優勢語序有：VO、係詞＋謂語、PRE＋O、助動詞＋主要動詞、主從連詞＋子句、方式副詞＋動詞、Pre＋O＋V、領屬詞＋名詞，其中方式副詞＋動詞、Pre＋O＋V、領屬詞＋名詞是與 OV 和諧的語序，其餘是與 VO 和諧語序。魏晉南北朝時期，與 VO 和諧的語序「複數標記＋名詞」是優勢語序，但在元代與 OV 和諧的「名詞＋複數標記」是優勢語序。此外，魏晉南北朝時期以及純粹漢語《新編五代史平話》中，與 VO 和諧的「疑問詞＋S」是優勢語序，但在蒙式漢語《元典章》中，與 OV 和諧的「S＋疑問詞」是優勢語序。另外，需要指出的是，中古譯經《摩訶僧祇律》、《百喻經》以及蒙式漢語《元典章》中，OV 比例高於同時期本土文獻《世說新語》和純粹漢語《新編五代史平話》OV 語序比例。

（四）對於特殊語序，（1）否定句中、疑問代詞或指示代詞作賓語、有代詞複指賓語、惟……是、「總括」副詞作狀語、表時間的副詞作狀語、有情態助動詞、連字句中是主要的賓語居前的類型，需要注意的是，蒙式漢語《元典章》中有後置賓格標記類型的賓語居前，這在其它幾部文獻中沒有發現。（2）「VO 來/去」、「VO 是」、「VO 有」是主要的動詞居後的類型，其中「VO 有」僅在蒙式漢語《元典章》中發現用例。（3）表唯舍、表假設、表時間、表方位、表原因、表完成、表複數是疊加式的主要類型，其中表假設、表時間、表方位類疊加式在魏晉南北朝本土文獻和中古譯經，以及元代純粹漢語和蒙式漢語文獻中均有用例，表完成類疊加式不見於中古本土文獻中，表唯舍疊加式在元代發現用例而在魏晉南北朝時期沒有發現用例，表複數疊加式不見於元代，表原因疊加式僅見於中古譯經和蒙式漢語而不見於同時期本土文獻和純粹漢語中。

（五）對於 Dryer（2005）提到的與 VO/OV 無關的語序，魏晉南北朝時期和元代表現相同，均有「動詞＋時體詞」和「時體詞＋動詞」，「形容詞＋程度詞」和「程度詞＋形容詞」，「名詞＋數詞」和「數詞＋名詞」兩種語序，而僅有「否定詞＋動詞」、「形容詞＋名詞」、「指示詞＋名詞」一種語序形式。

總之，在與基本語序有關的語序類型表現上，元代和魏晉南北朝相比，元代的特殊形式比魏晉南北朝時期要明顯。主要表現在：（1）蒙式漢語《元典章》中有後置賓格標記類型的賓語居前，這在其它幾部文獻中沒有發現。（2）「VO有」類型的動詞居後僅在蒙式漢語《元典章》中發現用例。（3）唯舍類疊加式在元代發現用例而在魏晉南北朝時期沒有發現用例。（4）蒙式漢語《元典章》中 OV 比例比其它文獻中 OV 比例高。（5）蒙式漢語《元典章》中與 OV 語序和諧的 Pre＋O＋V、名詞＋複數標記、S＋疑問詞語序比例比其它文獻對應的語序比例高。

魏晉南北朝時期和元代跟語言接觸有關的語序表現有所不同，這是因爲這兩個時期語言接觸的類型有所不同：魏晉南北朝時期的語言受佛經原典影響較大，而元代受北方少數民族語言影響較大，元代漢語爲適應交際的需要，在接受阿爾泰化同時，努力從母語中尋找自己的生存基點，從而派生出了「新」的漢語模式「漢兒言語」。前者是翻譯文本的影響，而後者是人口接觸的影響。

魏晉南北朝時期的語言接觸和元代的語言接觸可以看作不同的接觸類型，二者接觸的媒介、目的和結果都不相同。對於中古譯經來說，遇笑容（2010）指出，從不自覺的一面說，是譯者（僅指西域僧人）母語的干擾，從自覺的一面說，還有譯者的翻譯態度。譯經者改變某些梵文的句子和語法特徵，使之符合漢語的習慣。譯經是爲了傳播思想，便於人們傳誦，信仰的目的，它應該是在相當程度上接近當時的語言。王繼紅（2006）也從宏觀的角度探討語言接觸與佛教漢語研究的相關問題，指出佛教漢語是經由佛經翻譯所導致的語言接觸而產生，屬於間接語言接觸，即在不同的空間通過書面語言特別是文獻翻譯產生的語言間的相互接觸。朱冠明（2011：89）也指出佛經翻譯和元蒙時期的語言接觸正好屬於不同的類型，一個是間接接觸，一個是直接接觸，兩種不同類型的接觸對語言的影響還不太一樣。除開直接接觸影響可能是雙向的、間接接觸影響只能是單向的這一點之外，間接接觸的主要媒介翻譯文獻面對的讀者對源頭語沒有任何知識，所以翻譯文獻中即便有源頭語的影響，也不可能太離奇，否則就會像笈多譯《金剛經》一樣無法被讀者理解和接受。這也是佛典中並沒有太多的、太嚴重的原典影響的原因。而直接接觸則不一樣，源頭語和目標語的使用者有現實生活中充分的交流和勾通，這種語言間的互相浸染之下，只要時間足夠長，源頭語的任何成分都可能被借入目標語並生根立足，乃至導致目標語的類型發生改變。如意西微薩・阿錯（2004）所報導的倒話，就屬於這一種類型。元蒙時期漢語與蒙古語的接觸，也是屬於這個類型，所以我們在元代漢語文獻裏，看到了比佛典中更多的外語影響，這些影響之所以沒有太多能在漢語中保留下來，只是因爲時間不夠長，兩種語言就失去了接觸的條件。

本章主要討論了漢語歷史上兩個特殊歷史時期魏晉南北朝和元代的語序面貌，比較了本土文獻《世說新語》和中古譯經《摩訶僧衹律》、《百喻經》，純粹漢語《新編五代史平話》和蒙式漢語《元典章》之間的不同，認爲兩個時期歸屬不同的接觸類型，由於賓語居前、動詞居後和疊加式是本文所討論的特殊語序，賓語居前和動詞居後帶有 OV 語序特徵，疊加式帶有 VO 和 OV 混合語序特徵，所以我們通過特殊語序能管窺到語言接觸具體的作用力，下面我們擬對這些特殊語序作具體的討論。

第四章　賓語居前

賓語居前和很多因素有關，比如，語用因素會造成賓語居前，前置賓語可以是焦點或話題。焦點一般和背景相對，是表達句子裏最重要的部分/內容，而話題是對應評述（comment）的部分。傅京起、徐丹（2013）指出，（疑問代詞、否定句中、普通代詞）前置的賓語可以分爲焦點和舊信息。從跨語言的角度，焦點語言和舊信息提前的語言不一定重合。有的語言有固有的焦點但沒有舊信息提前，如匈牙利語；有的語言有舊信息提前但是沒有焦點，如白語、現代漢語；有的語言兩者皆有，如芬蘭語、古漢語。區分焦點和舊信息能幫助理解賓語前提的條件。焦點所造成的賓語居前一般是所要凸顯的新信息，在漢語中典型的焦點賓語提前的形式爲疑問代詞做賓語而賓語提前。話題一般是舊信息，話題賓語一般是有定的，且處於句首話題的位置。

我們認爲，與 OV 語言接觸所帶來的賓語居前，跟焦點賓語和話題賓語居前是有關聯的。因爲無定的非句首位置的賓語居前可能是焦點賓語居前，也可能是語言接觸帶來的賓語居前。而有定的句首話題位置的賓語可能是話題賓語居前，也可能是語言接觸帶來的賓語居前。但由於居前的焦點賓語多是疑問代詞形式，而居前的話題賓語多是有定形式，又因爲人稱代詞和指示代詞是常見的定指詞形式，所以在第三章，在討論 OV 基本語序時要排除代詞形式，就是要儘量排除居前的焦點賓語和話題賓語的干擾。

由於與OV語言接觸所帶來的賓語居前同時也會促使漢語OV語序頻率的增加。以往研究對語言接觸對漢語賓語前置的影響主要集中在如下幾點：(一)先秦時需要在動詞後用「之」來複指受事主語，而不用「之」複指的這類受事主語句，「直到漢魏時也不多見」，唐五代以後才較為普遍的運用。朱冠明（2005）發現佛典中這類受事主語句大量出現。這與中古時期中土文獻這類受事主語句少形成鮮明對比，朱文指出，這類受事主語句在中古的發展，一方面是漢語自身因素所致，如及物動詞的發展和代詞「之」的急劇衰落，另一方面，更重要的則是因為受了梵文的影響。梵文受事賓語常常放在動詞前面，譯師照搬了梵文的語序，梵文因為有嚴格的格標記，所以名詞不管放在哪個位置，它的賓語身份是清楚的，但是譯成漢語後，一旦放在動詞前面，往往就變成了受事主語或者話題。(二)梵文動詞可以變成分詞後出現在句中，作為某一個名詞性成分的修飾語；但漢語的動詞並沒有分詞形式，如果譯師以動詞來翻譯該分詞，則動詞只能被看作謂語成分，也容易造成受事成分前置於動詞謂語。(三)方一新（1994）指出，《世說新語・賢媛》24：「桓車騎不好著新衣。浴後，婦故送新衣與。」「與」本為及物動詞，類似《世說新語》的用法在中土文獻中罕見，但佛典裏卻多見。如西晉竺法護《生經》1：「龍王見之用一切故，勤勞入海，欲濟窮士，即以珠與。」(3/75c)受其影響，並不講究節律的小說中的「與」也採用了省略賓語的用法。及物動詞的賓語承前省略實際也造成了賓語居前的結果。可見，佛典中，連謂結構中賓語承前省略的VOV形式，使「之」不再成為賓語提前的條件而不用標記動詞的賓語位置了，這是受原典OV語序的影響而造成的賓語居前現象。

我們在討論賓語居前問題時要注意區分以上幾種不同的情況。此外，以往對單及物動詞賓語提前討論較多，多重點討論賓語居前的種種句法和語義條件，如上文所述，對於這些條件，我們在第三章也有所涉及，本文第三章主要列出了賓語居前的幾種句法條件。本章主要以雙及物構式為例來討論賓語居前的問題，因為雙及物動詞帶有兩個論元，這兩個論元之間的排列順序及與動詞之間的相對語序也可以說明賓語居前是與OV語言接觸的表現特徵之一。本章以雙及物動詞所帶賓語的句法位置來說明賓語居前的句法操作手段是與OV語序的語言接觸所帶來的對語序作用的主要表現特徵之一。

4.1　漢語雙及物構式的句法表現

Malchukov，Andrej，Martin Haspelmath & Bernard Comrie（2010）對雙及物構式的定義爲：雙及物構式在這裡被定義爲一種包含了一個（雙及物）動詞，一個施事論元（A），一個類似－接受者的論元（R），和一個客事論元（T）的結構。如：

（1）Mary *gave John a pen.*　（英語）

Mali gei Yuehan yizhi bi

A　　R　T

「瑪麗給約翰一枝筆。」

（2）Nee *tumiini uukari ne-wa-ruzeiyastïa.*（Huichol 語）

Wo qian　nühai 1SG.SBJ-3PL.OBJ-xuan

A　T　　R

「我炫女孩錢。」

根據張文（2013），漢語史上雙及物結構有如下幾種：

（3）與之*釜*。（論語・雍也）（雙賓句）

（4）唯*器與名*，不可以假人，君之所司也。（左傳・成公二年）（話題句）

（5）昔者有饋*生魚*於鄭子產，子產使校人畜之池。（孟子・萬章章句上）（介賓結構式）

（6）安老爺、安太太也給他送了*許多的吃食果品糖食之類*。（兒女英雄傳第二十四回）（介賓結構式）

（7）我執曹君，而分*曹*、*衛之田*以賜宋人。（左傳・僖公二十八年）（連謂結構式）

（8）送*千金*來與君。（敦煌變文選注・捉季布傳文一卷）（連謂結構式）

（9）將*此女人*付憍曇彌。（賢愚經卷三）（處置式）

（10）我不把*女孩兒*嫁它。（張協狀元）（處置式）

（11）他無語，便被師與*三摑*。（祖堂集卷七）（被動式）

我們比較了魏晉南北朝時期《世說新語》、《摩訶僧祇律》、《百喻經》以及元代《新編五代史平話》、《元典章》，發現其中的雙及物構式有如下句法表現特徵：

一、雙賓句

雙賓句是漢語雙及物構式原型類型（prototype），雙及物動詞需要在句法上實現爲兩個賓語。其所帶兩個賓語的語義角色也很多樣。《世說新語》中的雙賓句類型有「與事－客事結構」、「受事－工具結構」、「客體－目標結構」、「來源－受害者結構」、「感官類結構」，此外還有倒置雙賓句的類型，如：

（12）便與客姥馬鞭而去，行敦營匝而出。（《世說新語・假譎第二十七》）（與事－客事結構）

（13）即舉酒云：「桓義興，勸卿酒！」（《世說新語・言語第二》）（受事－工具結構）

（14）當共戮力王室，克復神州，何至作楚囚相對！（《世說新語・言語第二》）（客體－目標結構）

（15）裴令公歲請二國租錢數百萬，以恤中表之貧者。（《世說新語・德行第一》）（來源－受害者結構）

（16）庾公臨去，顧語鍾後事，深以相委。（《世說新語・方正第五》）（感官類結構）

（17）爲我致意愍度，無義那可立？（《世說新語・假譎第二十七》）（倒置雙賓句）

《摩訶僧祇律》和《百喻經》中也均有上述雙賓句類型，但是沒有發現倒置雙賓句的用例，如：

（18）汝今渡我者，便爲與我食，便爲施我樂。（《摩訶僧祇律》卷第三）（與事－客事結構）

（19）見諸商人祠祀聚會宣令里巷。（《摩訶僧祇律》卷第四）（客體－目標結構）

（20）汝若不語，我亦欲示此婦人房舍。（《摩訶僧祇律》卷第五）（感官類結構）

（21）牧羊之人，未見於婦，聞其已生，心大歡喜，重與彼物。（《百喻經・牧羊人喻》）（與事－客事結構）

（22）即以其夜值五百偷賊，盜彼國王五百匹馬，並及寶物，來止樹下。（《百喻經・五百歡喜丸喻》）（來源－受害者結構）

《摩訶僧祇律》和《百喻經》中的雙賓句還可以帶附加成分「來」，如：

（23）與我物來。（《百喻經・索無物喻》）

《新編五代史平話》中雙賓句的類型非常豐富，除了沒有「受事－工具結構」〔註1〕，其它上面提到的「與事－客事結構」、「客體－目標結構」、「來源－受害者結構」、「感官類結構」類型均有，此外，還有「受益者－受事結構」、「受事－原因結構」、「與動類」、「受事－結果結構」，倒置雙賓句用例也較多，如：

（24）周廣順元年正月，漢太后下誥授監國郭威符寶。（《新編五代史平話・周史平話卷上》）（與事－客事結構）

（25）郭威舉兵反叛，挈享國四年之漢鼎而遷之周廟，是爲周太祖也。（《新編五代史平話・周史平話卷上》）（客體－目標結構）

（26）舉措孟浪，謀略深沉，將至行營，必奪公兵柄，豈不使將士疑駭？（《新編五代史平話・晉史平話卷上》）（來源－受害者結構）

（27）那時，陳摶陛辭還山，世宗問摶飛升黃白之術。（《新編五代史平話・周史平話卷下》）（感官類結構）

（28）石敬瑭舉觴爲契丹壽。（《新編五代史平話・晉史平話卷上》）（受益者－受事結構）

（29）吾年五十當富貴，今四十七矣，待我富貴，厚報您恩，休要辭去。（《新編五代史平話・漢史平話卷上》）（受事－原因結構）

（30）便如師父平日無書不讀，直是皓首一經，也不得一名半職，便在鄉里教著徒弟，也濟得甚事？（《新編五代史平話・梁史平話上》）（受事－原因結構）

（31）至齊王重貴，專任景延廣，好大矜功，失歡北虜，卒使禍生於所恃。（《新編五代史平話・漢史平話卷上》）（與動類）

（32）若還不肯，就陣上生擒活捉，斬汝萬段，悔之無及！（《新編五代史平話・晉史平話卷上》）（受事－結果結構）

（33）李克寧帥諸將來賀，存勖盡以軍事委之李克寧。（《新編五代史平話・唐史平話卷上》）（倒置雙賓句）

〔註1〕「受事－工具結構」使用連謂結構表示，如：彥澤大笑，酌酒飲濤。（《新編五代史平話・晉史平話卷下》）

（34）周太祖既得符氏，遣使送符氏歸之彥卿，後爲周世宗娶之，至是立爲皇后。(《新編五代史平話・周史平話卷下》)（倒置雙賓句）

（35）咱未敢自謂了得，了與不了，一付之天可也。(《新編五代史平話・唐史平話卷下》)（倒置雙賓句）

（36）虜眾猥至，盡吾軍恐不足以當之，公輕身而往，徒喂肉虎口耳。(《新編五代史平話・晉史平話卷下》)（倒置雙賓句）

（37）今天子播遷，委計令公，冀圖興復，公乃以此致疑，怎不是附賊要賣天子否？(《新編五代史平話・漢史平話卷上》)（倒置雙賓句）

（38）至今年六月，板方成，獻之周太祖，令本監印造，頒賜諸路州縣學。(《新編五代史平話・周史平話卷上》)（倒置雙賓句）

（39）比遣臣陳覺奉表天朝，欽奉詔書，休兵息民，允許通和，特容小國臣附，仰見陛下天涵地育之恩。(《新編五代史平話・周史平話卷下》)（倒置雙賓句）

（40）匡胤然其言，乃攬轡下令諸將曰：太后與主上，是我北面而事者，不得冒犯。(《新編五代史平話・周史平話卷下》)（倒置雙賓句）

（41）及至高祖得天下，韓王初入楚，行縣邑，陳兵出入，人有告信反者，謀之陳平。(《新編五代史平話・晉史平話卷上》)（倒置雙賓句）

（42）話說裏石敬瑭爲後唐國戚，只因爲潞王猜疑，激發石郎借援契丹，舉兵篡唐，自立爲晉。(《新編五代史平話・漢史平話卷上》)（受害者－來源結構，倒置雙賓句）

《元典章》中有「與事－客事結構」、「來源－受害者結構」，存在倒置雙賓句，如：

（43）及犯人家屬，與訖苦主燒埋銀鈔二定，告乞減刑。(《元典章・刑部》卷之五)（與事－客事結構）

（44）楊進、謝五俱與劉河王錢鈔宿睡。(《元典章・刑部》卷之四)（與事－客事結構）

（45）泉州路司吏李天錫，通歷七十三月，因取受倉官黃天俊中統鈔一十定，斷罪不敘。(《元典章・刑部》卷之八)（來源－受害者結構）

（46）詢之部掾，雖言自來不報，而終無從所考。(《元典章・刑部》卷之二)（倒置雙賓句）

（47）每遇收捕出征，萬死一生，所需盤費、鞍馬、器仗，比之其餘差役尤重。（《元典章・刑部》卷之八）（倒置雙賓句）（RE＋V＋RE＋TA）

（48）府、州、司、縣之官俸鈔戝田子粒，比之各道宣慰司官，其數更多。（《元典章・刑部》卷之八）（倒置雙賓句）（RE＋V＋RE＋TA）

《元典章》中倒置雙賓句的直接賓語前置，在動詞後留下代詞語跡「之」。

二、單賓句

漢語雙及物動詞的賓語也可以在句法上實現爲單賓的類型，可以帶與事賓語、客事賓語、對象賓語、內容賓語，《世說新語》、《摩訶僧衹律》和《百喻經》中均有這種格式，如：

（49）江不應，直喚人取酒，自飲一碗，又不與王。（《世說新語・方正第五》）（單獨帶與事賓語）

（50）魏明帝疑其傅粉，正夏月，與熱湯餅。（《世說新語・容止第十四》）（單獨帶客事賓語）

（51）時婆羅門於他舍會，或得奶酪及得餅肉，持還歸家與那俱羅。（《摩訶僧衹律》卷第三）（單獨帶與事賓語）

（52）我當語汝夫不令用財。（《摩訶僧衹律》卷第四）（單獨帶對象賓語）

（53）設盡與財，會必殺我。（《摩訶僧衹律》卷第四）（單獨帶客事賓語）

（54）乞食已，還至彼寂靜處安坐。（《摩訶僧衹律》卷第四）（單獨帶客事賓語）

（55）佛廣問上事。（《摩訶僧衹律》卷第四）（單獨帶內容賓語）

（56）乘彼飢渴與酒令醉。（《摩訶僧衹律》卷第二）（單獨帶客事賓語）

（57）今我造作五百歡喜丸，用爲資糧，以送與爾。（《百喻經・五百歡喜丸喻》）（單獨帶與事賓語）

（58）爲我與藥，立使長大。（《百喻經・醫與王女藥令卒長大喻》）（單獨帶客事賓語）

中古譯經中的這種格式還經常後附加趨向動詞成分，如：

（59）我欲乞食去。（《摩訶僧衹律》卷第三）

我們在《新編五代史平話》和《元典章》中均可以發現這種單賓格式，並且《元典章》中，單賓格式後有後加成分「去訖」、「來」、「來了」、「有」、「了有」、「者」等，例如：

（60）適報魏王進西川金銀五十萬到京，當給與您每。（《新編五代史平話・唐史平話卷下》）（單獨帶與事賓語）

（61）以昭惲的女孩兒生得美貌無雙，獻與馬希崇做小妻。（《新編五代史平話・周史平話卷下》）（單獨帶與事賓語）

（62）京師，天下之根本，願下令諸將，入城不許侵奪百姓，乃爲定天下之大計也。（《新編五代史平話・周史平話卷下》）（單獨帶來源賓語）

（63）厚許歲幣可矣，許割土田，所賂太厚。乘快許之，雖足得其氣力，然他日反爲中國之患，不無生受麼？（《新編五代史平話・晉史平話卷上》）（單獨帶對象賓語）

（64）朱溫知是張占又來打劫劉崇家財，又奪下了家財，放張占去。（《新編五代史平話・梁史平話卷上》）（單獨帶客事賓語）

（65）唐主親釋彥章之縛，賜藥使敷其創；（《新編五代史平話・唐史平話卷下》）（單獨帶客事賓語）

（66）世宗待遇甚厚，時或召見，以醇酒賜飲，問唐國的事。（《新編五代史平話・周史平話卷下》）（單獨帶內容賓語）

（67）省準告，照依已行杖數決訖，分付與孫歪頭爲妻。（《元典章・刑部》卷之四）（單獨帶與事賓語）

（68）獲到僧撒里麻等匿稅棕帽，已招明白，稅課提舉司停留不問，卻將権貨縱放，分付犯人去訖。（《元典章・刑部》卷之八）（V＋R＋去訖）

（69）蒙古家體例，與女孩兒有。（《元典章・刑部》卷之五）（V＋R＋有）

（70）朱仁小名的人告著談提舉等西蕃茶提舉司官每，管著的茶戶每根底要了三千二百餘定鈔，他每入己了有。（《元典章・刑部》卷之八）（V＋R＋了有）

（71）劉仁可帶酒強奪牛肉。（《元典章・刑部》卷之四）（V＋T）

（72）湖廣省官人每與將文書來。（《元典章・刑部》卷之八）（V＋T＋來）

（73）省裏、院裏差人前去那裏，將他每明白對證了，怯來知府並首領官、令史等與了招伏文字來。（《元典章・刑部》卷之六）（V＋T＋來）

（74）我少人的錢有，更和人一處打官司有，我自抹死也。（《元典章・刑部》卷之四）（V＋T＋有）

（75）行省裏也與文書來了。（《元典章・刑部》卷之八）（V+T+來了）

（76）於內悔過自首，免罪，更與賞者。（《元典章・刑部》卷之三）（V+T+者）

三、話題句〔註2〕

漢語雙及物動詞的賓語還可以前置到句首話題位置，這種類型可以在《摩訶僧祇律》和《百喻經》中發現用例，既可以把與事賓語前置，也可以把客事賓語前置，而雙及物動詞後可以不出現其論元成分，如：

（77）種好者賞；其不好者，當重罰之。（《百喻經・灌甘蔗喻》）（R+V）

（78）置無憂園中，伎樂供給。（《摩訶僧祇律》卷第三）（T+V）

（79）但我妻子當須衣食，負債當償。（《摩訶僧祇律》卷第三）（T+V）（當）

（80）寶物既布施已，便先出關外住，待諸比丘。（《摩訶僧祇律》卷第三）（T+V）（既……已）

（81）願阿闍梨分財之日，好者見與。（《摩訶僧祇律》卷第三）（T+V）（見）

這種格式在《元典章》中可以發現用例，在《新編五代史平話》中也有個別用例，如：

（82）其遇赦釋放者，依例倍徵。（《元典章・刑部》卷之五）（R+V）

（83）枉法贓滿者，應受宣勅，並行追奪。（《元典章・刑部》卷之八）（R+V）

（84）每名大例月支米二斗五升。（《元典章・刑部》卷之二）（R+V+T）

（85）民戶裏賊寇生發呵，俺收捕了，他每行分付與有。（《元典章・刑部》卷之三）（R+V）（有）

（86）出錢的、過錢的人每根底問呵，明白指證的文字與了也。（《元典章・刑部》卷之八）（TA+V）（呵）

（87）枉法贓滿者，應受宣勅，並行追奪。（《元典章・刑部》卷之八）（D+V）（行）

〔註2〕此處所指的話題句也有學者稱作「受事主語句」。

（88）若一年後，合委付的有呵，一年的俸錢休與者。（《元典章・刑部》卷之八）（T＋V）（休）

（89）及諸人告捕是實，犯人家產全行給付。（《元典章・刑部》卷之三）（T＋V）（全行）

（90）俺商量得，他根底打一百七，今後勾當裏不委付呵，怎生？（《元典章・刑部》卷之四）（T＋V）（不……呵）

（91）無女孩兒呵，四定鈔與呵，怎生？（《元典章・刑部》卷之五）（T＋V）（呵）

（92）南劒路達魯花赤忻都，塗仲十小名的人，爲交賊指著他的上頭，五十定鈔肚皮與了有。（《元典章・刑部》卷之四）（T＋V）（了有）

（93）似這般要肚皮的人，與鈔、過錢人每明白指證，招伏文書與了呵。（《元典章・刑部》卷之八）（T＋V）（了呵）

（94）出錢的、過錢的人每根底問呵，明白指證的文字與了也。（《元典章・刑部》卷之八）（T＋V）（了也）

（95）殺了人有罪過的，兩定燒埋錢與有，忒輕的一般有。（《元典章・刑部》卷之五）（T＋V）（有）

（96）今後似此事發，追徵錢數，從元發官司徵理。（《元典章・刑部》卷之九）（T＋V）

我們發現，在中古譯經中，當句子中使用「當」、「見」或是表實現的「既……已」結構中，經常把賓語前置。這種格式在《元典章》中經常出現在否定句「不」、「休」，帶「行」的結構中，經常帶有後加成分「有」、「了有」、「了呵」、「了也」等。

對於雙及物動詞的一個論元前置，另一個論元出現在雙及物動詞賓語位置上的結構，在中古譯經材料以及《元典章》中存在，此外，《新編五代史平話》中也發現個別用例，如：

（97）世間誰最尊重，第一應與此藥。（《摩訶僧祇律》卷第五）（R＋V＋T）

（98）工人役徒，皆依例支給雇傭錢物，毋得煩擾小民。（《新編五代史平話・周史平話卷下》）（R＋V＋T）

（99）我這劍要賣與烈士，大則安邦定國，小則禦侮扞身。（《新編五代史平話・周史平話卷上》）（T＋V＋R）

（100）又這兩個之下做伴當來的三箇人，各與十定中統鈔，怎生？（《元典章・刑部》卷之三）（R＋V＋T）

（101）所擄元抄紮到官各家財產等物，盡行分付元主收繫，寧家當差，聽候給付畢。申部呈省施行。（《元典章・刑部》卷之五）（T＋V＋R）

（102）那陪償錢每，分付與他每，卻教入官倉呵，沒體例有。（《元典章・刑部》卷之十）（T＋V＋R）

（103）中書省官人每根底，寶哥爲頭也可紮魯忽赤每言語：……（《元典章・刑部》卷之一）（TA＋V＋RE）

（104）又在前這勾當也聞奏上位來。（《元典章・刑部》卷之十）（RE＋V＋TA）

（105）阿難荅的奧剌赤田亨的根底取受了十一定鈔。（《元典章・刑部》卷之八）（D＋V＋T）

此外，《元典章》中前置賓語經常由「NP＋根底」形式構成，如：

（106）主謀的胡參政，與他兄弟張八同謀，賊每根底與了錢，聚著賊人。（《元典章・刑部》卷之三）（R＋V＋T）

（107）臺官人每俺根底與文書。（《元典章・刑部》卷之八）（R＋V＋T）

（108）又自家裏造著鸞凰床，軍人每根底要了錢，卻不交當役的上頭，被廉訪司官人每察知，他每的證見每根底問呵他每也指證了來。（《元典章・刑部》卷之八）（D＋V＋T）

（109）建康府宣慰副使李公弼名字底人，官買紅花其間，張十等人每根底要了肚皮十五定，明白招來，文書要了來，鈔也納了也。（《元典章・刑部》卷之八）（D＋V＋T）

（110）那行省姓郭的都事，爲刷馬的上頭，徐知州小名的人根底取受了一個馬，阿難荅的奧剌赤田亨的根底取受了十一定鈔。（《元典章・刑部》卷之八）（D＋V＋T）（根底）

在《新編五代史平話》中，雙及物動詞賓語前置需要在動詞賓語位置保留代詞語跡，如：

（111）蓋郭威撫養士卒，與之同甘共苦，小有功的，厚賞之；（《新編五代史平話・周史平話卷上》）

特別有意思的是，雙及物動詞的兩個論元均可以前置，這種形式僅出現在《元典章》中，其中間接賓語在直接賓語之前的，用不用前置介詞標記或後置方位詞「根底」標記均可，而對於直接賓語在間接賓語之前的，則雙及物動詞的前置論元要用前置介詞或後置方位詞「根底」標記，如：

（112）如今有的房舍、人口、田產、財物，應有的對象，胡總管的媳婦、孩兒根底分付與者。（《元典章・刑部》卷之三）（T＋R＋根底＋V）

（113）於內一半，那殺的人媳婦、孩兒每根底與呵怎生？（《元典章・刑部》卷之四）（T＋R＋根底＋V）

（114）這吳縣令根底謊告著呵。（《元典章・刑部》卷之四）（TA＋根底＋RE＋V）

四、介賓結構式

雙及物動詞的賓語還可以由介詞引入，《世說新語》、《摩訶僧祇律》和《百喻經》中均有這種格式「V＋PRE＋T」、「PRE＋T＋V＋R」、「PRE＋TA＋V＋RE」、「PRE＋RE＋V＋TA」，如：

（115）桓即賞以二婢。（《世說新語・言語第二》）（V＋PRE＋T）

（116）嘗以一珊瑚樹高二尺許賜愷。（《世說新語・汰侈第三十》）（PRE＋T＋V＋R）

（117）賜以財寶，恣其所須。（《摩訶僧祇律》卷第三）（V＋PRE＋T）

（118）既還國已，厚加爵賞，大賜珍寶，封以聚落。（《百喻經・五百歡喜丸喻》）（V＋PRE＋T）

（119）時象即以先藏祖牙與之。（《摩訶僧祇律》卷第二）（PRE＋T＋V＋R）

（120）是故說若比丘婬欲變心，與女人作粗惡語。（《摩訶僧祇律》卷第五）（PRE＋TA＋V＋RE）

（121）諸比丘聞已，以是因緣具白世尊。（《摩訶僧祇律》卷第四）（PRE＋RE＋V＋TA）

《新編五代史平話》中也有這些格式「V＋PRE＋T」、「PRE＋T＋V＋R」、「PRE＋TA＋V＋RE」、「PRE ＋RE＋V＋TA」，但在《元典章》中沒有發現用例，如：

（122）世宗釋其囚繫，賜以帶馬。（《新編五代史平話・周史平話卷下》）（V＋PRE＋T）

（123）告於皇天后土，拜受冊命，即皇帝位。（《新編五代史平話・周史平話卷上》）（V＋PRE＋TA）

（124）虜惟利是嗜，安鐵胡止以袍褲賜之，今欲其來朝，必重賂乃可致耳。（《新編五代史平話・晉史平話卷下》）（PRE＋T＋V＋R）

（125）承業乘間從容爲晉王言曰：「盧質數無禮，請爲大王除之。」（《新編五代史平話・唐史平話卷上》）（PRE＋TA＋V＋RE）

（126）唐主聞之，大以爲喜，轉以其策咨問樞密直學士薛文遇。（《新編五代史平話・晉史平話卷上》）（PRE＋RE＋V＋TA）

此外，《新編五代史平話》中的介賓結構式有自己的特色，雙及物動詞的兩個論元，一個位於雙及物動詞的賓語位置，一個論元由介詞引介而位於另一個論元之後的位置，如：

（127）假之以歲月，則彼盛我衰，吾且無葬地矣。（《新編五代史平話・唐史平話卷下》）（V＋R＋PRE＋T）

（128）逼脅德倫忒甚，德倫不能制伏，獻書於晉王求救。（《新編五代史平話・唐史平話卷上》）（V＋T＋PRE＋R）

（129）唐主遣使告吳王以滅梁之捷。（《新編五代史平話・唐史平話卷下》）（V＋TA＋PRE＋RE）

（130）唐主問計於郭崇韜曰：「楊劉之圍已合，奈何？」（《新編五代史平話・唐史平話卷下》）（V＋RE＋PRE＋TA）

值得注意的是，《元典章》中有介賓結構式「PRE＋D＋V＋T」，而且介詞賓語經常是由方位詞構成的處所結構，如：

（131）莫若今後有被死之人，官司檢驗明白，行兇人招伏是實，隨於本囚犯屬名下追燒埋銀鈔，責付苦主收領，以爲燒埋之資，庶免有屍骸暴露之苦。（《元典章・刑部》卷之五）（PRE＋D＋V＋T）

（132）於見獲賊人處均徵燒埋銀兩一百兩，給付苦主？（《元典章・刑部》卷之五）（PRE＋D＋V＋T）

（133）於犯人名下折追中統鈔二定，給付苦主。（《元典章・刑部》卷之五）（PRE＋D＋V＋T）

《摩訶僧祇律》、《新編五代史平話》和《元典章》中，雙及物動詞的直接賓語可以前置，從而形成介賓結構式「PRE＋T＋V」、「PRE＋RE＋V」，如：

（134）爾時偃人以偈答言。（《摩訶僧祇律》卷第五）（PRE＋RE＋V）

（135）世宗待遇甚厚，時或召見，以醇酒賜飲。（《新編五代史平話・周史平話卷下》）（PRE＋T＋V）

（136）賊勢方盛，宜持重以挫之，未可勇往，好謙以其語奏聞。（《新編五代史平話・周史平話卷上》）（PRE＋RE＋V）

（137）若亦爲百姓愛慕，以禮餞送，可乎？（《元典章・刑部》卷之十）（PRE＋T＋V）

在《摩訶僧祇律》中，雙及物動詞的主要賓語可以提前，如：

（138）知處，應從彼索。（《摩訶僧祇律》卷第三）（PRE＋D＋V）

（139）以是事故，今向長老說。（《摩訶僧祇律》卷第五）（PRE＋TA＋V）

五、連謂結構

雙及物動詞的論元還可以用另一個動詞引入，《世說新語》、《摩訶僧祇律》中均有「V'＋T＋與＋R」形式，如：

（140）王武子因其上直，率將少年能食之者，持斧詣園，飽共啖畢，伐之，送一車枝與和公。（《世說新語・儉嗇第二十九》）（V'＋T＋與＋R）

（141）有端正女人持食與比丘。（《摩訶僧祇律》卷第五）（V'＋T＋與＋R）

（142）象復持父牙而用與之，獵師即持象牙還國。（《摩訶僧祇律》卷第二）（V'＋T＋與＋R）

（143）阿難持衣授與如來。（《摩訶僧祇律》卷第二）（V'＋T＋與＋R）

此外，《摩訶僧祇律》中還有「V＋TA＋V'＋RE」、「V'＋RE＋V＋TA」的形式，如：

（144）便語同伴說已所得。（《摩訶僧祇律》卷第四）（V＋TA＋V'＋RE）

（145）可開諸房示此婦人。（《摩訶僧祇律》卷第五）（V'＋RE＋V＋TA）

《新編五代史平話》和《元典章》中均有「V'＋T＋與＋R」形式，此外，與魏晉南北朝時期相比，《新編五代史平話》中除有「V＋TA＋V'＋RE」、「V'＋RE＋V＋TA」形式外，還有「V＋R＋V'＋T」、「V'＋D＋V＋T」等形式，如：

（146）寫書與黃巢索戰。（《新編五代史平話・唐史平話卷上》）（V'＋T＋與＋R）

（147）咱將些錢本與您出去經商，週年半載卻歸來覷咱一番也好。（《新編五代史平話・漢史平話卷上》）（V'＋T＋與＋R）

（148）營造學館，刻板印九經授學者讀誦。（《新編五代史平話・周史平話卷上》）（V'＋T＋與＋R）

（149）每月出中統鈔七十五兩，與鄧醜醜養贍老小，不令開門接客。（《元典章・刑部》卷之三）（V'＋T＋與＋R）

（150）掠得府庫子女，不放散賞軍，軍有怨言。（《新編五代史平話・梁史平話卷上》）（V'＋T＋V＋R）

（151）咱有一個計策，討得幾貫錢贈哥哥果足歸去，只要兄弟每大家出些氣力。（《新編五代史平話・梁史平話卷上》）（V'＋得＋T＋V＋R）

（152）道與中使曰：倉卒無蔞亭豆粥，滹沱河麥飯，厚意至今未報謝。（《新編五代史平話・唐史平話卷下》）（V＋TA＋V'＋RE）

（153）威乃出降表示諸將，令各署名。（《新編五代史平話・晉史平話卷下》）（V'＋RE＋V＋TA）

（154）李横衝補授知遠做著偏將，與那銀槍效節都軍下石敬瑭兩個廝合，結義做個兄弟。（《新編五代史平話・漢史平話卷上》）（V＋R＋V'＋T）

（155）野雞族不禁彥欽誅求，舉兵反亂。事聞於朝，乃授折從阮做靜難軍節度使討之。（《新編五代史平話・周史平話卷上》）（V＋R＋V'＋T）

（156）旻復遣謝彥光奉使契丹國借兵。（《新編五代史平話・周史平話卷上》））（V'＋D＋V＋T）

連謂結構之間還可以使用趨向動詞或連詞來連接，如：

（157）爾許水以供尊者。（《摩訶僧祇律》卷第三）（V1＋T＋以＋V2＋R）

（158）唐主從其言，就除光祿卿致仕，厚賜金一二百兩、縑二百匹以賞之。（《新編五代史平話・唐史平話卷下》）（V1＋T＋以＋V2＋R）

（159）周太祖見鄭珙，具道所以立贇之意，且自指其頸以示鄭珙曰：郭雀兒待做天子時，做已多時。（《新編五代史平話・唐史平話卷上》）（V'＋RE＋以＋V＋TA）

（160）賀德倫捧印節來獻與晉王。（《新編五代史平話・唐史平話卷上》）（V'＋T＋來＋V＋R）

（161）先行追給苦主，以充塋葬之資，庶免暴露骸骨。（《元典章・刑部》卷之五）（V＋R＋以＋V＋T）

值得注意的是，《新編五代史平話》和《元典章》中，連謂結構中的兩個動詞均可以是雙及物動詞，並且二者的語義方向可以相反，如：

（162）朱全忠得尚讓的信息，於十一月尚讓招誘葛軍師，將黃巢親信人向鐵面、溫爺等一齊殺了，奪取他軍來歸朱全忠。（《新編五代史平話・梁史平話卷上》）（V1＋D＋V2＋T）

（163）既遇釋放，比殺人例，倍徵燒埋銀兩，給付苦主。（《元典章・刑部》卷之五）（V1＋T＋V2＋D）

（164）體覆得袁州路倉官吳程叔等，收受十七年稅糧一萬四千八百六十九石、飛鈔三千七百石價錢，與本路官吏人等侵用。（《元典章・刑部》卷之九）（V1＋T＋V2＋D）

（165）擬罰鈔一定，與被死之家，充燒埋之資。（《元典章・刑部》卷之四）（V1＋T＋V2＋R）

六、處置式

雙及物構式的論元還可以由處置標記引介而提前，中古譯經中就已出現了雙及物構式的處置式形式，如：

（166）我便命終，即將愚人付一大臣。（《摩訶僧祇律》卷第三）（把＋T＋V＋R）

由於處置式具有漢語特色，《新編五代史平話》中可以發現很多雙及物構式使用處置式的例證，《元典章》中也存在處置式形式，如：

（167）朱溫便將那張占所贈金銀，付與丈人燕孔目：權爲看覷妻子，三年卻來相取。（《新編五代史平話・梁史平話卷上》）（把＋T＋V＋R）

（168）僖宗將傳國寶授與王建，負以從，登大敢領。（《新編五代史平話・唐史平話卷上》）（把＋T＋V＋R）

（169）其復検官吏，依上復検了畢，亦將屍帳一幅給付苦主，一幅入卷，一幅申報上司。（《元典章・刑部》卷之五）（把＋T＋V＋R）

（170）隣人蔡友竹爲充陰陽教授，託將中統鈔二十貫過與唐令史，又將五貫與典史楊秉。（《元典章・刑部》卷之十）（把＋T＋V＋R）

（171）敬瑭將那弘贊說的話，問弓箭庫使沙守榮、奔洪進。（《新編五代史平話・晉史平話卷上》）（將＋RE＋V＋TA）

（172）唐主聞這言語，大慚，即日將所得中國人厚贈皆遣還。（《新編五代史平話・周史平話卷上》）（將＋T＋V）

（173）當日晚，過錢人張琇言稱本主要行告官，謝行可纔將元受錢物私下回付。（《元典章・刑部》卷之八）（將＋T＋V）

七、嵌套結構

漢語雙及物構式表現形式複雜，除了上文所述的形式外，有時還使用嵌套結構，嵌套結構在魏晉南北朝時期未見用例，在各種形式發展比較完備的元代用例較多，如：

（174）世宗詔已獲蜀之將士，其願留者優其俸賜；願去者給以資裝。（《新編五代史平話・周史平話卷下》）（R＋V＋PRE＋T）（話題句與介賓結構式嵌套）

（175）重進將蠟書奏於朝。（《新編五代史平話・周史平話卷下》）（將＋T＋V＋Pre＋R）（處置式與介賓結構式嵌套）

（176）王允中所招前充杭州路司吏時，於至大四年七月二十二日，將范賓興行求與本路司吏鮑居敬中統鈔四定內，尅落二定入己。（《元典章・刑部》卷之十）（將＋D＋V1＋T＋V2＋R）（處置式與連謂結構嵌套）

（177）一半拿著，分付管民官了也。（《元典章・刑部》卷之三）（T＋V'＋V＋R）（話題句與連謂結構嵌套）

（178）姦婦決訖，分付本夫。（《元典章・刑部》卷之七）（T＋V'＋V＋R）（話題句與連謂結構嵌套）

通過比較我們發現，魏晉南北朝中古譯經和本土文獻以及元代蒙式漢語文獻及純粹漢語文獻中的雙及物構式有如下特點：

（一）《摩訶僧祇律》和《百喻經》中沒有發現倒置雙賓句的用例。《元典章》中雖然存在倒置雙賓句，但在動詞後留下代詞語跡「之」。

（二）《元典章》中前置賓語經常由「NP＋根底」形式構成。特別有意思的是，雙及物動詞的兩個論元均可以前置，這種形式僅出現在《元典章》中，其中間接賓語在直接賓語之前的，用不用前置介詞標記或後置方位詞「根底」標記均可，而對於直接賓語在間接賓語之前的，則雙及物動詞的前置論元要用前置介詞或後置方位詞「根底」標記。

（三）《元典章》中介賓結構式受限。《新編五代史平話》中有的格式「V＋PRE＋T」、「PRE＋T＋V＋R」、「PRE＋TA＋V＋RE」、「PRE＋RE＋V＋TA」，在《元典章》中沒有發現用例。《元典章》中的介賓結構式「PRE＋D＋V＋T」，介詞賓語經常是由方位詞構成的處所結構。

（四）《新編五代史平話》和《元典章》中，連謂結構中的兩個動詞均可以是雙及物動詞，並且二者的語義方向可以相反。

（五）中古譯經中就已出現了雙及物構式的處置式形式。由於處置式具有漢語特色，《新編五代史平話》中可以發現很多雙及物構式使用處置式的例證，《元典章》中也存在處置式形式，但相比來說使用較少。

（六）雙及物構式的嵌套結構形式在元代發展得比較完備。

（七）中古譯經和《元典章》中的雙及物構式經常後附加趨向動詞成分。

4.2　漢語雙及物構式的共時地域差異

Bernard & Comrie（2005）指出方言反映了在共時空間形式中的歷時發展。賓語居前的句法機制也可以體現在共時層面上，曹志耘主編的《漢語方言地圖集》所給出的「給我一枝筆」在各方言中的表現有如下幾種類型：

（一）北方方言：給 RT，如：給我一枝筆（北京方言）

（二）南方方言有如下類型：

1. 給 TR（給一枝筆我）
2. T 給 R（一枝筆給我，筆一枝給我）（無定成分居前）
3. T 給 TR（筆給一枝我）
4. T 給 RT（筆給我一枝）
5. T 給 T 給 R（筆給一枝給我，筆給 a 一枝給 b 我）
6. 給 T 給 R （給一枝筆給我、給 a 一枝筆給 b 我）
7. 給 R 給 T（給我給一枝筆、給 a 我給 b 一枝筆）（僅見於湖南）

（三）西北方言（包括青海、寧夏、甘肅）有如下類型：

1. R 哈給 T，如：我哈給一枝筆（青海門源方言）
2. RT 給 T，如：我筆給一枝（青海同仁方言）
3. 給 R 給 T，如：給我給一枝筆（甘肅蘭州方言）

通過比較，我們可以發現，西北方言雙及物構式特殊之處主要表現在：

1. 使用後置詞作爲賓格標記，如「哈」。
2. 與南方方言雙賓句中 T 位於 R 之前不同，西北方言中 R 傾向於位於 T 之前。
3. R 和 T 傾向於位於 V 給的左右兩側。如果 R 和 T 同時位於 V 給的一側的話，也傾向於同時位於 V 給的左側而非右側，這與大部分北方方言及南方方言中 R 和 T 傾向於同時位於 V 給的右側的語序不同。

與普通話比較，南方方言雙及物構式特殊之處主要表現在：（1）T 傾向於位於 R 之前。（2）南方方言 V 給來源。

曹廣順、李訥（2003）強調漢語語法史中的地域視角，在歷史研究中要注意一個共時平面中的地域差異。同時，時間和空間是語言研究必不可少的兩個維度。在漢語史的研究中也要把語言在空間上的差異和時間上的發展結合起來。從語言的空間差異探索語言的時間發展也是歷史比較法的一條重要原則。

4.2.1　西北方言雙及物構式特點

4.2.1.1　西北方言雙及物構式的後置詞標記

根據 Malchukov, Haspelmath & Comrie（2010），雙及物構式的編碼手段主要有如下幾種：（一）標記：格標記和介詞標記（二）一致關係（三）語序。而漢語可以使用前置介詞標記來標明接受者 R 和轉移物 T，漢語中，引入接受者 R 的介詞和引入轉移物 T 的介詞是有分工的。

根據張文（2013），在漢語史中引入接受者 R 的介詞主要有：於（於）、與、給等。魏晉南北朝之前，引入 R 的介賓結構主要後置於雙及物動詞，魏晉南北朝之前，引入 R 的介賓結構主要前置於雙及物動詞。清代以後，「給」替代「與」成爲引入 R 的主要前置介詞形式。如：

（179）昔者有饋*生魚*於鄭子產，子產使校人畜之池。（孟子・萬章章句上）

（於＋O_R）

（180）我還白母，唯願與我送*無所有*。（賢愚經卷十二）（與＋O_R）

（181）使了老馮與大娘送*生日禮*來。（金瓶梅第十九回）（與＋O_R）

（182）安老爺、安太太也給他送了*許多的吃食果品糖食之類*。（兒女英雄傳第二十四回）（給＋O_R）

引入轉移物 T 的介詞有：以、用，如：

（183）晉侯賞桓子狄臣千室，亦賞士伯以*瓜衍之縣*。（左傳・宣公十五年）（O_T＋以）

（184）盡以*其寶*賜左右而使行。（左傳・文公十六年）（以＋O_T）

（185）非其義也，非其道也，*一介*不以與人，一介不以取諸人。（史記・卷七項羽本紀）（O_T＋以）

（186）是獺利吒營事比丘。以自在故。用*僧祇物花果飲食*送與白衣。（賢愚經卷四）（用＋O_T）

西北方言的雙及物構式也可以使用前置介詞標記進行編碼，如：

（187）給 R 給 T，如：給我給一枝筆（甘肅蘭州方言）

值得注意的是，西北方言還使用後置詞「哈」來進行編碼，楊永龍（2014）把它界定爲在語法性質上是一個「後置附著詞」性質的格標記。這樣，西北方言既可以用前置詞又可用後置詞編碼雙及物構式。甘青地區格標記的存在與其 OV 語序有關，既是語言系統內部的需要，也具有類型學上的普遍性，又是周邊不同語言共享的區域特徵之一。根據 Greenberg（1963），如果一種語言裏動詞後置於名詞性主語和賓語是優勢語序，那麼這種語言幾乎都具有格的系統。

SVO 語序能直接標記賓語，不需借助其它形式的賓格標記；SOV 語序能直接區分生命度相差較大的主賓語，但由於主、賓語同時位於動詞的左側，當二者生命度接近時易引起語義混淆，因而要與賓語格助詞、句尾詞、動詞形態變化等其它標記配合使用；OSV、OVS 語序分別是表示賓語話題和凸顯賓語焦點的語用手段，要借助賓語格助詞、句尾詞、動詞形態變化等標記來指示賓語。

在漢語的發展歷程中，主要出現過兩次異質語言的影響。第一次是中古譯經語言的影響，梵文佛典文獻通過譯經者影響漢語，產生了帶有梵文等譯經原典語言特徵的佛經譯文。第二次是金元時期阿爾泰語對漢語的影響，出現了類似阿爾泰語的「漢兒言語」。這兩次異質語言的基本語序類型都是SOV語序類型，是否會爲漢語雙及物構式引入類似「格標記」的後置詞編碼手段呢？

在漢語史上，用後置詞標記的只有《元典章》中的「根底」。《元典章》中後置詞作爲雙及物構式編碼手段與現代漢語西北方言後置詞性質的格標記「哈」有對應關係。祖生利（2003）指出，在元代直譯體文獻《元典章・刑部》中，謂語是給與義動詞，可以使用「根底」來標記間接賓語R，表示動作行爲的接受者。如：

（188）主謀的胡參政與他兄弟張八同謀，賊每根底與了錢，聚著賊人。（卷三，胡參政殺弟）

（189）又那姓崔的達魯花赤，張千戶根底與將文書去。（卷四，倚勢抹死縣尹）

《蒙古秘史》、《華夷譯語》旁譯譯作「行」：

（190）中忽闌中合禿泥 成吉思　中合罕納 兀者兀 勒 速。

旁譯：　女名　　　太祖　皇帝行　　獻與。

總譯：將他中忽闌名字的女子，獻與成吉思。（蒙古秘史卷七）

「行」是「上」的音變（江藍生 1998），也是後置詞形式，明初《蒙古秘史》、《華夷譯語》旁譯經常使用「行」來對譯蒙古語靜詞的各種格附加成分。《元典章・刑部》直譯體文字裏方位詞「行」均對譯於與－位格附加成分。「哈」、「行」和「根底」語音形式不同，很難說是直接借用，但都是後置詞形式，其間有對應關係，爲OV型語言的作用力。

我們還可以在元代直譯體文獻中發現「根底」和「與」共同使用的例子，如：

（191）張千戶根底與將書去。（元典章・刑部）

可見，在西北方言與《元典章》中均存在使用後置詞格標記來編碼雙及物構式的手段。《元典章》中的基本語序爲VO，但也存在後置詞編碼手段，這是受基本語序爲OV的蒙古語的干擾而來。

雖然中古譯經原典語言是OV語序語言並且在中古譯經中也存在一些特殊語法現象，但譯者旨在傳播佛經原典，因而在佛經翻譯時力求本土化，用前置介詞對譯梵文受益格標記。

4.2.1.2 西北方言的特殊語序

根據 Malchukov, Andrej, Martin Haspelmath &Bernard Comrie （2010），雙及物構式的形式和基本語序有如下的對應關係：

基本語序	R-T 語序	例子	T-R 語序	例子
SVO	SVO_RO_T	Tswana	SVO_TO_R	Fongbe
SOV	SO_RO_TV	Uzbek	SO_TO_RV	Ijo
VSO	VSO_RO_T	So	VSO_TO_R	Tahitian
VOS	VO_RO_TS	Q'eqchi'	VO_TO_RS	?

如果符合（1）R 位於 T 之前。（2）R 和 T 要麼同時居於 $V_{給}$兩側，要麼同時位於 $V_{給}$的左側而非右側這兩組特點的，只有基本語序爲 SOV 的語言。西北方言雙及物構式符合 SOV 語言雙及物構式特徵。

西北方言雙及物構式特殊語序類型在漢語歷史發展過程中是否出現過呢？

根據張文（2013），漢語雙及物構式演變脈絡可以列表如下：

句式	句式表達	先秦	西漢	東漢	魏晉南北朝	唐五代	宋代	元明時期	清代
雙賓	$V+O_R+O_T$	41.95 [註3]	25.2	25.41	27.03	30.48	40	37.55	45.01
	$V+O_T+O_R$	2.26	8.03	8.2	2.63	2.74	2.73	0.13	0.44
話題	O_R+V+O_T	1.69	2.57	2.46	6.7	5.48	3.18	1.44	1.03
	O_T+V+O_R	0.99	8.51	13.93	7.42	9.59	10	7.4	12.61
介賓	$Pre+O_R+V+O_T$	0.14	0.96		0.24	0.34		1.19	4.84
	$Pre+O_T+V+O_R$	11.02	12.68	9.02	18.66	3.08	6.82	0.06	
	$V+O_R+Pre+O_T$	7.2	0.8	9.84		0.68	0.45		
	$V+O_T+Pre+O_R$	25.71	4.17	14.75	1.67	1.03	1.36		
	$O_T+Pre+V+O_R$	1.27	1.44	0.82	1.2	1.03			

通過分析，可以發現：（一）從先秦到清代，雙賓句都包括 V+R+T 和 V+T+R 兩種類型，且 V+R+T 的語序類型佔優勢，但 V+T+R 在魏晉南北朝之前也佔有較大的比例。（二）先秦時期，R+V+T 結構佔優勢，西漢以後 T+V+R 結構佔優勢。（三）魏晉南北朝以前，介賓短語以後置於動詞短語爲主，

〔註 3〕此數據是統計該結構在同一時期表達同一事件語義可供選擇的所有結構中所佔的比例。

魏晉南北朝以後，介賓短語以前置於動詞短語爲主。魏晉南北朝至宋代，以 Pre＋T＋V＋R 形式爲主，元明以後以 Pre＋R＋V＋T 形式爲主。

整體來看，如果滿足 R 在 T 之前且要麼同時居於動詞兩側要麼同時位於動詞的左側而非右側的條件的話，最符合的歷史時期是元明以後。這一時期，受 OV 型語言影響的漢語，其雙及物構式有特殊的表現形式。元代是語言接觸較爲強烈的特殊歷史時期。西北方言周邊語言的類型與語言接觸有關。根據 Thomason（2001）的借用層級理論，高強度的接觸（intense contact）會導致在借用語言中出現大的類型改變。西北方言雙及物構式特殊表現形式正是由於受帶有後置的格標記、OV 型語言的接觸影響結果。

雙及物構式的基本配置問題是對雙及物構式中的接受者的論元（R）與客事論元（T）和單及物式中的受事論元 P 的對應關係問題的研究。研究雙及物構式基本配置的意義在於可以幫助判斷 R 和 T 在句法上和動詞 V 的緊密程度問題。類型學上研究這一問題由來已久，如：

William Croft （2001：147）提出了語義類型圖標碼核心論元，從而在一個概念空間中把及物和雙及物結構結合起來。

Croft's 核心論元的概念空間（參與者角色）

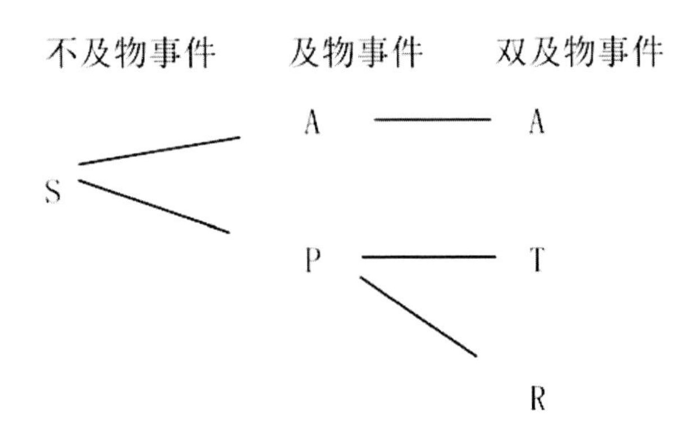

根據 Haspelmath, Martin（2005），雙及物構式的基本配置地圖有如下幾種：

（一）間接賓語型（Indirective）：P=T≠R，即 T 和 P 句法地位一致，而 R 和 P 句法地位不同。表圖如下：

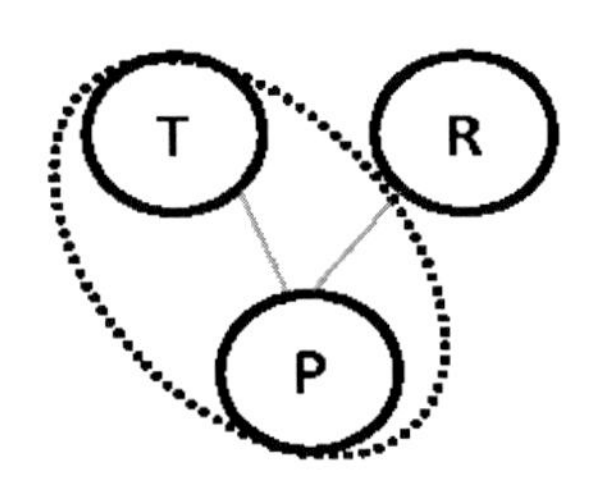

這種類型的語言，如：德語、Lezgian 語。

（二）次要賓語型（secundative）：P=R≠T，即 R 和 P 句法地位一致，而 T 和 P 句法地位不同。表圖如下：

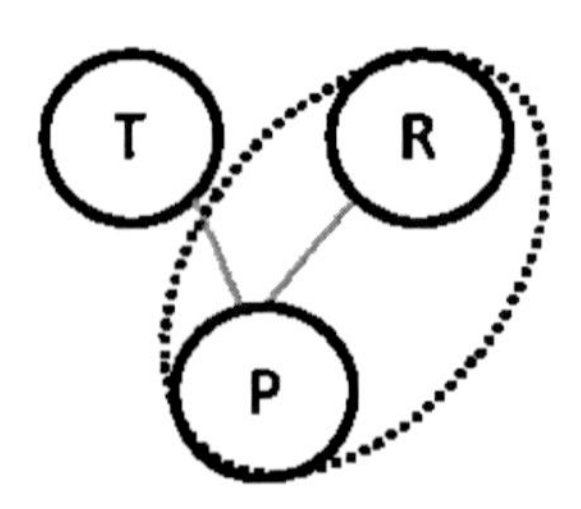

這種類型的語言，如：Huichol 語、西格林蘭語。

（三）中立型（neutral）：P=R=T，即 R 和 T 都可以和 P 有相同的句法地位。表圖如下：

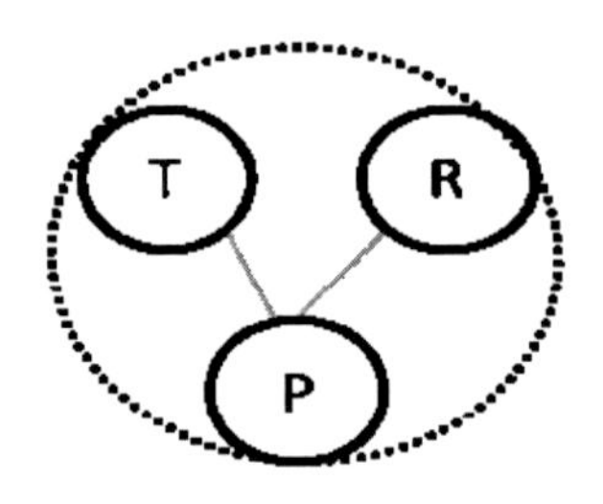

這種類型的語言，如：Panyjima 語。

如果在一種語言中同時存在兩種以上的基本配置類型，如：同時存在直接賓語型（P=T≠R）或者主要賓語型（P=R≠T）或者中立型（P=R=T），則這種語言的基本配置爲「混合型（mixed）」。

根據 Haspelmath, Martin（2005）所繪製的雙及物構式基本配置類型圖，中國西北方言周邊語言基本配置類型（basic alignment types）多爲直接賓語型，即 T 和 P 句法地位一致，T 和動詞的關係更爲密切，表現在語言的基本配置上 T 和 V 的距離比 R 更接近。因此，西北方言表現爲「R 哈給 T」、「RT 給 T」的形式。

4.2.2 南方方言倒置雙賓句

與普通話相比，現代漢語方言中存在一種特殊語序的雙賓句，學術界一般稱爲倒置雙賓句，其基本結構形式爲：「V＋T＋R」，如：

（192）我畀咗一*本書*佢。（粵語倒置雙賓句）

關於現代漢語方言這種倒置雙賓句，以往學者也做過討論，如：何愼怡

（1994）從語用表達自然焦點角度解釋其來源。鄧思穎（2003：60）指出粵語倒置雙賓語結構實際上是從與格結構通過介詞省略推導出來的。普通話和粵語倒置雙賓語的差異是由於粵語與格結構的介詞有選擇語音特徵〔可省略〕的可能性，而普通話與格結構的介詞沒有這種可能性。「倒置雙賓語結構」除了粵語以外，在其它南方方言也找得到，例如客語的惠州話、梅州話、閩語的雷話、吳語的上海話、湘語的長沙話等。邢福義（2006）指出河南、湖北、湖南、廣東、江蘇、甘肅、寧夏等省份是「指物賓語＋指人賓語」，如「給一本書他」。張敏（2011）雖然從 $V_{給}$ 角度尋找南方漢語倒置雙賓句來源，把以往研究推進了一大步，但其最終形成還是歸因於介詞省略。本文認爲介詞省略說有值得商榷之處。

現代漢語方言中的倒置雙賓句的特殊之處表現在：

（一）倒置雙賓句違反指稱表達原則，就信息傳遞而言，語言表達傾向於由已知信息到未知信息的序列，定指程度高的成分傾向於位於定指程度低的成分之前。如：學術界一般認爲雙賓句的近賓語（一般是間接賓語）表達有定，遠賓語（一般是直接賓語）表達無定，如陸儉明（2003）指出：雙賓句中的直接賓語必須是新信息，是句子的焦點。張伯江（1999）認爲「轉移物是這種結構的語義焦點」，當「與者所與亦即受者所受的事物」是已知的，句子就不會被處理爲雙賓結構。劉丹青（2001b）指出「間接賓語的話題性高於直接賓語。」「世界上多數有雙賓句的語言間接賓語前置於直接賓語，其實都體現了話題或舊信息居前原則」。祝東平（2009）提到間接賓語總體上強烈傾向已知、有定，用普通名詞擔任時，也不同於在動詞後的其它成分被賦予無定的特徵，而是被賦予有定的特徵。直接賓語則一定是新信息。因此，倒置雙賓句「V＋T＋R」中，新信息 T 位於 R 之前，違反信息表達由已經信息到新信息的信息表達原則，也違法有定表達置於無定表達之前的語義原則，這在類型學上也是罕見的，因此是非常特殊的一類現象。

（二）倒置雙賓句違反生命度原則，生命度高的成分話題性強，傾向於位於生命度低的成分之前。「V＋T＋R」結構中，接受者 R 生命度高於給予物 T 而傾向於後置，違反了生命度原則。

（三）倒置雙賓句違反重量成分後置原則，重成分是相對於相鄰成分而言長而複雜的單位，傾向於後置。「V＋T＋R」結構中，R 多由人稱代詞充當，T

多由數量短語充當，在音節上T的音節數目多於R，違反重量成分後置原則。

普通話「V+R+T」語序符合指稱表達原則、生命度原則及重量成分後置原則，因此是優勢語序。而現代漢語方言中的倒置雙賓句同時違反指稱表達原則、生命度原則和重量成分後置原則，是現代漢語方言語法中一類比較特殊的現象，其成因值得探究。

對於倒置雙賓句形成的原因，鄧思穎（2003：60）、張敏（2011）等認爲倒置雙賓語結構是從與格結構通過介詞省略推導出來的。張敏（2011）指出南方漢語倒置雙賓句可歸因於通用給予動詞「與」始於宋元之際的衰微和消失以及南方話從二價持拿義動詞「拿、把、撥、擔、陀、痱、約」等衍生出的新的三價給予動詞的特殊歷史有關。

若缺乏原生的（underived）通用給予動詞V給，給予事件的表達策略有如下三種：

（一）在句中僅列出施事、客體、與事三個名詞性論元而動詞乾脆從缺，只在動詞應出現的位置上用語綴標出何者爲主語、何者爲間接賓語，如巴布亞語言Amele語。

（二）通過使役手段將單及物動詞增元（valence increase）成爲雙及物動詞，如日本北海道蝦夷語（Ainu）將V給表達爲〔使－擁有〕。

黃正德（2008）把漢語雙賓結構的構造形式分成兩大類：一類是「致使類（給予動詞類/非賓格動詞類）」雙賓結構，句式意義大致相當於「A（使事）『致使（V1）』B（歷事）『擁有（V2）』C（受事）/（A cause B to have C）」，也可以說整個句子所包含的「動詞」在語義上可以分解爲「CAUSE（致使V1）」和「HAVE（擁有V2）」這樣的兩個。另一類則是「蒙受類（取得動詞類/非作格動詞類）」雙賓結構。句式意義大致相當於「A（施事）『做完（V1）』B（受事）『影響到（V2）』C（蒙事）/（A do B to affect C）」，即整個句子中所包含的「動詞」在語義上也可以分解爲「ACT（做V2）」和「DO（影響到V1）」這樣的兩個。我們認爲V給內部語義可以分解出〔+CAUSE〕和〔+HAVE〕，所以本文認爲這種手段只是V給是詞彙性、分析性還是形態性的問題。

（三）以持拿義單及物動詞（handling verbs、manipulative verbs）作主要動詞引出客事論元，而用其它方式（介詞、語綴等）將與事論元標注爲方所論元。將〔給某人某物〕表達爲〔拿某物到/在某人處〕。南方方言給予動詞來源於「持拿」義動詞，與格介詞來自方所介詞，張敏（2011）論證了其過程。

我們認爲類型學上的第三種手段是 V 給內部語義〔＋方向〕的體現，〔拿某物到/在某人處〕與方向性密切相關，表空間位移的路徑，有學者稱爲 go-type 類型的 V 給。判定三價動詞 V 是否是原生的，看其帶兩個賓語之前是否有一個二價動詞階段以及是否可以直接帶 R 賓語。我們首先以「把」爲例分析持拿義動詞「把」如何由二價動詞演變爲三價動詞的。

魏晉南北朝時期存在「把＋T＋與＋R」的形式，如：

（193）把*粟*與雞呼朱朱。（洛陽伽藍記卷第四）

宋代存在「把＋T」、「把與＋R」的形式〔註 4〕，「把」不能單獨帶 R，需要和「與」構成「把與」的形式才能帶與事 R。如：

（194）你也不須出錢，你也不須把*登科記*。（張協狀元）

（195）便把與你去（張協狀元）

（196）有好掉蓖似扁擔樣大底，買一個歸來，把與娘帶。（張協狀元）

「把」在「把與」結構中沾染了「與」引入與事 R 的功能，逐漸由二價動詞發展爲三價動詞，出現在「把與＋R＋T」形式中，且可以單獨帶與事 R。

（197）我又不是你影射的，何故把與你*衣服穿*？（金瓶梅第二十四回）

（198）我有*兩貫錢*，我把你去，……（金瓶梅第五回）

明清以後，也可以進入雙賓句「把＋R＋T」，如：

（199）把官哥兒*一個*耍子。（金瓶梅第五十二回）

（200）果然的老伯爲甚麼了要把他*二百四十兩銀子*？（兒女英雄傳第三十九回）

由此可見，二價動詞演變爲三價動詞在漢語史上的一般路徑爲：

V 二價＋T＋與＋R〉V 二價＋與＋R＋（T）〉V 三價＋R＋（T）

「V'V 給」是句式演變中重要的一環，如果沒有「V'V 給」結構，二價動詞不會發展演變爲三價動詞。此外，漢語史上持拿義動詞「把」由二價動詞發展

〔註 4〕唐五代時期可以發現如下用例：解事把我離書來，交我離你眼去。（敦煌變文選注舜子變），此句「我」和「離書」之間是否存在領屬關係還存在爭議，故暫不討論。宋代可以發現如下例子：把我錢，不還我記！（張協狀元），此句的「把」爲「歸還」義。

爲三價動詞並沒有產生「把+T+R」的倒置雙賓句語序。再次，漢語史上能夠進入倒置雙賓句「V+T+R」語序的動詞也並不局限於持拿義動詞，因此把南方方言倒置雙賓句的成因歸因於南方話從二價持拿義動詞衍生出新的三價給予動詞的特殊歷史還可以進一步討論，倒置雙賓句的介詞省略說值得進一步探究。

根據張文（2013），先秦至清代均存在著「V+T+R」的雙賓結構，如：

（201）吳爲封豕、長蛇，以薦*食*上國。（左傳・定公四年）

（202）此者再，乃獻*之*趙王，趙王未取，又薨。（論衡・卷第三・骨相篇）

（203）下座比丘，以守戒故，授*板*上座，沒海而死。（賢愚經卷五）

（204）能於嶺上，便傳*法*惠順。（六祖壇經）

（205）後來一書吏竊而獻*之*高宗。（朱子語類輯略卷之八）

（206）章句訓詁付*之*諸生。（朱子語類輯略卷之七）

（207）我雖致*信*烏克齋，他在差次，還不知有無，便有，充其量也不過千金。（兒女英雄傳第十二回）

不過，漢語史和方言中的「V+T+R」結構是不同的，主要表現在：

（一）對於「給予義」動詞來說，漢語史中的 V 給是張敏（2011）提到的「一般的給予類動詞」，而方言中的 V 是方言中的「純粹給予動詞」。「一般的給予類動詞」與「純粹給予動詞」的一個重要區別是「一般的給予類動詞」除了〔+給予〕外還包括〔+方式〕特徵。

（二）對於進入「V+T+R」結構中的其它動詞來說，漢語史中感官義、方向義、奪取義雙賓動詞均發現進入 V+T+R 雙賓句的用例，如：

（208）晉侯許*賂*中大夫，既而皆背之。（左傳・僖公十五年）

（209）夫至乎誅諫者必傳*之*舜，乃其難也。（韓非子・外儲說右上）

（210）徵兵九江王布。（史記・卷七項羽本紀第七）

其中西漢時期進入 V+T+R 雙賓句的動詞語義類型最多，感官義、方向義、奪取義、持拿義、婚姻義、侵損義、製作義和買賣義動詞均有進入 V+T+R 雙賓句的用例，如：

（211）女聽，乃卒爲請決，嫁*之*張耳。（史記・卷八十九張耳陳餘列傳第二十九）

（212）往來侍*酒*魏其，跪起如子姓。（史記・卷一百七魏其武安侯列傳第四十七）

（213）妾唯太子、一女，柰何棄*之*匈奴！（史記・卷九十九劉敬叔孫通列傳第三十九）

（214）二月中，吳王兵既破，敗走，於是天子制詔將軍曰：……（史記・卷一百六吳王濞列傳第四十六）

（215）吾賈人往市*之*身毒。（史記・卷一百二十三大宛列傳第六十三）

而根據鄧思穎（2003：64）進入粵語雙賓句的動詞主要可以分爲「畀」類動詞（包括畀、醒（送）、送、獎）、「寄」類動詞（寄、搬、帶、交、夾、賣、派、踢）、「炒」類動詞（炒、影（複印）、批、洗、燙、畫、織、整（弄）、作、煮）、「摘」類動詞（摘、搶、買、偷）、「問」類動詞（問、請教、考、求、摘、搶、買、偷）。僅有「畀」類動詞允許倒置雙賓語結構〔註5〕。只能用於傳遞有形物體的給予類事件。

（三）漢語史中的T主要使用代詞「之」的形式，也可以是普通名詞形式，但是T和R的音節數目符合「重量成分後置」原則，即重成分是相對於相鄰成分而言長而複雜的單位，傾向於後置。而方言中的T可以是普通名詞，而R主要使用代詞形式，T和R的音節數目可以違反「重量成分後置」原則。

因此，漢語史和方言中的「V＋T＋R」結構存在著明顯不同，二者的來源也不同。關於漢語史上倒置雙賓句形成的原因，有學者認爲上古雙賓存在倒置雙賓句的原因與「於」的脫落有關。還有學者認爲這種倒置語序是由於語用原因，如何慎怡（1994）指出爲了突出Op所代表的事物，採用Op在Or前的句式。

我們認爲漢語史上倒置雙賓句形成是由於介詞「於」的脫落的觀點值得思考。根據張文（2013），古代漢語中V＋T＋R語序雙賓句的出現與「之於/乎」連用時「合音」爲「諸」的現象有關。此外，語用因素也對V＋T＋R語序雙賓句的出現有影響作用。爲了便於討論，我們把其主要觀點敘述如下：

〔註5〕至於粵西、廣西的一些粵語、平話方言裏，「傳達」類的動詞「問」也可進入雙賓B式，如陽江粵語的「我問句事話你」（黃伯榮，1996）、臨桂平話的「問句話你」（周本良，2005）。張敏（2011）認爲上述特別用法可歸因於壯語影響。

「V＋O_{DO}＋於/乎＋O_{IO}」結構中，當 O_{DO} 使用「之」的形式時，「之於/乎」連用時的合音現象對 V＋O_{DO}＋O_{IO} 語序雙賓句的發展產生影響。根據王力（1981），「之」「於」和「之」「乎」合音爲「諸」。又據王力等（2000），「諸」還可以指代人或者事物，相當於「之」，如：

（216）秦伯謂子桑：「與諸乎？」（左傳・僖公十三年）

這樣，「V＋O_{DO}＋於/乎＋O_{IO}」結構中，當 O_{DO} 使用「之」時，由於「之」「於」，「之」「乎」合音現象，可以表現爲「V＋諸＋O_{IO}」的形式，而「諸」又可以指代物，相當於「之」，這樣就會把「V＋諸＋O_{IO}」從理解上重新分析爲一種轉移物位於接受者之前的雙賓句形式。其具體過程圖式如下：

V＋O_{DO}＋於/乎＋O_{IO}

↓（「之」進入）【不合使景公加*誅*於齊之巧臣。（韓非子・外儲說右下）】

V＋之〔O_{DO}〕＋於/乎＋O_{IO}

↓（合音現象）

V＋諸＋O_{IO} 【我不欲人之加諸我也，吾亦欲無加諸*人*。（論語・公冶長）】

↓（「諸」可指代物，相當於「之」，類推）

V＋之〔O_{DO}〕＋O_{IO}

↓（類推）

（217）V＋O_{DO}＋O_{IO} 【荊爲攻魏而加*兵*許、鄢。（韓非子・飾邪）】

V＋O_{DO}＋O_{IO} 語序雙賓句中，O_{DO} 經常使用代詞「之」的形式。因此，古代漢語中 V＋O_{DO}＋O_{IO} 語序雙賓句的出現與「之於/乎」連用時「合音」爲「諸」的現象有關。此外，語用因素也對 V＋O_{DO}＋O_{IO} 語序雙賓句的出現有影響。句末是自然焦點位置，「V＋Op＋Or」語序雙賓句中，Or 處於句末焦點位置，傳達新信息，是所要凸顯的成分。V＋O_{DO}＋O_{IO} 語序雙賓句所要凸顯的是 O_{IO}。

V＋O_{DO}＋O_{IO} 語序出現以後，「於」的脫落會對其產生影響。因爲「V＋O_{DO}＋Pre〔於〕＋O_{IO}」結構中「於」的脫落可以直接產生「V＋O_{DO}＋O_{IO}」語序雙賓句。但是「於」的脫落不是 V＋O_{DO}＋O_{IO} 語序雙賓句出現的原因，而且在 V＋O_{DO}＋O_{IO} 語序雙賓句產生時，「於」是不能省略的。「於」一方面

在 $V+O_{DO}+O_{IO}$ 語序雙賓句產生時是不能省略的，另一方面它的省略又促進了 $V+O_{DO}+O_{IO}$ 語序雙賓句的發展。因此到了西漢，$V+O_{DO}+O_{IO}$ 語序的雙賓句發生了明顯的變化，$V+O_{DO}+O_{IO}$ 語序的雙賓句兩漢之間比例增高，並且進入這種語序的雙賓句的動詞語義種類增多。兩漢以後，由於介賓短語從後置於謂語動詞逐漸變爲介賓短語前置於謂語動詞的語序，「V＋之〔O_{DO}〕＋於/乎＋O_{IO}」結構中「之於/乎」連用時「合音」爲「V＋諸＋O_{IO}」的現象逐漸減少，$V+O_{DO}+O_{IO}$ 語序在魏晉南北朝之後比例降低，宋代以後處於衰微狀態。

本文認爲南方倒置雙賓句的形成與漢語雙及物構式的基本配置有關。上文，我們已經介紹了類型學上雙及物構式相關研究成果。漢語雙賓句是漢語雙及物構式的一種典型句式，如果把雙賓句的研究置於類型學雙及物構式大的背景之下可以讓我們解決以往的一些難題。

根據張文（2013）對漢語雙及物構式基本配置問題的討論，漢語雙及物構式的基本配置爲「混合」型，既存在 T-轉換又存在 R-轉換，由於 R-轉換的比例高於 T-轉換的比例，所以更傾向於 R-轉換。換句話說，普通話中 R 與 V 的句法關係比 T 與 V 的句法關係更緊密。劉丹青（2001b）提到人類語言的句法有模擬語義關係距離的傾向，稱爲「觀念距離相似性原則」，又分爲兩種表現形式，結構相似性和線性相似性。結構相似性指語義關係緊密的成分在句法結構上也更加緊密；線性相似性指語義關係緊密的成分在線性距離上也更加靠近。因此普通話雙賓句的語序類型爲「V＋R＋T」的類型。

對於漢語方言中存在的「V＋T＋R」語序，本文認爲是方言中的雙及物構式基本配置作用力的結果，因爲現代漢語南方方言中的給予動詞從持拿義動詞「拿、把、撥、擔、馱、痱、約」等衍生而來，持拿義動詞 V 和 T 句法關係更加密切，由於觀念距離相似性原則的作用力，現代漢語南方方言雙賓句的語序爲「V＋T＋R」。

至於南方方言中也存在「V＋R＋T」形式的雙賓句，本文認爲跟「V」的句法屬性有關。如果「V」已經由持拿義動詞演變純給予動詞，即和普通話的「給」有相同的句法表現（即相同的基本配置）以後，「V」與「R」的句法關係更加密切，雙賓句語序就會發生變化。而判定「V」是否由持拿義動詞演變爲純的給予動詞的一個重要標準是看「V」後是否可以單獨帶「R」。漢語雙賓句語序類型蘊含關係表達式爲：

Ⅰ.V給+T+R ⊃ V給+T（直接賓語型，T-轉換）

Ⅱ.V給+R+T ⊃ V給+R（主要賓語型，R-轉換）

即：如果有「V給+T」的結構，那麼有「V給+T+R」結構；如果有「V給+R」結構，那麼有「V給+R+T」結構。如：

（218）你迗五十斤米二哥⊃你迗五十斤米得二哥。（黃岡話，汪化雲 2004）

（219）他給我兩本書了⊃他給我了。（普通話）

現代漢語方言中的倒置雙賓句同時違反指稱表達原則、生命度原則和重量成分後置原則，是現代漢語方言語法中一類比較特殊的現象。雖然從先秦至清代均存在著「V+T+R」的雙賓結構，不過漢語史和方言中的「V+T+R」結構是不同的。本文認爲古代漢語中 V+T+R 語序雙賓句的出現與「之於/乎」連用時「合音」爲「諸」的現象有關。同時「V+T+R」語序雙賓句也有凸顯 R 是焦點的作用。從漢語雙及物構式基本配置看倒置雙賓句的成因，普通話中 R 與 V 的句法關係比 T 與 V 的句法關係更緊密，由於「觀念距離相似性原則」作用力，普通話雙賓句的語序類型爲「V+R+T」的類型。現代漢語南方方言中的給予動詞從持拿義動詞「拿、把、撥、擔、馱、痱、約」等衍生而來，持拿義動詞 V 和 T 句法關係更加密切，由於觀念距離相似性原則的作用力，現代漢語南方方言雙賓句的語序爲「V+T+R」。本文所得出的雙賓句語序形式的蘊含共性關係爲：如果有「V給+T」的結構，那麼有「V給+T+R」結構；如果有「V給+R」結構，那麼有「V給+R+T」結構。

4.3 小　結

本章主要以雙及物構式爲例研究與 OV 語言接觸所帶來的賓語居前通過雙及物構式的句法表現形式體現其作用力。通過考察，我們發現：

一、特別有意思的是，雙及物動詞的兩個論元均可以前置，這種形式僅出現在《元典章》中，其中間接賓語在直接賓語之前的，用不用前置介詞標記或後置方位詞「根底」標記均可，而對於直接賓語在間接賓語之前的，則雙及物動詞的前置論元要用前置介詞或後置方位詞「根底」標記。

漢語雙及物動詞的賓語還可以前置到句首話題位置，這種類型可以在《摩訶僧祇律》和《百喻經》中發現用例，既可以把與事賓語前置，也可以把客事賓語前置，而雙及物動詞後可以不出現其論元成分。這種格式在《元典章》中也可以發現用例。

在中古譯經中，當句子中使用「當」、「見」或是表實現的「既……已」結構中，經常把賓語前置。這種格式在《元典章》中經常出現在否定句「不」、「休」，帶「行」的結構中，經常帶有後加成分「有」、「了有」、「了呵」、「了也」等。在《新編五代史平話》中，雙及物動詞賓語前置需要在動詞賓語位置保留代詞語跡。

中古譯經中的雙及物構式還經常後附加趨向動詞成分。而《元典章》中的雙及物構式，經常後附加「去訖」、「來」、「來了」、「有」、「了有」、「者」等成分。

此外，還可以發現一些有意思的現象：《新編五代史平話》和《元典章》中，連謂結構中的兩個動詞均可以是雙及物動詞，並且二者的語義方向可以相反。

中古譯經中就已出現了雙及物構式的處置式形式。

二、西北方言雙及物構式特殊之處主要表現在：1.使用後置詞作爲賓格標記，如「哈」。2.與南方方言雙賓句中 T 位於 R 之前不同，西北方言中 R 傾向於位於 T 之前。3.R 和 T 傾向於位於 V$_{給}$的左右兩側。如果 R 和 T 同時位於 V$_{給}$的一側的話，也傾向於同時位於 V$_{給}$的左側而非右側，這與大部分北方方言及南方方言中 R 和 T 傾向於同時位於 V$_{給}$的右側的語序不同。西北方言雙及物構式帶有 OV 語言雙及物構式特徵。

在漢語史我們所考察的幾部文獻中，用後置詞標記的只有《元典章》中的「根底」。《元典章》中後置詞作爲雙及物構式編碼手段與現代漢語西北方言後置詞性質的格標記「哈」有對應關係。在西北方言與《元典章》中均存在使用後置詞格標記來編碼雙及物構式的手段。《元典章》中的基本語序爲 VO，但也存在後置詞編碼手段，受基本語序爲 OV 的蒙古語的干擾而來。

整體來看，如果滿足 R 在 T 之前且要麼同時居於動詞兩側要麼同時位於動詞的左側而非右側這些現代西北方言雙及物構式語序特徵的話，最符合的歷史時期是元明以後。

三、與普通話比較，南方方言雙及物構式特殊之處主要表現在：T 傾向於位於 R 之前。南方倒置雙賓句的形成與漢語雙及物構式的基本配置及南方方言 V給來源有關。

根據 Thomason（2001）的借用層級理論，高強度的接觸（intense contact）會導致在借用語言中出現大的類型改變。漢語雙及物構式在歷史上以及西北方言中的特殊表現形式正是由於受與帶有後置的格標記、OV 型語言的接觸影響有關。

橋本萬太郎（2008）曾就語言的歷史演變與地理變異的對應畫了如下三角形：現代漢語南方方言正是古代漢語的歷史投影；隨著地理推移，現代漢語北方方言顯示古代漢語歷史演變結果。各個語言共時態裏所能見的各種規律性和非規律性，應當說都是歷史變化的產物。本章通過比較現代漢語西北方言和漢語歷時發展過程中雙及物構式的特點發現：漢語也可以使用語序的手段來標明 R 和 T。而使用後置詞標記僅出現在受語言接觸影響的特殊歷史時期。最符合西北方言雙及物構式語序特點的雙及物構式形式也是在元代以後出現的。西北方言是元代漢語的遺留或者繼續發展，還是由於周邊 OV 型語言的影響，根據元代由於語言接觸所形成的特殊語言現象的模式重新發展演變而來的，是一個值得繼續深入研究的問題。不過，通過時空結合原則的研究視角，可以使我們發現很多元代漢語和現代漢語西北方言的共通之處。

第五章　動詞居後

本章主要討論動詞居後的問題。需要注意如下幾點：首先，動詞居後與賓語居前是有區別的，二者並非互為因果和必要條件，不及物動詞居後就談不上賓語居前了，同時，雙及物動詞的其中一個賓語居前也不會帶來動詞居後。其次，前和後是相對其無標記的句法位置而言，並非最前和最後。

動詞居後的手段根據第三章的討論，主要有如下幾種：（一）VO 來/去，趨向動詞居後。（二）VO 有，形式動詞居後。（三）VO 是，係動詞居後。

本章以「來」為例來討論動詞居後這一句法操作手段。

5.1 「來」的句法位置及其語法變化

根據以往學者的研究，「來」的中心義項是：虛擬或心理空間的由遠及近。又可以具體表現為：

（一）〔動〕，從別的地方到說話人所在的地方，如，他明天來北京。「來」是有方向性的動詞，即「來」有一個語義特徵是〔＋向自己的方向性〕。

（二）由此首先隱喻出義項「使……到來，招致」如，空穴來風，由此「來」獲得了〔＋獲得〕這一語義特徵。

（三）再引申出義項〔動〕「問題、事情等發生」，如，農忙來了！由此「來」獲得了〔＋開始〕這一語義特徵，這裡「來」的顯著語義特徵〔＋具體空間〕

已經消失了。

（四）趨向範疇，具有〔＋方向性〕語義特徵的詞一旦跟具體動詞聯繫起來時就已開始抽象化。保留了〔＋向自己的方向性〕這個算子，而捨去了其它算子用在動詞後，表示動作朝著說話人所在的地方，跟「去」相對，如，把鋤頭拿來，叫他上來。也有不直接用在動詞後的，如，請家裏給我寄點外科醫學書來。

（五）建議範疇，用在動詞前，表示立刻就要做某事，並有建議、祈使的含義，且表示說話人也將要參與此事，如：大家來動腦筋，讓我來寫。句式「來＋V」中的「來」的確可以表實際的趨向。

漢語「V（O）來」結構中的「來」已經虛化，因爲〔＋向自己的方向性〕可以主觀化爲〔＋建議〕或〔＋號召〕。漢語「V（O）來」結構中的「來」已經虛化，有的學者認爲作代動詞，如趙元任（1979）提出，「你畫的不像，等我來！」中「來」已經一般化，可以替代任何動詞。潘文、申敬善（2002）指出，「來」所替代的動詞出現的語言環境是：句法上，應是主謂賓句，並且其主語必須是施事性主語，賓語必須是名詞性成分，且不能是施事賓語和處所賓語；語義上，動詞必須具有自主性，只有典型的自主動詞才能被「來」代替；語用上，多出現於口語語體和書面語體中，代動詞「來」大多出現在否定、疑問、祈使句中，表示建議、邀請或勸阻、禁止。張姜知（2008）認爲由於句式「……＋來＋VP」省略了 VP 後，「來」才獲得「做某個動作」的義項。

（六）「來」可以連接兩個動詞或動詞短語，說明第二個動詞表示的是動作的意圖、目的、結果、估量以及動作的方向等。

（七）可能範疇，跟「得」或「不」連用表示可能或不可能。如，這道題我做得來。此義項由參數〔＋獲得〕而來。由〔＋獲得〕主觀化爲〔＋成功〕。這裡的「來」已經喪失了作核心句法成分的地位，作了動詞的補語。

（八）結果範疇，如：說來話長、一覺醒來，由〔＋獲得〕主觀化爲〔＋結果〕。

（九）時段範疇，〔＋空間上向自己的方向性〕主觀化爲〔＋時間上向自己的方向性〕，表從過去到現在，如：十六年來，……。表示在以後，表未到的時間，如：來年定有好兆頭。爲了將來，努力學習。

（十）對象範疇，用在動詞前，介賓短語後表動作所關涉的對象，如：對於我們中國人民來說，今年是全面完成第八個五年計劃的最後一年。「對……來說」後面強制要求更大的描述性的或陳述性的成分存在，因此有很強的話題性。後面的更大的描述性的或陳述性的成分所指正是「來」前面的對象所〔獲得〕的結果。

（十一）詞層面的虛化，如，起來：(1）趨向範疇，用在動詞後，表向上，請站起來說話。(2）體範疇，用在動詞或形容詞後，表示動作或情況開始並且繼續，如，天氣暖和起來。(3）結果範疇，用在動詞後，表示動作完成或達到目的，如，只有用科學知識、科學方法和科學精神武裝起來的中國人才是眞正的科學中國人，才眞正代表我們民族未來的希望。(4）狀態範疇，用在動詞後，表動作進行的狀態，如，她看起來順眼。

（十二）作事態助詞，如「未審曾供養什麼人來？（《祖堂集》卷八）」。

來著：表示曾經發生過什麼事情。關於「來著」，朱德熙先生（1982：2）的看法是「表示時態」的語氣詞，王力先生（1957：156）稱之爲「近過去貌」。太田辰夫（1958）認爲助詞「來」是由動詞「來」產生的，原來是做了某事之後來到現在的場所的意思，後來「來」成了附加的，就把重點放在過去曾經做某事上了。曹廣順（1995）認爲助詞「來」可能來源於兩種途徑：一是源於結果補語。二是源於「以後、以來」義。蔣冀騁、吳福祥（1997）認爲事態助詞「來」的來源可能與動態助詞「來」有關。當表示完成或實現的「來」(動態助詞）用於「曾然」的語境，並居於句尾時，它就變成了「曾然」態的時態助詞。張誼生（2001）指出「來著」強調過去的情況對現在的影響。熊仲儒（2003）對「來著」的看法是它只是一個語氣詞，至於「時間」意義是它的補足語 CP 的語義特徵,或者說它語義選擇了〔＋近過去〕或相似的語義特徵。

楊希英、王國栓（2006）指出從方言表現看，「來著」(來、著）不僅表完成，也表持續；從近代漢語看，「來」和「來著」一脈相承,都不限於表完成；從句子的情態類型上說，「來著」幾乎可以用於所有情態類型的句子當中，因此推測，「來著」可能不表體，而只表時，只表示事情是過去發生的。「來著」也不限於表示近過去。

祝建軍、李愛紅（2006）指出目前一些對「來著」的句法環境的描述有局限性。「來著」在句子中的位置不僅限於句末，還可能在句中。「來著」句的謂語大部分是動詞，但也有形容詞和名詞。「來著」前的動詞可以有狀態修飾語，重疊式和否定式也可以出現在「來著」之前。

陳前瑞 王繼紅（2009）認爲：1.在句尾「來」的形成初期，「見、聞」等感官動詞起著重要的橋梁作用。狀態動詞「來」的共現則出現在較晚的時期，標誌著「來」與動詞語義類型的共現趨於完善。2.「來」的過去經歷用法產生的過程中，時間副詞「曾」起到了重要的輔導作用，隨著「來」的逐漸成熟，「曾」與「來」的共現也逐漸減少。3.句尾「來」的過去發生用法從早期到晚期也經歷了顯著的變化。早期所謂的過去發生用法要麼可以加「曾」，要麼前後句有明顯的因果關係。而晚期的過去發生用法大量用於疑問句，用於確認過去發生的特定事件，且事件發生在較近的過去，與「來著」的「近過去」完成用法比較接近。而且「來」還發展出敘述連續事件的用法。從過去經歷到近過去的特定事件符合完成體發展的一般規律。4.傳信用法可以看作對完成體過去經歷用法所具有的現時相關性的進一步解釋，完成體進一步趨近於完整體，從而發展出近過去這樣的表示過去特定事件的用法。

對於「來」的語義和語法性質的討論，我們認爲可以歸納爲如下四點：

A.〔動〕，從別的地方到說話人所在的地方；

B. 趨向性後置成分，表示趨向意義；

C. 結果性後置成分，表示結果或狀態；

D. 時體助詞，表示動作行爲已經開始並將繼續。

關於「來」的語義演變路徑，胡曉慧（2012：7）指出「來」語義演變的路徑爲：

基本義（A）＞空間域引申義（B）>非空間域隱喻義（C）＞時體義（D）

其中非空間域包括時間域、性狀域、數量域、目的域等範疇。

對於「來」與賓語的句法位置的討論，朱德熙（1982：147）在《語法講義》中談到制約賓語位置的三種因素：（1）賓語是一般賓語，還是處所賓語。（2）賓語是有定的還是無定的。（3）充任述語的動詞是及物的還是不及物的。張伯江（1991：183-191）把動趨結構帶賓語歸納出了四種語序：VC1C2O、VC1OV2、VOC1C2、把……OVC1C2。陸儉明（2002：5-17）指出，趨向動詞跟賓語的位置與動詞的性質、趨向動詞的性質、所帶賓語的性質、動詞後無「了」以及語境都有一定的關係。

本文主要從以往學者關注較少的「來」的句法位置爲切入點來討論「來」的語法化問題。

5.1.1 「來」位於動詞之前的結構

「來」位於動詞之前的結構在《世說新語》、《摩訶僧祇律》、《百喻經》，以及《新編五代史平話》、《元典章》中均存在，可以是「來＋V＋（O）＋（V）」的形式，如：

（1）後爲廣州刺史，當之鎮，刺史桓豁語令莫來宿。（《世說新語・任誕第二十三》）（來＋V）

（2）眼往屬萬形，萬形來入眼不？（《世說新語・文學第四》）（來＋V＋O）

（3）有異比丘從彼來渡。（《摩訶僧祇律》卷第三）（來＋V）

（4）有女人來禮比丘足。（《摩訶僧祇律》卷第五）（來＋V＋O）

（5）熊欲來搏，爾時老母繞樹走避，（《百喻經・老母捉熊喻》）（來＋V）

（6）我得此馬，及以珍寶，來投王國。（《百喻經・五百歡喜丸喻》）（來＋V＋O）

（7）無奈那雀兒成群結隊價來偷吃穀粟，才趕得東邊的去，又向西邊來吃。（《新編五代史平話・周史平話卷上》）（來＋V）

（8）咱是得個太君的言語，怎生是來要您？（《新編五代史平話・漢史平話卷上》）（來＋V＋O）

（9）費博古且將卦影來檢了，寫著四句詩。（《新編五代史平話・周史平話卷上》）（將＋O＋來＋V）

（10）明也，不做生活去呵，卻來睡則麼？（《元典章・刑部》卷之四）（來＋V）

（11）既是殷定僧等稱崔中山自來弄米，別無定奪。（《元典章・刑部》卷之四）（來＋V＋O）

（12）那裏行省將有底來納了，別了體例。（《元典章・刑部》卷之十）（將＋O＋來＋V）

根據我們考察，「來」位於動詞之前的結構先秦就已經存在，如：

（13）於鄭子國之來聘也，四月，晏弱城東陽，而遂圍萊。（《左傳・襄公六年》）（來＋V）

（14）夫魏之來求救數矣，寡人知魏之急已。」（《史記・卷四十四魏世家第十四》）（來＋V）

（15）使告諸侯四夷從代來即位意，喻盛德焉。（《史記・卷一百一十三南越列傳第五十三》）（來＋V＋O）

（16）如見大鳥來集，群鳥附之，則是鳳皇，鳳皇審則定矣。（《論衡・卷五異虛篇第十八》）（來＋V）

（17）金翁叔，休屠王之太子也，與父俱來降漢。（《論衡・卷十六亂龍篇第四十七》）（來＋V＋O）

（18）行者知來趁，遂放衣缽，入林，向磻石上坐。（《祖堂集》卷第十八）（來＋V）

（19）便知來奪衣缽，即云：「我祖分付衣缽，我苦辭不受。（《祖堂集》卷第十八）（來＋V＋O）

5.1.2 「來」位於兩個動詞之間的結構

「來」位於兩個動詞之間的結構在《世說新語》、《摩訶僧祇律》、《百喻經》，以及《新編五代史平話》、《元典章》中均存在，形式爲「V＋來＋V＋（O）」、「V＋O＋來＋V＋（O）」，如：

（20）苻宏叛來歸國，謝太傅每加接引。（《世說新語・輕詆第二十六》）（V＋來＋V＋O）

（21）持來歸家，長者見已，惡而不食，便一切都棄。（《百喻經・嘗庵婆羅果喻》）（V＋來＋V＋O）

（22）爾若能得優缽羅花來用與我，爲爾作妻；（《百喻經・貧人能作鴛鴦鳴喻》）（V＋O＋來＋用＋V＋O）

（23）被曹英、向訓兩個前來迎戰。（《新編五代史平話・周史平話卷上》）（V＋來＋V）

（24）十月，劉知遠遣親將郭威賚詔招誘吐谷渾酋長白承福，欲使之叛安重榮來歸朝廷。（《新編五代史平話・晉史平話卷下》）（V＋O＋來＋V＋O）

（25）有那老的名做風后，乃握機制勝，做著陣圖來獻黃帝。（《新編五代

史平話・梁史平話卷上》）（V＋O＋來＋V＋O）

（26）有錢可將來賭，無錢便且罷休！（《新編五代史平話・漢史平話卷上》）（V 來 V）

（27）用背麻繩子拴了趙羊頭項上，推稱自縊身死，背來到家。（《元典章・刑部》卷之四）（V＋來＋V＋O）

（28）那裏底官人每無體例底察知來說有。（《元典章・刑部》卷之九）（V＋來＋V）

我們可以發現，「V1＋來＋V2＋O」　結構中，「來」還是歸屬 V1 的，居於 V1 之後。而在「V1＋O＋來＋V2＋O」結構中，「來」在語感上歸屬於 V2。但如果是趨向組合形式，則「來」隸屬於這一趨向組合形式，如「下……來」更傾向於理解爲一個整體，或者連謂結構之間有連詞把其隔開，則「來」隸屬於隔開後的格式，如：

（29）當得妻叔李敬業進前跪告，知遠疾忙起身，走下階來將叔叔扶起，請上廳，歸主位坐定。（《新編五代史平話・漢史平話卷上》）（V＋下＋O＋來＋V）

（30）插立木牌，標寫年顏形貌，使行旅見以廣傳，令屍親知而來認。（《元典章・刑部》卷之五）（V＋而＋來＋V）

「來」位於兩個動詞之間的結構上古漢語中就有，如：

（31）請來獻見者，不可勝道。（《史記・卷一百三十太史公自序第七十》）（V 來 V）

（32）其後數月，越地有降者，匈奴名王亦將數千人來降，竟如終軍之言。（《論衡・卷十七指瑞篇》）（V＋O＋來＋V）

（33）時彼國王，多將人眾，案迹來逐。（《百喻經・五百歡喜丸喻》）（V＋O＋來＋V）

（34）或時見僧入門來云：「患顛那作摩?」僧便問：「未審過在什摩處?」（《祖堂集》卷第十二）（V＋O＋來＋V）

5.1.3　「來」位於動詞之後的結構

「來」位於動詞之後的結構在《世說新語》、《摩訶僧祇律》、《百喻經》，以及《新編五代史平話》、《元典章》中均存在，形式爲「V＋來」、「V＋O＋來」

等，如：

（35）浩感其至性，遂令舁來，爲診脈處方。（《世說新語・術解第二十》）（V＋來）

（36）令溫酒來！（《世說新語・任誕第二十三》）（V＋O＋來）

（37）今日與謝孝劇談一出來。（《世說新語・文學第四》）（V＋O＋來）

（38）是何等寶物滿鉢持來。（《摩訶僧祇律》卷第五）（V＋來）

（39）姊妹沐浴來，噉果來，出毒來。（《摩訶僧祇律》卷第五）（V＋O＋來）

（40）佛言，喚是比丘來，即便喚來。（《摩訶僧祇律》卷第二）（V＋O＋來）

（41）好甜美者，汝當買來。（《百喻經・嘗庵婆羅果喻》）（V＋來）

（42）與我物來。（《百喻經・索無物喻》）（V＋O＋來）

（43）汝何以不得瓦師將來？（《百喻經・雇倩瓦師喻》）（V＋O＋V 來）

（44）李長者聽得這說，喚門子叫他入來，問他來歷。（《新編五代史平話・漢史平話卷上》）（V＋來）

（45）晉主意下不樂，喚殿前宿衛將軍挾弓矢來，喝令射中老狐的賞黃金二十兩。（《新編五代史平話・晉史平話卷下》）（V＋O＋來）

（46）令左右將去剝取皮來，將付軍中蒙鼓。（《新編五代史平話・晉史平話卷下》）（V＋O＋來）

（47）德威急忙趕至南宮，將劉鄩軍下斥堠的拿來，斷卻手臂而縱之去，（《新編五代史平話・唐史平話卷上》）（將＋O＋V 來）

（48）今後，眾和尚與稅糧的勾當，省官人每並宣政院官人每奏來的上頭，依著羊兒年行來的聖旨體例裏行者。（《元典章・刑部》卷之一）（V＋來）

（49）家裏喚得樂人來。（《元典章・刑部》卷之三）（V＋O＋來）

（50）撇了勾當，去家裏取將他媳婦來。（《元典章・刑部》卷之三）（V＋O＋來）

（51）往常時，漢兒皇帝手裏有兩個好將軍來。（《元典章・刑部》卷之三）（V＋O＋來）

「來」位於動詞之後的結構上古漢語中就有，如：

（52）於是諸大夫芒然喪其所懷來而失厥所以進，喟然並稱曰：「允哉漢德，此鄙人之所願聞也。（《史記·卷一百一十七司馬相如列傳第五十七》）（V＋來）

（53）舍之，鬼復還來，何以禁之？（《論衡·卷二十五詰術篇第七十四》）（V＋來）

（54）取彼地金來。（《論衡·卷第四書虛篇》）（V＋O＋來）

（55）此是閑暇語話引來，非是達摩將此爲祖宗的意。（《祖堂集》卷第十八）（V＋來）

（56）僧問：「不將一物來時如何?」（《祖堂集》卷第十一）（V＋O＋來）

（57）什麼處得這個消息來?（《祖堂集》卷第十八）（V＋O＋來）

此外，當動詞賓語出現時，除了我們上文所提到的「V＋O＋來」形式外，還有「V＋來＋O」的形式，這種形式上古漢語中就有，但「來」前的動詞多爲位移動詞，和「來」的趨向動作義有很高的融合度，所以「來」位於賓語之前緊跟著動詞，如：

（58）於是上令長安則作蜚廉桂觀，甘泉則作益延壽觀，使卿持節設具而候神人，乃作通天台，置祠具其下，將招來神仙之屬。（《史記·卷二十八封禪書第六》）（V來O）

（59）時往來中國，與人雜〔廁〕，兇惡之類也。（《論衡·卷第二十二訂鬼篇》）（V來O）

（60）張和小名的百戶，差來本奧魯里取軍的氣力去呵，將軍人的盤費一百九十五定二十兩、四十四領胖襖要了入己，侵使了有。（《元典章·刑部》卷之八）（V來O）

（61）至元十六年十一月得替，前來大都，求仕未了。（《元典章·刑部》卷之七）（V來O）

儘管「來」在我們所考察的幾部文獻中均有「來」居前、居中和居後三種句法位置，但我們知道語言接觸對語法變化所起的作用有時候不是「有和無」的問題，而是「多和少」的問題。「來」在《元典章》中居後的比例佔有明顯的優勢。此外，在《元典章》中，我們可以發現一些特殊的語言現象。

在《世說新語》、《摩訶僧祇律》、《百喻經》以及《新編五代史平話》中，「來」

的趨向動詞的表現還很明顯，而在《元典章》中，「來」前面的動詞不局限於位移動詞了，「來」的趨向動詞義明顯虛化了，出現了「V＋行＋來」、「V＋有＋來」，如：

（62）今後，眾和尚與稅糧的勾當，省官人每並宣政院官人每奏來的上頭，依著羊兒年行來的聖旨體例裏行者。（《元典章・刑部》卷之一）（V＋來）

（63）麼道不曾有來。（《元典章・刑部》卷之三）（V＋來）

（64）「教僧人祝壽者」麼道，道來。（《元典章・刑部》卷之一）（V＋來）

（65）人論告的上頭，躲避行來。（《元典章・刑部》卷之）（V＋行＋來）

（66）麼道也有來。（《元典章・刑部》卷之一）（V＋有＋來）

（67）他的罪過重有來。（《元典章・刑部》卷之三）（V＋有＋來）

（68）這詔書內，致傷人命合死的人每根底放呵，比先合與的燒埋錢添一倍，於犯人下教與有來。（《元典章・刑部》卷之五）（V＋有＋來）

我們認爲，「來」的語氣詞用法，是因爲「來」居後的句法位置造成的，這是因爲句尾位置是語氣詞所在位置，受連用語義沾染的影響，「來」意義虛化、趨向意義漂白（bleach），容易受連用的語氣詞意義的影響，如：

（69）賊每入來呵，不申上司。（《元典章・刑部》卷之三）（V 來呵）

（70）如今，交立漢兒文卷，俺根底行將文字來呵，俺差監察每交審問，怎生？（《元典章・刑部》卷之一）（VO 來呵）

（71）過犯的出去了的有呵，宮觀裏每，休教入來者。（《元典章・刑部》卷之一）（V 來者）

（72）孫泰，你將一百定來也，都支破了。（《元典章・刑部》卷之三）（VO 來也）

（73）闊里吉思戲言也似說來也者。（《元典章・刑部》）（V 來也者）

「來」的時體用法也是如此，因爲動詞後的位置是時體標記經常出現的位置，而「來」居後和時體標記連用，「來」語義虛化，容易受連用的時體標記的影響，「V 了來」的形式較多，「V 來了」也有用例，此外，還有「V 著來」〔註 1〕，如：

〔註 1〕李崇興、祖生利（2011）指出，《元典章・刑部》中的「來」字還常用以對譯蒙古語動詞（助動詞）的過去時附加成分，這樣的「來」所表示的語法意義跟

（74）喝左右將去推轉了來。(《新編五代史平話・晉史平話卷下》)（V 了來）

（75）建康府宣慰副使李公弼名字底人，官買紅花其間，張十等人每根底要了肚皮十五定，明白招來，文書要了來，鈔也納了也。(《元典章・刑部》卷之八)（V 了來）

（76）麼道，說將去了來。(《元典章・刑部》卷之三)（V 了來）

（77）本人根底比及取招呵，避罪逃了來。(《元典章・刑部》卷之八)（V 了來）

（78）這般罷了來。(《元典章・刑部》卷之八)（V 了來）

（79）家的媳婦喬阿趙，和管夫的李溫小名的人，一處在先通姦了來。(《元典章・刑部》卷之七)（V 了來）

（80）又自家裏造著鸞凰床，軍人每根底要了錢，卻不交當役的上頭，被廉訪司官人每察知，他每的證見每根底問呵，他每也指證了來。(《元典章・刑部》卷之八)（V 了來）

（81）第二遍通姦呵，九十七下打斷了來。(《元典章・刑部》卷之七)（V 了來）

（82）爲去年行了來的詔書，聖旨已前，偷了官錢的、侵使了來的根底，那般道來。(《元典章・刑部》卷之九)（V 了來）

（83）行省裏也與文書來了。(《元典章・刑部》卷之八)（V+O+來了）

（84）這張千戶起去了，著刀子把那吳縣令抹死了來。(《元典章・刑部》卷之四)（把+O+V+了來）

（85）麼道，這般捏合，寫下文書，那死了的人的懷教揣著來。(《元典章・刑部》卷之四)（V 著來）

當動詞後出現賓語，動態助詞一般緊跟著動詞，如「吃了飯」，而事態助詞則傾向於位於賓語之後，如「吃了飯了」。在《元典章》中，當動態助詞、賓語和「來」同時出現時，「來」傾向於居後，如：

（86）省裏、院裏差人前去那裏，將他每明白對證了，怯來知府並首領官、令史等與了招伏文字來。(《元典章・刑部》卷之六)（V 了 O 來）

事態助詞一致，但性質更接近動態助詞。

（87）又把鑰匙開門的，把火照明的，和賊每一處執著器仗入去來的熊瑞、謝貴先名字的兩個人，胡參政根底，後底要了錢來，不曾下手。（《元典章・刑部》卷之三）（V了O來）

（88）偷了錢物來的賊每根底不合放。（《元典章・刑部》卷之九）（V了O來）

（89）聖旨有呵，行了文書來。（《元典章・刑部》卷之二）（V了O來）

（90）麼道，這般行了呵，去年冬間，又開了詔赦來。（《元典章・刑部》卷之一）（V了O來）

元代直譯體文獻中，「來」居後的趨勢有時非常明顯，可以連用兩個「來」，或者位於「有」、「去」後，而有學者證明，「有」和「去」都是受OV型語言影響所帶來的動詞居後現象，而「來」傾向於位於這些成分之後，也一定程度上表明其「居後」的要求更強〔註2〕，如：

（91）麼道教行來聖旨來。（《元典章・刑部》卷之一）（V＋來＋O＋來）

（92）「釋教都總統」名分裏委付了有來。（《元代白話碑・一三六六年大都崇國寺劄付碑》）（V了有來）

（93）在先，但是勾當裏行的人每要肚皮呵，他的罪過斟酌輕重，依著十三個體例裏斷罪有來。（《元典章・刑部》卷之八）（VO有來）

（94）萊州有底無量洞天神山長生萬壽宮、武官靈虛宮兩觀院子，是長生劉師父置下底徒弟披雲眞人有來，披雲眞人徒弟、掌教祁眞人並石眞人住持有。（《元代白話碑・一二八〇年萊州神山長生萬壽宮令旨碑》）（是＋O＋有來）

（95）殺胡總管時，和賊每一處入去來，不曾下手有。（《元典章・刑部》卷之三）（V去來）

（96）咱兩個睡些個去來。（《元典章・刑部》卷之四）（V去來）

〔註2〕《元典章》中也有個別「來」位於「有」之前的用例，如：人論告的上頭，躲避行來。赦後，出首罪過來有。（《元典章・刑部》卷之八）俺根底行將文字來有。（《元典章・刑部》卷之一）監察每上馬了的第二日，他都出來，待勾當裏來有。（《元典章・刑部》卷之八）麼道說了呵，於哈你八都兒位次內坐來有。（《元典章・刑部》卷之六）此外，我們還可以發現「將來」和「有」連用的例子，在這種情況下，「有」居後，如：擬定了文書與將來有。（《元典章・刑部》卷之一）這般說將來有。（《元典章・刑部》卷之二）

（97）又知竟這賊每，赴官告報來的一個陳景春名字的里正，又拿賊去來的州司吏林樸，這兩個行的是來。（《元典章・刑部》卷之三）（VO 去來）

《元典章》具有明顯的 OV 語言特徵，如：

（98）執把的法旨與來。（《元代白話碑・一三 O 一年靈壽祁林院法旨碑》）（T＋V＋來）

（99）我的祗候要了來。（《元典章・刑部》卷之八）（T＋V＋了來）

《元典章・刑部》中「將……來」、「將來」的用法非常有意思，動態助詞「將」無論是否帶賓語，其後需使用趨向動詞。此處略舉幾例：

（100）省官每俺根底與將文書來。（《元典章・刑部》卷之三）（R 根底＋V 將 T 來）

（101）江南行臺官人每文書見說將來。（《元典章・刑部》卷之十）（O＋V 將來）

（102）行臺、廉訪司文字裏說將來。（《元典章・刑部》卷之八）（O 裏＋V 將來）

（103）燕南廉訪司文字裏說將來。（《元典章・刑部》卷之三）（O 裏＋V 將來）

5.2 「來」語法化的動因

5.2.1 內因的作用

（一）生命度

「來」最開始是由有生命的施事發出來的動作，是有生命的實體根據一定的參照點做近向的位移。西漢時，「來」開始用於無生命的施事，產生了「發生、來到」義。

（104）夫憂患之來，攖人心也。（《淮南子・俶眞》）

隨著詞義的發展，唐代「來」後開始出現無生命的施事作賓語的用例，於是形成了施事既能出現在主語位置又能出現在賓語位置的情況。

（105）樂往必生悲，泰來猶否極。（白居易《遣懷》）

（106）何乃戚戚意，忽來風雨天？（白居易《夜雨有念》）

20 世紀初，「來」在「發生」義的基礎上語義進一步泛化，可以用來代替一些意義比較具體的動詞，表示「做某個動作」。如：

（107）我來這張躺椅。（老舍《二馬》）

（二）語義基礎

語義泛化是動詞「來」作爲代動詞的語義基礎。「發生、來到」義→「做某個動作（代替意義更具體的動詞）」義。「來」之所以出現語義泛化，其基礎在於它和「發生」義一樣都只突出動作行爲的發生和實施，而不表明具體的動作特徵，因而在不需要突出動作特徵時，可以用來代替一些意義比較具體的行爲動詞。

左雙菊（2009）指出，動詞「來」的語義泛化和動詞「來」的強位移性特徵是「來」出現代動用法的主要原因，而「來」後自身賓語成分的變化則促成了其代動用法的發展；「來」的代動用法受到了句法、語義和語用不同程度的限制。動詞「來」的強位移性特徵致使「來」可以代替動作性強的具體動詞，這是動詞「來」出現代動用法的潛在因素。

（三）句式間相互作用

龍國富（2013：389）指出：一、在非致使移動句式中，周代的「施事名詞＋動詞＋趨向動詞」句式，到南北朝時期，有少數施事或當事移到了句末做賓語，出現新的「處所＋動詞＋趨向動詞＋施事/當事」句式。該句型的中心意義已不再表示施事移動，而是表示某地出現施事或當事。該句式意義導致趨向動詞在語義上的虛化。據此，趨向動詞不再表示施事的位移，而是表示動作的位移方向。做補語。二、在致使移動句式中，上古的「施事＋動詞＋受事＋趨向動詞」句式，到南北朝時期，有少數受事可以移到句首做話題（也有受事承前省略的情況），產生新的「受事＋施事＋動詞＋趨向動詞」句式。還有，在致使移動句式中，上古的「施事＋動詞＋受事＋趨向動詞」句式，到南北朝時期，有少數受事可以移到句末做賓語，造成「施事＋動詞＋趨向動詞＋受事」句式使用頻率呈上陞趨勢。由於該時期使動用法已經衰落，此句式的中心意義已不再表示施事致使客體發生位移，而是表示施事致使受事動作朝某方向發生。此句式導致趨向動詞不再表示施事和受事的位置，而是表示行爲的方向。而與此同時，趨向動詞蘊含著動作完成的語用意義。

（四）語用認知上

轉喻和隱喻是「來」語義泛化的內在機制。隱喻是在兩個範疇之間建立起關聯，利用一種概念來表達另一種概念，是從一個概念域到另一個概念域的投射，人們往往從時間和空間這兩個基本範疇出發去認識其它抽象的事物。其表「移動」的基本語義可從空間域經隱喻而被映像到非空間域。轉喻是在相接近或相關聯的不同認知域中，用一個事物代替另一個事物。「來」是從具體位移域向抽象位移域的投射。

除了以往學者討論較多的動因外，我們認爲，在「來」的語法化過程中，內因的作用還表現在如下幾個方面：

（一）VO 之後（通常是句末）漢語本來就有一個現成的虛詞位置（即語氣詞或助詞）。

（二）「來」可以作不及物動詞，不帶賓語而處於句末。在上古漢語裏，「來」的基本意思是「有彼至此，由遠及近」，即表示移動者從別處向說話者靠攏。一般只做不及物動詞，可以不帶賓語而獨立位於句末，帶賓語時經常是其使動用法。

（三）漢語逐漸發展爲連動型語言，從而爲「來」直接（不需要連詞）處於動詞之前或之後提供了句法可能性。漢語從古至今在詞法、句法層面都接受「無縫並列」形式，它可算作漢語的「個性」，世界上許多語言都不能接受這種無縫並列。

（四）動後成分的變化促就了「來」的語法演變。「來」的發展跟「來」與動態助詞及「了」及語氣詞共現有很大的關係，「來」與這些成分的連用促使了「來」的發展。

5.2.2 外因的作用

楊永龍（2012）指出，漢語目的構式「VP 去」與 SOV 語序的關聯，主要論據是：（1）最早的「VP 去」見於漢譯佛經，其後多見於和佛經有關或受阿爾泰語影響的歷時文獻中；（2）「VP 去」往往與「D＋去」同現，與此相對的是「去＋VP」與「去＋D」同現；（3）在 SOV 語序的女真語、《元朝秘史》以及現代漢語源混合語中，相關語序也是「D＋QU（去義動詞）」、「VP＋QU」，而「去＋VP＋去」是兩種語序類型的目的構式混合的結果。這一研究對我們從外因角度考慮「來」的語法化問題也有重要啓示，因爲，「來」和「去」可以連用，但只有「去來」的形式，即「來」要位於「去」之後。

龍國富（2013）指出中古譯經中，表示催促語氣的助詞只有「來」，用在祈使句中，如：

（108）爾時導師知人眾既得止息，無復疲倦，即滅化城，語眾人言：「汝等去來，寶處在近。向者大城，我所化作，爲止息耳。」（《法華經》26a）

從翻譯來看，「去來」譯自梵文 gacchantu，gacchantu 的詞根是√gam，指「去」的意思，它的現在時不規則形式是 gaccha，用的是主動語態命令語氣第三人稱複數語尾-ntu，語尾-ntu 帶有命令語氣，表示對對方的命令或催促。梵文中的命令語氣與漢語中的祈使語氣相當。羅什把 gacchantu 譯作「去來」，「來」是對梵文中命令語氣標記詞-ntu 的翻譯。

高娃（2005：95）指出蒙古語的體可以分爲經常體、持續體、短暫體、完成體、進行體，時可以分爲一般過去時、肯定過去時、曾經過去時、過去進行時、現在將來時〔註3〕。高娃（2005：143）指出「來」、「去、往」是「漸變體」（由遠到近、由小到大的漸變），「入、進」和「出」具有「轉變體」的意義（由一種狀態進入另一種狀態）和完成體的意義。李崇興、祖生利（2011）指出，《元典章・刑部》中的「來」字還常用以對譯蒙古語動詞（助動詞）的過去時附加成分，這樣的「來」所表示的語法意義跟事態助詞一致，但性質更接近動態助詞。

「來著」是旗人漢語裏使用十分頻繁的一個時體助詞，用於句末，主要表示對相對於說話的時刻，動作行爲或事件是過去發生的。陳前瑞（2006）指出，「來著」首先是受滿語影響的一種表過去時間的完成體標記，後來進一步發展出情態的用法。這一過程首先是語言接觸的結果，其次也是「來著」自身語法化的結果，是漢語時體系統對異質成分同化的結果。就「來著」而言，同化的

〔註3〕過去時：指說話人所陳述的動作、行爲在時間上已經過去。一般過去時：表示動作行爲在事件上雖已經成過去，但時間並不很久。肯定過去時：表示動作或行爲肯定完成，而時間已經較久了。曾經過去時：表示動作或行爲是很久以前進行的。過去進行時：表示動作或行爲是在過去某一段時間內進行的。現在將來時：表示動作行爲發生的時間就在說話的當時或說話以後，具體時間必須根據具體的語言環境方可斷定。

結果之一就是「來著」逐漸擺脫滿語對應的複雜的時態表達的影響，與其它時體標記的配用也因此逐漸減少。情狀發生在參照點之前與具有現時相關性是完成體範疇基本的意義要素。祖生利（2013）認爲清代旗人漢語的「來著」和元代蒙式漢語的「有來」都是對應阿爾泰語言這種特殊動詞過去時範疇的結果，所不同的是，元代蒙古人採用了 a-/bü-基本義項之一的「有」，加上元代漢語表示過去曾經發生的時態助詞「來」來對應，而旗人漢語則選擇了「來著」的形式。其次，元代蒙式漢語常用「著有來」「了有來」對應蒙古語的 V-ǰu a-lai・ai/bü-lei・ei（過去進行體）和-qsan a-lai・ai/bü-lei・ei（過去完成體）構式，而旗人漢語更多用「來著」籠統概括-me bihe/mbihe、-ra bihe、-ha bihe 所表示的過去進行體、未完成體和完成體的意義。

不同語言的相互接觸可能會導致語言的變化，新形式的產生與特定的語言交際的需求有很大的關係。兩種相互接觸的語言在語法化的過程中會互相影響。兩種語言中相似的類別可能會催生本地語言結構形式的革新。語言接觸是影響源語言，使其產生語法化的特殊途徑。

本文認爲，「來」是漢語一種重要的實現動詞居後的語法手段。雖然既可以緊接動詞，又可以位於賓語之後，但在受語言接觸影響的特殊語料中，「來」更傾向於處於句末的位置，它是由於接觸作用帶來句式妥協從而實現動詞居後的一種重要的語法手段。「VO 來」在維持漢語固有動賓語序的前提下，巧妙地利用句尾動詞來滿足歷史上非漢語 OV 型語言以動詞結句的要求，如：

（109）即截他人白馬尾來。（《百喻經・詐言馬死喻》）

（110）俺根底行將文字來。（《元典章・刑部》卷之一）

（111）麼道教行來聖旨來。（《元典章・刑部》卷之一）

「來」的這一實現句式妥協的作用也反映在現代漢語方言中。雖然「來」在普通話和南方話中既可以緊接動詞也可以處於賓語之後，但在西北各地不少方言或民族語言更傾向將「來」置於賓語之後。動詞居後是 OV 語序語言一種重要的表現特徵，也體現在現代漢語方言及民族語言中，如：趙江民（2013）指出，現代漢語普通話中的「來＋V」句式新疆世居漢族常常說成「V＋來」。維吾爾語用「V＋qılı/ ɡ ılı＋k ε l（來）」表達現代漢語普通話中的「來＋V」，新疆世居漢族語言很可能受維吾爾語的影響，用「V＋來」表達現代漢語普通話中的「來＋V」，如：

（112）頭頭子看來了。

現代漢語普通話：領導來看了。

維吾爾語：b ɑ ʃlɪq　kør ɡ ılı　kɛl̥dı.

　　　　領導　　看　　來了

（113）飯熟了，吃來。

現代漢語普通話：飯好了，來吃。

維吾爾語：t ɑ m ɑ q　pɪʃtɪ.　t ɑ m ɑ q　je ɡ ılı　kelıŋlɑr.

　　　　　飯　熟了　飯　　吃　　來

現代普通話中的「走」是實義動詞，新疆世居漢族語言中的「走」除了具有漢語普通話中的用法外，還加在動詞謂語句的句末，起第一人稱複數祈使式詞尾的作用，表示「咱們……去吧」的意思，相當於維吾爾語中的 ɑ jlı/ɛjlı。如：

（114）哎，逛街走。

現代漢語普通話：咱們去逛街吧。

維吾爾語：b ɑ zar ajlınip kelɛjlı.

　　　　逛　街　　走

（115）打籃球走。

現代漢語普通話：咱們去打籃球吧。

維吾爾語：lɛntʃur ojn ɑ p kelɛjlı.

　　　　籃球　玩兒　走

（116）吃飯走。

現代漢語普通話：咱們去吃飯吧。

維吾爾語：t ɑ maqq ɑ　barajlı.

　　　　飯 去（吃）走

新疆世居漢族語言中的「走」已經虛化，表示動作的趨向，起一定的形態作用，這極可能是受維吾爾語的影響而形成的。

再如，「開」在現代漢語中常作補語，附在動詞的後邊，表示結果。新疆世居漢族語言中的「開」作補語時，可以附加在謂語動詞後，表示動作開始並持續進行。維吾爾語的始發體用表示「開（始）」之義的「baʃla_」位於副動詞之後，表示動作開始並持續進行，或某種狀態開始發展，並且程度繼續加深。新疆世居漢族語言很可能是受了維吾爾語的影響，如：

（117）他們扯著嗓子吼開咧。

現代漢語普通話：他們放開嗓子喊起來。

維吾爾語：ular joqurı awaz bılɛn warqıraʃqa baʃlıdı.

他們 高 聲音 用 喊 開（始）

（118）那個媳婦諞開咧。

現代漢語普通話：那個媳婦閒聊起來。

維吾爾語：u ajal paraŋseliʃqa baʃlıdı.

那個 媳婦 閒聊 開（始）

（119）頭頭子們吃開咧。

現代漢語普通話：領導們吃起來了。

維吾爾語：baʃ lıqlarjejiʃkɛ baʃlıdı.

領導們 吃 開（始）

5.3 小　結

本章在「來」的個案研究的基礎上，進一步討論動詞居後是 OV 型語言對 VO 型語言語序影響的主要表現特徵之一。在受語言接觸影響的特殊語料中，「來」更傾向於處於句末的位置，它是由於接觸作用帶來句式妥協從而實現動詞居後的一種重要的語法手段。「VO 來」在維持漢語固有動賓語序的前提下，利用句尾動詞來滿足歷史上非漢語 OV 型語言動詞居後的句法要求。

在「來」的語法化過程中，內因的作用表現在：（一）VO 之後（通常是句末）漢語本來就有一個現成的虛詞位置（即語氣詞或助詞）。（二）「來」可以作不及物動詞，不帶賓語而處於句末。在上古漢語裏，「來」的基本意思是「有彼至此，由遠及近」，即表示移動者從別處向說話者靠攏。一般只做不及物動詞，可以不帶賓語而獨立位於句末，帶賓語時經常是其使動用法。（三）漢語逐漸發展爲連動型語言，從而爲「來」直接（不需要連詞）而處於動詞之前或之後提供了句法可能性。漢語從古至今在詞法、句法層面都接受「無縫並列」形式，它可算作漢語的「個性」，世界上許多語言都不能接受這種無縫並列。

外因的作用表現在 OV 基本語序所帶來的動詞居後及動後限制的句法要求。由於語言接觸帶來的句式妥協逐漸導致「來」的語法功能發生變化。通過「來」的逐步虛化可以看到外部動因語言接觸與內因的互動作用。

5.4 小議其它幾種動詞居後的類型

由於語言接觸帶來的動詞居後除了「來」以外，還有「VP 有」、「VP 是」等，它們也是語言接觸帶來的動詞居後作用力的結果。學界對這幾種成分所體現出的語言接觸的作用討論較爲充分，本文主要進一步指出它們都可以統一到語言接觸影響的表現特徵之一動詞居後這一大框架之下。

5.4.1 「有」居後

《元典章・刑部》中句末的「有」，太田辰夫（1953/1991）認爲是「可能是沒有什麼實際意義的句末助詞」，李崇興、祖生利（2011：299）認爲它們對譯元代蒙古語裏特殊動詞 a-、bü-及動詞陳述式時體範疇的產物。直譯體文字中所見的句末「有」的用法滲透到元代北方漢語裏，成了元代「蒙式漢語」及「漢兒言語」的顯著特點之一。李崇興、祖生利（2011）指出「有」的特殊用法有兩項：一是起係詞「是」的作用，「人命的句當有」，意思是「是人命的勾當」，但「有」不放在主語和表語之間，而是放在表語之後，跟漢語的語序不同。在《元典章》中，「有」用作判詞，可和「是」配合使用，如：

（120）孝道的勾當是德行的根本有。（開宗明義章第一）

（121）天地內，人最貴有。（聖治章第九）

「有」字居後，這是蒙古語判斷詞所處的位置。「有」是蒙古語特殊動詞 a-、bü-的硬譯。「是……有」是蒙、漢兩種句法的混合。直譯體公文裏常用「有」字聯繫判斷句的主語和表語，語序也遵照蒙古語語法，把「有」字放在表語之後；有時用「有」又用「是」，「是」字居中，「有」字居末，這是蒙、漢兩種句法的混合。

二是作爲動詞的時體標記，如「殺胡總管時，和賊每一處入去來，不曾下手有」，「卻將他胡家的親子胡總管根底殺了有」，「將胡總管的房舍田產財物多費了有」，這幾個句子裏動詞後的「有」、「了有」都是表示動詞的過去時態。《元典章・刑部》直譯體文字用動詞「有」對譯蒙古語動詞的陳述式現將時。

元代直譯體文字中，句尾可以見到大量的「有」字，這些「有」實際是對譯元代蒙古語裏特殊動詞 a-、bü-及動詞陳述式時體範疇的產物。具體表現在：

1. 對譯於特殊動詞 a-、bü-及其變化形式。中古蒙古語裏 a-、bü-是兩個用途廣泛，十分重要的特殊動詞：既可以作實義動詞，表達「有」、「存在」、「是」等基本的詞彙意義，又可以用於其它動詞後充當助動詞，輔助表達時體意義。

1.1 a-、bü-作實義動詞，本義是「有、存在（在、住、活、生活）、是」。在《蒙古秘史》旁譯中，實義動詞 V-ǰua-、bü-及其變化形式常譯作「有-」，也譯作「住-」、「活-」、「存-」等。

1.2 a-、bü-作助動詞，無實際詞彙意義，接在某些副動詞及形動詞後，輔助表示體、時等語法意義。

a-、bü-接於並列式、聯合式、先行式副動詞後，表示現在或過去進行體的意義。在《蒙古秘史》旁譯中，「V-ǰu（並列式）a-/bü-」常譯作「V 著有-」，「V-n（聯合式）a-/bü-」常譯作「V 有-」，」V-・ad（先行式）a-/bü-」常譯作「V 了有-」。

2. 在《蒙古秘史》、《華夷譯語》旁譯中，中古蒙古語動詞的現在將來時形式除用動詞一般形式對譯外，也用「V 有」來對譯。

3. 《蒙古秘史》、《華夷譯語》旁譯中，中古蒙古語動詞過去時形式除主要用「V 了」、「V 來」、「V 了來」、「V 了也」對譯外，有時也用「V 有」、「V 了有」、「V 有來」、「V 來有」、「了來有」等對譯。

元代直譯體文字中習見的句末奇特的「有」字，主要是複製、移植中古蒙古語裏特殊動詞 a-、bü-的結果。除了「有」的讀音與蒙古語現在時附加成分-yu、過去時附加成分-ju・u 很近似外，還與漢語動詞「有」的屬性有關。

（一）由於 a-、bü-本有實義，a-、bü-作實義動詞，本義是「有、存在（在、住、活、生活）、是」，作助動詞時，又可以像一般動詞那樣帶有自己的附加成分，不同於一般的動詞後綴，因爲「如語助而實非語助」，漢語的「有」作爲動詞也比較特殊，有學者把它看作是輕動詞，既可以如動詞一樣引入體詞性成分，也可以如助詞一樣引入謂詞性成分。表示領有或存在的動詞「有」在漢語本土文獻中是放在謂語動詞之前的，並且動詞「有」因頻繁對應原文表現話題轉換的小品詞或詞形變化，而發展爲經常用的話題轉移標記。羅傑瑞（1995）稱之爲「無主語型」存在句，曹逢甫（1990）稱之爲引介句，李佐豐（1994）認爲此類句以置於篇章或段落之首爲常，認定「有」具有介紹作用，即爲篇章引入一個新話題。「有」作爲話題標記，其語義虛化並且可以引入複雜成分。

（二）句法位置上，a-、bü-位於句末位置，而在本土文獻中「有」字經常處於句首位置，「有」字起首的無主句是漢語歷代沿用的固有句式。二者都處於句子的兩端只不過首尾不同而已。《元典章》明顯受到 OV 語序蒙古語的影響，因而改變「有」居首的句法位置而徑直讓其居於句末，正好可以凸顯其 OV 型語言的特點。因此，《元典章》中存在特殊的動詞居後的「VO 有」形式。

5.4.2 「是」居後

盛行於先秦漢代的判斷句是：主語＋者，表語＋也。判斷詞「是」萌芽於先秦，兩漢時期使用漸多，東漢以後，「是」字句在口語裏逐漸取代了「也」字句。

（122）蓋徵招角招是也。（孟子・梁惠王下）

總結一下係詞「是」的用法主要有：

1. 肯定型「是」字判斷句可以表示如下功能：等同、歸類、表示屬性或特徵、表示列舉。肯定式判斷句構成是「N＋是＋NP」和「N＋是＋VP」，此外還有「NP 者，N 是」型判斷句。

2. 否定型「是」字判斷句表示與主語「不等同」或對主語進行解釋。

3. 疑問型判斷句可以用於特指問，反覆問「是……不」和選擇問「爲是……耶/乎」

關於中古佛典中的特殊的「S，N 是（也）」型判斷句，係詞「是」置於表語 N 之後。袁賓（1989、1992）、陳秀蘭（2004）、朱冠明（2005）、龍國富（2005）、張美蘭（2003）、解植永（2006）、向德珍（2007）等學者均做過討論。

向德珍（2007）在羅世方和巫白慧先生所著《梵語詩文圖解》中找到如下例句：

（123）etad ālasyvacanam asti|　（673 頁）

　　這　懶惰的格言　是

　　『這是懶惰的格言。』

江藍生（2003）指出，佛典中「N1 者，N2 是」不符合古漢語判斷句的省略原則，卻與梵文在表示強調說明時判斷句 be 動詞後置一致，而佛典中的用例都是在強調事實眞相時的解釋說明，所以漢譯佛經中「是」結尾的特殊判斷句很可能是譯者受梵文影響而產生的句式。

龍國富（2005）認爲隨著東漢佛經傳入，佛經翻譯過程中因受梵文語法的影響，把梵文判斷句末尾的助動詞 bhū 翻譯爲「是」並大量被置於句末的情況廣爲出現過。但同時期本土文獻中也可以看到「SN 是也」的例子。但遇笑容（2010）指出本土文獻中的這些例子還不是判斷句，句末出現的都是「是也」而不是「是」。對語言接觸的研究顯示，接觸產生影響的初期會造成語言錯誤。由於第二語言的不完全習得，語言使用者會把自己第一語言（母語）的語法規則移植到第二語言中，產生錯誤的語言變體。可能正是由於譯者掌握了漢語的係詞「是」，再有母語系詞後置的語法規則，加上看到漢語使用的與係詞同形的代詞「是」發展出「是也」的用法，這使得他們產生出漢語系詞「是」和梵文一樣，可以後置的錯覺，從而使得後置的係詞「是」在佛經中大量使用。這些係詞後置句並不都是來自佛經原文翻譯的影響，漢語自身的有關用法可能也推動了這種句子的大量使用。

姜南（2011）利用對堪材料指出，漢譯佛經中「S 是 N」判斷句主要對應原文中形式簡單的同格判斷句，而「S，N 是」則主要用來對譯原文結構複雜的繁瑣句型，與梵文句末是否出現 be 動詞沒有直接關係。

上文也提到，蔣紹愚（2009）證明「NP1，NP2＋是也/是」中的「是」的性質不是指示代詞，而是後置的係詞，因爲在同一段文字中，「NP1，NP2＋是也/是」可以和漢語正常判斷句「N1 者，N2 也」、「NP1，NP2 也」和「NP1 是 NP2」並用。此外，如果有副詞「即」、「則」，一般都是「NP1，即/則＋NP2＋是也/是」，也可以是「NP1，NP2＋即/則＋是也/是」，此外，還有「非」、「是」拆開用，以及重複使用兩個「是」。

（124）稱伽拔吒非我身是。（《大莊嚴論經》）

（125）則是今現蓮華首菩薩是。（《正法華經》）

先秦中的這類句式，NP1 表示一個類，NP2 是 NP1 中的一個，二者非同指，不能顚倒；「是」是指示代詞。這與佛經中的情況很不一樣。但到了《史記》、《論衡》、《三國志》等文獻中，出現了 NP1 與 NP2 同指的用例，這樣，

「是」從指示代詞演變爲表示兩個同指成分的等同關係的係詞，這個結構也從先秦的「NP1（話題）＋是（指示代詞，名詞性謂語）也」重新分析爲「NP1（話題），NP2（主語）＋是（係詞）也」。佛典中的「NP1，NP2＋是也」是對西漢起便在口語中存在的這類句式的仿用或直接繼承。「NP1，NP2＋是也/是」中 NP2 既是新信息，又放在係詞前面，能起到強調作用，所以特別適合表達梵文原典強調 NP2 的語義。

「NP1＋NP2＋是也」與「NP1，NP2＋是」使用上有區別，後者只出現在佛典中，中土文獻沒有。

朱冠明（2013）認爲，「NP1，NP2＋是也」與「NP1＋NP2＋是」有不同的來歷，前者是對西漢以後漢語自身興起的「NP1，NP2＋是也」判斷句的直接繼承，而後者很可能是受梵文影響而產生的句式。

李崇興、祖生利（2011：17）認爲，「……的便是」則是古白話小說中自報家門的一句客套話，口語中始終不能接受這樣的說法。

關於兩個判斷係詞的格式「NP2＋是（爲）＋NP2＋是」的來源。如：

（126）又彼過去伽羅尼尸棄辟支佛邊，手執傘蓋，作蔭人者，還是即今此耶輸陀比丘身是。（隋闍那崛多譯《佛本行集經》3/823b）

（127）白牛是能證之人故，即是文殊是也。（《祖堂集》卷二十）

姜南（2010）認爲原文 SOV 型判斷句與漢語 SVO 型判斷句雜糅組合，產生 SVOV 型重疊式判斷句。

龍國富（2013：410）指出，「NP2＋者＋NP1＋是」結構是先秦時期的「NP2＋者＋NP1」和梵文「NP2＋NP2＋bhū（是）」融合而成的，而「NP2＋是（爲）＋NP1＋是」句式則是梵文「NP2＋NP1＋bhū」格式和漢代以後新出現的「NP2＋是＋NP1」格式融合而出現的。特殊判斷句可能是譯師把漢語判斷句格式與梵文中強調判斷句進行融合而形成的，是漢語和漢譯佛經翻譯共同作用的產物。

本章主要討論了動詞居後的問題。C.Li（1997）認爲，從三世紀到十九世紀中國北方長期被來自阿爾泰語系的民族統治著，它們語言的基本語序爲 SOV。受這種語序的影響，漢語北方方言的語序也出現了越來越多的動詞居於句子末尾的用法。自十世紀以後，北方方言發展出許多新的語法形式，包括體標記系統、把字句、動詞拷貝結構、新話題結構等。但是許多南方方言缺乏這些語法形式，有些即使有也是很不成熟的東西。十世紀之後所出現的新句法結構確實大都是謂語動詞在句尾的，比如「把」字句就是把受事名詞提到謂語動詞之前，句子末尾通常是一個動詞性成分。動詞拷貝結構、新話題結構都是如此。雖然石毓智（2002）認爲漢語新產生的語法結構並不是眞正的 SOV 語序，因爲句末的動詞性成分併不能是一個單純的動詞，必須是一個動補短語或者類似的結構。但是我們仔細觀察漢語的述補結構就會發現，述補結構的補語也是由謂詞性成分充當的，符合動詞居後的原則。朱德熙（1982）把述補結構分爲A、結果補語，B、趨向補語，C、可能補語，D、狀態補語，E、程度補語五類。這五類補語均不能是名詞性成分。

第六章　疊加式

Heine & Kuteva（2005）指出，「共存」可以採取兩種不同的形式：或者新的和舊的範疇被結合併且在相同的結構中共同出現，因此導致雙重標記；或者二者作爲對複製語言說話者可能的可選結構共存。而前者即是本章所要討論的疊加式問題。

我們可以在魏晉南北朝和元蒙時期發現一大批疊加式，如：（一）表排他：除……外。（二）表唯獨：唯……而已。（三）表假設：設/如/若/設若……者/時/呵（若……時、設……者、設若……者、若……呵）。（四）表原因：因/爲/緣/以/所以……上/（的）上頭/故/者/呵（因……上頭、爲……故、緣……故、以……故、爲……上頭、爲……上、因……上、於……內、因……者、所以……者、因……故、爲……的上頭，爲……呵，爲……上，爲……者、所以……者）。（五）表時間：自……已來、自……以來。（六）表完成：已……竟/訖/之後/了當、既……已、既已……訖定。（七）表進行：比……頃、當……時。（八）表伴隨：與……行。（九）表複數：諸……等。（十）表處所：於……上/裏/處/地面/下/行/根前。（十一）表類同：如……似的、如……比、如……一般、同……一般、似……一般、是……一般、好像……一般、似等……一般。

曹廣順（2004）細緻討論了語言接觸中的「重疊與歸一」現象，指出重疊出現的條件，當發生語言接觸的時候，不同的表達方法使語言的使用者無所適從，兼顧的辦法就是重疊。重疊是一種發展過程中的過渡現象，其結果勢必走向歸一。重疊與歸一跟語序演變密切相關。本章在「除……外」個案研究的基礎上，進一步討論受語言接觸影響的疊加式的重疊與歸一問題。

由前置詞和後置詞構成的疊加式是漢語中較爲特殊的語法現象，「除……外」即屬於由前置詞和後置詞構成的一種介詞框架，「除」和「外」均可以獨立表達「排他（exclusive）」的語義，〔註 1〕《故訓彙纂》對「外」的解釋是：猶除也，《淮南子・精神》「外此其餘無足利矣」高誘注。〔註 2〕因此，「除……外」構成了一種對語法意義重複表達的疊加格式，本文旨在前人研究基礎上對這一問題進行探究。

6.1　「除」的演變路徑

「除」在先秦漢語中有「宮殿的臺階」這一義項，用爲名詞，《說文解字》解釋爲：「除，殿階也。」除了名詞用法，「除」在先秦漢語中還有一個常用的動詞義項，「去除、除掉」的意思。介詞「除」正是從去除義動詞「除」語法化而來的。

先秦時期，「除」主要用作「去除、除掉」義的動詞，可以後帶賓語，處於連謂結構中，如：

（1）撫民以寬，除其邪虐，功加於時，德垂後裔。（《尚書・微子之命》）

（2）楚之無惡，除備而盟，何損於好？（《左傳・宣公十二年》）

〔註 1〕呂叔湘（2010）《現代漢語八百詞》指出「除」具有如下用法：（一）排除特殊，強調一致。後面常用『都、全』等呼應。」（排他關係）（二）排除已知，補充其它。後面常用『還、也，等呼應。」（追加關係）（三）除了……就是……。表示二者必居其一」。（強調關係）「排除」是人們對客觀世界的認知反映，指直接或間接將某一事物與其它相關事物的聯繫或區別排除掉，投射到語言中便形成排除範疇。「排除範疇」的「排除」語義高於表示「去掉和捨棄」層面上的「排他」語義，和「追加」語義也並不矛盾。其語義本質是將排除對象特殊化，並凸顯這一部分和其它部分之間的區別或聯繫。當凸顯二者區別時表達「排他功能」，凸顯二者聯繫時表達「追加功能」。表達「排除」範疇中的「排他功能」的形式，我們稱之爲「負面排他標記」，「除」和「外」是漢語中典型的負面排他標記。「唯獨」類則是正面排他標記，二者是嚴格區分的。

〔註 2〕請參見《故訓彙纂》第 462 頁。

（3）彗所以除舊布新也。（《左傳・昭公十七年》）

西漢以後，「除」可以出現在「除 V」或「V 除」結構中，由於充當唯一核心謂語地位被打破，被重新分析的可能性增強。由於由另一動詞共同承擔動作語義，因而「除」的語義開始虛化，如：

（4）余悉除去秦法。（《史記・高祖本紀》）

（5）丈夫當時富貴，百惡滅除，光耀榮華，貧賤之時何足累之哉！（《史記・外戚世家》）

在東漢譯經中，「除」除了作爲「去除」義動詞，還出現了作「排他標記」的最早用例，如：

（6）除其宿罪不請，餘不能動。（《道行般若經》卷第二）

（7）除是閻浮利地上，滿其中怛薩阿竭舍利正使天中天三千大國土滿其中舍利爲一分。（《道行般若經》卷第二）

例（4）中的「除」還是「去除」義動詞，例（7）爲「除」的排他標記用法。

魏晉南北朝以後，「除」不僅可以在中古譯經中發現用例，而且在本土文獻中也出現了「排他標記」的用法，如：

（8）除佛世尊，一切智者余無能知。（《大悲蓮華經・陀羅尼品第二》）

（9）凡生魚悉中用，唯除鯰、鱯耳。（《齊民要術》卷八）

（10）凡相馬之法，先除「三羸」、「五駑」，乃相其餘。（《齊民要術》卷六）

（11）有無故自殘傷者補冶士，實由政刑煩苛，民不堪命，可除此條。（《宋書・武帝紀》）

（12）若七日不得作者，必須收藏取七日水，十五日作，除此兩日則不成。（《齊民要術》卷八）

（13）一旦宮車晏駕，吾止避衛公，除此誰在吾前？（《魏書・昭成子孫》）

（14）唯除父母，不以施耳，其餘一切，不逆來意。（《賢愚經》卷第六）

（15）除佛一人，無由救得。（《敦煌變文・大目乾連冥間救母》）

「除」作爲排他標記最早的用例出現在東漢譯經中，胡敕瑞（2008）討論了漢語負面排他標記「除捨」的來源和發展，認爲「除捨」類負面排他標記的產生是源自佛典翻譯中梵文語法的外借。「除、捨」等排他標記，其基本詞義正好和梵文 sthāpayitvā、muktva 等詞相當；主要用於排除體詞性成分，所關涉的句子大多是否定句。胡先生的文章由焦點分類引出漢語「唯獨」、「除捨」兩類排他標記；文中著重探討了負面排他標記「除捨」的來源和發展，「除捨」表 except 的用法源於佛典翻譯中的外借，而其表 besides 的用法是重新分析的結果；文章還探討了「唯獨」、「除捨」兩類正負排他標記的相互聯通；最後指出，「除捨」類排他標記的來源和發展，分別經歷了語言接觸的外借和重新分析，是語法化的一個典型案例。

我們發現，「除」的「排他標記」用法在本土文獻中可靠的用例可以在魏晉南北朝時期發現，但與佛經中排他標記「除」的區別在於：（一）「除」在本土文獻中有重新分析的可能性，如例（9）～（11），既可以理解爲「去除」義，也可以理解爲「排除」義。「除」在中古譯經中可以完全理解爲「排他標記」而排除了重新分析的可能性，如例（6）。〔註3〕（二）佛經中的排他標記「除」進入的格式爲「除 P，Q」，「除」位於句首的位置，這是連/介詞經常出現的句法位置，而在本土文獻中進入的格式爲「Q，除 P」，這是謂語動詞經常出現的句法位置，如例（9）～（13）。可見，本土文獻中由動詞語法化而來的「除」與佛經翻譯中的「排他標記」用法上還是有區別的。

由於上古漢語不見「除捨」類負面排他標記。〔註4〕「除」最早的作爲「排除」義介詞引進一定範圍內被排除在外對象的用法出現在東漢譯經中。所以很有可能在佛經翻譯過程中引入了「排他」這一語法範疇。龍國富（2013：310）

〔註3〕在譯經中，也可以發現「除」處於句中位置的排他標記用法，但經常是「唯除」或「除唯」的形式，與此處所討論的「除」單用作排他標記處於句中位置不同，如：爾時閻浮提中比丘比丘尼一切皆集，唯除尊者摩訶迦葉阿難二衆。（北涼曇無讖譯《大般涅槃經》）彼不成，及阿羅漢後心亦不成，除唯次第緣事可成。（《攝大乘論》卷上）根據胡敕瑞（2008），正負排他標記連用體現兩類標記相互連通。我們認爲，正是由於二者的這種相通之處，才可以實現語義上的「中和（neutralization）」，「唯除」中和爲負面排他標記，「除唯」中和爲正面排他標記。「唯除」和「除唯」中和後可以處於句中位置，是爲了把其所引導的成分後置，起到凸顯其後成分爲焦點的作用。

〔註4〕上古漢語如果表達帶有「排除」意味的語義，主要使用「唯獨」類正面排他標記，此外古代漢語還允許用「謂詞語塊+被排除對象」的表排除關係的隱性形式，請參看張雲平、王勝文（2006）。

也指出，「除」對譯的是梵語中的 sthāpayitvā，該詞詞根√sthā 做動詞，有「除」的意思，該詞語尾加獨立式形式 itvā，在梵語文法中獨立式有充當介詞的作用。

中古譯經中「除」的「排他標記」用法，應該與翻譯有關。是由於文本翻譯過程中，譯經者經常通過使用語言漢語中的「除」來翻譯佛經語言中的「排他」範疇，由此帶來了「翻譯對等」。如：

（16）佛經對勘（轉引自胡敕瑞 2008）

tat kasya hetoh tath・hi Subh・te n・sti tad anyes・m sattv・n・m t・drsammaitr・sahagatam cittam yath・tasya bodhisattvasya mah・sattvasya sth・payitv・buddh・n bhagav-atah（AAA，第 793 頁）

何以故？其餘人無有是慈，除諸佛無有與摩訶薩等者。（前秦・曇摩蜱等《摩訶般若鈔經》卷 5）

何以故？其餘人無有能及是慈者，捨諸佛是菩薩摩訶薩無有與等者。（東漢・支讖《道行般若經》卷 7）

《梵和大辭典》（荻原雲來 1940）第 1515 頁標明 sthāpayitvā 的詞根√sth 可以漢譯爲「除、置」等動詞。

佛經語言中的「排他標記」用漢語中的動詞「除」來對譯，隨著中古譯經的流傳必然對當時的漢語產生一定的影響。雖然在中古譯經中「除」已經發展出「排他標記」的用法，但由於同時期本土文獻中沒有發現「除」作爲「排他標記」的用例，而且即使在魏晉時期，如上文所指出的，「除」作爲「排他標記」與佛經對譯中的「除」存在差異，因此「除」作爲「排他標記」並不是一個簡單借用的過程而離不開漢語自身的發展。佛經翻譯在這一過程中所起到的作用是：（一）爲漢語引入了「排他」範疇。（二）由於佛經原典中的「排他標記」使用來源於「去除」義動詞的 sthāpayitvā，從而爲漢語的「除」經由「去除」義動詞發展爲「排他標記」用法提供了模型。

Heine & Kuteva（2005）指出由於一種語言對另一語言影響而產生的語法化過程可以稱爲「接觸導致的語法化」。具體又可以按照是否存在一個可以複製的源－目標語法化過程模型區分爲兩種類型。如果不存在這一源－目標語法化過程模型，這一接觸導致的語法化爲「一般接觸導致的語法化」，複製在這種情況下僅局限於在複製語言中建立一個符合模型語言的範疇。如果模型語言提供了這一範疇以及範疇如何建立的模型，這一接觸導致的語法化過程則爲「複製語法化」。「除」的「排他標記」用法在漢語中的產生明顯是「複製語法化」的類型，其具體過程表現爲：

1）譯經者注意到在佛經語言中存在一個「排他」語法範疇 sthāpayitvā。

2）他們在漢語中基於漢語中可能的使用形式創建一個對等的「排他」範疇。

3）爲了這一目的，譯經者使用這樣一個類推公式〔√sthā〉sthāpayitvā〕：〔除去除〉除排除〕複製一個他們認爲在佛經中已經發生的語法化過程。

（17）爲卻惡除罪。（《道行般若經》卷第五）

（18）除其宿罪不請，餘不能動。（《道行般若經》卷第二）

4）受中古譯經「除去除＞除去除」這一模型影響，在漢語中也使用「除去」義動詞逐漸語法化出「排他標記」用法。其具體過程爲：受中古譯經「除」的負面排他標記用法的影響，「除」後的成分逐步抽象化。當「除」作「去除」義動詞時，其後成分是定指的「可去除」的具體事物，如例（1）。而當「除」在中古譯經中發展爲「排他標記」之後，其後可以是表範圍的某類事物，如例（7），這也使本土文獻中「去除」義動詞「除」所帶賓語的類型逐步擴展，當「除」所引介的成分也可以理解爲帶範圍義的某類事物時，「除」出現了重新分析出「排除」義的可能性，如例（9）中「鯰、鱯」可以理解爲表類指的一類事物的範圍，「除」重新分析爲「排他標記」。

正是因爲「除」經由「去除」義動詞逐漸語法化爲「排他標記」，因而可以在本土文獻中可以發現「重新分析」的用例，並且「排他標記」「除」出現在「Q，除 P」這一「除去」義動詞經常出現的位置上。

唐五代時期，介詞「除」基本上完成了語法化歷程。這以後介詞「除」的發展變化主要表現在雙音節介詞「除 X」的大量產生和「除」類介詞框架的廣泛使用上。此外，「除」在唐五代以後除了表達「排他」功能以外，還出現了「追加」功能，如：

（19）除此一格，別更有入處不？（《祖堂集》卷十八）

6.2　「外」的演變路徑

「除」和「外」均是漢語中的「排他標記」，二者在語義上也有相通之處，

「除」的「排他標記」用法是否由於受到「外」的類推而產生呢？下面首先探討「外」語法化為「排他標記」的路徑。

「外」本義是「外面、外邊」。「外」在先秦時期是一個處所名詞，表示「外面、外部」的意思，「外」可以單獨作主語、謂語、賓語、定語、狀語、介詞的賓語，句法位置也比較靈活，如：

（20）張脈僨興，外強中乾。（《左傳・僖公十五年》）（主語）

（21）社稷有主，而外其心，其何貳如之？（《左傳・莊公十四年》）（謂語）

（22）晉侯在外十九年矣，而果得晉國。（《左傳・僖公二十八年》）（賓語）

（23）若得道於虞，猶外府也。（《左傳・僖公二年》）（定語）

（24）內寵並后，外寵二政，嬖子配嫡，大都耦國亂之本也。（《左傳・莊公二年》）（狀語）

（25）秋，築王姬之館於外。（《左傳・莊公元年》）（介詞的賓語）

在先秦，「外」除了單獨使用外，還可出現在其它名詞性或代詞性成分之後表示方位，出現了「N 外」的形式，如：

（26）圉人犖自牆外與之戲。（《左傳・莊公三十二年》）

（27）縱有共其外，莫共其內，臣請往也。（《左傳・襄公二十六年》）

「外」前還可以加上助詞「之」，就形成「N 之外」的形式，如：

（28）大隧之外，其樂也泄泄。（《左傳・隱公元年》）

「外」可以單獨使用，也可以和別的詞搭配使用，而「之外」不能單獨使用，通常位於名詞之後。「之外」和「外」在語義上沒有多少差異，它們最大的不同在於音節上，「之外」一般出現在多音節詞之後，「外」可以出現於單音節詞後。

需要注意的是，「外」除了主要用於「處所」名詞之後表示方位，如例（26）外，也可以發現和時間名詞連用，表示「在……時期外」「超出某個時期」的用例，如：

（29）國中一旬，郊二旬，野三旬，都三月，邦國期。期內之治聽，期外不聽。（《周禮・秋官司寇》）

（30）二十年之外，吳其為沼乎！（《左傳・哀公元年》）

兩漢時期，「外」繼續虛化，句法位置逐漸固定於名詞之後，成為典型的方位詞。這一時期，能夠和「外」一起使用的名詞進一步虛化，可以和表距離的名詞連用，表示「在某段距離之外」、「超出某段距離」，如：

（31）運籌帷帳中，決勝千里外，子房功也。（《史記・留侯世家》）

「外」還可以和其它名詞連用，表示「某個範圍之外」、「超出某個範圍」，如：

（32）九卿碌碌奉其官，救過不贍，何暇論繩墨之外乎！（《史記・酷吏列傳》）

（33）夫生人之精在於身中，死則在於身外，死之與生何以殊？身中身外何以異？（《論衡・論死》）

魏晉南北朝以後，「外」除了和表示具體處所義的名詞連用外，跟抽象名詞連用表示「超出某個抽象的範圍」的用例也大大增多，如：

（34）答對甚有音辭，出濟意外，濟極惋愕。（《世說新語・賞譽第八》）

和抽象名詞的連用，使得「外」在語義上由表示具體的空間義、範圍義擴展到了表示抽象的範圍義，這樣，「外」前可以出現謂詞性成分，表示「超出謂詞性成分所隱喻的抽象的範圍之外」，「外」逐漸發展出「排他標記」的用法，如：

（35）六月，癸未，詔「昔歲水旱，曲赦丹陽、二吳、義興四郡遭水尤劇之縣，元年以前，三調未充，虛列已畢，官長局吏應共償備外，詳所除宥」。（《南齊書》卷二）

（36）修心之外，無別行門。（《祖堂集》卷第六）

唐五代以後，「外」也是除了表達「排他」功能以外，還出現了「追加」功能，如：

（37）三無數劫外，於一百劫中修相好業。（《敦煌變文集新書》卷二）

（38）阿難問師：「傳佛金蝠外，別傳個什麼？」（《祖堂集》卷一）

從時間上來看，「外」語法化爲「排他標記」是在魏晉南北朝以後，而「除」在東漢譯經中已經出現了「排他標記」的用法，可見「除」發展出「排他標記」用法並非受「外」類推而出現的。相反，如果承認漢語東漢時期才開始出現的「排他」範疇是來自佛典語言這一語法範疇影響的話，「外」雖自身可以發展出「排他標記」用法，跟語言接觸也並非無關。

「外」語法化為「排他標記」的路徑為：處所名詞＞具體方位後置詞＞抽象範圍後置詞＞排除範圍後置詞。置於「外」前的名詞的逐步擴展：處所名詞＞距離／時間名詞＞抽象名詞＞範圍名詞。沈家煊（1998）認為：「隱喻就是用一個具體概念來理解一個抽象概念的認知方式」。「外」在認知域上經歷了由具體的空間域向抽象的範圍域的投射。投射的結果使得表示排除語法意義的排他標記「外」的產生。「外」的概念域的擴展路徑為：空間域（處所→距離）→範圍域。

「外」作為方位詞系統的成員，其虛化歷程也受到整個方位詞系統虛化的影響。由於上古前置主流介詞「於/於」在西漢以後的衰減，使得「外」等處所標記的功能進一步加強，突出了後置處所標記的重要性。在兩漢，特別是到魏晉南北朝時期，使用頻率較高的方位詞都開始和抽象名詞組合，使得方位詞本身的意義逐步虛化。

由動詞語法化為「排他」標記是一條普遍的語法化路徑，如英語的「排他標記」excpet 即來源於動詞 except。而漢語由方位詞「外」語法化為「排他標記」的路徑在世界語言中是否是特殊？目前從類型學角度對「排他標記」進行的研究成果還比較少〔註 5〕，這一問題還值得進一步研究。

另外，還有一個值得注意的問題是，我們發現，「外」在上古就可作動詞表示「疏遠、排斥」義，如：

（39）而陞降之有變易也。天地不外此例。（《易經・遯卦》）

在兩漢時期，我們找到了「外此」的例子，「此」指代前面的內容，「外此」表示「除此之外」，如：

（40）天下至大矣，而以與佗人；身至親矣，而棄之淵；外此，其餘無足利矣。（《淮南子・精神訓》）

「外」是否經由「排斥」義動詞進而發展為後置的排他標記呢？根據劉丹青（2003：87～90），附置詞是前置還是後置，跟語序類型有直接的關係：動源附置詞（V-adposition）跟動賓語序有關－動賓短語被重新分析為介詞短語，VO 語序造就前置詞，如漢語，OV 語序造就後置詞，如日語；而名源附置詞

〔註 5〕我們檢索了 Heine & Kuteva（2007）《語法化的世界詞庫》及語言結構世界地圖：http://wals.info/，均未發現相關研究成果。

（N-adposition）則跟領屬結構的語序有關……領屬結構被重新分析爲介詞短語，NG（核心＋領屬語）語序造就前置詞，如英語、法語、斯瓦希里語、豪薩語、泰語，GN 語序則造就後置詞，如藏語、匈牙利語、土耳其語、芬蘭語。漢語的動賓結構是 VO 語序，領屬結構是 GN 語序，所以前置詞應該是動源介詞，而後置詞應該是名源介詞。我們認爲，後置詞「外」如果來源於「方位詞」即符合這一語言共性，如果來源於動詞「外」便是這一語言共性的例外。不過，如果根據沈家煊（2009）的「名動包含說」，漢語實際有的是「名詞向動詞轉化」，動詞作爲一個次類包含在名詞類之中的話，說後置詞「外」來源於名詞性的「方位詞」也未嘗不可，因爲動詞「外」本身也是來源於名詞「外」的。只不過值得注意的是，從世界語言「負面排他標記」語法化的路徑來看，其來源於名詞性成分是否具有普遍性。

中古以後，「此」與「外」常組成短語「此外」而非「外此」的形式，表示「除此以外」，「此」回指前文提到的具體內容，如：

（41）朔望菜食一盤，加以甘菓，此外悉省。（《南齊書》卷二二）

（42）只須受戒聞經，此外難申孝義。（《敦煌變文選注・父母恩重經講經文》）

（43）唯當知內外賓主之辨，此外非所當知。（《朱子語類》卷第一百一十四）

將「此」置於「外」之前，可以與前面所指稱的內容在語序上更加貼近，也符合「距離相似性原則」的要求。

6.3　「除……外」的演變路徑

由於中古以後，「除」逐步虛化爲一個表「排除」義的前置詞，而「外」在這一時期也語法化爲一個具有「將某物排除到某範圍之外」的後置詞，二者都具有「在某個範圍之外」的「排他」語義，因此二者形成了框式結構「除……外」來增強「排除」語義，如：

（44）一切但依此法，除蟲災外，小小旱不至全損。（《齊民要術・雜說》）〔註 6〕

〔註 6〕有學者指出《雜說》並非賈思勰所作，如汪維輝（2006）《〈齊民要術〉卷前「雜從南北朝到隋唐時期，「除……外」的框架中一般只允許出現名詞或名詞性短語。唐五代以後，能出現在「除……外」框架中成分的限制減少了，既可以是名詞或名詞性短語，也可以是動詞性短語，甚至是小句，其間的成分可以承前省略從而出現「除外」連用的格式，如：

（45）除年已衰老及戒行精確外，愛惜資財，自還俗僧尼共一千二百卌二人。（《入唐求法巡禮行記》卷三）

（46）日本國僧圓仁、弟子僧惟正惟曉，行者丁雄萬，房內除四人外，更無客僧及沙彌俗客等。（《入唐求法巡禮行記》卷四）

（47）老僧行腳時，除二時粥飯是雜用心處，除外更無別用心處。（《五燈會元》卷第四）

值得注意的是，「除……外」這種疊加形式的「排他標記」在元代得到迅猛發展，單用前置型排他標記「除」或後置型排他標記「外」相比來說要少得多，如：

（48）況而今狗吠有將敗的聲音。夫人古兒別速行的法度嚴峻，我塔陽皇帝又柔弱，除放飛打獵之外，別無技能心性。（《元朝秘史》卷八）

（49）命者別追襲古出魯克整治達達百姓。除封駙馬外，復授同開國有功者九十五人為千戶。（《元朝秘史》卷九）

（50）你每為這般道呵，除正出家人外，無得隱藏閒雜人等。（《元代白話碑・一二四五年盩厔重陽萬壽宮令旨碑》）

（51）本省除已札付龍興路，將童慶七、童庚二牢固監收聽候外，諮請照詳。（《元典章・刑部》卷一）

（52）除他外誰根前說？（《元刊雜劇三十種・詐妮子調風月》）

（53）今日新方丈，除睡外別無伎倆。（《元刊雜劇三十種・泰華山陳摶高臥》）

（54）哥哥請吃兄弟這一盞酒，除外別無甚孝順。（《元刊雜劇三十種・張千替殺妻》）

明代以後，「除……外」這種疊加式「排除標記」比例下降。[註7]

說」非賈氏所作補證》，《古漢語研究》第2期。

〔註7〕據統計，唐五代時期《入唐求法巡禮行記》、《祖堂集》和《敦煌變文選注》

江藍生（2003）指出：漢語一般使用前置的介詞表達各種語法意義，可稱爲前置詞型語言；蒙古語是用後置的格附加成分表達語法意義的，可稱爲後置型語言。在這兩種語言相接觸中會產生一種前置詞與後置詞兼用的疊加式。

如上所述，我們可以在元蒙時期出現了一大批前置詞與後置詞兼用的疊加式。我們認爲，「除……外」也屬於前置型「排他標記」與後置型「排他標記」組成的一種疊加式。只是這種疊加形式早在「排他標記」產生之初就已經出現了，並非由於漢語與蒙古語的語言接觸而出現，但是在元蒙時期由於受同時期其它前置詞與後置詞兼用的疊加式的推動得以迅猛發展。高娃（2005：162）指出蒙語中有表排除的後置詞 tulgiyen。

曹廣順（2004）細緻討論了語言接觸中的「重疊與歸一」現象，〔註 8〕指出重疊出現的條件，一般都是語義相同或相近，語法格式差別較大的形式。語言接觸是誘發重疊的一個重要原因。當發生語言接觸的時候，不同的表達方法使語言的使用者無所適從，兼顧的辦法就是重疊。重疊是一種發展過程中的過渡現象，其結果勢必走向歸一。

「除……外」是由漢語自身發展而來的疊加式，語言接觸僅在其產生之初提供了一定的契機。「除」作爲前置型「排他標記」和後置型排他標記「外」一直處於共存狀態，即使在明清時期，我們還是可以發現其用例，如：

（55）除堂上官自陳外，其餘兩廂詔獄緝捕、內外提刑所指揮千百戶、鎮撫等官，各挨次格，從公舉劾，甄別賢否，具題上請，當下該部詳議，黜陟升調降革等因。（《金瓶梅》第七十回）

中「除」的比例爲 34.62%，「外」的比例爲 42.31%，「除……外」的比例爲 23.08%。宋代《張協狀元》、《五燈會元》和《朱子語類》中「除」的比例爲 49.19%，「外」的比例爲 37.1%，「除……外」的比例爲 13.71%。元代《古本老乞大》、《老乞大諺解》、《元代白話碑文》、《全相平話五種》、《元刊雜劇三十種》、《元典章》、《元朝秘史》中「除」的比例爲 24.37%，「外」的比例爲 2.73%，「除……外」的比例爲 72.9%。明代《忠義直言》、《金瓶梅》中「除」的比例爲 85.71%，「外」的比例爲 9.52%，「除……外」的比例爲 4.76%。清代《小額》、《老乞大新釋》、《重刊老乞大》、《兒女英雄傳》、《紅樓夢》中「除」的比例爲 43.32%，「外」的比例爲 31.58%，「除……外」的比例爲 25.1%。

〔註 8〕曹先生所討論的「重疊」即江先生所討論的「疊加式」。

（56）依你說起來，除了娘，把俺們都攆，只留著你罷！（《金瓶梅》第十一）

（57）但憑老爹發心便是。此外親友，更求檀越吹噓吹噓。（《金瓶梅》第七十回）

（58）除《四書》外，杜撰的太多，偏只我是杜撰不成？（《紅樓夢》第三回）

（59）天地生人，除大仁大惡兩種，餘者皆無大異。（《紅樓夢》第二回）

（60）只這兩件外，我再沒不放心的了。（《紅樓夢》第十三回）

所以，「除……外」與其它語言接觸所誘發的重疊不同之處在於，它在漢語中還未喪失活力而走向「歸一」。這大概是因爲其歸根結底是一種源自漢語內部的疊加式的結果。

6.4 小　結

（一）「除」作爲「排他標記」並不是一個簡單借用的過程而離不開漢語自身的發展。佛經翻譯在這一過程中所起到的作用是：（1）爲漢語引入了「排他」範疇。（2）由於佛經原典中的「排他標記」使用來源於「去除」義動詞的 sthāpayitvā，從而爲漢語的「除」經由「去除」義動詞發展爲「排他標記」用法提供了模型。「除」的「排他標記」用法在漢語中的產生明顯是「複製語法化」的類型。

（二）「外」語法化爲「排他標記」的一條路徑爲：處所名詞＞具體方位後置詞＞抽象範圍後置詞＞排除範圍後置詞。後置詞「外」如果來源於「方位詞」即符合語序類型學的語言共性，如果來源於動詞「外」便是這一語言共性的例外。

（三）「除……外」也屬於前置型與後置型「排他標記」組成的一種疊加式。只是這種疊加形式早在「排他標記」產生之初就已經出現了，而在元蒙時期由於受同一時期其它前置詞與後置詞兼用的疊加式的推動得以迅猛發展。「除……外」與其它語言接觸所誘發的重疊不同之處在於，它在漢語中還未喪失活力而走向歸一。

總之，「除」和「外」的產生都跟語言接觸有一定的關係，但都離不開漢語自身的發展。Heine（2008）曾經指出，語言接觸所導致的轉移（transfer）的兩種主要的類型是「借用」（borrowing）和「複製」（replication），二者是根本不同的，前者包含從一種語言到另一種語言材料（substance）的轉移，「材料」可以採用借詞、借用的語音單位或者一些屬性等等，而在複製中則沒有任何眞正的轉移，說話人所做的是他們在複製語言中採用可用的語法手段以便創造在模型語言中符合或者是被認爲符合的適當的結構。我們通過分析與「除……外」相關的一些問題認爲，語言接觸在漢語「排他標記」形成過程中所起的主要是「複製」類型的轉移。

除了「除……外」外，我們在上文提到了很多疊加式的例子，對於疊加式所體現的語言接觸的作用，下面略作說明。

6.5　小議其它幾種疊加式類型

6.5.1　表類同類

姜南（2011）指出，不同於上古漢語加在形容詞或副詞之上、表達樣態的「如/若……然」結構，中古新興的框式介詞「如……等/許」引進名詞作爲平比基準，表示等同。「如……等」側重表示數量相等，「如……許」側重表示大小相同。譯經中表示等同的「等/許」基本上是在仿譯原文同型等比結構的過程中發展爲後置等比標記的，進而與前置詞「如」相搭配，形成框式等比標記「如……等/許」。

龍國富（2013）指出，比況助詞「等」和「許」，產生於中古，有兩種用法：

A. 用於口語，放在詞或詞組後面，表示某種比喻或說明某種情況的等同，如：

（61）爾時所化無量恒河沙等眾生者，汝等諸比丘及我滅度後未來世中聲聞弟子是也。（《法華經》25c）

B. 「等/許」與「如」搭配使用，構成「如……等（許）」等比格式，相當於「如同……一樣」，表示等同關係。如：

（62）如恒河沙等，無數諸眾生。於此佛法中，種佛道因緣。（29c）

中古譯經中有「名詞＋等」和「如＋名詞＋等（許）」兩種結構，且都很常見，表同比的助詞，在唐代又出現有「般」。太田辰夫（1958）指出，「般」是「一般」的省略形式，用作表示類比或比擬的後置助詞。

「名詞＋等」和「如＋名詞＋等（許）」兩種結構都相當於「像……一樣」，它們都源於梵文的翻譯。一是梵文不變詞組成的「yathā＋中性名詞」，被譯作「名＋等」和「如……等（許）」。二是梵文複合詞詞尾組成的「名詞＋mātra/sama/upama」，被譯作「名＋等」和「如……等（許）」。

李崇興、祖生利（2011：352）指出，蒙古語裏 metü 的功能與漢語的像義動詞「如」、「似」等及比擬助詞「（一）般」以及搭配形式「如/似……（一）般」基本相當。由於漢語的像義動詞是前置詞，與 metü 的語序位置剛好相反，所以直譯體文字更常使用語序位置相同的助詞「一般」來對譯。

此外，江藍生（1992）指出，「也似」由動詞「似」前加語助詞「也」組成，不合乎漢語構詞法的通例，很可能是受到阿爾泰語（主要是蒙古語）語法的影響所致。江藍生（1999）又指出，金元以前的比擬式基本都是「D+X+Z」（D：像義動詞；X：喻體；Z：比擬助詞。如：「似 X 相似」），只能做謂語；而金元時期的比擬式「X＋似/也似＋NP/VP」，前面不用像義動詞，「X＋似/也似」比擬結構的語法功能是做修飾語，或修飾 NP 做定語，或修飾 VP 做狀語，這一點跟以前的比擬式有著根本的不同。金元時期的這種比擬式不是漢語原有的比擬式的繼承與發展，而是模仿阿爾泰語（主要是蒙古語）比擬表達詞序而產生的新興的比擬式，是在特定歷史社會條件下語言接觸和融合的產物。

楊永龍（2014）指出融合型「如＋X＋相似」是由兩種語序類型的比擬構式通過語言接觸而產生的新構式。後置詞「似」正是在「X＋似」充當修飾語的位置重新分析而來，這個過程是在元代完成的。可以重新分析可以說是漢語自身的發展，但金元代後的廣泛使用則可能與當時的阿爾泰語的影響有關。作爲後置詞的「似/也似」能夠在元代以後繁榮起來，甚至讓人已經感覺不到它們的 OV 型特徵，這應該與元代蒙古語影響的強化密不可分。對「影響」要有全面的理解，借用是影響，母語干擾也是影響，某一用法的強化、新功能的增加、用自源的要素表示新的範疇等等，都可以通過語言接觸而引發。

6.5.2　表原因類

一、關於「因著……裏」，李崇興、祖生利（2011：4）指出「因著胡家的氣力裏」，意思是「憑著胡家的勢力」，既用了「裏」，又用了「因著」，是蒙漢句法的混合。

二、關於「因……上頭」，李崇興、祖生利（2011：10）指出《元典章・刑部》直譯體文字中「上/上頭」原因後置詞的用法，主要對譯中古蒙古語表示原因的後置詞 tula 和形動詞工具格附加成分-・ar/-bar 的結果。「上頭」直接位於體詞性成分之後，如：

（63）留得好名聽，著後人知道呵，這般上頭，顯得咱每父母名聽有。（開宗明義章第一）

「上」、「上頭」表原因，還經常跟漢語裏面引進原因的介詞「因」、「爲」搭配，是漢、蒙兩種句法的混合。方位詞「上」自漢魏以來意義逐步虛化，唐代時常泛指人或事物所在的所處、範圍、方面。到了宋元，「上」不只是附在表示人或事物的名詞後，泛指人或事物所在的方面，還可以附在表示抽象事理的代詞、形容詞、動詞甚至短語、句子後，泛指某種性狀、事物的方面。究其實質，「上/上頭」的作用仍是指前附成分所表示的方面，其原因後置詞的功能是句子自身具有的語義邏輯關係臨時附加的，「上/上頭」本身並不是眞正的原因後置詞，但它確與蒙古語原因後置詞在意義、功能上有著相通之處，故而以此來對譯。元代非直譯體文獻中也有大量原因後置詞「上/上頭」的用例，那應該是上述蒙古語原因後置詞影響和滲透的結果，並非元代漢語因果句自身發展的產物。元代以後，由於蒙古語影響勢力的退出，漢語傳統的前置因果連詞重新佔據了統治地位，單用「上」、「上頭」表原因的情況很少了，原因後置詞「上/上頭」最終沒能在漢語因果標記系統中紮下根來而走向消亡，不過跟「因」、「爲」搭配使用的例子仍然常見，尤其是「因此上」，幾乎成爲常語，傳統戲曲裏面直到今天仍然使用。這是因爲用了「因」、「爲」等介詞後，說漢語的人一聽就知道是表示原因的話，比較容易接受，因而能夠通行。久而久之，人們就漸漸忘掉了「上」、「上頭」的來歷，只把它們看成普通的方位詞了。漢語的介詞常常跟方位詞搭配，這個「上」、「上頭」跟在「因」、「爲」的後頭，也不覺得不合理。

三、關於「以……故」，王繼紅、朱慶之（2013）總結道：在標準文言文中，連詞「故」用在因果關係複句中，表示結果或結論。從句法位置上看，「故」

大多用於表示結果或結論的分句句首，即「……，故……」。也可以用在表因分句中，一般要與介詞「以」、「爲」連用，即「……以……故，……」或「……爲……故，……」。這種與介詞「以」或者「爲」連用的句末「故」並非連詞，而是名詞，所以也常常用在「……以……之故，……」或「……爲……之故」等結構中。在這種用法的名詞「故」後，可以出現語氣詞「也」。漢譯佛經中，連詞「故」經常自由地出現在小句或因果複句中表因分句的末尾。有時，在因果關係複句中，不但在表因分句的句末使用「故」，還可以同時在表果分句中使用「是以」，二者前後互相呼應。這種用法的句末「故」既可以與「以」搭配使用，也可以不搭配使用。句末「故」的這種用法已經成爲漢譯佛經語言的語法特徵之一。

這種用法的「故」不是漢語固有成分，是在翻譯中受原典影響而產生的。許理和（1977）提出佛典中的特殊用法可能是梵文表原因的離格（causative ablative）的對譯，句尾詞「故」的用法經歷不同時代一直作爲佛經語言的特點而保留下來，甚至在宋朝最晚的佛經譯文中還有很多這種用法。用於句尾的「故」，成了佛經宗教語言的一個區別性特徵，這種文體至遲在唐代已經和文言文一樣，成爲一種固定的程序了。高崎直道（1993）認爲是梵文從格（即離格）或 iti 的對譯；王繼紅（2004）認爲「故」對譯的梵文可能是表原因的從格、具格或不變詞 hi，也可能是表目的的名詞 artha。（1）在梵語裏，表示原因的從格常常位於全句的末尾，補充說明事件發生的原因和條件。在仿譯原典從格而形成的因果關係複句中，常常是表果分句在前，表因分句在後。帶有句末「故」的表因分句常常位於整個複句的尾部。有時，句末「故」可以與「以」或「由」等詞語搭配使用，共同對譯原典中的從格格尾。（2）梵語中的具格主要表現工具、途徑，還表現方式、達到目的的手段以及原因等。原典中表示原因的具格格尾，在眞諦本中大多被譯爲「由……故」，而在玄奘本中卻被譯爲介賓短語或原因狀語從句，這可能是由於譯者語言習慣的不同所導致的。（3）梵語中不變詞 hi 表示原因，一般用於特殊疑問句的回答中，原典中的不變詞 hi 在漢譯本中常常被譯作句末「故」。（4）梵語中的名詞 artha 意爲「目的」，以 artha 結尾的不變狀複合詞常常表示動作行爲的目的，這種語法意義在漢譯本中是由「爲……故」或「欲……故」結構來對譯的，這種情況下的「故」是名詞。句末「故」可以對譯原典中的名詞 artha 和以 artha 結尾的不變狀複合詞。「爲」大多用來引導表示目的的分句，爲了不使讀者忽略 artha 的因果關係的用法，所以用句末「故」加以強化。

遇笑容（2004）指出在不同的譯者筆下的「故」產生於不同的機制。《具舍論》有眞諦本和玄奘本，都有特殊的「故」。眞諦是在學習使用漢語的過程中，受到母語的干擾，而玄奘是在學習梵文的過程中，受到目的語的干擾。從翻譯佛經到本土佛教著作，唐五代以後「故」出現在《祖堂集》、《景德傳燈錄》等禪宗語錄裏。以上發展過程可以歸納爲：西域譯經→本土譯經→在本土譯經中擴大使用→本土佛教文獻。本土佛教文獻是「故」發展的終結點，此後它沒有出現在佛教文獻之外的漢語本土文獻中，最終也沒有最終進入漢語，所以「故」實際上是一個在語言接觸條件下，外來語影響漢語不成功案例。

6.5.3 表完成類

一、「訖」表完成，《史記》中已經出現了「VO 訖」，但這種「VO」加完成動詞的用法，在早期並不多見。李崇興、祖生利（2011：6）指出《元典章・刑部》中「訖」幾乎都是用在動賓之間。「訖」本是一個表示完結意義的動詞，魏晉時期，跟「了、已、畢、竟」等動詞一起，用在「動（＋賓）＋完成動詞」的格式裏，表示完成貌。到了唐代，「了」字變成最常見的完成義動詞，「動（＋賓）＋了」成爲主流。此後，「訖」雖然仍使用，但在口語中逐漸被淘汰，成爲一個書面語詞。《元典章・刑部》中，「訖」和「了」並用，但在分佈上互補，「訖」字幾乎用於漢體公文，「了」則比較集中出現在蒙古語直譯體文件中。《元典章・刑部》裏大量用同「了 1」的「訖」不是記錄口語，而是公文筆法的一種表現。在元代以前的文獻中，「V＋訖＋賓」罕見，但在刑部中，「V＋訖＋賓」常見而「V＋賓＋訖」罕見，實際上是元代「V＋了＋O」全面取代「V＋O＋了」的反映。因爲在許多情況下，「訖」只是「了 1」在書面語中的代用品，既然表示動作完成的「了」在當時只能緊附在動詞之後，居於動賓之間，相應的，「訖」的位置就從原來的居於動賓之後，移到動賓之間。

二、「已」表完成，在中古譯經中表現特殊。蔣紹愚（2001）指出「動詞＋完成動詞」，完成動詞包括「已、畢、竟、訖」，其語義是表達動作的完成或完結，性質是動相補語。這種「已」大多數與梵語的絕對分詞（或叫獨立式；Absolutive Gerund）相對應。……在梵語裏絕對分詞一般表示同一行爲者所做的兩個行爲的第一個（『……了以後』），相當於漢譯佛經的「已」。「動（賓）已」格式中，「已」應分爲用於持續動詞後的「已 1」和用於瞬間動詞後的「已 2」，「已 1」是先秦以來漢語中「已」的固有用法的延續，而「已 2」是佛典中新出現的現象，是對梵文「絕對分詞」的對譯，表示動作的完成或實現（而非「已 1」所表示的完結），這種功能是漢語中新產生的，這與後來的完成貌詞尾「了」的功能相當。「動詞＋（＋賓語）＋已」表示完成或完結，二者是有區別的，「持續動詞＋已」表完成是漢語固有的，「瞬間動詞＋已」表完結可能是在佛經翻譯的時候，早期譯者都是外來僧人，他們因對漢語非完全習得而未能清楚區分在漢語中只有「持續動詞」可以帶「已」而「瞬間動詞」不可以，或即使可以區分但由於其母語干擾而經常用錯，從而把他們母語中沒有差別的完成範疇套用在漢語翻譯裏，這樣「已」也用在「瞬間動詞」之後了。

遇笑容（2010：57）認爲「瞬間動詞＋完成動詞」的用法已經是佛經翻譯者的一種固定用法，而不僅僅是一種對譯的方法，這是早期譯經裏的特殊現象，本土文獻中並不使用。遇笑容、曹廣順（2013）又指出，先秦完成動詞「已」已經出現個別例子，西漢仍然偶見，出現結構爲「VO 已」，V 爲持續動詞，「已」是完成動詞。東漢至隋唐，見於持續動詞後面的「VO 已」本土文獻仍然少見，瞬間動詞後面沒有出現。譯經中「VO 已」大量出現，V 除持續動詞外，也有瞬間動詞；這些「已」來自梵文的獨立式後綴 tvā、ya，和由字根加後綴 ta（陰性 tā）、na 構詞的過去分詞。梵語的獨立式表示一種先於主句所表達的主要行爲的行爲，或與主句行爲者同時的行爲。過去分詞，表示完成。這種先於行爲的行爲和完成，在梵文裏是用詞綴表達的，而漢語中顯然沒有相應的語法範疇。在譯者母語態的範疇在漢語中沒有相應的形式，譯者又未能正確理解漢語完成動詞「已」的使用限制的條件下，譯經中出現和使用了包含瞬間動詞的「VO 已」格式，同期本土文獻中沒有瞬間動詞類「VO 已」出現，說明這一格式可能還沒有被漢語所接受。唐代起，「VO 已」中持續、瞬間動詞均可使用，同時「已」開始部分被「了」替換。「已」的變化是通過模糊規則引發的，之後在其干擾下，導致了漢語的一系列變化，包括：「已」出現在瞬間動詞之後，完成動詞向「已」歸併，「了」取代了「已」，「了」從完成動詞向動態助詞演變。

三、「了」表完成，李崇興、祖生利（2011：167）指出，「V＋了＋賓」唐五代已經出現，越來越佔優勢，可在南宋普及率還不是特別高，在《朱子語類》中，「VO 了 V」的例子不在少數，但在《元典章・刑部》中只有 6 例〔註 9〕，「V＋了＋賓」在元代得到異乎尋常的發展，除了語言自身的原因外，還有外力的推動作用。元代漢語同蒙古語的接觸，其廣度和深度都超過了以往漢語同非漢語的接觸，蒙古語動詞的時體成分總是緊附於動詞的，在動詞需要帶賓語的時候，直譯體的形式只能是「動＋了＋賓」或「賓＋動＋了」格式。「動＋了＋賓」在元代全面取代「動＋賓＋了」，是由於蒙古語的推動。

此外，「了」跟助詞連用，形成「了也」、「了來」的形式。「了也」連用最早見於唐末五代文獻。劉勳寧（1985）指出，不帶「也」的「V（O）了」結構，必須以另一個 VP 相隨爲條件，而帶「也」的「V（O）了也」則可以足句。李崇興、祖生利（2011：169）指出《元典章・刑部》中一則在動賓結構中「了」只能緊附於動詞，可以認爲「了 1」已經發育成熟；二則「了」可以用在句末，已經具備了成句功能，「了 2」大體定型。

「了來」連用元代以前的用例，如：

（64）衣鉢分付什麼人了來？（雲門匡眞禪師廣錄，大正藏，卷四七）

「了」、「來」是近代漢語裏兩個重要的事態助詞，均產生於唐代。「來」表示動作狀態的完成或事件的曾經發生，「了」先虛化爲動態助詞了 1，宋代又成爲事態助詞了 2。元代漢語裏「了」、「來」是兩個常用的表示動作、狀態完成時態的助詞，無論在功能上還是位置上都與蒙古語動詞陳述式過去時附加成分-ba/-be 等基本一致，「來」在語音上還與-la・ai/-le・ei 等近似，因此用它們來對譯是恰當的。蒙古語先行式副動詞表示該動作或狀態的實現先於其它動作，所以也可以用「V1 了」來對譯；假設式、銜接式等副動詞形式往往也含有該動作先於後面動作而發生或以該動作的實現爲前提，所以有時也用「V1 了」、「V1 了/來呵」等對譯。但此時「了」、「來」的語法意義與漢語的會有所不同：「了」、「來」有時不是強調該動作自身的實現、完成，而是強調該動作先於後面的動作發生或以此爲前提。

〔註 9〕「V+了+賓」有 149 例。

「了來」元代得到比較廣泛的應用，跟翻譯蒙古語有關，《元典章・刑部》中「了來」全部出自直譯體文件。從漢語的立場看，「了」字主要表示動作的完成，「來」字則是一個過去時態的語法標記。在元明蒙漢對譯材料中，時態助詞「了」「來」常被用來對譯蒙古語動詞（包括助動詞）陳述式過去時附加成分-ba/-be、-bai/-bei、-bi、-ǰu・u/-ǰü・ü、-ǰu・ui/-ǰü・üi、-ǰi・ai/--ǰi・ei、-ǰiyi、-ču・u、-ču・ui/-čü・üi、-lu・a/-lü・e、-lu・ai/-lü・ei、-la・a/-le・e、-la・ai/-le・ei、-ligi、-a/-e 等。有時也用「了來」、「了也」、「了有」、「有來」、「了有來」等組合形式來對譯。此外，蒙古語先行式副動詞附加成分-・ad/-・ed 也常用「了」來對譯。

下面的一些情形有時也譯作「了」：

1. 假設式副動詞附加成分-・asu/-basu 多譯作語氣詞「呵」，有時也譯作「了呵」。

2. 界限式副動詞附加成分-tala/-tele 常譯作「直到（至）」、「及」、「比及」等，有時也譯作「了」。

3. 銜接式副動詞附加成分-qu（i）-lu・a/-kü（i）-lü・e 有時譯作「（才 V）了」、「了呵」。

「了有」只見於蒙古語直譯體文件，有明顯的蒙古語背景。「了有」全部用於句末，有成句功能。

6.5.4　表假設類

高婉喻（2011）系統討論了漢語常用假設連詞的演變，漢語假設連詞的來源是很多的，有源自象似義的「若」和「如」，有源自假借義的「假」和「設」，有源自使役義的「使」、「役」和「令」，有源自或然義的「倘」和「或」，有源自意志義的「要」，有源自極微義的「萬一」。此處主要討論跟語言接觸有關的假設連詞。

一、時間詞表假設，江藍生（2002）指出，近代漢語裏較早出現的表示假設的助詞是唐代由時間名詞虛化而來的「時」和「後」，如：

（65）欲識我家夫主時，他家還著福田衣。（難陀出家緣起）

（66）這個事實天教做，不恁地後，怎生隔著個恁大海便往來得？（三朝北盟彙編，卷四）

江藍生（2002）指出，用作假設助詞的「時」在敦煌本王梵志詩中已頻見，假設助詞「時」的出現年代不會晚於初盛唐。江藍生（2002）對來自時間範疇的「時」的語法化過程、誘發其語法化的句法語義條件及其語法化的內部機制進行了分析，建立了「時」語法化的鏈條：時間名詞→時間名詞或假設語氣助詞兩可→假設語氣助詞→一般停頓語氣助詞→名詞話題標記。元明時期的文獻語料和現代西北方言臨夏話及福建連城客家話可以看到「是」跟「時」相通。

王繼紅（2014）指出，在《俱舍論》南朝眞諦譯本中，「時」沒有用作假設助詞的情況。在初唐時期的玄奘譯本中，時間名詞「時」已經可以用作假設句的語氣助詞，表示假設語氣。

二、語氣詞表假設，李崇興、祖生利（2011：9）指出，「呵」字多用在假設從句的後頭，表示假設。「呵」表假設的用法開始出現於宋代。漢語中表示假設關係常用意合法，蒙古語中則有相應的形式標記。《元典章・刑部》中「呵」的頻繁大量使用，是因爲其蒙古語背景。「呵」還可以用於非假設句，因爲小句之間有相通性。這些充當假設標記的「呵」實際是對譯蒙古語假定式副動詞附加成分的結果，中古蒙古語的假定式副動詞附加成分是-・asu/-・esü、-basu/-besü，《元典章・刑部》直譯體文字中除多數譯以「(若/如）……呵」外，也有一些譯作「時/時分/時節」、「若……時/時分/時節」或「若」、「如」的。

李崇興、祖生利（2011）指出，宋元漢語裏，假設從句可以有「假設連詞（＋分句)」、「(分句＋）假設助詞」和「假設連詞＋（＋分句＋）假設助詞」三種標記形式，在蒙古人的語感裏，由於「(分句＋）假設助詞」與假定式副動詞附加成分的位置和功能都很一致，無疑是最適合的對譯形式。而直譯體文字之所以選擇「呵」而不是「時」或「後」作爲-・asu/-basu 主要的對譯形式，大概是因爲「時」、「後」作爲假設助詞，多少帶有詞彙意義，同時它們又是兩個常用名詞，需要用來對譯蒙古語裏相應的名詞 čaq、qoyina，在《蒙古秘史》裏「時」還常用來對譯形動詞語-位格附加成分-dur 和預備式副動詞附加成分-run 等，而「呵」本身則是個專職的語氣詞，沒有什麼實在意義，用於句中停頓處，原本表示語氣的間歇，故可見於多種時態和句式，產生多種語氣效果，語音上也與-・asu/・esu 比較接近。

明代中葉以後，假設助詞「呵」逐漸不用，重新代之以「時」作爲主要的後置假設標記。

此外，龍國富（2013）指出，中古譯經中表示假設和提頓語氣的助詞還有一個「者」字。「者」用在假設小句的末尾，做假設語氣助詞，跟假設連詞「若」搭配，形成「若……者」格式。

6.5.5　表複數類

名詞複數標記：諸……等/眾/輩/類，古漢語中表示人數眾多的形容詞「諸」和表達同類、類屬的名詞「等」因頻繁對應原文名詞的複數變化而發展爲譯經常用的複數標記。

余志鴻（2007）《元代直譯體漢語名詞的「數」範疇》以《蒙古秘史》爲基本語料，指出「數＋名＋複數後綴」等表數格式正是漢語言在特殊歷史條件下語言接觸的產物。

王繼紅（2014）指出，梵文原典的複數在漢譯本中通過詞彙形式表達，譯爲「諸」、「眾」，其中以前者最爲常見。原典中列舉性的複合詞，在漢譯本中，通常在複合詞漢譯形式的末尾添加「等」字。在原典中有些複數形式是以 prabhṛti 或 ādi 等詞收尾的複合詞，這種類型的複數詞在漢譯中多將 prabhrti 譯爲漢語中表示複數的助詞「等」。

本章主要細緻討論了疊加式如何體現了語言接觸作用力的問題，疊加式是尋找到語言接觸作用的一種重要途徑，通過討論，我們認爲：

（一）「除……外」屬於前置型與後置型「排他標記」組成的一種疊加式。只是這種疊加形式早在「排他標記」產生之初就已經出現了，而在元蒙時期由於受同一時期其它前置詞與後置詞兼用的疊加式的推動得以迅猛發展。

（二）表類同類，蒙古語裏 metü 的功能與漢語的像義動詞「如」、「似」等及比擬助詞「（一）般」以及搭配形式「如/似……（一）般」基本相當。由於漢語的像義動詞是前置詞，與 metü 的語序位置剛好相反，所以直譯體文字更常使用語序位置相同的助詞「一般」來對譯。譯經中表示等同的「等/許」基本上是在仿譯原文同型等比結構的過程中發展爲後置等比標記的，進而與前置詞「如」相搭配，形成框式等比標記「如……等/許」。後置詞「似」、「也似」的產生，即離不開漢語自身的發展，也有語言接觸的衝擊，是 VO 與 OV 兩種語序類型互相接觸、交互作用的結果。

（三）表原因類，既用了「裏」，又用了「因著」，是蒙漢句法的混合。《元典章・刑部》直譯體文字中「上/上頭」原因後置詞的用法，主要對譯中古蒙古語表示原因的後置詞 tula 和形動詞工具格附加成分-・ar/-bar 的結果。在漢譯佛經中，連詞「故」經常自由地出現在小句或因果複句中表因分句的末尾，這種用法的「故」不是漢語固有成分，是在翻譯中受原典影響而產生的。

（四）表完成類，《元典章・刑部》中，「訖」和「了」並用，但在分佈上互補，「訖」字幾乎用於漢體公文，「了」則比較集中出現在蒙古語直譯體文件中。「已 2」是佛典中新出現的現象，是對梵文「絕對分詞」的對譯，表示動作的完成或實現。由於梵漢語言的類型差異，漢譯本中的先時連接通過詞彙手段實現，使用先時標示成分「……已」和「已……」來對譯梵語過去被動分詞和獨立式。「動＋了＋賓」在元代全面取代「動＋賓＋了」，是由於蒙古語的推動。「了來」元代得到比較廣泛的應用，跟翻譯蒙古語有關。「了有」只見於蒙古語直譯體文件，有明顯的蒙古語背景。

（五）表假設類，《元典章・刑部》中「呵」的頻繁大量使用，是因爲其蒙古語背景。中古譯經中表示假設和提頓語氣的助詞有一個「者」字。

（六）表複數類，「數＋名＋複數後綴」等表數格式是漢語言在特殊歷史條件下語言接觸的產物。梵文原典的複數在漢譯本中通過詞彙形式表達，譯爲「諸」、「眾」，其中以前者最爲常見。原典中列舉性的複合詞，在漢譯本中，通常在複合詞漢譯形式的末尾添加「等」字。

本文在其它部分的討論中有時也涉及到疊加式的問題，可見通過疊加式可以使我們找到語言接觸的痕跡。再如：

（67）和尚自己其間做罪過的，則教和尚每頭目斷者。（《元典章・刑部》卷之一）（使役義）

（68）則是今現蓮華首菩薩是。（《正法華經》）（係動詞）

（69）與了執吧金印令旨與了也。（1277 年周至清陽宮令旨碑）（給予義）

（70）有勾五十尺的有麼？（古本老乞大）（擁有義）

第七章　特殊語序所觸發的語言演變

本章對「V 給」進行個案研究，以探究漢語在與 OV 型語言接觸後所引發的特殊語序對漢語語法變化有何影響的問題。之所以選擇「V 給」進行個案研究，因爲「V 給」在語義上涉及到給予、使役、被動、處置、賓格標記等多種語法意義。這些語法意義與句法位置的不同密切相關，正可以爲我們研究語序對語法變化的影響提供途徑。

關於「V 給」語法化路徑，以往學者作過討論，如橋本萬太郎（1987）指出使動－被動兼用只限於北方，而南方卻保有『給』或由其同義詞轉化來的被動標誌。江藍生（2001）認爲給予動詞無論在南方還是北方，自古以來就是使役和被動兼用的。蔣紹愚（2002）認爲「給」從「給予」義，經由「使役」發展出被動用法。李煒（2004）等認爲北京話中「給」表被動是受南方官話的影響，而非自身發展演變的結果。木村英樹（2005）指出「北京話『給』的功能由標記受益者擴展到標記狀況引發者，進而產生被動介詞功能」。李宇明、陳前瑞（2005）認爲北京話中的介詞「給」是在助詞「給」（給 V）的誘導下逐步發展出被動用法的。張文（2013）重點討論了近代漢語中「給」的「給予」義、「使役」義、「被動」義、「處置」義和「致使」義的演變路徑，重點討論了「給」語法化的內因。

本文主要討論了漢語史上給予動詞（不限於「給」）的語法化路徑〔註1〕，並著重分析外因對其語法化的作用力。

7.1 V給語法化的一般路徑

7.1.1 給予義

先秦至清代通用的「給予」義動詞是「與」和「給」〔註2〕，主要進入雙賓結構且可以單獨帶與事賓語R，如：

（1）與之釜。（論語・雍也）

（2）這件給你罷。（紅樓夢第五十二回）

在4.2.2節，我們已經論述過，二價動詞演變爲三價動詞在漢語史上的一般路徑爲：

V二價＋T＋與＋R→V二價＋與＋R＋（T）→V三價＋R＋（T）

二價動詞自身的增元是在「V與」結構中進行的。二價動詞V會逐漸沾染「與」的語義和語法功能而發展爲新的三價動詞，在V演變爲三價動詞後，「V與」結構中「與」爲結構增元的功能就會變得冗餘。「V與」結構魏晉南北朝之後出現，「V與」結構出現的原因一方面是爲了給V增元，另一方面也受到了中古以後漢語音節結構雙音化趨勢的影響，有學者認爲漢語音節雙音化某種程度上也由於佛經語言的影響。

「V與」結構是二價動詞發展演變爲三價動詞過程中重要的一環。V給「給予」義的由來，除了原生的三價給予動詞外，主要通過爲二價動詞增元的方式發展而來，增元的方式主要是通過使V給內部語義〔＋方向〕的表達由分析型發展爲融入詞彙內部的方式進行。

7.1.2 使役義

「甲＋V給＋乙＋V」結構中，「給予」義可以重新分析爲「使役」義，如：

〔註1〕本文稱之爲「V給」。

〔註2〕「給」的「給予義」萌芽於晚唐五代時期，成長於宋元明時期，成熟於清代。「給」在清代之前，還主要作「供給」義而非「給予」義動詞。

（3）世*尊故衣*，勿與我著。（賢愚經卷八）

（4）不辭煎茶，與什摩人吃？（祖堂集卷第十八）

「V給」處於「甲＋V給＋乙＋V」結構中出了可以重新分析爲「使役」義外，還可以純粹表示「使役」義，如：

（5）欲與張令妻再活。（敦煌變文選注・葉靜能詩）

（6）若與我此山不安，汝便當時發遣出此山中。（敦煌變文選注・廬山遠公話）

（7）我公休與婆知，種些善基，（張協狀元）

（8）無故給平兒沒臉。（紅樓夢第四十四回）

（9）你帶了去，給璉兒放在屋裏，……（紅樓夢第四十六回）

（10）千萬別給老太太、太太知道。（紅樓夢第五十二回）

「V給」在這裡之所以不具有「給予」義，是因爲在「甲＋V給＋乙＋V」結構中，「甲」無法實現向「乙」轉移某物，「乙」也無法擁有「甲」所轉移之物，因此使「給予」義理解受阻。用於「使役」義的「V給」可以帶有「致使性」，如例（6）和例（8），可以用於祈使句中，如例（7）和（9）。這可以看作「給予」義的經歷了重新分析獲得「使役」義後，其功能方面的擴展。

值得注意的是，除了以往學者討論較多的「甲＋V給＋乙＋V」結構中，V給重新分析爲「致使」義外，V給發展出「致使」義還有另一種途徑，V給的賓語可以由謂詞性成分隱喻而來，當V給的賓語是謂詞性成分時，V給可以直接重新分析爲「致使」義，「V給＋謂詞性賓語」結構中的「V給」重新分析出「致使」義先秦時期就可以發現用例，如：

（11）彼實家亂，子勿與*知*，不亦可乎？（左傳・昭公）

（12）然百姓離秦之酷後，參與*休息無爲*，故天下俱稱其美矣。（史記卷五十四曹相國世家第二十四）

例（11）中「與」「彼」的是「知」，例（12）中「與」「百姓」的是「休息無爲」。

「V給＋謂詞性賓語」結構和「甲＋V給＋乙＋V」結構不同的是：

（一）「甲＋V給＋乙＋V」結構中的「V」是及物的，如例（3）中的「著」；而「V給＋謂詞性賓語」結構中，「謂詞性賓語」可以是不及物的，如例（12）。

（二）「甲＋V給＋乙＋V」結構特點是 V 不是 V給的直接論元且 V 的直接賓語居前，如：

（13）我使*幾路棒*與你看。（張協狀元）

（14）我也唱*個兒*與娘們聽。（金瓶梅第七十四回）

而「V給＋謂詞性賓語」結構中，V給後的謂詞性成分是 V給的直接論元，如例（12）。

（三）「甲＋V給＋乙＋V」結構中，「V」的賓語因爲也是 V給的賓語（一般爲客事賓語 T）而居前，「V」後一般不出現賓語〔註3〕；而「V給＋謂詞性賓語」結構中，「謂詞性賓語」自身即可以是一個「動賓」結構，如：

（15）子家氏未有後，季孫願與子*從政*。（左傳・定公）

V給在「甲＋V給＋乙＋V」結構中重新分析爲「使役」義在魏晉南北朝時期及宋元之後用例較多〔註4〕，成爲 V給重新分析爲「致使」義的主要路徑。「甲＋V給＋乙＋V」結構中「V」是及物動詞賓語未出現在其後而居前，明顯帶有 VO 和 OV 語序語言雜糅的特徵。

7.1.3　被動義

「（甲）＋V給＋乙＋V」結構中，如果表達「使役」義的「V給」處在表達「不如意」的語境下，「V給」還表達「被動標記」用法，如：

（16）子尙是君之臣，如何不與設計，遂與楚王遣死，以君賤臣。（敦煌變文選注・伍子胥變文）

（17）林之孝家的見他的親戚又與他打嘴，自己也覺沒趣。（紅樓夢第七十三回）

〔註 3〕立一個簡易之法，與民由之，甚好。（朱子語類輯略）可以看做「與」的純粹「致使」義用法。

〔註 4〕西漢時期可以發現個別類似用例，如：天子下其事與丞相議。（史記卷十孝文本紀第十）但仔細分析，《史記》中「議」有三種用法：（1）帶賓語類，（2）不帶賓語類，如：朕不忍致法於王，其與列侯二千石議。（史記・淮南王傳）（3）賓語不是議的對象（某事），而是議的內容，或是議的結果，有的是「議曰」的形式。此處是（2）的情況，是一般的連動句式。此處請教蔣紹愚先生，特此致謝，有不當之處責任由本人承擔。

（18）我原是給你們取笑的，拿著我比戲子取笑。（紅樓夢第二十二回）

從「使役」到「被動」的演變存在的問題有：（一）南北方言差異。（二）是否有演變的其它路徑：如木村英樹（2005）提到從標記受益者標記演變爲「被動」標記。

首先對於「被動」標記表達的南北差異問題，橋本萬太郎（1987）、李煒（2004）等學者認爲北方的「給」表被動並非原生而是借自南方方言。江藍生（2001）、蔣紹愚（2002）等學者從漢語內部分析了「給」的「被動」用法是從漢語自身發展而來的。

本文認爲北方「V給」也是經由自身發展出被動義的，而非借自南方方言，其自身也有一個「使役」的發展過程。「給予」經由使役發展出被動義，是其內部語義要素由「隱含到呈現」自然發展的結果。我們認爲「V給」本身帶有「致使」性，前面提到，黃正德（2008）把漢語雙賓結構的構造形式分成兩大類：一類是「A cause B to have C」，V給在語義上可以分解爲「CAUSE（致使 V1）」和「HAVE（擁有 V2）」。另一類是「A do B to affect C」，即整個句子中所包含的「動詞」在語義上也可以分解爲「ACT（做 V2）」和「DO（影響到 V1）」。我們認爲 V給內部語義可以分解出〔＋CAUSE〕。其可以理解爲「使某人得到某物」，也可以理解爲「使某物移至某人」。前者著眼於「接受者」，後者著眼於「轉移物」。如果著眼於「接受者」，會得到如下語義闡釋：

在（甲）＋V給＋乙＋V結構中　：

（使）接受者得到轉移物並處置轉移物（V給＋乙＋N＋V，如：往常老太太又給他*酒*吃。（《紅樓夢》第八回））

↓

使某人處置某物（V給＋某人＋V，寶玉未必吃了，如：拿來給我孫子吃去罷。（《紅樓夢》第八回））

↓

（使）某物被某人處置（受事＋ V給＋施事＋V，如：*我的一件梯*己，收到如今，沒給寶玉看見過。（《紅樓夢》第四十二回））

正是由於「V給」自身的「致使性」，才有可能發展出「使役」義，進而發展出「被動」義，「使役」義正是對「V給」的「致使」義的呈現。（《說文段注》

「彼不足，此足之也」）給與動詞〉使役標記〉被動標記（Heine & Kuteva 2002）是一條普遍的語法化演變路徑。在漢語史上，可以發現，表使役的「教」、「讓」等也都與「給予」義有關。

（19）置酒沛宮，悉召故人父老子弟縱酒，發沛中兒得百二十人，教<u>之</u>*歌*。（史記・卷八高祖本紀第八）

（20）老弟，你想，這個過節兒得讓<u>那位十三妹姑娘</u>*首座*不得？（兒女英雄傳第十六回）

例（19）中的「教之歌」可以理解爲「教給他歌」，也可以理解爲「讓他歌」；例（20）中「讓那位十三妹姑娘首座」可以理解爲「讓給那位十三妹姑娘首座」，也可以理解爲「讓那位十三妹姑娘（坐）首座」，「教」和「讓」的致使義都與其「給予」義密切相關。

需要注意的是：「V給＋O_R＋O_T＋V」結構中的動詞「V」居後及其賓語「O_T」提前對於「V給」重新分析出「使役」和「被動」至關重要。

「給予」義自身隱含著「致使性」，從「使役」到「被動」是「被動」產生的有普遍意義的一條途徑。除此之外，由「標記受益者」發展而來的「標記受害者」與「被動標記」之間也有著密切的關聯。

7.1.4　賓格標記用法

V給是否可以由「標記受益者」發展爲「標記狀況引發者」，需要全面分析V給介詞用法，我們通過分析，把V給前置介詞用法分爲如下幾類：

（一）引入受益者類

1.「為、替」類

（21）欲得與王治夫人病。（賢愚經卷七）

2. 工　具

（22）先布麥稭厚二寸，然後置麴，上亦與稭二寸覆之。（齊民要術卷七）

3. 與格標記

（23）兒與少府公送酒。（遊仙窟）

4.「向、對」類

（24）當時因什麼不與某甲說？（祖堂集卷第七）

5. 處所類

（25）交與甚處出頭。（敦煌變文選注・舜子變）

6. 不能替換為其它介詞且非與格標記的引入受益者類

（26）都與我閉口深藏舌。（張協狀元）

（二）引入受害者

（1）張協走馬上任，五雞山必須經過，剪草除根，與它燒了古廟。（張協狀元）

（2）我把你的腿不給你砸折了呢。（紅樓夢第六十七回）

「V 給」的賓格標記用法是在其「給予」義所隱含的「方向性」上發展出來的。「V 給」的「方向性」體現在「轉移物 T」由「給予者 A」到「接受者 R」的轉移過程之中。「V 給」可以引入「接受者 R」，即「轉移物 T」最後所到達的歸所。「V 給」作爲賓格標記時，可以引入「VP」這一動作所關涉的對象，二者在「給予」義所隱含的「方向性」上相關聯。

由「受益者標記」發展出「被動標記」可以分爲兩種情況，以「與」爲例：

（一）「受益者標記」直接發展出「被動標記」用法。由於「與」作受益者標記，相當於介詞「爲」，因爲「爲」可以作「被動標記」並且「爲……所」是古代漢語最常見的一種被動句式，所以「與」可以「相因生義〔註 5〕」出「被動標記」的意義且用於「與……所」結構中，如：

（27）和尚是高人，莫與他所使。（祖堂集卷第一）

（28）不貪一切功德利益，不與世法之所滯。（祖堂集卷第十四）

（二）「受益者標記」重新分析出「被動標記」用法。雖然「受益者」和「狀況引發者」都是「引發某種事態的動因」，但是二者對於這一事態變化的參與狀況不同，「受益者」不是引發事態變化的動作的執行者，而「狀況引發者」則是引發事態變化的動作的親自執行者，只有當「受益者」也可以理解爲引發事態變化的動作的執行者時，才會被理解爲「施事」，「V 給」才重新分析爲「被動標記」。

（29）與我旋剝了衣服，拿板子打！（金瓶梅第十二回）

〔註 5〕關於「相因生義」，請參照蔣紹愚（2005：82）。

例（29）中只有「我」是動作的親自執行者時，「與」才重新分析爲「被動」義。

除了「引入受益者類」以外，「引入受害者類」也可以在「受害者」是引發事態變化的動作的執行者的條件下，重新分析爲「施事」，前置介詞「V給」重新分析爲「被動標記」

（30）腿不給你砸折了呢。

例（30）中只有「你」是動作的親自執行者時，「給」才重新分析爲「被動」義。

由此可見，「V給」的被動義的形成與「（甲）＋V給＋乙＋V」結構及其賓格標記用法密切相關。

7.1.5　**處置義**

V給的「處置」標記用法，如：

（31）若被私欲引去，便一似睡著相似，只更與他喚醒。（朱子語類卷第一百一十四）

（32）誰把這東西扔在這兒咧？這準是三兒幹的，咱們給他帶到廚房裏去。（兒女英雄傳第六回）

「V給」發展出「處置標記」用法有如下途徑：

（一）句式「（甲）＋V給＋乙＋N＋V」結構中，「V給」爲「給予義」動詞，「乙」爲接受者，重新分析爲施事，「N」爲轉移物，重新分析爲受事。如：

甲＋ V給＋乙＋N＋VP（姨太太給他*五十兩銀子*收著。（《紅樓夢》第五十回））

↓

（甲）＋乙＋ V給＋N ＋VP（已經好了，還不給*兩樣清淡菜*吃。（《紅樓夢》第五十八回））

（二）V給作賓格標記時，可以進入「受害者」，當「受害者」可以重新分析爲受事時，賓格標記重新分析爲「處置標記」，即「V給＋N（受害者→ 受事）＋VP」，如：

（33）更被唇口囁嚅，與你到頭尿卻。（敦煌變文選注・燕子賦）

例（33）中，「你」是「受害者」也是「受事」，「與」重新分析爲「處置標記」。

「引入受害者標記」又是由「引入受益者標記」發展而來，因此「引入受益者標記」也與「處置標記」產生了聯繫。如果「受益者」可以重新分析爲「受事」，「受益者標記」$V_{給}$可以重新分析爲「處置標記」，即「$V_{給}$＋N（受益者→受事）＋VP」，如：

（34）若只是握得一個鶻侖底果子，不知裏面是酸，是鹹，是苦，是澀。須是與他嚼破，便見滋味（朱子語類輯略）

例（34）中「他」如果指「握得一個鶻侖底果子的人」則是「受益者」，「與」是「受益者標記」，如果指「鶻侖底果子」則是「受事」，「與」重新分析爲「處置標記」。

$V_{給}$「處置標記」第一種來源出現較晚且發生重新分析的可能性較低〔註6〕，第二種來源唐五代以後可以發現用例。發生重新分析的關鍵在於處於賓格標記後的回指代詞具有多種分析可能性，從而爲重新分析提供了可能。第一種來源與「$V_{給}$」的「給予」義相關。第二種來源與「$V_{給}$」作「引入受害者標記」時所蘊含的「遭受義」關係密切，而「$V_{給}$」的賓格標記用法又由其「給予義」發展而來。從結構上看，「$V_{給}$＋O_R＋O_T＋V」結構中的動詞「V」居後和賓語「O_R」提前及其賓格標記用法對於「$V_{給}$」重新分析出「處置」 義密切相關。

根據張文（2013），從語義上看，「給予義」動詞本身帶有「致使性」，其可以理解爲「使某人得到某物」，也可以理解爲「使某物移至某人」。前者著眼於「接受者」，後者著眼於「轉移物」。對著眼於「接受者」的連謂結構進行語義闡釋得到：

（甲）＋$V_{給}$＋乙＋V 結構中

（使）**轉移物**移至接受者並遭受處置」（甲＋ $V_{給}$＋乙＋N＋V，如：姨太太給<u>他</u>*五十兩銀子*收著。（《紅樓夢》第五十回））

↓

〔註6〕關於其重新分析可能性較低的原因有：（1）通過統計，與「接受者 R」相比，清代雙賓句中的「給予物 T」更傾向於處於話題位置。（2）處置標記要求其後的成分必須是有定的，而「給予物 T」一般是無定的，較難滿足「處置標記」對其後成分的定指要求。

（使）某人把某物處置（乙＋ V 給＋N＋V，如：已經好了，還不給*兩樣清淡菜*吃。(《紅樓夢》第五十八回))

「V 給」的「被動義」和「處置義」在其「給予義」所隱含的「致使」義及「(甲)＋V 給＋乙＋V」結構上發生了關聯，二者所不同的是兩個事件中的前景和背景不同。當前景是「接受者」時，V 給發展出「被動標記」用法，當前景是「轉移物」時，V 給發展出「處置標記」用法。因爲「被動標記」和「處置標記」間相同之處是「致使」，因此處在「把……V 給 VP」和「被……V 給 VP」結構中的「V 給」是使二者能夠達到中和（neutralization）的「致使」標記，如：

（35）只得把箱子與將出來。(金瓶梅第八十七回)

（36）公子斷沒想到從城裏頭慼了這麼個好燈虎兒來，一進門就叫人家給揭了！（兒女英雄傳第三十八回）

7.2 使役標記、被動標記、處置標記、賓格標記與V 給的同形現象

通過以上分析，V 給語法化的一般路徑爲：

（一）二價動詞發展爲三價動詞的路徑爲：

V 二價＋T＋與＋R→V 二價＋與＋R＋（T）→V 三價＋R＋（T）

（二）使役義發展的主要路徑爲：

1.「V 給＋謂詞性賓語」結構→使役（西漢之前）

2.「甲＋V 給＋乙＋V」結構→使役（魏晉南北朝之後）

（三）賓格標記用法主要路徑：

給予義→賓格標記（魏晉南北朝之後）

（四）被動標記發展的主要路徑爲：

1.「(甲)＋V 給＋乙＋V」→使役→被動（唐五代之後）

2. 賓格標記→被動標記（唐五代之後）

（五）處置標記發展的路徑爲：

1. 賓格標記→處置標記（唐五代之後）

2.「(甲)＋V 給＋乙＋V」→處置標記（清代之後）

由於 $V_{給}$可以發展出「使役」、「被動」、「處置」、賓格標記用法，因此會帶來不同語法功能的同形現象。這種同形現象在方言中也有所表現。如：李煒（2004）指出閩語、吳語、粵語、客語都是用表給予的詞來表使役和被動的，比如閩語裏的「度、護、傳、乞」，吳語裏的「撥」，粵語裏的「畀」，客語裏的「分」都主要用來表給予、使役和被動。王丹榮（2005）指出屬於北方方言西南次方言的襄樊話中的「給」，可以表示「給予」義、表「致使」義、表「容許」義、引進施事，表示「被動」、引出受事，表示處置。

在有的方言中會出現多個「給」句法並存的現象，如：蘇北泗洪話「你給草都給給豬吃得了，羊吃什麼？」在分析了 $V_{給}$語法化演變路徑後，我們就可以判斷方言中 $V_{給}$共存的幾種語法意義。蘇北泗洪話中的幾個「給」分別是：「處置標記」、「致使標記」、「給予」義。漢語很多共時語法變異需借助歷史演變參數才能得到合理解釋。在方言共時語法系統中，同一種語法形式可表達不同語法功能，這些不同的語法功能往往代表不同的語法層次，從而造成共時的語法差異。要想說明這種不同的語法層次，歷史語法研究所揭示的語法演變規律可以構擬方言語法演變的路徑，方言的共時變異往往是不同歷史層次累積和疊置的結果。某種方言/語言違反普遍語法化路徑的語言現象往往是語言接觸的結果，可以爲我們研究語言接觸可以提供很好地樣本。

7.3　語言接觸爲 $V_{給}$語法化提供了重要的句法環境

$V_{給}$發展出使役義、處置標記和被動標記用法的一個重要句法環境是：$V_{給}$＋乙＋V 結構。這一結構的特點有三點。一是動詞 V 居後，二是 V 的賓語由於同時也是 $V_{給}$的賓語所以居前。三是 $V_{給}$的其中一個賓語也提前，如果是客事賓語 T 提前，則「$V_{給}$＋R＋V」結構中的 $V_{給}$重新分析爲使役/被動標記。如果是與事賓語 R 提前，則「$V_{給}$＋T＋V」結構中的 $V_{給}$重新分析爲處置標記。

$V_{給}$＋乙＋V 結構大量出現是在魏晉南北朝以後，動詞居後以及賓語提前，明顯帶有 OV 型語言特徵。東漢以後，佛經傳入，漢譯佛經語言明顯帶有佛經原典的痕跡。$V_{給}$＋乙＋V 結構出現在佛經傳入以後且帶有 OV 型語言影響特徵，可以證明這一結構受與翻譯文本接觸影響發展而來，如：

（37）世*尊故衣*，勿與我著。（賢愚經卷八）

V 給發展出處置標記和被動標記用法的另一個重要句法環境是其賓格標記用法，「受益者標記」與「被動標記」直接關聯，「受害者標記」與「處置標記」直接關聯。V 給賓格標記功能是受語言接觸影響。語言接觸過程中，以另一語言爲模型複製一個範疇，複製語言可能獲得一個以前沒有或沒有合適對等物的新範疇，從而實現「空白塡補（gap filling）」。佛經翻譯力求本土化，用前置介詞對譯梵文受益格標記，又因爲 OV 語序語言具有動後限制的要求，因此漢語受益格標記爲前置介詞形式，這種格式出現是在魏晉南北朝以後，明顯是受帶格標記和 OV 語序語言的影響才出現的，如：

（38）欲得與王治夫人病。（賢愚經卷七）

V 給賓格標記功能是受語言接觸影響還可以用「共存」現象來說明。新的和舊的範疇相互結合併且在相同的結構中共同出現，因此會導致雙重標記「共存（Coexistence）」，「共存」現象可以幫助判斷一種語言現象是否受到語言接觸影響。蒙式漢語時期，格標記對應採取與佛經翻譯時期不同的方式，一般是在名詞之後使用標記，祖生利（2001）指出白話碑文中方位詞「 根底（的）」 其作用主要是對譯於蒙古語名詞和代詞的與一位格成分等格附加成分，表示動作行爲涉及的直接或間接對象。我們可以發現漢語本土前置介詞標記和格標記語言名詞後格標記存在「共存現象」，也可以證明 V 給賓格標記功能與語言接觸有關，如：

（39）這恩與你子孫根前必回報，天地知也者。（《元朝秘史》卷六）

額揑 土撒因 赤訥 哈赤 兀舌魯中渾 兀中魯中 合 赤訥 哈赤 中合舌裏兀勳中忽宜 迭額舌列 騰格舌理 中合答舌侖 赤赫額勒 箆迭禿該

旁譯：這 恩 的 你的 返報 子孫的 子孫 行 你的 還報 回的 行 上 天 地的 護助 知道者

總之，語言接觸在 V 給語法化過程中作用爲：爲 V 給語法化提供了適宜的句法環境，包括帶有動詞居後以及賓語提前特點的「V 給＋乙＋V」結構及其賓格標記用法。

7.4 小 結

本文通過分析 V 給語法化過程，得出如下結論：

（一）V給「給予」義的由來，除了原生的三價給予動詞外，主要通過為二價動詞增元的方式發展而來，增元的方式主要是通過使 V給內部語義〔＋方向〕的表達由分析型發展為融入詞彙內部的方式進行。

（二）除了以往學者討論較多的「甲＋V給＋乙＋V」結構中，V給重新分析為「致使」義外，V給發展出「致使」義還有另一種途徑，當 V給的賓語是謂詞性成分時，V給可以直接重新分析為「致使」義，兩條路徑的區別體現在動詞的及物性、動詞及其論元之間的關係及是否存在後附加成分三個方面。

（三）給與動詞〉使役標記〉被動標記，是一條普遍的語法化演變路徑。此外，由「標記受益者」發展而來的「標記受害者」與「被動標記」之間也有著密切的關聯。由「受益者標記」發展出「被動標記」可以分為兩種情況。一種是「與」通過「為」的相因生義，用於「與……所」結構中。第二種是「受益者」和「狀況引發者」在「引發某種事態的動因」上相通。

（四）「V給」發展出「處置標記」，有兩種途徑，一種是句式「(甲）＋V給＋乙＋N＋V」結構中的重新分析，第二種與「受害者」標記所蘊含的「遭受義」關係密切。

（五）「V給＋O_R＋O_T＋V」結構中的動詞 V 居後及其賓語 O_T 提前對於 V給重新分析出「使役」和「被動」至關重要。語言接觸為 V給語法化提供了這一適宜的句法環境。此外，V給賓格標記功能是受語言接觸影響。其中「空白填補」起到重要作用。「共存」現象也證明了語言接觸在 V給語法化中起作用。

「V給」的語法化從語義上由具體到抽象，顯示出詞類範疇的降類特徵並伴隨著語言結構的重新分析。「V給」的「給予」義具有「致使性」和「方向性」，「V給」的不同語義和功能類型即是對這兩項「給予特徵」不同程度的發揮。在「V給」的語法化演變過程中，「重新分析」和「類推」是其重要的語法化機制，「主觀化」和「隱喻」是其重要的語法化動因，「V給」的賓語可以是謂詞性結構體現了隱喻的重要作用。「V給」由引入「受益者」發展為引入「受害者」，伴隨著「主觀化」因素在內。語言接觸對「V給」的語法化的作用集中體現在滿足其語法化的「結構的要求」。

語言接觸中 OV 型語言影響所帶來的動詞居後、賓語居前及其賓格標記功能為「V給」語法化提供了適宜的句法環境，並使得「與＋O＋與」特殊語法形式出現〔註7〕。本部分進一步體現了動詞居後、賓語居前、疊加式這些在語言接觸過程中OV型語言對VO型語言影響所觸發的特殊語序對漢語語法演變的重要作用。

由於語言接觸帶來的特殊語序還會使漢語句式表現出特殊形式，下面再略舉幾例：

7.5 小議其它語言接觸促發的語法變化

7.5.1 使役句

王繼紅（2014：125）指出致使語態表示致使某種行爲或過程實施。在各種類型繫屬的語言中，致使語態有三種表達方式：（一）詞的使動用法（lexical causative），如「教」就是「使懂」，「喂」就是「使喝」；英語的kill就是「使死」，remind就是「使記住」。這是由於致使動作行爲或過程實施就是引起某種結果，所以語言中可以用表示結果的詞語或結構來表達使役義。（二）致使結構（periphrastic causative），其中必須包含一個使役動詞，如漢語中的「使/令/讓」，英語中的「get/have/make」。致使這種語法意義包括兩個義項：a.致使；b.實施行爲或過程。漢語致使結構爲「致使動詞＋致使對象＋動詞」，致使動詞表達義項a的語法意義，動詞V表達義項b的語法意義。（三）帶使役形態的謂語的句子（morphological causative）。梵語的致使語態就是通過這種方式實現的。梵文的每一個動詞，除了它原有的現在時語幹之外，可以依從aya變位，從而具有致使意義。

梵語與漢語的致使語態構成方式截然不同。原典中的致使語態動詞在漢譯本中分別被譯爲致使結構和具有使動用法的詞語。（一）借助於漢語裏致使動詞「令」，形成「令＋致使對象＋V」式致使結構，即，使/令/使令結構（二）運用詞彙手段，選擇漢語中既能反映原典中致使動詞的詞彙意義、本身又帶有致使性的動詞來對譯。利用動補結構對譯原文的致使動詞。

比較特殊的是，「使/令V」這種形式在中古以前要說成「使/令OV」，省略O的形式不多見，中古佛典中用量激增，其大量使用很可能與梵文常用動詞的

〔註7〕與了執吧金印令旨與了也。（1277年周至清陽宮令旨碑）

致使式（causative）有關，例如：

（40）俱盧宜當更請令分此財。（《摩訶僧祇律》卷第三）

（41）我能脫苦，能令得度。（《摩訶僧祇律》卷第四）

（42）若放令隨流去，得越比尼罪。（《摩訶僧祇律》卷第三）

（43）求持刀者令奪人命。（《摩訶僧祇律》卷第四）

（44）若有人強力，捉比丘弄令出者，是應責心。（《摩訶僧祇律》卷第五）

（45）云何是瓶沙王，見是達膩伽比丘著袈裟故，放令解脫。（《摩訶僧祇律》卷第二）

（46）爾時應自咬舌令痛不令覺女人細滑。（《摩訶僧祇律》卷第五）

《元典章》中，也存在大量「使/令 V」的形式，如：

（47）據正蒙古人每，除犯死罪，監房收禁，好生巡護，休教走了；（《元典章・刑部》卷之一）

（48）為這般上頭，皇帝根底奏呵，今後休教放者。（《元典章・刑部》卷之一）

（49）要訖衣服，說令別嫁他人。（《元典章・刑部》卷之三）

（50）家裏喚得樂人來，交唱著，他自彈著，筵席有。（《元典章・刑部》卷之三）

李崇興、祖生利（2011）指出《元典章・刑部》直譯體用使令動詞「教（交）」對譯蒙古語動詞的使動態形式。用語氣助詞「者」或「教（V）者」對譯蒙古語動詞祈使式。《元典章・刑部》直譯體文字中，使令動詞「教」（交）主要有三種用法：

（一）對譯於蒙古語敬詞的工具格附加成分-・ar/・er、-bar/-ber、-iyar/-iyer，表示動作的工具、方式、手段，猶「用」。如：

（51）不分輕重，都一例交粗杖子打呵。（《元典章・刑部》卷之二）

（二）對譯於蒙古語動詞祈使式附加成分-suGai/-dGun/-tuGai 等，多於語氣助詞「者」連用，表示祈使，如：

（52）和尚自己其間做罪過的，則教和尚每頭目斷者。（《元典章・刑部》卷之一）

（三）對譯蒙古語動詞使動態附加成分-・ul-/-・ül-、-Ga-/-qu-等，表示主體致使他人或事物進行該動作或處於該狀態。如：

（53）其餘的，那田地裏不交住，往這壁發將出來。（《元典章・刑部》卷之三）

（54）那賠償錢每分付與他每，卻教如官倉呵，沒體例有。（《元典章・刑部》卷之十）

《元典章・刑部》直譯體文字中「教（交）」的工具格用法是漢語所沒有的，表祈使、使令的用法與漢語有所區別，漢語裏使令動詞一般構成兼語式，「教（交）」與動詞之間有兼語存在，而直譯體文字中「教（交）」則經常直接用於動詞前，是蒙古語動詞的變化形式。

張楨（2014）指出，使役句中役事都要出現，但在語義非常明確的情況下，役事也可以省略，這種情況雖然少，但從古至今一直存在，如「民可使由之，不可使知之」。宋代缺省役事的使役句基本都是使役義十分明確的句子，而元代卻有使役義明確、使役義不明確、沒有使役義三種，相應的句子內部語義結構也比宋代複雜，有可補出役事、不宜補出役事、補不出役事三種。對照宋代文獻、元代非直譯體文獻和元代直譯體文獻反映的情況，可以認爲元代缺省役事使役句的複雜語義是漢語受蒙語使役範疇表達影響而發生的變化。中古蒙語以「動詞＋使動綴」表達致使，強調動作是受影響所致、非自主發出，役事、致事沒有凸顯，可以不明確出現，強調「受影響而發生」。漢語使役句更強調「誰/什麼使得什麼怎麼樣」，重在表達某個致事導致某個役事變化，表達重點在致事與役事的關係上。元代省缺役事的使役句的語義變化是受蒙語影響的結果，在中介語中以漢語本有的「使役動詞＋動詞」這一結構去對譯蒙古語的使動句，受蒙古語影響模糊了漢語使役句對致事和役事關係的強調，受漢語影響又一定程度濾掉了蒙語使役句的「動作受動性」語義，「使役動詞＋動詞」結構在元代出現了以往所沒有的語義。

我們需要注意的是，其中有的「使/令 V」的形式是因爲兼語成分 O 居前而出現的，如：

（55）是故諸覆者當開令不漏。（《摩訶僧祇律》卷第五）

（56）爾時城邑聚落長者居士未有過患，而彼請我令制刑罰。（《摩訶僧祇律》卷第一）

（57）時優陀夷即便唾之腳蹴令倒。（《摩訶僧祇律》卷第五）

（58）王愛意遂盡，即勅左右令繫馬槽柱。（《摩訶僧祇律》卷第四）

（59）其間有讎的人每，犯輕罪過的人，故意的交粗杖子重打了，（《元典章・刑部》卷之

（60）今當求醫治之令差。（《摩訶僧祇律》卷第四）

（61）夫家遣信，呼婦令速還。（《摩訶僧祇律》卷第二）

（62）伓著這賊每有的教與。若他每是甚麼與的無呵，官司與呵，怎生？（《元典章・刑部》卷之五）

（63）今後僧尼罪犯，奸盜徒罪以上，不得監收，止令召保隨衙。（《元典章・刑部》卷之二）

（64）外處斷罪囚呵，交細杖要的一般打有。（《元典章・刑部》卷之二）

（65）這底每這般斷了呵，應有軍官每都交省會，再有不嚴切鎮守，犯著底，一般要罪過呵，怎生？（《元典章・刑部》卷之三）

（66）其各路推官，既使專理刑獄，凡所屬去處，察獄有不平，繫獄有不當，即聽推問明白，咨申本路，依理改正。（《元典章・刑部》卷之二）

（67）同主奴婢相犯致死，而主求免者，聽減本罪一等，合徒五年，決徒年杖一百。（《元典章・刑部》卷之四）

（68）如有應監者，仍令異處，毋得混雜。（《元典章・刑部》卷之二）

（69）休說那你歹我好，朋友的面皮休教羞了。（《古本老乞大》）

還有兩個使役動詞連用而不出現兼語成分 O 的用例，如：

（70）若共要言，莫令使死。（《摩訶僧祇律》卷第四）

（71）使教殺了者。（《元典章・刑部》卷之三）

（72）擬合遍行，使令歸一。（《元典章・刑部》卷之二）

《元典章》中比較特殊的是，居前的兼語成分後有賓格標記「根底」或「於……下」的形式，如：

（73）省官人每覷面皮來底、課程錢不辦底別個勾當每，都交這省裏差人去，俺那裏去了底監察每一處，他每根底交問去。（《元典章・刑部》卷之九）

（74）錢陪不起呵，他每根底交擔著糧食步行的，交種田去者。（《元典章・刑部》卷之九）

（75）更不勾呵，本人根底交配役，他每工錢筭著那錢數到呵，放呵，怎

生？（《元典章・刑部》卷之九）

（76）這詔書內，致傷人命合死的人每根底放呵，比先合與的燒埋錢添一倍，於犯人下教與有來。（《元典章・刑部》卷之五）

此外，「者」可以表示祈使語氣，使用「交……者」疊加形式的用例，如：

（77）錢陪不起呵，他每根底交擔著糧食步行的，交種田去者。（《元典章・刑部》卷之九）

李崇興、祖生利（2011）指出，元代直譯體文字中，句末大量使用語氣助詞「者」表示祈使，這是直譯蒙古語動詞祈使式附加成分的結果。蒙古語動詞有陳述式和祈使式之分，後者表達說話人的主觀願望和意志。根據祈使對象的不同，可以分爲第一、二、三人稱三種祈使形式。中古蒙古語裏，動詞第一人稱祈使式表示說話人自己的願望、建議等，附加成分有-suGai/-sügei、-su/sü、-ya/-ye 等，第二人稱祈使式表示對聽話者的命令、要求等，附加成分有-dGun/-dgün 等（或零形式），第三人稱祈使式表示對第三者的希望、要求等，附加成分有-tuGai/-tügei 等。在元末明初蒙漢對譯材料中，蒙古語動詞的祈使式，常用漢語的語氣助詞「者」或用「教……者」來對譯：

（78）這裡側近有的，罪過做呵，您問者；……是實呵，您根底文書裏說將來者。重罪過的，啓者；輕罪過的，您依體例了者。（《元典章・刑部》卷一，怯憐口官吏犯罪）

（79）如今俺商量，教省官人每委付著人，這裡有的倉庫局院常川教點者，監察每也常川體察行者。如倉庫局院裏短少的有呵，省官人每根底逐旋說了，疾忙教追陪者。損壞了的有呵，省官人每整理者。（《通制條格》卷十四，計點）

元代直譯體文字中所見祈使助詞「者」多數是對譯於蒙古語動詞第二、三人稱祈使式，對譯於第一人稱祈使式的則不多，這是因爲蒙文旨書本身較少使用第一人稱祈使式的緣故。宋元漢語里語氣助詞「者（著）」的功能與蒙古語動詞祈使式頗爲相似，而且由於蒙古語是 SOV 語序，動詞祈使式附加成分後又不再接其它附加成分，祈使附加成分總是處在句末，這又與語氣助詞「者」在漢語句中的位置完全一致。

不過，漢語祈使助詞「者」與蒙古語動詞祈使式附加成分本質上是兩種不同的語法成分：前者是一種後置虛詞，所附著的是前面整個句子，並且不是不可或缺，沒有它，通過詞彙、語調等手段，句子也能表達相應的祈使意義；蒙古語動詞祈使式附加成分則是一種後綴，必須附著在動詞的詞幹或其它附加成分後，句子的祈使意義要通過動詞的祈使形式來體現，不同的祈使對象要使用不同的附加成分。

7.5.2　處置式

王力（1943）指出凡用助動詞把目的位提到敘述詞的前面以表示一種處置者，叫做處置式。處置式可以分爲廣義處置式、狹義處置式和致使義處置式。廣義處置式包括處置（給）、處置（作）和處置（到）幾個小類。

許理和（1977/1987）最早注意到東漢佛經中的「持」有指明前置賓語的作用，和現代漢語的「把」相似。此後，太田辰夫（1988）、梅祖麟（1990）、朱冠明（2002）均做過討論。中古還有另一種常見的處置式「取」字句，太田辰夫（1988）、李維琦（1999）、曹廣順 遇笑容（2000）做過深入的討論。董琨（1985）、葉友文（1988）在佛典中發現了不少「將」字句，把「將」字句的時代提前到中古。

處置式的產生跟中古譯經有關。貝羅貝（1989）指出，「把＋賓＋動」格式是通過「把＋賓1＋動＋賓2」格式省略「賓2」變來的。曹廣順、龍國富（2005）描述了處置式形成過程：連動式「V1＋O1＋V2＋O2」中，V1（「以/持/取/把/將」等）虛化爲處置介詞，O1≠O2，則發展爲廣義處置式；O1=O2，則刪除O2，發展爲狹義處置式。但根據漢語連動式刪除賓語的規則，只能刪除 O1 成「V1V2O」，可在狹義處置式中爲何刪除 O2 而成「V1OV2」？曹廣順、遇笑容（2000）認爲是譯師受了母語的影響而致。譯師的母語主要是梵文、巴利文等，這些語言的賓語常常是放在動詞前面的，在母語的驅使下，譯師有時會選擇「取 OV」這種賓語在動詞前面的省略方式。〔註8〕遇笑容（2010：61）指出從歷史上看，廣義處置式中出現的介詞先後有「以、持、取、將、把、捉」等，

〔註8〕朱冠明（2005）還認爲連動式「V1＋O1＋V2＋O2」之所以能刪除O2，與兩個因素有關：一是連動式的發展，一是「之」的衰落。「之」不僅在連動式O2的位置上變成零形式，在一系列相關的句法結構中都呈現出零形式化的跡象，如居於句末的及物動詞不帶賓語、受事主語句動詞謂語後不用「之」復指受事、使令結構中使役詞不帶賓語等。

狹義處置式在不同的時期可以用「取、持、將、把、捉」等。中古漢語裏主要使用廣義處置式，狹義處置式在譯經中還只是偶見使用，介詞以「取」爲主，個別用「將」。從梵漢對勘看，廣義處置式是譯者根據意義選擇的一種漢語句式，與梵文原文沒有直接的聯繫。

《元典章》中處置式很有特點，如：

（81）因著胡家的氣力裏，做到參政的名分有，卻將他胡家的親子胡總管根底殺了有。（《元典章・刑部》卷之三）

（81）將在先濫委付來的人每根底罷了。（《元典章・刑部》卷之十九）

（82）乘夫在外，暗發狠心，將十三歲女醜哥踏住脖項，扯出舌頭，並沿身用火燒鐵鞋錐烙訖七十二下，又將十一歲男罵兒臀片、腰脊烙傷七下。（《元典章・刑部》卷之三）

李崇興、祖生利（2011：4）指出「卻將他胡家的親子胡總管根底殺了有」，「根底」表示它前面的體詞是「殺」的受事，句中「將」與「根底」並用，也是蒙漢句法的混合。用「根底」與「將」字搭配，共同引進動詞賓語的構式，是漢蒙兩種語法的混合。

語言接觸對處置式的影響還體現在促使處置式用法的泛化上。趙江民（2013）指出，在漢語普通話中，介詞「把」是表示處置和支配意義的介詞，作用在於引進受事，具有如下特點：（一）「把」字句中的動詞是有限的，必須是及物動詞，如：莉莉把蘋果吃了。（二）「把」字句中，動詞必須是複雜形勢，動詞不能是單個動詞，前後總要有其它成分，如：莉莉把衣服洗了。（三）賓語是後面動詞的受事，如：莉莉把火車票退了。（四）「把」字句的賓語是確定的。（五）否定副詞必須放在「把」字前邊，如：別把衣服弄髒了。

維吾爾語中沒有「把」字句，賓語一般採用賓格的附加成分 nı 表示，如：

（83）Mɛn　polnı　pa skma qılıwɛttım.

我　把地板　髒　弄

譯文：我把地板弄髒了。

在維吾爾語中，凡附加賓格標誌 nı 的成分，在漢語中一般譯爲「把＋賓語……」，但維吾爾語中只有及物動詞才能要求賓語，賓語一般用賓格形式表示，可見維吾爾語中不僅是表「處置」意義的動詞可帶賓語。維吾爾人在學漢語時，會有意無意地將維漢兩種語言進行比較，錯以爲能在維語中用賓格附加成分 nı 的，在漢語中就可用「把」字句。根據這種標準，在不該使用「把」字句的時候隨意用「把」字句將賓語提前，於是就產生「把」字句的泛化。這些「把」字句偏離了漢語普通話的規範，但在新疆世居漢語的語言中卻是再自然不過了，如：

（84）我把你還不知道？

現代漢語普通話：我怎麼能不知道你呢？

維吾爾語：mɛ n　senı　nemıʃ q a　bılmɛjmɛn.

我　把你　怎麼　不知道

（85）用著你的時候嘛，咋麼家都把你看不見。

現代漢語普通話：用著你的時候，怎麼都找不見你。

維吾爾語：lɑzım bolʁɑndɑ　senı　tɑpɑlmɑjttım.

需要 時候　把你　找不到

（86）他把我不認識。

現代漢語普通話：他不認識我。

維吾爾語：u　meni　tonumɑjdu.

他　把我　不認識

另外，由於受維吾爾語否定附加成分 mɑ/mɛ 緊跟動詞詞幹的影響，新疆世居漢族語言的「把」字句中，否定副詞「不」、「沒有」可以放在「把」字的後邊，如：

（87）算了，我把你不說了。

現代漢語普通話：算了，我不說你了。

維吾爾語：boldılɑ.　senı　demɛjlɑ　qojɑj.

算了　把你　不說

（88）我把你的意思沒有明白。

現代漢語普通話：我沒有明白你的意思。

維吾爾語：mɛn　ɡ epıŋnı　tʃyʃɛnmıdım.

我　把你的話　沒有明白

7.5.3 被動式

SPNV 被動框架早在先秦漢魏已多見使用。被動介詞有「爲、被、蒙」，SPNV 在結構上的重要特點是受事充當句首主語（可以省略），謂語是動作性強的及物動詞，表達對於句首主語的回指式處置。

語言接觸對被動式所起的作用主要體現在如下幾個方面：

一、朱慶之《漢譯佛典中「所 V」式被動句及其來源》（1995）從梵漢對照的角度認爲「所 V」即是佛教原典中梵文表被動的標記，漢譯佛典中「所 V」是梵文被動態在漢語中的體現。

王繼紅（2014：119）指出，原典中的被動語態存在於現在時和一般時態中，定式動詞被動語態在漢譯本中的翻譯方法包括：（一）借助於助詞「所」表達被動意味。（二）運用詞彙的手段，選擇含有被動意味的動詞，被動的語義內容不言而喻。（三）借助於情態動詞「可」，表現被動用法。在各種語言中，被動語態經常意味著動作的完成，因此，在敘述性文體中，被動語態往往與完成體相關，並大多與過去時一致。在論說性文體中，邏輯推理的過程中的被動語態側重表示事物之間關係的實現，表明作論者對於事件或狀態存在的可能性的肯定。漢語中表示概然性的情態動詞表示說話人在一定的事實基礎上推理認定的可能性，所以，被動語態動詞的這種語法意義通過表示可能性的情態動詞「可」、「可得」來表達。（四）被動語態在梵語等印歐語系語言中很是常見，梵語的被動語態比主動語態更爲普遍，這與漢語的情況有所不同。被動是一種句法關係，反映在語義層面就是動作與受者之間的關係。佛經翻譯以忠實傳達佛法爲宗旨，譯者在其漢語水平允許的範圍內，並不強求梵語與漢語句法結構的相似，以避免以文害義的弊端，而是更重視翻譯作品目的語與源頭語之間在語義上的一致性。所以，在佛經翻譯過程中，常常將梵語被動句中的語法主語，即受事者譯爲動詞賓語，力圖保持句法結構與語義結構的一致性。（五）在眞諦的譯本中，用助詞「被」對譯過去被動分詞的被動語態意義，也就是說，把過去被動分詞譯作「被 V」。（六）「見 VP」被動式。

漢譯佛典中多用被動句，且有不少「所 V」式被動句，這可能是原典語言的影響，「所 V」用來對譯元典的被動態或被動分詞。處於被動式中的動詞只能是外動詞。朱慶之（1995）認爲，漢譯佛典中大量存在而在中土文獻中少見的

「所 V」式被動句，並非上古中「爲……所 V」式被動句的縮略形式，而是一種漢外混合成分。「所 V」就是原文被動態謂語動詞「完整」的漢譯，其中「所」這個字就是原文被動記號的漢譯。王繼紅（2006）也認爲「所 V」是對被動語態的翻譯，「V」對譯動詞的詞彙意義，「所」是對被動語態語尾的仿譯，「所」在漢譯本中充當被動語態標記，「可」也可以充當被動語態標記。

中古譯經中存在「被 V」形式，是受梵文原典被動態影響作用，如：

（89）我坐失此飛梯材故，被攝在獄。（《摩訶僧祇律》卷第二）

（90）過去世時，以曾被捉蒙我得脫。（《摩訶僧祇律》卷第五）

（91）我諸獵黨自惟無罪而見囚執。（《摩訶僧祇律》卷第一）

（92）若受遣比丘復遣一比丘，如是第二第三乃至眾多比丘，盜心觸時藥，得越比尼罪。（《摩訶僧祇律》卷第三）

元代直譯體文獻中也存在「被 V」形式，李崇興、祖生利（2011）指出《元典章・刑部》直譯體用介詞「被」對譯蒙古語動詞的被動態形式。如：

（93）家人被殺，官司不行追給燒埋銀兩，無力津送。（《元典章・刑部》卷之五）

（94）諸見禁罪囚，各處正官每月分輪檢視。（《元典章・刑部》卷之二）

二、《元典章》被動句比處置式多，我們認爲除了「刑部」刑獄犯罪內容有關的因素外，還因爲語言接觸對被動式的影響。「被動」用法的泛化，如：

（95）徵錢二百貫，與被死之家。《元典章・刑部》卷之四）

三、語言接觸對「零被動句」影響作用

零受事主語被動句 PNVO 的特點是：被動標記 P 是零主語表示被動的唯一句法形式。零受事主語消除了被動式 SPNV 的句法框架，被動標記 P 原本的動詞義蕩然無存，但同時強化了統攝全句的標記功能。而零主句解除了 SPNV 這種被動結構框架而強化和凸顯了被動標記 P 的被動標記功能。

我們在《新編五代史平話》中可以發現大量零受事主語被動句 PNVO，如：

（96）行密與朱瑾乘勝掩擊，溺水的，殺死的，不計其數。被楊行密拿了龐師古，就軍前斬了。（《新編五代史平話・梁史平話上》）

（97）曹英趕上，被彥超棄馬奔入城去，兩下鳴鑼收軍。（《新編五代史平話・周史平話上》）

（98）及爲周太祖收捕，崇訓先自殺了弟妹，次將殺符氏，被符氏藏匿幃下，崇訓求之不得，爲亂軍所迫，崇訓自刎而死。（《新編五代史平話・周史平話下》）

零受事主語被動句 PNVO，由於受事處於動詞後的賓語位置，所以體現了 VO 型語言的特點，但同時在受事處於賓語位置，被動標記 P 並不能出現的情況下凸顯了被動標記 P，是因爲一些語法形態發達、語序比較自由的語言可能會對這種被動標記更加強化而語序有所變更的零受事主語被動句有啓發作用。根據以往學者的研究，這種零受事主語被動句產生於北方方言，跟北方的地理位置與政治文化背景可能是有關係的。黃河流域及其北部自漢唐以來一直是各少數民族與漢族的雜居地區，爲了交流的需要，漢語和各外族語（如契丹、女眞、蒙古語等，多屬阿爾泰語系，黏著語型）長期接觸，互相影響。唐宋元明清諸朝均於北方建都，使北方地區，大量的不同國度不同地區的人員往來流動，造成了各語種、各方言的頻繁接觸。爲各種語言（外族語、方言）的交流提供了多種句型結構及語法形式進行比較的極好機會。如此地理歷史及語言文化背景，拓寬了北方人民的語言視野，活躍了表述創新的語言心理。

四、語言接觸對同語被動句型「P……相 V」的影響作用

袁賓、何小宛（2007）指出，在同語被動句型「P……相 V」的影響下，北方方言裏出現了該句型的變體「P……廝 V」。金元時代的一些口語作品裏可以看到「P……廝 V」型被動句的用例。如：

（99）則被伊家廝定害。（元曲選，留鞋記，第二折）

（100）幸自夫妻忺美滿，被旁人廝間諜。（董解元西廂記，卷八）

「P……廝 V」型被動句來自於「P……相 V」型。魏晉以來，文獻裏常可見到被動句型「P……相 V」的用例。被動介詞有：爲、蒙、被、得。「P……相 V」被動句型是在「P……所 V」被動句型的基礎上變化而來的，並無明顯方言色彩。「P……相 V」型被動句中「相」的句法作用主要體現在如下兩個方面：（一）「相」置於 V 前，使 V 不能後帶受事賓語，其動作指向句首的受事主語（此主語可以承上下文省略）。（二）「相」配合其前的被動介詞，構成「P……相 V」結構框架，表達被動語義。當 P 與相 V 之間的施事或狀語字數較多、比較複雜時，「相」與前面的 P 形成互相照應之勢，共同維繫句型框架。金元時

代方言色彩較爲明顯的戲劇作品，發現「P……厮 V」型被動句的用例大多出於帶北方方言色彩的諸宮調與雜劇作品。從「P……相 V」到「P……厮 V」型，存在通語和方言之間同義詞替換的過程。金元時代的「P……厮 V」被動句型應該是「P……相 V」的北方方言變體，是方言與通語接觸中的產物。

本章主要細緻分析了語言接觸對漢語語法變化的主要影響作用，所涉及到的問題主要有：

（一）語言接觸爲 $V_{給}$語法化提供了 $V_{給}$+O+V 動詞居後及賓語提前這一適宜的句法環境。此外，$V_{給}$賓格標記功能是受語言接觸影響。其中「空白填補」起到重要作用。「共存」現象也證明了語言接觸在 $V_{給}$語法化中起作用。

（二）語言接觸對使役句的影響作用體現在：漢語的使役句受梵語的致使語態的影響，「使/令 V」這種形式在中古以前要說成「使/令 OV」，省略 O 的形式不多見，中古佛典中用量激增，其大量使用很可能與梵文常用動詞的致使式（causative）有關。元代也有大量用例。《元典章・刑部》直譯體用使令動詞「教（交）」對譯蒙古語動詞的使動態形式。用語氣助詞「者」或「教（V）者」對譯蒙古語動詞祈使式。

（三）語言接觸對處置式的影響作用體現在：處置式的產生跟中古譯經有關。此外，用「根底」與「將」字搭配，共同引進動詞賓語的構式，是漢蒙兩種語法的混合。其次，語言接觸對處置式的影響還體現在促使處置式用法的泛化。

（四）語言接觸對被動式的影響作用體現在：首先，「所 V」即是佛教原典中梵文表被動的標記，漢譯佛典中「所 V」是梵文被動態在漢語中的體現。其次，中古譯經中存在「被 V」形式，是受梵文原典被動態影響作用。元代直譯體文獻中也存在「被 V」形式，對譯蒙古語動詞的被動態形式。再次，「被動」用法的泛化也受語言接觸影響。再次，一些語法形態發達、語序比較自由的黏著語種可能會對標記更加強化、語序有所變更的零主句的產生有著某種啓發作用。最後，從「P……相 V」到「P……厮 V」型，存在通語和方言之間同義詞替換的過程。金元時代的「P……厮 V」被動句型應該是「P……相 V」的北方方言變體，是方言與通語接觸中的產物。

第八章　結　論

8.1　本文主要研究內容及結論

本研究主要包括如下內容：

第一章　爲緒論部分，論述本研究的選題緣起和主要研究內容，對相關術語進行界定，回顧已有研究成果並指出其存在問題，在此基礎上論述選題意義和主要研究方法。

第二章　探討了語言接觸對漢語詞彙的影響，漢語自古就和周邊的語言有接觸，但語言接觸影響漢語詞彙主要有三個階段：東漢魏晉南北朝時期佛經傳入帶來大量佛經詞彙，元明清時期與阿爾泰語系語言接觸帶來了蒙古語和滿語詞彙，19～20世紀與西方的經濟文化交流出現了大量的西方詞彙。外來詞進入漢語的方式有音譯、意譯、半音譯半意譯、舊詞新義等。外來詞進入漢語以後有了進一步的發展，音譯逐漸固定爲意譯，並出現了合璧詞、描寫詞等詞彙形式，出現了雙音化和循環借用等現象，外來詞還出現了逐步漢化的趨勢，有的外來詞義還逐步替代了漢語固有詞義。外來詞對漢語詞彙的影響還集中體現在方位詞、時體詞和助詞等漢語固有功能詞上，使其發展出新的語義。語言接觸對漢語構詞法的影響，主要體現在重疊、派生、仿造、逆序構詞法等幾個方面。語言接觸對漢語構詞法的影響，主要體現在使漢語固有構詞法功能擴展或顯化上，使原本使用在某個或某幾個詞類的構詞法擴展到更多詞類的詞使用。漢語一些固有的構詞法也在語言接觸中獲得了高頻使用。語言接觸可以對漢語構詞法產生直接「干擾」作用。外來音節語素化後成爲成詞語素獨立成詞，或者成爲非成詞語素參與構詞，對豐富漢語詞彙有重要作用，外來語素成爲構詞材料，會對漢語構詞法整體上產生影響作用。另外，語言接觸對漢語構詞法的間接影響作用主要通過雙音化、類推機制以及語言交際原則體現出來。語言接觸對漢語構詞法更多是起到「觸發型」干擾作用。

第三章　選取受語言接觸影響有代表性的歷史時期，如魏晉南北朝時期和元代進行具體研究。展現這兩個特殊歷史時期語序的基本面貌，分爲基本語序、優勢語序、和諧語序和特殊語序分別進行描寫和討論。在與基本語序有關的語序類型表現上，元代和魏晉南北朝相比，元代的特殊形式比魏晉南北朝時期要明顯。主要表現在：（1）蒙式漢語《元典章》中有後置賓格標記類型的賓語居前，這在其它幾部文獻中沒有發現。（2）「VO 有」類型的動詞居後僅在蒙式漢語《元典章》中發現用例.（3）唯捨類疊加式在元代發現用例而在魏晉南北朝時期沒有發現用例。（4）蒙式漢語《元典章》中 OV 比例比其它文獻中 OV 比例高。（5）蒙式漢語《元典章》中與 OV 語序和諧的 Pre＋O＋V、名詞＋複數標記、S＋疑問語氣詞語序比例比其它文獻對應的語序比例高。魏晉南北朝時期的語言受佛經原典影響較大，而元代受北方少數民族語言影響較大，元代漢語爲適應交際的需要，在接受阿爾泰化同時，努力從母語中尋找自己的生存基點，從而派生出了「新」的漢語模式「漢兒言語」。前者是翻譯文本的影響，而後者是人口接觸的影響，比較這兩個時期語序受影響模式的不同，進而探討語言接觸在漢語史上的不同類型問題。

第四章　在漢語雙及物構式的歷時演變研究的基礎上，進一步討論賓語居前是 OV 型語言對 VO 型語言語序影響的主要表現特徵之一。從賓語與謂語動詞的相對位置來說，在理論上雙賓語與動詞之間的語序主要有六種類型：VO_IO_D、VO_DO_I、O_DVO_I、O_IVO_D、O_DO_IV、O_IO_DV，這六種語序都有對應的語言類型。對於 VO 型語言，VO_IO_D 語序是優勢語序。對於 OV 型語言，O_IO_DV 語序是優勢語序。我們通過考察發現，受 OV 型語言影響的漢語，其雙及物構式有特殊的表現形式。特別有意思的是，雙及物動詞的兩個論元均可以前置，這種形式僅出現在《元典章》中，其中間接賓語在直接賓語之前的，用不用前置介詞標記或後置方位詞「根底」標記均可，而對於直接賓語在間接賓語之前的，則雙及物動詞的前置論元要用前置介詞或後置方位詞「根底」標記。西北方言雙及物構式特殊之處主要表現在：1.使用後置詞作爲賓格標記，如「哈」。2.與南方方言雙賓句中T位於R之前不同，西北方言中R傾向於位於T之前。3.R和T傾向於位於V給的左右兩側。如果R和T同時位於V給的一側的話，也傾向於同時位於V給的左側而非右側，這與大部分北方方言及南方方言中R和T傾向於同時位於V給的右側的語序不同。在漢語史上，用後置詞標記的只有《元典章》中的「根底」。《元典章》中後置詞作爲雙及物構式編碼手段與現代漢語西北方言後置詞性質的格標記「哈」有對應關係。在西北方言與《元典章》中均存在使用後置詞格標記來編碼雙及物構式的手段。《元典章》中的基本語序爲VO，但也存在後置詞編碼手段，受基本語序爲OV的蒙古語的干擾而來。整體來看，如果滿足R在T之前且要麽同時居於動詞兩側要麽同時位於動詞的左側而非右側這些現代西北方言雙及物構式語序特徵的話，最符合的歷史時期是元明以後。與普通話比較，南方方言雙及物構式特殊之處主要表現在：T傾向於位於R之前。南方倒置雙賓句的形成與漢語雙及物構式的基本配置及南方方言V給來源有關。

第五章　在「來」的個案研究的基礎上，進一步討論動詞居後是OV型語言對VO型語言語序影響的主要表現特徵之一。在受語言接觸影響的特殊語料中，「來」更傾向於處於句末的位置，它是由於接觸作用帶來句式妥協從而實現動詞居後的一種重要的語法手段。「VO 來」在維持漢語固有動賓語序的前提下，利用句尾動詞來滿足歷史上非漢語OV型語言動詞居後的句法要求。

第六章　在「除……外」個案研究的基礎上，進一步討論受語言接觸影響的疊加式的重疊與歸一問題。由前置詞和後置詞構成的疊加式是漢語中較爲特殊的語法現象。除了「除……外」，我們可以在元蒙時期發現一大批前置詞與後置詞兼用的疊加式，如：（一）表假設：如/若……者。（二）表原因：因……上頭。（三）表類同：如……似的。（四）表伴隨：與……行。（五）表處所：於……上/裏/處/地面/下/行/根前。曹廣順（2004）細緻討論了語言接觸中的「重疊與歸一」現象，指出重疊出現的條件，當發生語言接觸的時候，不同的表達方法使語言的使用者無所適從，兼顧的辦法就是重疊。重疊是一種發展過程中的過渡現象，其結果勢必走向歸一。重疊與歸一跟語序演變密切相關。漢語的「排他標記」並不是一個簡單借用的過程，它離不開漢語自身的發展。在「排他標記」產生的過程中漢語所做的是採用可用的語法手段來逐步產生這一由於語言接觸影響而複製的語法範疇。

第七章　以「V給」的特殊句法表現爲個案，探究 OV 型語言對漢語「V給」的句法表現的影響。語言接觸中 OV 型語言影響所帶來的動詞居後、賓語居前及其賓格標記功能爲「V給」語法化提供了適宜的句法環境，並使得「與＋O＋與」特殊語法形式出現。本部分進一步證明了動詞居後、賓語居前、疊加式這些特殊語序對漢語語法演變的重要作用。語言接觸對使役句的影響作用體現在：漢語的使役句受梵語的致使語態的影響，「使/令 V」這種形式在中古以前要說成「使/令 OV」，省略 O 的形式不多見，中古佛典中用量激增，其大量使用很可能與梵文常用動詞的致使式（causative）有關。元代也有大量用例。《元典章・刑部》直譯體用使令動詞「教（交）」對譯蒙古語動詞的使動態形式。用語氣助詞「者」或「教（V）者」對譯蒙古語動詞祈使式。語言接觸對處置式的影響作用體現在：處置式的產生跟中古譯經有關。此外，用「根底」與「將」字搭配，共同引進動詞賓語的構式，是漢蒙兩種語法的混合。其次，語言接觸對處置式的影響還體現在促使處置式用法的泛化。語言接觸對被動式的影響作用體現在：首先，「所 V」即是佛教原典中梵文表被動的標記，漢譯佛典中「所 V」是梵文被動態在漢語中的體現。其次，中古譯經中存在「被 V」形式，是受梵文原典被動態影響作用。元代直譯體文獻中也存在「被 V」形式，對譯蒙古語動詞的被動態形式。再次，「被動」用法的泛化也受語言接觸影響。再次，一些語法形態發達、語序比較自由的黏著語種可能會對標記更加強化、語序有所變更的零主句的產生有著某種啓發作用。最後，從「P……相 V」到「P……廝 V」型，存在通語和方言之間同義詞替換的過程。金元時代的「P……廝 V」被動句型應該是「P……相 V」的北方方言變體，是方言與通語接觸中的產物。

總之，OV 型語言對 VO 型語言語序影響的主要表現特徵有：動詞居後、賓語居前、疊加式。其中，動詞居後、賓語居前是漢語動後限制原則的作用力，這一原則會進一步造成漢語句式上的「糅合」。而疊加式則是 OV 型語言對 VO

型語言影響所帶來的句式上的「截搭」。

語言接觸對語言的影響，主要有干擾和借用兩類，所謂干擾，是指由於一種語言的影響，干擾了另外一種語言的發展方式或過程；借用則是一種語言從另外語言中借入語法格式或範疇。外來詞在借入之初是直接借用的方式，而逐步漢化的過程則起干擾作用，語言接觸對語法層面的作用多是干擾的類型，包括對構詞法的作用。一般認爲，語言接觸所帶來的特殊語言現象及其發展結果主要有以下幾種：（1）僅存在特殊歷史時期，過後很快退出漢語歷史舞臺，如音譯詞。（2）在漢語中找到自己的位置並獲得進一步的發展。這些特殊語言現象在漢語中的發展命運取決於漢語自身的語言體系及其發展規律，如果這些特殊語言現象適應漢語自身語言體系及其發展規律，則會在漢語中生根發芽，否則則會因與漢語自身語言體系不符合而被排斥。比如，因爲漢語話題化的句法操作，漢語自身也存在 OV 語序，所以才使得 OV 爲基本語序的語言的一些特殊語言現象在漢語中存在。通過本研究，我們還發現，在一種語言中，如果次要使用形式是特殊語序的話，語言接觸的作用可以表現爲使次要使用形式頻率提高，此外，次要使用形式也是特殊語序得以存在的基礎。所以，語言接觸大多數情況下所帶來並非有無的問題，而是頻率多少的問題，比如語言接觸對漢語構詞法的影響作用，疊加式在特殊歷史時期使用頻率的激增等都體現了這一特點。

8.2 重視內外因相結合的研究視角

內因和外因並非互相排斥的，二者是共同存在某一語言現象發展過程之中的，只有尋找到語言演變的內部因素和外部因素，我們才能清晰地看出其發展脈絡，進而尋找其演變規律。以往對漢語的研究多著眼於內部因素或內部因素和外部因素相互對立排斥的角度，本文從外部因素語言接觸爲切入點對漢語的詞彙和語法問題進行探討，尤其對語言接觸所引發的外來詞問題和特殊語序的形成機制問題進行了細緻研究，只有把內因和外因相結合起來進行研究，才能對漢語問題得出清晰的認識。

通過本文的研究，可以爲我們提供外因線索的情況具體來說有如下幾種情況：（一）新的語法範疇的出現可以爲語言接觸提供線索。比如，由於語言接觸，可以爲漢語引入一個新的負面排他語法範疇。（二）外借是語言接觸的直接表現，外來詞的出現是語言接觸的直接結果。（三）外部因素會帶來語法結構上的變化，語言結構形式上的變化可以爲我們提供語言接觸的線索，如本文所重點討論的賓語居前、動詞居後以及疊加式是由於語言接觸所出現的語言結構上的變化。（四）特殊形式頻率上的變化也可以爲我們提供語言接觸的線索。Bernd Heine & Tania Kuteva（2005）中提到使用頻率的增加是語言接觸中所能觀察到的一種重要現象。朱冠明（2011）也指出，一個語法形式是來源於漢語本身，但通過對勘發現譯師總是拿這個語法形式去對譯梵文中的某個語法形式，導致它在佛典中的使用頻率極大提高，這種情況也可以說它的用法受到梵文的影響。此外，本文發現在語言接觸頻繁的歷史時期，如蒙元時期，一些特殊語法形式使用頻率也會極大提高，頻率一方面可以爲語言接觸提供證據，另一方面也是語言接觸帶來語言變化的具體表現。如「除……外」在元代用例的激增。（五）一種語言所固有的特殊次要使用形式也有可能是語言接觸的結果。如對於語序變化來說，雖然語言接觸的一個普遍的影響是去誘導人們從一種語言向另一種語言轉移有意義成分的排列，即重構，但語序變化實際上並非一種新語序的出現而更多的是已有語序的選擇。漢語與 OV 語序和諧的一些語序雖有時出現頻率較低並非不存在。

雖然語言接觸對語言變化起到不可否認的重要作用，但有時想要釐清其具體作用力也並非易事。因爲一種語言的變異可能性是多樣的，變與不變也有兩種可能性。比如，有學者認爲語言社團對變異的選擇跟語境的順應性相關，如，Verschueren（1999）認爲選擇這個可能性而非那個可能性是通過商討性（negotiability）來解決的，這個過程表現了語言與語境的相互順應性（adaptability）。雖然這種觀點還需要檢驗，但至少說明想要界定清楚語言接觸具體的作用力是很困難的，因爲語言無時無刻不被人們所使用，可以干擾它的因素是多種多樣的。本項研究僅是希望凸顯語言接觸是語言研究的一個重要視角並在可控制的範圍內展現語言接觸對語言作用的具體表現。

8.3 尙待解決的問題

橋本萬太郎（2008）指出，對於現代的語言學家，最有興趣的是探討語言結構發展的原理。因爲一個語言裏的各種共時（synchronic）的非規律性，都源於這些發展的結果；而語言歷史上的演變，大部分都不是由該語言內在的因素引起的。那麼，比親屬關係更重要的是跟周圍語言的互相影響，和作爲其結果的整個結構的區域性推移和歷史發展。本文僅選取以往討論比較成熟的典型的語言接觸頻繁的歷史時期魏晉南北朝和元代來具體討論語言接觸問題，語言接觸在各個歷史時期均存在，除我們討論的歷史時期外，僅就阿爾泰系語言來說，就還有遼宋時期漢語同契丹語的接觸，宋金時期漢語同女眞語的接觸，清代漢語同滿語的接觸等等。漢語內部方言及周邊少數民族語言衆多，爲語言接觸研究提供了廣闊的研究前景。如，趙志忠的《從子弟書的語言變化看清代滿漢接觸》一文揭示出滿語轉換爲漢語的過程:《子弟書》是一種地道的滿族曲藝形式，由貴族子弟開創。大約產生於清代乾隆初年，興盛於清代中、後期，一直流行到清末。《子弟書》的語言出現過「滿漢合璧」（即滿漢對照），「滿漢兼」（即滿漢混合）和漢語三種形式。此外，清代値得關注的體現漢語和滿語接觸的語料有:《清語易言》、《三言便覽》、《清文啓蒙》、《清文指要》、《興京旗人檔案史料》，可以比較的漢語文獻有《紅樓夢》、《兒女英雄傳》、《俠義傳》、《彭公案》、《花月痕》、《海公大紅袍全傳》等。此外，蔣紹愚先生指出，講近代漢語的語言接觸，往往是講蒙古語。實際上清代的三百年有很多滿語的影響，這方面的研究還做得不夠。比方說，漢語現在說的「……來著」（我剛看球賽來著），「來著」就是受滿語影響的。（請參見《對浙大〈漢語詞匯通史〉的評論》）

漢語跟印歐語的接觸研究也是重要的研究課題。謝耀基（2001）指出受英語的影響，漢語句法的變化主要爲：1）關聯詞和被動句使用頻率的增加；2）漢語復合句中從句的後置；3）判斷句使用範圍的擴大；4）漢語語句結構趨向複雜；5）漢語句子裏的主語往往可省而不省；6）漢語復合句中，偏句可在正句的前面，也可後置；7）「是」的使用更加頻繁。美國學者 Kubler（1985）基於 20 世紀 30 年代巴金著《家》的大量實例分析，對現代書面漢語句法的 14 種歐化現象作了深入研究。他認爲由於英語影響，現代漢語正由話題－評論的句子結構轉變爲與西方語言類似的主語－謂語結構。臺灣學者 Tsao（1978）分析從若干報紙和一本小說選取的語料，指出英語對漢語語法的具體影響爲：1）被動結構的擴大；2）「一」使用頻率的增加；3）表示可能性結構的廣泛應用。

香港學者石定栩和朱志瑜（1999）闡述了香港書面漢語句法受英語的影響所發生的漢語詞彙轉類現象，如名詞、動詞和形容詞之間的轉類，非謂形容詞和一般形容詞、動作動詞和心理動詞，以及單賓動詞和兼賓動詞之間的轉類等。他們認爲造成這種變異的原因是多重的。其中，英語語序對漢語語序的影響和干擾是重要原因之一，而翻譯是造成這種變異的主要途徑。石定栩、朱志瑜（2000）還發現由於英語的影響，香港書面漢語的前置定語變長。「是」字結構、「當……時（時候）」、「及」和插入語等的使用頻率非常高。偏正復句中偏句的位置可在前，也可在後。石定栩等（2003）進一步闡述了香港書面漢語中英語句法遷移的一般情況，如範圍短語「或以上」和「或以下」，時間短語「X後」、時段短語、頻率短語、比較結構和指示代詞等的頻繁使用。這些研究都表明研究漢語與印歐語的語言接觸問題也有廣闊的前景。

結合漢語事實對語言接觸問題進行理論探討方面的研究還需要進一步加強，在廣泛事實研究的基礎上加強理論探索並用事實來檢驗已有的理論。語言接觸的強度取決於接觸影響的機制和語言系統整體受影響的情況，而語言接觸強度大的，並不意味著借貸的力度也大，因爲這還跟回歸度有關，回歸度越高，借貸成分的數量和頻率越低，反之越高。這涉及到借貸成分的度和階的分析。可以比較不同程度的材料來探究這個問題。此外，音素和音節的模仿，詞語的借用都屬於量變。量變的積纍有時會造成部分的質變。例如音系結構的調整、新的構詞法、新句式的產生就是部分的質變。部分質變擴大之後，可能造成類型的轉變。我們也可以通過比較不同接觸程度的語料來探究這些問題。

這些都是本研究以後所要致力的方向。

參考文獻

1. 〔德〕A. F.斯坦茨勒，1870，《梵文基礎讀本》，季羨林譯，段晴、錢文忠 補，北京：北京大學出版社，1996 年。
2. 愛德華・薩丕爾，1985，《語言論》，陸卓元譯，北京：商務印書館。
3. 愛新覺羅・烏拉熙春，1983，《滿語語法》，呼和浩特：內蒙古人民出版社。
4. 愛新覺羅・瀛生，2004，《滿語雜識》，北京：學苑出版社。
5. 包・包力高，1983，《蒙古文字簡史》，呼和浩特：內蒙古人民出版社。
6. 鮑弘道，1991，《讀胡適、吳承仕、鮑幼文論「除非」》，《語文建設》第 8 期。
7. 包薩仁，2006，《從語言接觸看東鄉語和臨夏話的語序變化》，《西北第二民族學院學報》第 2 期。
8. 貝羅貝，1998，《上古、中古漢語量詞的歷史發展》，《語言學論叢》第二十一輯，北京：商務印書館。
9. 貝羅貝、徐丹，2009，《漢語歷史語法與類型學》，《歷史語言學研究》第二輯。
10. 蔡維天，2004，《談「只」與「連」的形式語義》，《中國語文》第 2 期。
11. 曹廣順，1986a，《〈祖堂集〉中與語氣助詞「呢」有關的幾個助詞》，《語言研究》第 2 期。
12. 曹廣順，1986b，《〈祖堂集〉中的「底（地）」「卻（了）」「著」》，《中國語文》第 3 期。
13. 曹廣順，1995，《近代漢語助詞》，北京：語文出版社。
14. 曹廣順，1999，《〈佛本行集經〉中的「許」和「者」》，《中國語文》第 6 期。
15. 曹廣順，2004，《重疊與歸一》，《漢語史學報》第 4 編。
16. 曹廣順，2011，《語言接觸與漢語語法史中的譯經語言研究》，2011 年北京大學中國語言學暑期，高級講習班學員手冊。
17. 曹廣順，2012，《西北方言特殊語法現象與漢語史中語言接觸引發的語法改變——以「格」範疇爲例》，《歷史語言學研究》第五輯，北京：商務印書館。
18. 曹廣順、李訥，2003，《漢語語法史研究中的地域視角》，《漢語方言語法國際討論會論文集》。
19. 曹廣順、龍國富，2005，《再談中古漢語處置式》，《中國語文》第 4 期。
20. 曹廣順、遇笑容，2000，《中古譯經中的處置式》，《中國語文》第 6 期。
21. 曹豔芝，2002，《也説「來」「去」的空靈性》，《中山大學學報》第 5 期。
22. 陳愛文、於平，1979，《並列雙音詞的字序》，《中國語文》第 2 期。
23. 陳保亞，1996，《論語言接觸與語言聯盟》，北京：語文出版社。
24. 陳保亞，2005，《語言接觸導致漢語方言分化的兩種模式》，《北京大學學報》第 2 期。
25. 陳昌來，2002a，《介詞與介引功能》，合肥：安徽教育出版社。
26. 陳昌來，2002b，《現代漢語動詞的句法語義屬性研究》，上海：學林出版社。
27. 陳昌來，2011，《由代動詞「來」構成的述賓短語及數量詞的功能》，《河南大學學報》第 1 期。
28. 陳昌來、楊丹毅，2009，《介詞框架「對/對於……來説/而言」的形成和語法化機制》，《華東師範大學學報》第 1 期。
29. 陳昌來、朱峰，2009，《除」類介詞及「除」類介詞框架的產生和發展》，《上海師範大學學報》第 2 期。
30. 陳輝，2007，《論早期東亞與歐洲的語言接觸》，北京：中國社會科學出版社。
31. 陳建軍，2006，《「動＋來/去」結構帶賓語時的時體運籌機制》，《唐山師範學院學報》第 3 期。
32. 陳明娥，2003，《從敦煌變文看中近古漢語詞綴的新變化》，《寧夏大學學報》第 4 期。
33. 陳前瑞，2005，《「來著」的發展與主觀化》，《中國語文》第 4 期。
34. 陳前瑞，2006，《「來著」補論》，《漢語學習》第 2 期。
35. 陳秀蘭，2006，《魏晉南北朝文與漢文佛典的被動式研究》，《綿陽師範高等專科學校學報》第 6 期。
36. 陳秀蘭，2008，《魏晉南北朝文與漢文佛典語言比較研究》，北京：中華書局。
37. 程博，2012，狀侗語數量名結構語序探析，《中央民族大學學報》第 4 期。
38. 程麗霞，2004，《語言接觸、類推與形態化》，《外語與外語教學》第 8 期。
39. 程美珍，1997，《漢語病句辨析九百句》，北京：華語教學出版社。
40. 褚泰松，1999，《「自」有「至」義》，《古漢語研究》第 2 期。
41. 儲澤祥，1996，《漢語空間方位短語歷史演變的幾個特點》，《古漢語研究》第 1 期。

42. 崔達送，2005，《中古漢語位移動詞研究》，合肥：安徽大學出版社。
43. 戴浩一，1988，《時間順序和漢語的語序》，《國外語言學》第 1 期。
44. 戴慶廈，2002，《互補和競爭：語言接觸的槓杆》，《語言文字應用》第 1 期。
45. 戴慶廈，2003，《漢語言研究與少數民族語言結合的一些理論方法問題》，《滿語研究》第 1 期。
46. 鄧思穎，2000，《自然語言的詞序和短語結構理論》，《當代語言學》第 3 期。
47. 鄧思穎，2003，《漢語方言語法的參數理論》，北京：北京大學出版社。
48. 董秀芳，2003，《無標記焦點和有標記焦點的確定原則》，《漢語學習》第 1 期。
49. 董秀芳，2004，《漢語的詞庫與詞法》，北京：北京大學出版社。
50. 杜愛賢，2000，《談談佛經翻譯對漢語的影響》，《世界宗教文化》第 2 期。
51. 段晴，2001，《波你尼語法入門》，北京：北京大學出版社。
52. 段晴，2002，《梵語以及梵語的啓示》，《東方語言文字與文化》（於維雅編），北京：北京大學出版社。
53. 額爾登泰等，1980，《元朝秘史》，呼和浩特：內蒙古人民出版社。
54. 范繼淹，1963，《動詞和趨向性後置成分的結構分析》，《中國語文》第 2 期；《范繼淹語言學論文集》，北京：語文出版社，1986。
55. 范先鋼，1991，《「除了……都」句式》，《廣西師範大學學報》第 3 期。
56. 方經民，2004，《現代漢語方位成分的分化和語法化》，《世界漢語教學》第 2 期。
57. 方梅，1993，《賓語與動量詞語的次序問題》，《中國語文》第 1 期。
58. 方梅，1995，《漢語對比焦點的句法表現手段》，《中國語文》第 4 期。
59. 方梅，2008，《由背景化觸發的兩種句法結構——主語零形反指和描寫性關係從句》，《中國語文》第 4 期。
60. 方欣欣，2005，《語義借用的不對稱與泛時性》，《漢語學報》第 1 期。
61. 方一新，1994，《〈世說新語〉詞語拾詁》，《杭州大學學報》第 1 期。
62. 馮春田，1995，《唐宋禪宗文獻的「V 似」結構》，《山東社會科學》第 6 期。
63. 馮春田，2000，《近代漢語語法研究》，濟南：山東教育出版社。
64. 傅京起、徐丹，2013，《SVO 語言裏的賓語前置》，潘悟雲、吳安其、吳福祥主編，《語言的演變與變異》，上海：中西書局。
65. 付琨，2008，《後置詞『來說』的篇章功能與詞類歸屬》，《江西社會科學》第 7 期。
66. 付琨，2009，《介詞框架「P……來說」的標記和話題化功能》，《牡丹江大學學報》第 1 期。
67. 傅雨賢等，1992，《現代漢語介詞研究》，廣州：中山大學出版社。
68. 嘎日迪，1996，《中古蒙古語 SOVS 型主謂結構句子演化初探》，《內蒙古師範大學學報》第 3 期。
69. 嘎日迪，2001，《現代蒙古語》，呼和浩特：內蒙古教育出版社。

70. 嘎日迪，2006，《中古蒙古語研究》，瀋陽：遼寧民族出版社。
71. 干紅梅，2004，《再談「來著」》，《四川師範大學學報》第5期。
72. 甘露、甘霖，2009，《淺談由「來」「去」構成的連動句》，《中州大學學報》第4期。
73. 高列過，2004，《東漢佛經疑問語氣助詞初探》，《古漢語研究》第4期。
74. 高列過，2005，《東漢佛經的特殊語言現象及成因》，《西域研究》第1期。
75. 高名凱、劉正埃 1958，《現代漢語外來詞研究》，北京：文字改革出版社。
76. 高順全，2005，《復合趨向補語引申用法的語義解釋》，《漢語學習》第1期。
77. 高娃，2005，《滿語蒙古語比較研究》，北京：中央民族大學出版社。
78. 高婉喻，2011，《漢語常用假設連詞演變研究》，臺灣：學生書局。
79. 高永奇，1994，《「除」字句動態淺析》，《濮陽教育學院學報》第2期。
80. 高豔，2007，《趨向補語「來」「去」使用不對稱的語用考察》，《晉中學院學報》第2期。
81. 葛佳才，2002，《漢譯佛經中的特殊副詞「適」》，《重慶工商大學學報》第6期。
82. 龔千炎，1995，《漢語的時相、時制、時態》，北京：商務印書館。
83. 顧滿林，2002，《試論東漢佛經翻譯不同譯者或意譯的偏好》，《漢語史研究集刊》第5輯，成都：巴蜀書社。
84. 郭輝，2008，《皖北濉溪方言的語氣詞「來」》，《方言》第2期。
85. 郭莉，2002，《英語動詞"come, go"和漢語動詞「來、去」的內在指示意義比較》，《樂山師範學院學報》第2期。
86. 郭立萍，2008，《現代漢語外來詞單音成分語素化和詞綴化動因研究》，《山西大同大學學報》第6期。
87. 郭銳，1993，《漢語動詞的過程結構》，《中國語文》第6期。
88. 郭銳，1995，《述結式述補結構的配價結構和成分整合》，瀋陽、鄭定歐主編《現代漢語配價語法研究》，北京：北京大學出版社。
89. 郭銳，2011，《語序類型學》，北京大學中國語言學暑期高級講習班學員手冊。
90. 郭婷婷，2002，《「除」字句的排除類型及語義識別》，華中師範大學碩士學位論文。
91. 郭錫良，1997，《先秦漢語構詞法的發展》，《漢語史論集》，北京：商務印書館。
92. 哈斯額而敦，1992，《關於蒙古文歷史階段的分期問題》，《蒙古語文》第2期。
93. 韓林林、王俊清，2011，《論語言接觸下的壯漢名詞語語序類型對比》，《民族翻譯》第3期。
94. 韓淑紅，2013，《兩漢非佛典外來詞研究》，吉林大學博士學位論文。
95. 何俊芳、周慶生，2010，《語言衝突研究》，北京：中央民族大學出版社。
96. 何愼怡，1994，《漢英雙賓語句比較》，《古漢語研究（增刊）》。
97. 何亞南，1998，《漢譯佛經與後漢詞語例釋》，《古漢語研究》第1期。

98. 何亞南，2003，《從佛經看早期外來音譯詞的漢化》，《南京師範大學學報》第 2 期。
99. 何亞南、張愛麗，2004，《中古漢語疑問句中的「爲」字的詞性及來源》，《南京師範大學學報》第 6 期。
100. 賀陽，2004，《動趨式「V 起來」的語義分化及其句法表現》，《語言研究》第 3 期。
101. 黑維強，2003，《論近代漢語「去＋VP＋去」句結構類型及其發展》，《蘭州大學學報》第 6 期。
102. 洪波，2004，《「給」字的語法化》，《南開語言學刊》第 3 期，南開。
103. 洪波、阿錯，2007，《漢語與周邊語言的接觸類型研究》，《南開語言學刊》第 1 期。
104. 侯國金，2012，《「來」的語用化芻議》，《外國語文》第 4 期。
105. 侯敏，1987，《同素異序詞的發展和規範問題》，《語文建設》第 3 期。
106. 胡敕瑞，2002，《〈論衡〉與東漢佛典詞語比較研究》，成都：巴蜀書社。
107. 胡敕瑞，2008，《漢語負面排他標記的來源及其發展》，《語言科學》第 6 期。
108. 胡光斌，2011，《遵義方言的助詞「來」》，《遵義師範學院學報》第 1 期。
109. 胡開寶，2006，《漢外語言解除研究近百年：回顧與展望》，《外語與外語教學》第 5 期。
110. 胡麗珍、雷冬平，2007，《論「除非」的動能及其句式演變》，《中南大學學報》第 2 期。
111. 胡明揚，1996，《漢語方言體貌論文集》，南京：江蘇教育出版社。
112. 胡明揚，2007，《語言接觸和語言之間的相互影響》，薛才德主編，《語言接觸與語言比較》，上海：學林出版社。
113. 胡曉慧，2012，《漢語趨向動詞語法化問題研究》，桂林：廣西師範大學出版社。
114. 黃伯榮，1996，《漢語方言語法類編》，青島：青島出版社。
115. 黃國營，1994，《句末語氣詞的層次地位》，《語言研究》第 1 期。
116. 黃靈庚，1981，《「去來」釋義商榷》，《中國語文》第 3 期。
117. 黃盛璋，1961，《兩漢時代的量詞》，《中國語文》第 8 月號。
118. 黃增壽，2005，《漢譯佛經中作狀語的「甚大」》，《濟南大學學報》第 5 期。
119. 黃正德，2008，《題元理論與漢語動詞題元結構研究》，《當代語言學理論和漢語研究》，北京：商務印書館。
120. 季永海、劉景憲、屈六生，1986，《滿語語法》，北京：民族出版社。
121. 賈珏，1998，《「來/去」作趨向補語時動詞賓語的位置》，《世界漢語教學》第 1 期。
122. 姜南，2011，《基於梵漢對勘的〈法華經〉語法研究》，北京：商務印書館。
123. 江傲霜，2006，《佛經詞語研究現狀綜述》，《涪陵師範學院學報》第 4 期。

124. 江藍生，1984，《概數詞「來」的歷史考察》，《中國語文》第 2 期。
125. 江藍生 1995《吳語助詞「來」「得來」溯源》，《中國語言學報》第 5 期。
126. 江藍生，1998，《後置詞「行」考辨》，《語文研究》第 1 期。
127. 江藍生，1992，《助詞「似的」的語法意義及其來源》，《中國語文》第 6 期。
128. 江藍生，1999，《從語言滲透看漢語比擬式的發展》，《中國社會科學》第 4 期。
129. 江藍生，2001，《漢語使役與被動兼用探源》，《近代漢語探源》，北京：商務印書館。
130. 江藍生，2003，《語言接觸與元明時期的特殊判斷句》，《語言學論叢》第 28 輯，北京：商務印書館。
131. 江藍生，2004，《語言接觸與元明時期的特殊判斷句》，《語言文字學》第 28 期。
132. 姜玲，2008，《「來」和 come「去」和 go 對比研究》，《河南大學學報》第 5 期。
133. 蔣紹愚，1989，《古漢語詞彙綱要》，北京：北京大學出版社。
134. 蔣紹愚，1994，《近代漢語研究概況》，北京：北京大學出版社。
135. 蔣紹愚，2002，《「給」字句、「教」字句表被動的來源——兼談語法化、類推和功能擴展》《語言學論叢》第 26 輯，北京：商務印書館。
136. 蔣紹愚，2007，《語言接觸的一個案例——再談「V（O）已」》，《語言學論叢》第 36 輯，北京：商務印書館。
137. 蔣紹愚，2001，《漢語詞彙語法史論文集》，北京：商務印書館。
138. 蔣紹愚，2012，《漢語詞彙法語史論文續集》，北京：商務印書館。
139. 蔣紹愚、胡敕瑞主編，2013，《漢譯佛典語法研究論集》，北京：商務印書館。
140. 蔣紹愚、曹廣順，2005，《近代漢語語法史研究綜述》，北京：商務印書館。
141. 焦毓梅，2006，《淺談漢譯佛經外來詞的漢語化》，《社會科學家》第 4 期。
142. 金立鑫、於秀金，2013，《從與 OV-VO 相關和不相關參項考察普通話的語序類型》，《外國語》第 2 期。
143. 闞緒良，1995，《〈五燈會元〉裏的「是」字選擇問句》，《語言研究》第 2 期。
144. 柯偉智，2012，《語序類型學視角下的漢泰修飾成分研究》，《雲南師範大學學報》第 2 期。
145. 藍慶元、吳福祥，2012，《侗臺語副詞「互相」修飾動詞的語序》，《民族語文》第 6 期。
146. 李崇興，1990，《〈祖堂集〉中的助詞「去」》，《中國語文》第 1 期。
147. 李崇興、祖生利，2011，《〈元典章・刑部〉語法研究》，開封：河南大學出版社。
148. 李崇興、祖生利、丁勇，2009，《元代漢語語法研究》，上海：上海教育出版社。
149. 李晉霞，2002，《「V 來 V 去」格式及語法化》，《語言研究》第 2 期。
150. 李藍，2003，《現代漢語方言差比句的語序類型》，《方言》第 3 期。
151. 李明，2004，《趨向動詞「來/去」的用法及其語法》，《語言學論叢》第 29 輯，北京：商務印書館。

152. 李納、石毓智，1997，《論漢語體標記誕生的機制》，《中國語文》第 2 期。
153. 李平，1987，《〈世説新語〉和〈百喻經〉的動補結構》，《語言學論叢》第 14 輯，北京：商務印書館。
154. 李啓群，2004，《湘西州漢語方言兩種特殊語序》，《方言》第 3 期。
155. 李榮主編，2002，《現代漢語方言大詞典》，南京：江蘇教育出版社。
156. 李如龍，1996，《泉州方言的體》，張雙慶主編《動詞的體》，香港：香港中文大學中國文化研究所吳多泰中國語文研究中心出版。
157. 李如龍，2013，《論語言接觸的類型、方式和過程》，《青海民族研究》第 4 期。
158. 李思明，1991，《〈祖堂集〉中「得」字的考察》，《古漢語研究》第 3 期。
159. 李泰洙、江藍生，2000，《〈老乞大〉語序研究》，《語言研究》第 3 期。
160. 李鐵根，1999，《現代漢語時制研究》，瀋陽：遼寧大學出版社。
161. 李維琦，2004，《佛經詞語彙釋》，長沙：湖南師範大學出版社。
162. 李煒，2004，《加強處置、被動語勢的助詞「給」》，《語言教學與研究》第 1 期。
163. 李小凡，2004，《現代漢語體貌系統新探》，《21 世紀的中國語言學》（一），北京：商務印書館。
164. 李新魁、黃家教、施其生、麥耘、陳定方，1995，《廣州方言研究》，廣州：廣東人民出版社。
165. 李英哲，2013，《空間順序對漢語語序的制約》，《漢語學報》第 1 期。
166. 李宇明、陳前瑞，2005，《北京話「給」字被動句的地位及其歷史發展》，《方言》第 4 期。
167. 李玉勝，2008，《談談「除……外」——淺析 but，except for，besides 之區別》，《考試：中考版》第 3 期。
168. 李雲兵，2008，《中國南方民族語言語序類型研究》，北京：北京大學出版社。
169. 李宗江，2008，《説「想來」「看來」「説來」的虛化和主觀化》，載《漢語史學報》第七輯，上海：上海教育出版社。
170. 李佐豐，1994，《先秦的不及物動詞和及物動詞》，《中國語文》第 4 期。
171. 李心釋，2012，《東南亞語言區域視野中的漢、壯語接觸研究》，北京：中國社會科學出版社。
172. 連金髮，2010，《臺語共通語的詞彙重整》，《研究之樂：慶祝王世元先生七十五壽辰學術論文集》，上海：上海教育出版社。
173. 梁曉虹，1985，《漢魏六朝佛經意譯詞研究》，南京師範大學碩士學位論文。
174. 梁曉紅，1989a，《談王梵志詩中的「著」》，《九江師專學報》第 4 期。
175. 梁曉紅，1989b，《説「方便」》，《語文建設通訊》第 24 期。
176. 梁曉虹，1994a，《佛教詞語的構造與漢語詞彙的發展》，北京：北京語言學院出版社。
177. 梁曉紅，1994b，《論佛經詞語對漢語詞彙寶庫的擴充》，《杭州大學學報》第 1 期。

178. 梁曉紅，2001，《試論梵漢合璧造新詞》，《佛教與漢語詞彙》，臺灣：臺灣佛光文化事業有限公司。
179. 梁源，2005，《語序和信息結構：對粵語易位句的語用分析》，《中國語文》第3期。
180. 梁銀峰，2002，《隋唐以前的「受事主語＋及物動詞＋不及物動詞」句型》，《漢語史研究集刊》（第六輯），成都：四川巴蜀書社。
181. 梁銀峰，2004，《時間方位詞「來」對事態助詞「來」形成的影響及相關問題》，《語言研究》第2期。
182. 梁銀峰，2005，《漢語動相補語「來」、「去」的形成過程》，《語言科學》第6期。
183. 梁銀峰，2006，《〈祖堂集〉中多功能副詞「卻」的綜合研究》，商務印書館編輯部編，《21世紀的中國語言學（二）》，北京：商務印書館。
184. 梁銀峰，2007，《漢語趨向動詞的語法化》，上海：學林出版。
185. 梁銀峰，2009，《現代漢語「X來」式合成詞溯源》，《語言科學》第4期。
186. 梁銀峰、吳福祥、貝羅貝，2008，《漢語趨向補語結構的產生與演變》，載中國社會科學院語言所編《歷史語言學研究》第一輯，北京：商務印書館。
187. 梁仲森，2005，《當代香港粵語語助詞的研究》，香港：香港城市大學語言信息科學研究中心。
188. 廖秋忠，1985，《篇章中的框——櫺關係與所指的確定》，《語法研究與探索》第3輯，北京：北京大學出版社。
189. 林笛，1993，《漢語空間方位詞的語用考察》，《語言學論叢》第6期。
190. 林華勇，2005，《廣東廉江方言助詞研究》，中山大學博士學位論文。
191. 林華勇、郭必之，2010，《廉江粵語「來/去」的語法化與功能趨近現象》，《中國語文》第6期。
192. 林立芳，1997，《梅縣方言的「來」》，《語文研究》第2期。
193. 林青，2010，《論制約維吾爾語語序的各種因素之間的關係》，《語言與翻譯》第2期。
194. 林素娥，2007，《漢語方言語序類型學比較研究芻議》，《暨南學報》第3期。
195. 林曉恒，2011，《中古漢語方位詞研究》，北京：中央民族大學出版社。
196. 林新年，2006，《〈祖堂集〉「還（有）……也無……」與閩南方言「有無」疑問句式》，《福建師範大學學報》第2期。
197. 劉翠香，2005，《山東棲霞方言虛成分研究》，中山大學博士學位論文。
198. 劉丹青，1986，《蘇州方言重疊式研究》，《語言研究》第1期。
199. 劉丹青，2000，《粵語句法的類型學特點》，（香港）《亞太語文教育學報》第3卷第2期。
200. 劉丹青，2001a，《語法化中的更新、強化與疊加》，《語言研究》第2期。
201. 劉丹青，2001b，《漢語給予類雙及物結構的類型學考察》，《中國語文》第5期。

202. 劉丹青，2002，《漢語中的框式介詞》，《當代語言學》第 4 期。
203. 劉丹青，2003，《語序類型學與介詞理論》，北京：商務印書館。
204. 劉丹青，2004，《話題標記從何而來？——語法化中的共性與個性》，《樂在其中：王士元教授 70 華誕慶祝集》，天津：南開大學出版社。
205. 劉丹青，2005，《方所題元的若干類型學參項》，徐傑主編《漢語研究的類型學視角》，北京：北京語言大學出版社。
206. 劉丹青，2008，《語法調查研究手冊》，上海：上海教育出版社。
207. 劉丹青，2010，《普通話語法中的東南因子及其類型後果》，《漢藏語學報》第 4 期，北京：商務印書館。
208. 劉丹青、唐正大，2012，《名詞性短語的類型學研究》，北京：商務印書館。
209. 劉堅，1998，《動態助詞的研究與「VO 過」》，《人與文——憶幾位師友論若干語言問題》，北京：北京語言文化大學出版社。
210. 劉堅等，1995，《論誘發漢語詞彙語法化的若干因素》，《中國語文》第 3 期。
211. 劉利，1984，《對「概數詞『來』的歷史考察」一文的兩點補充》，《中國語文》第 2 期。
212. 劉寧生，1995，《漢語偏正結構的認知基礎及其在語序類型學上的意義》，《中國語文》第 2 期。
213. 劉倩，2007，《關於粵語句末助詞「 」的比較研究》，張洪年、張雙慶、陳雄根主編，《第十屆國際粵方言研討會論文集》，北京：中國社會科學出版社。
214. 劉青，2006，《〈祖堂集〉中「個」的詞性及用法》，《內蒙古廣播電視大學學刊》第 3 期。
215. 劉世儒，1965，《魏晉南北朝量詞研究》，北京：中華書局。
216. 劉頌浩，1995，《「除了」句式中的省略和對比》，《第四屆國際漢語教學討論會論文集》，北京：北京語言學院出版社。
217. 劉祥清，2013，《語言接觸與漢語音譯詞的形成與變化》，《湖南第一師範學院學報》第 3 期。
218. 劉曉梅，2009，《「裏/內/中」和「外」不對稱原因的歷時探索》，《社科縱橫》第 11 期。
219. 劉曉南，1991，《先秦語氣詞的歷時多義現象》，《古漢語研究》第 3 期。
220. 劉學敏，1999，《佛典與漢語詞彙的發展》，《神州學人》第 5 期。
221. 劉勳寧，1985，《現代漢語句尾「了」的來源》，《方言》第 2 期。
222. 劉勳寧，1990，《現代漢語句尾「了」的語法意義及其與詞尾「了」的聯繫》，《世界漢語教學》第 2 期。
223. 劉勳寧，1998，《〈祖堂集〉「去」和「去也」方言證》，郭錫良主編，《第二屆國際古漢語語法研討會論文選編：古漢語語法論集》，北京：語文出版社。
224. 劉雲，1998，《「除了」究竟除不除》，《江漢學術》第 4 期。

225. 劉澤民，2003，《瑞金方言的助詞「去」、「卻」和「來」》，《甘肅教育學院學報》（社會科學版）第3期。

226. 劉正琰，1984，《漢語外來詞詞典》，上海：上海辭書出版社。

227. 劉志生，2004，《近代漢語中的「V來V去」格式考察》，《古漢語研究》第4期。

228. 劉志遠，2012，《框式介詞「對（於）……來說」的話題焦點標記功能》，《通化師範學院學報》第3期。

229. 劉子瑜，2004，《漢語動結式述補結構的歷史發展》，《語言學論叢》第30輯，北京：商務印書館。

230. 劉忠信，1992，《〈祖堂集〉中的隱名代詞》，《鎮江師專學報》第2期。

231. 劉叔新，1985，《漢語複合詞內部形式的特點與類別》，《中國語文》第3期。

232. 柳士鎮，1985a，《〈百喻經〉中的被動句》，《南京大學學報》第2期，又收入《語文叢稿》，南京大學出版社，1998。

233. 柳士鎮，1985b，《〈百喻經〉中若干語法問題的探索》，《中州學刊》第5期，又收入《語文叢稿》，南京大學出版社，1998。

234. 柳世鎮，1992，《魏晉南北朝歷史語法》，南京：南京大學出版社。

235. 龍國富，2002，《〈阿含經〉「V＋（O）＋CV」格式中的「已」》，《雲夢學刊》第1期。

236. 龍國富，2003a，《姚秦譯經中疑問句尾的「爲」》，《古漢語研究》第2期。

237. 龍國富，2003b，《姚秦譯經中的事態助詞「來」》，《漢語史研究集刊》第6輯，成都：巴蜀書社。

238. 龍國富，2004，《〈十誦律〉中的兩個語法形式》，《語言研究》第2期。

239. 龍國富，2005a，《從中古譯經看事態助詞「來」及其語法化》，《語言科學》第1期。

240. 龍國富，2005b，《從中古譯經看形成中的動態助詞「著」》，《漢語史研究集刊》第8輯，成都：巴蜀書社。

241. 龍國富，2009，《中古中古譯經被動式與佛經翻譯》，《歷史語言學研究》第二輯，北京：商務印書館。

242. 龍國富，2013，《〈妙法蓮華經〉語法研究》，北京：商務印書館。

243. 龍國富、葉桂郴，2005，《中古譯經中的假設語氣助詞「時」》，《古漢語研究》第1期。

244. 盧付林，1999，《和「除非」相關的幾個句式的研究》，《邵陽師範高等專科學校學報》第4期。

245. 盧烈紅，1998，《〈古尊宿語要〉的近指代詞》，《武漢大學學報》第5期。

246. 盧烈紅，1999，《〈古尊宿語要〉的旁指代詞》，《古漢語研究》第3期。

247. 盧烈紅，2005，《佛教文獻中「何」系疑問代詞的興替演變》，《語言學論叢》第31輯，北京：商務印書館。

248. 魯曉琨，2006，《焦點標記「來」》，《世界漢語教學》第 2 期。
249. 陸丙甫，2001，《從賓語標記的分佈看語言類型學的功能分析》，《當代語言學》第 4 輯。
250. 陸丙甫，2005，《語序優勢的認知解釋：論可別度對語序的普遍影響》，《當代語言學》第 1 期。
251. 陸丙甫、金立鑫，2010，《論蘊含關係的兩種解釋模式》，《中國語文》第 4 期。
252. 陸儉明，1980，《漢語口語句法裏的易位現象》，《中國語文》第 1 期。
253. 陸儉明，1985，《關於「去 VP」和「VP 去」句式》，《語言教學與研究》第 4 期。
254. 陸儉明，1989，《「V 來了」試析》，《中國語文》第 3 期；《陸儉明自選集》，鄭州：河南教育出版社，1993。
255. 陸儉明，2002，《動詞後趨向補語的位置問題》，《世界漢語教學》第 1 期。
256. 陸儉明，2003，《現代漢語語法研究教程》，北京：北京大學出版社。
257. 羅驥，2003，《北宋語氣詞及源流》，成都：巴蜀書社。
258. 羅美珍，2004，《西雙版納傣語的語序》，《南開語言學刊》第 4 期。
259. 羅昕如、劉宗豔，2013，《方言接觸中的語序個案考察》，《湖北師範大學社會科學學報》第 3 期。
260. 雒鵬，2004，《河州話語法——語言接觸的結果》，《西北師大學報》第 4 期。
261. 呂叔湘，1961，《現代漢語單雙音節問題初探》，《中國語文》第 1 期。
262. 呂叔湘，1979，《漢語語法分析問題》，北京：商務印書館。
263. 呂叔湘，1942/1990，《中國文法要略》，北京：商務印書館。
264. 呂叔湘，1984，《釋您，俺，咱，附論們字》，《漢語語法論文集》，北京：商務印書館。
265. 呂叔湘，1985，《近代漢語指代詞》，上海：學林出版社。
266. 呂叔湘，2010，《現代漢語八百詞》，北京：商務印書館。
267. 呂爲光，2011，《責怪義話語標記「我説什麼來著」》，《漢語學報》第 3 期。
268. 馬貝加，2002，《近代漢語介詞》，北京：中華書局。
269. 馬夢玲，2007，西寧方言 SOV 句式類型學特點初探，南京師範大學碩士學位論文。
270. 馬夢玲，2009，《西寧方言中與語序有關的附置詞及其類型學特點》，《蘭州交通大學學報》第 5 期。
271. 馬慶株，1997，《「V 來/去」與現代漢語動詞的主觀範疇》，《語文研究》第 3 期。
272. 馬樹鈞，1982，《臨夏話中的「名＋哈」結構》，《中國語文》第 1 期。
273. 馬樹鈞，1984，《漢語河州話與阿爾泰語言》，《民族語文》第 2 期。
274. 馬彪、王大新，2002，《數（量）詞後的「來」表示多少》，《漢語學習》第 1 期。
275. 馬企平，1984，《臨夏方言語法初探》，《蘭州學刊》第 1 期。

276. 馬慶株，1989，《「V來了」試析》，《中國語文》第3期。
277. 馬慶株，1997，《「V來/去」與現代漢語動詞的主觀範疇》，《語文研究》第3期。
278. 麥耘，2008，《廣州話的句末語氣詞「來」》，邵敬敏等主編《21世紀漢語方言語法新探索——第三屆漢語方言語法國際研討會論文集》，廣州：暨南大學出版社。
279. 梅祖麟，1994，《唐代、宋代共同語的語法和現代方言的語法》，《中國境內語言暨語言學》第2期。
280. 梅祖麟，1986，關於近代漢語指代詞，《中國語文》第6期。
281. 梅祖麟，2000，現代漢語完成貌句式和詞尾的來源，《梅祖麟語言學論文集》，北京：商務印書館。
282. 梅祖麟，1994，《唐代、宋代共同語的語法和現代方言的語法》，載《中國境內語言貫語言學》。
283. 孟廣道，1997，《佛教對漢語詞彙的影響》，《漢字文化》第1期。
284. 孟憲貞、劉夠安，2000，《太谷話裏的動態助詞「來」「呀」「的」》，《晉中師範高等專科學校學報》第4期。
285. 木村英樹〔日〕，2005，《北京話「給」字句擴展爲被動句的語義動因》，《漢語學報》第2期。
286. 潘國英，2010，《漢語狀語語序研究及其類型學意義》，北京：中國社會科學出版社。
287. 潘文、申敬善，2002，《試論「來」的替代條件》，《漢語學習》第6期。
288. 潘維桂、楊天戈，1980，《敦煌變文和〈景德傳燈錄〉中「了」字的用法》，《語言論集》第1輯，北京：商務印書館。
289. 彭曉，2013，《論語言接觸引發的語法化現象》，《求索》第5期。
290. 彭曉，2015，《重新標記在漢語外源詞中的表徵》，《宜賓學院學報》第2期。
291. 戚曉傑，2007，《明清山東方言北京白話文獻特殊句式研究》，北京：中國社會科學出版社。
292. 齊滬揚，1996，《空間位移中主觀參照「來/去」的語用含義》，《世界漢語教學》第4期。
293. 千里，1992，《古代漢語同素逆序詞歷時演革淺探》，《杭州師範學院學報》第5期。
294. 錢乃榮，1997，《吳語中的「來」和「來」字結構》，《上海大學學報》第3期。
295. 橋本萬太郎〔日〕，1987，《漢語被動式的歷時、區域發展》，《中國語文》第1期。
296. 橋本萬太郎，1985/2008，《語言地理類型學》，余志鴻譯，北京：世界圖書出版公司。
297. 喬全生，1983，《洪洞話的「去」「來」》，《語文研究》第3期。
298. 強星娜，2009，《漢語話題標記的類型學研究》，中國社會科學院研究生院博士論文。

299. 強星娜，2011，《話題標記與句類限制》，《語言科學》第 2 期。
300. 清格爾泰，1991，《蒙古語語法》，呼和浩特：內蒙古人民出版社。
301. 全立波，2006，《關於「動＋出＋賓＋來」中的動詞制約性》，《湖南科技大學學報》第 6 期。
302. 任學良，1981，《漢語造詞法》，北京：中國社會科學出版社。
303. 榮晶，2000，《漢語語序研究的理論思考及其考察》，《語言文字應用》第 3 期。
304. 薩丕爾，1985，《語言論——言語研究導論》，陸卓元譯，北京：商務印書館。
305. 山人，1993，《〈百喻經〉詞語探微》，《開讀與寫作》第 12 期。
306. 邵敬敏，2006，《漢語語法學史稿（修訂本）》，北京：商務印書館。
307. 邵敬敏、張寒冰，2012，《制約移動動詞「來」的會話策略及其虛化假設》，《暨南學報》第 1 期。
308. 邵永海，1990，從《左傳》和《史記》看上古漢語的雙賓語結構及其發展，《綴玉集》，北京：北京大學出版社。
309. 沈丹蕾，2001，《〈五燈會元〉的句尾語氣詞「也」》，《安徽師範大學學報》第 4 期。
310. 沈家煊，1994，《「語法化」研究綜述》，《外語教學與研究》第 4 期。
311. 沈家煊，1998，《實詞虛化的機制》，《當代語言學》第 3 期。
312. 沈家煊，1999，《「在」字句和「給」字句》，《中國語文》第 2 期。
313. 沈家煊，2006a，《「糅合」和「截搭」》，《世界漢語教學》第 4 期。
314. 沈家煊，2006b，《概念整合與浮現意義》，《修辭學習》第 5 期。
315. 沈家煊，2007，《漢語裏的名詞和動詞》，《漢藏語學報》第 1 期。
316. 沈家煊，2009，《我看漢語的詞類》，《語言科學》第 1 期。
317. 沈家煊，2010，《我只是接著向前跨了半步——再談漢語的名詞和動詞》，《語言學論叢》第 40 輯，北京：商務印書館。
318. 沈開木，1998，《「除」字句的探索》，《漢語學習》第 2 期。
319. 沈林，2010，《論趨向動詞「來」、「去」的應用規律》，《語文知識》第 2 期。
320. 石鋟，1996，《近代漢語詞尾「生」的功能》，《古漢語研究》第 2 期。
321. 石毓智，2008，《漢語方言語序變化的兩種動因及其性質差異》，《民族語文》第 6 期。
322. 史金生，2011，《現代漢語副詞連用順序和同現研究》，北京：商務印書館。
323. 史金生、胡曉萍，2013，《漢語動源後置詞語法化的類型和機制》，《解放軍外國語學院學報》第 3 期。
324. 史素芬，2007，《山西長治方言「來」字的句法、語義、語用分析》，《長治學院學報》第 4 期。
325. 史有爲，1991，《異文化的使者——外來詞》，吉林：吉林教育出版社。
326. 史有爲，1994，《也說「來著」》，《漢語學習》第 1 期。

327. 史有爲，2000，《漢語外來詞》，北京：商務印書館。
328. 史秀菊，2007，《晉南解州片方言表趨向和事態意義的「去」》，《語文研究》第3期。
329. 史秀菊，2011，《山西晉語區的事態助詞「來」「來了」「來來」「來嘅」》，《語言研究》第3期。
330. 雙福，1996，《古代蒙古語研究》，呼和浩特：內蒙古教育出版社。
331. 宋紹年，2004，《〈馬氏文通〉研究》，北京：北京大學出版社。
332. 宋麗萍，2006，《數量名結構語序及其分佈的類型學考察》，《語言學論叢》第34輯。
333. 宋文輝，2004，《也論「來著」的表達功能》，《語言科學》第4期。
334. 宋文輝，2009，《關於賓語必須前置的動結式》，徐傑、姚雙喜主編《動詞與賓語問題研究》，武漢：華中師範大學出版社。
335. 宋文輝，2012，《現代漢語表示起始義的趨向補語「起來」和「起……來」的關係》，《世界漢語教學》第4期。
336. 宋亞雲，2006，《漢語從綜合到分析的演變趨勢及原因初探》，《語言學論叢》第33輯。
337. 宋玉柱，1981，《關於時間副詞「的」和「來著」》，《中國語文》第4期。
338. 蘇丹潔，2012，《語塊是構式和詞項的中介》，《中山大學學報》第1期。
339. 蘇俊波，2004，《也談「……處去來」？》，《古籍整理研究學刊》第5期。
340. 孫斐，2005，《「來」和「去」的語法化及相關問題研究》，上海師範大學碩士學位論文。
341. 孫宏開，2009，《羌語簡志（修訂本）》，孫宏開、劉光坤修訂，北京：民族出版社。
342. 孫錫信，1999，《近代漢語語氣詞》，北京：語文出版社。
343. 孫銀新，2003，《現代漢語詞素研究》，北京：中國文史出版社。
344. 孫玉潔，1995，《談談「除非……不」與「除非……才」之異同》，《綏化師專學報》第1期。
345. 太田辰夫，1958/2003，《中國語歷史文法》，蔣紹愚、徐昌華譯，北京：北京大學出版社。
346. 太田辰夫，1987，《中國語歷史文法》，北京：北京大學出版社。
347. 太田辰夫，1991，《漢語史通考》，江藍生、白維國譯，重慶：重慶出版社。
348. 湯志祥，2003，《漢語詞彙的「借用」和「移用」及其深層社會意義》，《語言教學與研究》第5期。
349. 唐啓運，1992，《論古代漢語的處所方位名詞》，《華南師範大學學報》第1期。
350. 唐爲群，2004，《〈百喻經〉中的副詞「都」和「相」》，《武漢大學學報》第3期。
351. 唐爲群、張詠梅，2000，《〈百喻經〉「我」「爾」「他」研究》，《湖北民族學院學報》第 2 期。

352. 唐秀偉，2010，《動詞前「來/去」考辨》，《北方論叢》第 4 期。

353. 唐正大，2005，《從獨立動詞到話題標記》，《語法化與語法研究》，北京：商務印書館。

354. 唐正大，2008，《關中方言趨向表達的句法語義類型》，《語言科學》第 2 期。

355. 濤高，1993，《現代蒙古語》，通遼：內蒙古少年兒童出版社。

356. 陶毅，1997，《淮南話中的「來」》，《淮南師專學報》第 2 期。

357. 汪寧，2010，《反覆性「V 來 V 去」格式語義分析》，《湖北函授大學學報》第 1 期。

358. 汪維輝，2010，《〈百喻經〉與〈世說新語〉詞彙比較研究（上）》，《漢語史學報》第十輯。

359. 王春玲，2007，《四川官話中的助詞「來」》，《西南交通大學學報》第 3 期。

360. 王丹，2013，「除此之外」的語用分析，《北方文學》第 1 期。

361. 王丹榮，2005，《從「給」字看襄樊話的方言類型》，《襄樊學院學報》第 6 期。

362. 王丹榮，2013，《句末助詞「來（來著）」形義辨析》，《湖北民族學院學報》第 6 期。

363. 王鳳蘭，2008，《論現代漢語表示目的的「來」》，《學術交流》第 5 期。

364. 王改改，2001，《概數詞「來」的語義調查和研究》，《漢語學習》第 6 期。

365. 王國栓，2004，《「動＋將＋趨」中「將」的性質》，《語文研究》第 4 期。

366. 王國栓，2005a，《「來＋VP」「VP＋來」兩格式中的「來」》，《南開語言學刊》第 1 期。

367. 王國栓，2005b，《趨向問題研究》，北京：華夏出版社。

368. 王鴻濱，2003，《「除」字句溯源》，《語言研究》第 1 期。

369. 王洪君，1994，《漢語常見的兩種語音構詞法》，《語言研究》第 1 期。

370. 王洪君，2008，《歷史比較和語言接觸理論與漢語方言的層次和分類研究》，《當代語言學理論和漢語研究》，北京：商務印書館。

371. 王洪君，2012，《兼顧演變、推平和層次的漢語方言歷史關係模型》，潘悟雲、吳安其、吳福祥主編，《語言的演變與變異》，北京：商務印書館。

372. 王洪君、富麗，2005，《試論現代漢語的類詞綴》，《語言科學》第 5 期。

373. 王繼紅，2006，《玄奘譯經的語言學考察》，《外語教學與研究》第 1 期。

374. 王繼紅，2014，《基於梵漢對勘的〈阿毗達磨俱舍論〉語法研究》，上海：中西書局。

375. 王繼紅、朱慶之，2013，《漢譯佛經句末「故」用法考察》，蔣紹愚、胡敕瑞主編，《漢譯佛典語法研究論集》，北京：商務印書館。

376. 王錦慧，2004，《「往」「來」「去」歷時演變綜論》，臺灣：里仁書局。

377. 王景丹，2003，《〈祖堂集〉的「何」及其語體色彩》，《古漢語研究》第 1 期。

378. 王力，1943/1985，《中國現代語法》，北京：商務印書館。
379. 王力，1958/2005，《漢語史稿》，北京：中華書局。
380. 王力，1981，《古代漢語（重刊本）》。北京：中華書局。
381. 王力，1988，《漢語語法史》，北京：商務印書館。
382. 王力等，2000，《王力古漢語字典》，北京：中華書局。
383. 王麗彩，2005，《「來」、「去」充當的趨向補語和賓語的次序問題》，《廣西社會科學》第4期。
384. 王立達，1958，《現代漢語中從日語借來的詞彙》，《中國語文》第2期。
385. 王玲，2006，《外來語素的詞綴化》，《語文學刊》第7期。
386. 王平，2007，《「V來/去」格式的產生和發展》，《宜賓學院學報》第2期。
387. 王森，1993，《甘肅臨夏方言的兩種語序》，《方言》第3期。
388. 王森，2001，《東幹話的語序》，《中國語文》第3期。
389. 王紹峰，2004，《初唐佛典詞彙研究》，合肥：安徽教育出版社。
390. 王勝文，2002，《表示排除的「除」及其隱括用法》，《許昌師專學報》第6期。
391. 王雙成，2009，《西寧方言的差比句》，《中國語文》第3期。
392. 王雙成，2012，《西寧方言的介詞類型》，《中國語文》第5期。
393. 王偉，2008，《漢語表達空間域的語序及認知策略》，《漢語學習》第2期。
394. 王小靜、閻俊林，2011，《漢壯接觸與平話副詞後置》，《欽州學院學報》第5期。
395. 王遠新，1994，《中國民族語言學論綱》，北京：中央民族大學出版社。
396. 王遠新、劉玉屏，2007，《論語言接觸與語言的變化》，薛才德主編，《語言接觸與語言比較》，上海：學林出版社。
397. 王寅，2000，《再論語言符號的相似性》，《外語與外語教學》第6期。
398. 王用源，2010，《漢語和藏語複音詞構詞比較研究》，南開大學博士學位論文。
399. 王雲路，1998，《談談詞綴在古漢語構詞法中的地位》，《漢語史研究集刊》第一輯，成都：巴蜀書社。
400. 王雲路，2001，《從〈唐五代語言詞典〉看附加式構詞法在中近古漢語中的地位》，《古漢語研究》第2期。
401. 王雲路，2002，《談「摒擋」及其相關詞語的附加式構詞特點》，《語言研究》第1期。
402. 王雲路，2005，《試說「鞭恥」——兼談一種特殊的並列式複音詞》，《中國語文》第5期。
403. 王雲路，2004，《試論外族文化對中古漢語詞彙的影響》，《語言研究》第1期。
404. 王雲路、方一新，1992，《中古漢語語詞例釋》，吉林：吉林教育出版社。
405. 魏培泉，2001，《中古漢語新興的一種平比句》，《臺大文史哲學報》第五十四期。
406. 魏培泉，2004，《近代漢語能性動補結構中賓語的位置》，《語言暨語言學》第 5

卷第 3 期。

407. 魏培泉，2007，《關於差比句發展過程的幾點想法》，《語言暨語言學》第五十四期。

408. 文旭，2007，《運動動詞「來/去」的語用意義及其指示條件》，《外語教學與研究》第 2 期。

409. 烏・滿達夫，1997，《中古蒙古語》，瀋陽：遼寧民族出版社。

410. 吳福祥，1997，《從「VP-neg」式反覆問句的分化談語氣詞「麼」的產生》，《中國語文》第 1 期。

411. 吳福祥，1998，《重談「動＋了＋賓」格式的來源和完成體助詞「了」的產生》，《中國語文》第 6 期。

412. 吳福祥，2001，《南方方言幾個狀態補語標記的來源（一）》，《方言》第 4 期。

413. 吳福祥，2002，《南方方言幾個狀態補語標記的來源（二）》，《方言》第 1 期。

414. 吳福祥，2003a，《再論處置式的來源》，《語言研究》第 3 期。

415. 吳福祥，2003b，《南方方言能性述補結構「V 得/不 C」帶賓語的語序類型》，《方言》第 3 期。

416. 吳福祥，2005，《粵語「否定詞＋V 得 OC/CO」格式的來源》，《方言》第 4 期。

417. 吳福祥，2008a，《南方語言正反問句的來源》，《民族語文》第 1 期。

418. 吳福祥，2008b，《南方民族語言處所介詞短語位置的演變和變異》，《民族語文》第 6 期。

419. 吳福祥，2009a，《南方民族語言裏若干接觸引發的語法化過程》，《語法化與語法研究》（四），北京：商務印書館。

420. 吳福祥，2009b，《南方民族語言關係小句結構式語序的演變和變異》，《語言研究》第 3 期。

421. 吳福祥，2009c，《從「得」義動詞到補語標記——東南亞語言的一種語法化區域》，《中國語文》第 3 期。

422. 吳福祥，2010，《漢語方言裏與趨向動詞相關的幾種語法化模式》，《方言》第 2 期。

423. 吳福祥，2012a，《侗臺語差比式的語序類型和歷史層次》，《民族語文》第 1 期。

424. 吳福祥，2012b，《語序選擇與語序創新》，《中國語文》第 4 期。

425. 吳平，2005，《萊文森的空間參照系理論》，《外語與外語教學》第 4 期。

426. 吳淑雄，2000，《漢語方位構詞的隱喻認知結構》，《面臨新世紀挑戰的現代漢語語法研究》，濟南：山東教育出版社。

427. 吳澤順，1987，《〈百喻經〉複音詞研究》，《吉首大學學報》第 1 期。

428. 席嘉，2010a，《「除」類連詞及相關句式的歷時考察》，《語言研究》第 1 期。

429. 席嘉，2010b，《近代漢語連詞》，北京：中國社會科學出版社。

430. 相原眞莉子，2010，《失去位移義「來」的核心功能》，《世界漢語教學》第 1 期。

431. 項夢冰，2002，《連城客家話完成貌句式的歷史層次》，《語言學論叢》第 26 輯，北京：商務印書館。

432. 向德珍，2007，《中古漢語系詞「是」後置的特殊判斷句》，薛才德主編，《語言接觸與語言比較》。

433. 向熹，2010，《簡明漢語史（修訂本）》，北京：商務印書館。

434. 蕭國政、邢福義，1984，《同一語義指向的「動/趨來」》，《華中師範學院研究生學報》1984 年第 3 期；《現代漢語補語研究資料》，北京語言學院出版社 1992；《現代漢語語法問題研究》，武漢華中師範大學出版社，1994。

435. 蕭紅，1999，《〈洛陽伽藍記〉的五種判斷句式》，《安徽師範大學學報》第 1 期。

436. 蕭紅，2002，《〈洛陽伽藍記〉的結果補語》，《武漢大學學報》第 1 期。

437. 肖蘭萍，2002，《唐宋禪宗語錄中的隱性選擇疑問句式初探》，《漢語史研究集刊》第 5 輯，成都：巴蜀書社。

438. 肖蘭萍，2003，《唐宋禪宗語錄特指問句末尾的「來」》，《漢語史研究集刊》第 6 輯，成都：巴蜀書社。

439. 肖奚強，1996，《略論「除了……以外」與「都」、「還」的搭配規則》，《南京師大學報》第 2 期。

440. 肖奚強，2003，《也談「來」和「去」》，《漢語學習）第 2 期。

441. 肖奚強，2004，《「除了」句式句法語義分析》，《漢語學習》第 2 期。

442. 肖亞麗、關玲，2009，《少數民族語言對黔東南漢語方言語序的影響》，《貴州民族研究》第 5 期。

443. 肖秀妹，1992，《「動＋來＋名」和「動＋名＋來」兩種句式的比較》，《語言教學與研究》第 1 期。

444. 謝仁友，2003，《漢語比較句研究》，北京大學博士學位論文。

445. 解植永，2006，《中古漢語「是」字後置式判斷句的來源》，《漢語史研究集刊》第 9 輯，成都：巴蜀書社。

446. 辛承姬（韓），1998，《連動結構中的「來」》，《語言研究》第 2 期。

447. 辛嶋靜志，1999，《漢譯佛典的語言問題》，杭州大學古籍研究所、杭州大學中文系古漢語教研室編《古典文獻與文化論叢》，杭州：杭州大學出版社。

448. 忻麗麗，《由〈搜神記〉看魏晉語言中的「來＋動詞（組）」現象》，《洛陽理工學院學報》第 6 期。

449. 邢福義，2006，《歸總性數量框架與雙賓語》，《語言研究》第 3 期。

450. 邢向東，1994，《神木話的結構助詞「得來/來」》，《中國語文》第 3 期。

451. 邢向東，2002，《神木方言研究》，北京：中華書局。

452. 邢向東，2006a，《陝北晉語語法比較研究》，北京：商務印書館。

453. 邢向東，2006b，《移位和隱含：論晉語句中虛詞的語氣詞化》，《語言暨語言學》第 4 期。

454. 邢向東，2011a，《陝北神木話的趨向動詞及其語法化》，《語言暨語言學》第 3 期。
455. 邢向東，2011b，《陝北神木話的話題標記「來」和「去」及其由來》，《中國語文》第 6 期。
456. 邢向東、張永勝，1997，《內蒙古西部方言語法研究》，呼和浩特：內蒙古人民出版社。
457. 邢志群，2008，《從「連」的語法化試探漢語語法演變的機制》，《古漢語研究》第 1 期。
458. 熊仲儒，2002，《自然語言的詞序》，《現代外語》第 4 期。
459. 熊仲儒，2003，《「來著」的詞彙特徵》，《語言科學》第 2 期。
460. 熊仲儒，2009，《再論「來著」》，《漢語學習》第 3 期。
461. 徐丹，2011，《唐汪話的格標記》，《中國語文》第 2 期。
462. 徐丹，2013，《甘肅唐汪話的語序》，《方言》第 3 期。
463. 徐靜茜，1983，《說「來」、「去」》，《語言教學與研究》第 1 期。
464. 徐烈炯，2001，《焦點的不同概念及其在漢語中的表現形式》，《現代中國語研究》第 3 期。
465. 徐烈炯、劉丹青，1998/2007，《話題的結構與功能》，上海：上海教育出版社。
466. 徐夢葵，1995，《釋「方便」》，《吉林大學社會科學學報》第 6 期。
467. 薛才德，2007，《語言接觸與語言比較》，上海：學林出版社。
468. 薛生民，1980，《吳堡話「來」的特殊用法》，《中國語文》第 5 期。
469. 姚振武，2005，《從語序問題看語法事實中的「優先序列」》，《古漢語研究》第 2 期。
470. 延俊榮，1999，《動結式 V＋Rv 帶賓語問題研究》，太原：山西大學中文系。
471. 顏洽茂，1998，《試論佛經語詞的「灌注得義」》，《漢語史研究集刊》第一輯，成都：巴蜀書社。
472. 楊德峰，1993，《表示概述的「多」和「來」的全方位考察》，《漢語學習》第 3 期。
473. 楊德峰，2005，《「時間順序原則」與「動詞＋復合趨向動詞」帶賓語形式的句式》，《世界漢語教學》第 3 期。
474. 楊德峰，2006，《時間副詞做狀語位置的全方位考察》，《語言文字應用》第 2 期。
475. 楊德峰，2012，《再議「V 來 V 去」及與之相關的格式》，《世界漢語教學》第 2 期。
476. 楊克定，1992，《從〈世說新語〉〈搜神記〉等書看魏晉時期動詞「來」「去」語義表達和語法功能的特點》，《魏晉南北朝漢語研究》，濟南：山東教育出版社。
477. 楊榮祥，2005，《論上古漢語的連動共賓結構》，（香港）《中文學刊》第 4 期。
478. 楊榮祥，2005，《近代漢語副詞研究》，北京：商務印書館。
479. 楊希英、王國栓，2006，《「來著」與漢語的時制》，《廣西民族學院學報》第 4 期。

480. 楊永龍，2000，《先秦漢語語氣詞同現的結構層次》，《古漢語研究》第 4 期。
481. 楊永龍，2001a，《明代以前的「VO 過」例》，《語文研究》第 4 期。
482. 楊永龍，2001b，《近代漢語反詰副詞「不成」的來源及虛化過程》，《語言研究》第 1 期。
483. 楊永龍，2012，《目的結構「VP 去」與 SOV 語序的關聯》，《中國語文》第 6 期。
484. 楊永龍，2014，《從語序類型的角度重新審視「X＋似/相似/也似」的來源》，《中國語文》第 4 期。
485. 楊振蘭，1989，《外來詞的漢化及其外來色彩》，《山東師範大學學報》第 1 期。
486. 意西微薩・阿錯，2004，《倒話研究》，北京：民族出版社。
487. 易延順，1982，《「去來」釋義再商榷》，《中國語文通訊》第 2 期。
488. 殷志平，1999，《「除了……之外」的語義辨析》，《漢語學習》第 2 期。
489. 尹海良，2011，《現代漢語類詞綴研究》，山東大學博士學位論文。
490. 尤俊龍，1993，《試論佛教對漢語詞彙的影響》，《內蒙古師大學報》第 2 期。
491. 尤苗苗，2013，《談談古漢語中「除」常用義之引申》，《牡丹江大學學報》第 4 期。
492. 尤愼，1994，《〈百喻經〉「得」字用例淺説》，《零陵師專學報》第 4 期。
493. 游汝傑，2002，《西洋傳教士漢語方言學著作書目考述》，黑龍江：黑龍江教育出版社。
494. 游汝傑，2006，《合璧詞和漢語詞彙的雙音節化傾向》，《東方語言學》創刊號。
495. 余東濤，2006，《類型學視野下的時間詞研究》，《漢語學報》第 1 期。
496. 余東濤，2011，《語言類型學視野下的時間狀語考察》，《外國語文》第 3 期。
497. 于濤，2005，《〈祖堂集〉中的祈使語氣詞及其語法化》，《雲南師範大學學報》第 4 期。
498. 余志鴻，1982，《元代漢語的後置詞系統》，《民族語文》第 3 期。
499. 余志鴻，1992，《〈蒙古秘史〉的特殊語法》，《語言研究》第 2 期。
500. 余志鴻，2000，《語言接觸與語言結構的變異》，《民族語文》第 4 期。
501. 余志鴻，2007，《元代直譯體漢語名詞的「數」範疇》，薛才德主編，《語言接觸與語言比較》。
502. 俞光中，1999，《近代漢語語法研究》，上海：學林出版社。
503. 俞理明，1987，《漢魏佛經裏的「那中」》，《中國語文天地》第 6 期。
504. 俞理明，1988，《從漢魏六朝佛經看代詞「他」的變化》，《中國語文》第 6 期。
505. 俞理明，1989a，《漢魏六朝的疑問代詞「那」及其它》，《古漢語研究》第 3 期。
506. 俞理明，1989b，《從佛經材料看中古漢語人己代詞的發展》，《四川大學學報》第 4 期。
507. 俞理明，1990，《從佛經材料看六朝時代的幾個三身稱謂詞》，《中國語文》第 2 期。

508. 俞理明，1991，《從早期佛經材料看古代漢語中的兩種疑問詞「爲」》，《四川大學學報》第 4 期。
509. 俞理明，1993，《佛經文獻語言》，成都：巴蜀書社。
510. 俞理明，1999，《漢語稱人代詞内部系統的歷史發展》，《古漢語研究》第 2 期。
511. 遇笑容，2004，《漢語語法史中的語言接觸與語法變化》，《漢語史學報》第四輯，上海：上海教育出版社。
512. 遇笑容，2010，《〈撰集百緣經〉語法研究》，北京：商務印書館。
513. 遇笑容、曹廣順，2002，《中古漢語的「VP 不」式疑問句》，《紀念王力先生百年誕辰學術論文集》，北京：商務印書館。
514. 遇笑容、曹廣順，2013，《再談中古譯經與漢語語法史研究》，蔣紹愚、胡敕瑞主編，《漢譯佛典語法研究論集》，北京：商務印書館。
515. 遇笑容、曹廣順、祖生利，2010，《漢語史中的語言接觸問題研究》，北京：語文出版社。
516. 岳岩，2013，《漢語排除義「X 外」類詞的歷時演變分析》，《語文研究》第 4 期。
517. 岳中奇，1996，《體助詞「去」的語法意義及其相關動詞》，《語文學刊》第 3 期。
518. 袁賓，1989，《〈祖堂集〉被字句研究——兼論南北朝到宋之間被字句的歷史發展和地域差異》，《中國語文》第 1 期。
519. 袁賓，2001，《唐宋禪錄語法研究》，《覺群學術論文集》，北京：商務印書館。
520. 袁賓、何小宛，2007，《漢語史研究中的語言接觸問題》，薛才德主編，《語言接觸與語言比較》，上海：學林出版社。
521. 袁毓林，2002，《多項副詞共現的語序原則及其認知解釋》，《語言學論叢》第 26 輯，北京：商務印書館。
522. 雲曉，1988，《蒙漢語語序比較》，《内蒙古民族師範學院學報》第 2 期。
523. 曾傳祿，2008，《也談「V 來 V 去」格式及其語法化》，《語言教學與研究》第 6 期。
524. 曾煒，2005，《流行於廣東的句末語氣詞「來的」》，《暨南大學華文學院學報》第 4 期。
525. 曾昭聰，2004，《漢譯佛經與漢語詞彙》，《華夏文化》第 3 期。
526. 詹人鳳，1995，《〈紅樓夢〉中賓語在「動＋趨 1＋趨 2」中的位置及其它》，《中國語言學報》第 6 輯，北京：商務印書館。
527. 詹衛東，2004，《論元結構與句式變換》，《中國語文》第 3 期。
528. 張安生，2013，《甘肅河湟方言名詞的格範疇》，《中國語文》第 4 期。
529. 張伯江，1991，《動趨式裏賓語位置的制約因素》，《漢語學習》第 6 期。
530. 張伯江，1999，《關於漢語雙及物結構式》，《中國語文》第 2 期。
531. 張赬，2002，《漢語介詞詞組詞序的歷史演變》，北京：北京語言文化大學出版社。
532. 張赬，2009，《論漢語數量短語與中心名詞語序的演變》，《中國語言學》第二輯。

533. 張赬，2010，《漢語語序的歷史發展》，北京：北京語言大學出版社。
534. 張赬，2014，《近代漢語使役句役事缺省現象研究》，《中國語文》第 3 期。
535. 張成材，1997，《商州市方言幾個語氣詞在句末所表示的時制範疇》，《商洛師專學報》第 3 期。
536. 張成進，2013，《現代漢語雙音介詞的詞彙化與語法化研究》，安徽大學博士學位論文。
537. 張國憲、齊滬揚，1986，《試說連詞「來」》，《淮北煤炭師範學院學報》第 3 期。
538. 張國憲、周國光，1997，《索取動詞的配價研究》，《漢語學習》第 2 期。
539. 張華文，2000，《試論東漢以降前置賓語「是」字判斷句》，《雲南師範大學學報》第 1 期。
540. 張濟卿，1996，《漢語並非沒有時制語法範疇——談時、體研究中的幾個問題》，《語文研究》第 4 期。
541. 張箭，2004，《佛教對漢語文字詞彙的影響》，《成都大學學報》第 2 期。
542. 張虹，2007，《談「V 來 V 去」》，《山東師範大學學報》第 1 期。
543. 張佳音，2003，《「除非」及其句式的語義分析》，《河北大學學報》第 2 期。
544. 張姜知，2008，《「來」的語法化過程的語義關聯順序研究》，《北京理工大學學報》第 5 期。
545. 張聯榮，1988，《漢魏六朝佛經釋詞》，《北京大學學報》第 5 期。
546. 張美蘭，1996，《論〈五燈會元〉中同形動量詞》，《南京師範大學學報》第 1 期。
547. 張美蘭、戴利，2011，《〈西遊記〉雙賓語句考察》，《漢語史研究集刊》第 14 輯。
548. 張敏，1997，《從類型學和認知語法的角度看漢語重疊現象》，《國外語言學》第 2 期。
549. 張敏，2011，《漢語方言雙及物結構南北差異的成因》，（香港）《中國語言學集刊》第 4 卷第 2 期。
550. 張全生，2011，《從「來」的語法化看焦點結構與焦點標記的產生》，《語言科學》第 6 期。
551. 張旺熹，2004，《漢語介詞衍生的語義機制》，《漢語學習》第 1 期。
552. 張偉麗，2006，《「去」從離義到往義演變的考察》，河南大學碩士學位論文。
553. 張文，2013，《漢語雙賓句歷時演變及相關結構問題研究》，北京大學博士學位論文。
554. 張興權，2012，《接觸語言學》，北京：商務印書館。
555. 張詒三，2006，《試論佛源外來詞漢化的步驟》，《浙江萬里學院學報》第 6 期。
556. 張誼生，2000，《論時制助詞「來著」》，《大理師專學報》第 4 期。
557. 張誼生，2001，《概數助詞「來」和「多」》，《徐州師範大學學報》第 3 期。
558. 張誼生，2004，《現代漢語副詞探索》，上海：學林出版社。
559. 張月明，1998，《「去來」的性質及其「來」的演變》，《廣播電視大學學報》第 1

期。

560. 張雲平、王勝文，2006，古漢語中表示讓步關係的隱性形式，《甘肅社會科學》第 4 期。

561. 張澤寧，2004，《〈六祖壇經〉中助動詞得、須、可、敢、能的使用法》，《廣東廣播電視大學學報》第 1 期。

562. 張振江，1995，《漢語佛教詞彙的構成與來源》，《廣東佛教》第 1、2 期。

563. 趙長才，1995，《先秦漢語語氣詞連用現象的歷時演變》，《中國語文》第 1 期。

564. 趙長才，2001，《「打破煩惱碎」句式的結構特點及形成機制》，《漢語史研究集刊》第 4 輯，成都：巴蜀書社。

565. 趙長才，2014，《語言接觸背景下元明時期「後頭」表時間的用法及其來源》，《中國語言》第 3 期。

566. 趙大明，2007，《〈左傳〉介詞研究》，北京：首都師範大學出版社。

567. 趙江民，2013，《新疆民漢語言接觸及其對世居漢族語言的影響》，北京：北京語言大學出版社。

568. 趙晶，2008，《漢壯名詞組語序的比較研究》，廣西大學碩士學位論文。

569. 趙新、劉若雲，2006，《「除非」條件句的語義和語用分析》，《語言研究》第 1 期。

570. 趙志清，2010，《再談「來著」基於語料庫的考察》，《臨沂師範學院學報》第 2 期。

571. 鄭懿德，陳亞川，1994，《「除了……以外」用法研究》，《中國語文》第 1 期。

572. 志村良治，1984，《中國中世語法史研究》，江藍生，白維國譯，北京：中華書局。

573. 周遲明，1959，《「來」和「去」》，《山東大學學報》第 2 期。

574. 周策縱，1987，《說「來」與「去來」》，《王力先生紀念論文集（中文分冊）》，香港：三聯書店香港分店。

575. 周洪波，1995，《外來詞譯音成分的語素化》，《語言文字應用》第 4 期。

576. 周磊，2007，《我國境內語言接觸的層次和方式》，薛才德主編，《語言接觸與語言比較》，上海：學林出版社。

577. 周士宏，2008，《從類詞綴「門」的產生看語言接觸中外來語素的漢化》，《黑龍江社會科學》第 5 期。

578. 周小兵，1991，《淺談「除」字句》，《對外漢語教學研究》，廣州：中山大學出版。

579. 朱承平，1998，《先秦漢語句尾語氣詞的組合及組合層次》，《中國語文》第 4 期。

580. 朱德熙，1982，《語法講義》，北京：商務印書館。

581. 朱德熙，1983，《自指和轉指》，《方言》第 1 期。

582. 朱峰，2006，《介詞框架「除了……以外」考察》，上海師範大學碩士學位論文。

583. 朱冠明，2002，《中古譯經中的「持」字處置式》，《漢語史學報》第 2 輯，上海：上海教育出版社。

584. 朱冠明，2004，《中古譯經處置式補例》，《中國語文》第 4 期。

585. 朱冠明，2007，《從中古佛典看「自己」的形成》，《中國語文》第 5 期。
586. 朱冠明，2008a，《移植：佛經翻譯影響漢語詞彙的一種方式》，《語言學論叢》第 37 輯，北京：商務印書館。
587. 朱冠明，2008b，《〈摩訶僧祇律〉情態動詞研究》，北京：中國戲劇出版社。
588. 朱冠明，2011，《先秦至魏晉時期漢語某些句法形式的演變與發展》，中國社會科學院語言研究所博士後研究工作報告。
589. 朱冠明，2013，《漢譯佛典語法研究述要》，蔣紹愚、胡敕瑞主編，《漢譯佛典語法研究論集》，北京：商務印書館。
590. 朱軍，2009，《漢語方言中的 VODOI 語序結構考察》，《湘潭大學學報》第 4 期。
591. 朱琳，2013，《漢語格系統句法重建和漢語起源演化問題》，上海：學林出版社。
592. 朱慶之，1989，《「敢」有「凡」義及其原因》，《古漢語研究》第 2 期。
593. 朱慶之，1991a，《魏晉南北朝佛典中的特殊疑問詞》，《語言研究》第 1 期。
594. 朱慶之，1991b，《關於疑問語氣助詞「那」來源的考察》，《古漢語研究》第 2 期。
595. 朱慶之，1991c，《「將無」考》，《季羨林教授八十華誕紀念論文集》，南昌：江西人民出版社。
596. 朱慶之，1992a，《佛典與中古漢語詞彙研究》，臺北：文津出版社。
597. 朱慶之，1992b，《試論佛典翻譯對中古漢語詞彙發展的若干影響》，《中國語文》第 4 期。
598. 朱慶之，1994，《漢語外來詞二例》，《語言教學與研究》第 1 期。
599. 朱慶之，1995，《漢譯佛典中的「所 V」式被動句及其來源》，《古漢語研究》第 1 期。
600. 朱慶之，1998，《佛教漢語的「時」和「時時」》，《漢語史研究集刊》第一輯，成都：巴蜀書社。
601. 朱慶之，2000，《佛經翻譯中的仿譯及其對漢語詞彙的影響》，《中古近代漢語研究》第一輯，上海：上海教育出版社。
602. 朱慶之，2001，《佛教混合漢語初論》，《語言學論叢》第 24 輯，北京：商務印書館。
603. 朱慶之，2005，《論中古近代漢語中的「副詞＋否定詞」組合》，《漢語教學與研究文集——紀念黃伯榮教授從教五十週年》，北京：高等教育出版社。
604. 朱慶之，2006，《論佛教對古代漢語詞彙發展演變的影響》，《21 世紀的中國語言學（二）》，北京：商務印書館。
605. 朱慶之、朱冠明，2006，《佛典與漢語語法研究——20 世紀國內佛教漢語研究回顧之二》，《漢語史研究集刊》第 9 輯，成都：巴蜀書社。
606. 竺家寧，2005a，《中古漢語的「兒」後綴》，《中國語文》第 4 期。
607. 竺家寧，2005b，《中古佛經的「所」字構詞》，《古漢語研究》第 1 期。
608. 祝建軍、李愛紅，2006，《「來著」句法環境新探》，《煙臺大學學報》第 2 期。

609. 鄒德雄，2000，《〈百喻經〉中若干語法現象初探》，《鄖陽師專學報》第 5 期。
610. 鄒嘉彥，2004，《語言接觸與詞彙衍生和重整》，《語言接觸論集》，上海：上海教育出版社。
611. 鄒嘉彥、游汝傑，2004，《語言接觸論集》，上海：上海教育出版社。
612. 祖生利，2001，《元代白話碑文中方位詞的格標記作用》，《語言研究》第 4 輯。
613. 祖生利，2002，《元代白話碑文中詞尾「每」的特殊用法》，《語言研究》第 4 期。
614. 祖生利，2003，《〈元典章・刑部〉直譯體文字中的特殊語法現象》，《蒙古史研究》第七輯。
615. 祖生利，2004，《元代直譯體文獻中的原因後置詞「上/上頭」》，《語言研究》第 1 期。
616. 祖生利，2013，《清代旗人漢語的滿語干擾特徵初探》，《歷史語言學研究》第 6 輯。
617. 左雙菊，2007，《「來/去」帶賓能力的優先序列考察》，《漢語學習》第 4 期。
618. 左雙菊，2009a，《「來」的代動用法考察及其在第二語言教學中的應用》，《雲南師範大學學報》第 3 期。
619. 左雙菊，2009b，《位移動詞「來/去」帶賓能力的不對稱》，《安慶師範學院學報》第 7 期。
620. 左雙菊，2011，《「來/去」語義泛化的過程及誘因》，《漢語學習》第 3 期。
621. 貝羅貝，1989，《早期「把」字句中的幾個問題》，《語文研究》第 1 期。
622. 曹逢甫，1990，《漢語的句子與子句結構》，王靜譯，北京：北京語言大學出版社，2005 年。
623. 曹廣順、李訥，2003，《漢語語法史研究中的地域視角》，《漢語方言語法國際討論會論文集》，又載曹廣順、遇笑容，《中古漢語語法史研究》，成都：巴蜀書社，2006。
624. 陳前瑞，2003，《現實相關性與複合趨向補語中的「來」》，吳福祥、洪波主編《語法與語法研究》（一），北京：商務印書館。
625. 陳前瑞、王繼紅，2009，《句尾「來」體貌用法的演變》，《語言教學與研究》第 4 期。
626. 陳秀蘭，2003，《魏晉南北朝文與漢文佛典語言比較研究》，浙江大學博士後工作研究報告。
627. 陳秀蘭，2004，《從常用詞看魏晉南北朝文與漢文佛典語言的差異》，《古漢語研究》第 1 期。
628. 董琨，1985，《漢魏六朝佛經所見若干新興語法成分》，《研究生論文選集・語言文字分冊（一）》，南京：江蘇古籍出版社。
629. 高崎直道，1993，《〈大乘起信論〉的語法：有關「依」「以」「故」等之用法》，《諦觀》第 72 期。
630. 胡增益，1995，「滿語」「白」同漢語副詞「白」的借貸關係，《中國語言學報》

第 5 輯，北京：商務印書館。
631. 江藍生，1992，《助詞「似的」的語法意義及其來源》，《中國語文》第 6 期。
632. 江藍生，1999，《從語言滲透看漢語比擬式的發展》，《中國社會科學》第 4 期。
633. 江藍生，1999，《處所詞的領格用法與結構助詞「底」的由來》，《中國語文》第 2 期。
634. 江藍生，2002，《時間詞「時」和「後」的語法化》，《中國語文》第 4 期。
635. 江藍生，2003，《語言接觸與元明時期的特殊判斷句》，《語言學論叢》第 28 輯，北京：商務印書館。
636. 姜南，2010，《漢譯佛經「S，N 是」句非係詞判斷句》，《中國語文》第 1 期。
637. 蔣冀騁、吳福祥，1997，《近代漢語綱要》，長沙：湖南教育出版社。
638. 蔣紹愚，2001，《〈世說新語〉、〈齊民要術〉、〈洛陽伽藍記〉、〈賢愚經〉、〈百喻經〉中的「已」、「竟」、「訖」、「畢」》，《語言研究》第 1 期。
639. 蔣紹愚，2009，《也談漢譯佛典中的「NP1，NP2＋是也/是」》，《中國語言學集刊》第 3 卷第 2 期，北京：中華書局。
640. 李維琦，1999，《佛經續釋詞》，長沙：嶽麓書社。
641. 羅傑瑞，1995，《漢語概說》，北京：語文出版社。
642. 梅祖麟，1990，《唐宋處置式的來源》，《中國語文》第 3 期。
643. 石定栩、朱志瑜，1999，《英語對香港書面漢語句法的影響——語言接觸引起的語言變化》，《外國語》第 4 期。
644. 石定栩、朱志瑜，2000，《英語與香港書面漢語》，《外語教學與研究》第 3 期。
645. 石定栩、朱志瑜、王燦龍，2003，《香港書面漢語中的英語句法遷移》，《外語教育與研究》第 1 期。
646. 石毓智，2002，《漢語發展史上的雙音化趨勢和動補結構的誕生》，《語言研究》第 1 期。
647. 石毓智，2002，《論語言的基本語序對其語法系統的影響》，《外國語》第 1 期。
648. 孫錫信，1990，《元代指物名詞後加「們（每）」的由來》，《中國語文》第 4 期。
649. 太田辰夫，1988，《漢語史通考》（江藍生、白維國譯），重慶：重慶出版社。
650. 太田辰夫，1991，《〈訓世評話〉中所見明代前期漢語的一些特點》，《中國語文》第 4 期。
651. 王繼紅、朱慶之，2013，《漢譯佛經句末「故」用法考察》，蔣紹愚、胡敕瑞主編，《漢譯佛典語法研究論集》，北京：商務印書館。
652. 王力，1943，《中國現代語法》，北京：商務印書館。
653. 萬金川，2002，《從「佛教混合漢語」的名目談漢譯佛典的語言研究》，《圓光佛學學報》第 7 期。
654. 謝耀基，2001，《漢語語法歐化綜述》，《語文研究》第 1 期。
655. 許理和，1977，最早的佛經譯文中的東漢口語部分，蔣紹愚譯，《語言學論叢》

第 14 輯，北京：商務印書館，1987 年。

656. 葉友文，1988，《隋唐處置式內在淵源分析》，Journal of Chinese Linguistics，16（1）。

657. 余志鴻，2007，《元代直譯體漢語名詞的「數」範疇》，薛才德主編，《語言接觸與語言比較》，北京：商務印書館。

658. 遇笑容，2003，《漢語語法史中的語言接觸與語法變化》，《漢語史學報》第 4 輯，上海：上海教育出版社。

659. 遇笑容，2008，《試説漢譯佛經的語言性質》，《歷史語言學研究》第 1 輯，北京：商務印書館。

660. 遇笑容、曹廣順，2007，《再談中古譯經與漢語語法史研究》，《漢藏語學報》第 1 期。

661. 遇笑容、曹廣順，2013，《再談中古譯經與漢語語法史研究》，蔣紹愚、胡敕瑞主編，《漢譯佛典語法研究論集》，北京：商務印書館。

662. 袁賓，1989，《敦煌變文語法劄記》，《天津師大學報》第 5 期。

663. 袁賓，1992，《禪宗著作裏的兩種疑問句 —— 兼論同行語法》，《語言研究》第 2 期。

664. 張美蘭，2003，《從〈祖堂集〉問句看中古語法對其影響》，《語言科學》第 3 期。

665. 趙元任，1979，《漢語口語語法》，北京：商務印書館。

666. 朱冠明，2002，《中古譯經中的「持」字處置式》，《漢語史學報》第 2 輯，上海：上海教育出版社。

667. 朱冠明，2005，《湖北公安方言的幾個語法現象》，《方言》第 3 期。

668. 朱冠明，2005，《中古漢譯佛典語法專題研究》，北京大學博士後研究工作報告。

669. 祝東平，2009，《「取得」、「消耗」類動詞帶雙賓語的語用分析》，徐傑、姚雙雲主編，《動詞與賓語問題研究》，武漢：華中師範大學出版社。

670. Bernd Heine 2008 Contact-induced word order change without word order change. In Language Contact and Contact Language, Peter Siemund & Noemi kintana（eds）. 33-60. John Benjamins Publishing Company.

671. Bernd Heine and Tania Kuteva 2005 Language Contact and Grammatical Change, Cambridge University Press.

672. Brinton. L & Traugott. E 2005 Lexicalization and Language Change, Cambridge University Press.

673. Croft, William 1990/2003 Typology and Universals（2nd Edition）. Cambridge：Cambridge University Press.

674. Greenberg, J.H 1963/1990 Some Universals of Grammar with Particular Reference to the Order of Meaningful Elements, in Keith Dennnig and Suzanne Kemmer（eds.）, On Language-Selected Writings of Joseph H. Greenberg. Stanford University Press：40-70.

675. Greenberg, J.H 1966 Some Universals of Grammar with Particular Reference to the Order of Meaningful Elements, In Greenberg（1966）, Universal of Language（second edition）, 73-113.Cambridge,Mass：MIT Press.

676. Dik, Simon C.1997 The Theory of Functional Grammar. Berlin ＆ New York: Mouton de Gruyter.

677. Dunn, Michael, Simon J. Greenhill, Stephen C. Levinson & Russell D. Gray 2011 Evolved structure of language shows lineage-specific trends in word order universals. Nature 473：79-82.

678. Dryer, Matthew 1991 SVO Languages and the OV/VO Typology. Jounal of Linguistics 27;443-482.

679. Dryer, Matthew 1992 The Greenbergian Word Order Correlations. Language 68：81-138.

680. Dryer, Matthew 2005 Word Order. Language 68：81-138. Language Typology and Syntactic Description, Vol. 1.

681. Haspelmath, Martin. 2005a. "Argument marking in ditransitive alignment types", LinguisticDiscovery3.1. http：// journals.dartmouth.edu/cgi-bin/WebObjects/Journals.woa/2/xmlpage/1/issue/25.

682. Hawkins 1994 A Performance Theory of Word Order and Constituency. Cambridge：Cambridge University Press.

683. He, Baozhang 1998 A synchronic account of Laizhe. Journal of the Chinese Language Teachers Association 33：1,99-114.

684. Heine, B. and Tania K. 2005 Language Contact and Grammatical Change, Cambridge：Cambridge University Press.

685. Kubler,C 1985 A Study of Europeanized Grammar in Modern Written Chinese〔M〕.Taipei:Students Book Company.

686. LaPolla, Randy 1994 On the change to verb-medial word order in proto-Chinese：Evidence from Tibeto-Burman. Current Issues in Sino-Tibertan Linguistics.

687. Lehmann, Winfred P. 1973 A structural principle of language and its implications, Language 49, 47-66.

688. Lehmann, Winfred P（ed.）1978 Syntacitc Typology. Austin：University of Texas Press.

689. Li Charles N. and Sandra Thompson 1974 "Historical change of word order：A case study in Chinese and its implications", Historical Linguistics I, ed. By John M. Anderson and Charles Jonese, 199-217. Amsterdam： North-Holland.

690. Li, Charles N., Sandra A. Thompson & R. M. Thompson 1982 The discourse motivation for the perfect aspect： The Mandarin Chinese particle LE. In P. Hopper（ed.）, Tense and aspect： Between semantics and pragmatics. Amsterdam： John Benjamins. 19-44.（中文題爲《已然體的話語理據：漢語助詞「了」》，載戴浩一、薛鳳生主編（1994），《功能主義與漢語語法》，徐赳赳譯）

691. Li, Charles 1997 Syntactic changes and language contacts in the history of Chinese. Presented at Conference on the MorPho-syntactic History of Chinese, Arrowlake, Los Angles.

692. Light, Timothy 1979 "Word order and word change in Mandarin Chinese" , Journal of Chinese Linguistics 7（2）：149-180.

693. Malchukov, Andrej, Martin Haspelmath, Bernard Comrie 2010 Studies in Ditransitive Constructions. Berlin：Mouton de Gruyter.

694. Peyraube, Alain 1989 History of the Comparative Construction in Chinese from the 5th century B.C. to the 14th Century A.D., Reprinted Proceeding on the Second International Conference on Sinology Academia Sinca.

695. Peyraube, Alain 1994 On the History of Chinese Locative Prepositions, Language and Linguistics 2：361-87.

696. Peyraube, Alain 1997 On word order in Archaic Chinese, Cahiers de Linguistique-Asie Orientale, 26 （1）：3-20.

697. Sun, Chaofen 1995 On the origin of the sentence-final laizhe. Journal of the American Oriental Society 115：3,1-17.

698. Sun, Chaofen 1996 Word-order Change and Grammaticalization in the History of Chinese. Stanford： Stanford University Press.

699. Sun, Chao-fen and Talmy Givon 1985「On the so-called word order in Mandarin Chinese：A quantified text study and its implications」, Language 61（2）：329-351.

700. Tai, James 1976 On the change from SVO to SOV in Chinese. Papers from the parasession on Diachronic Syntax. Chicago Linguistic Society. Chicago：Chicago University Press.

701. Tai, James 1985 "Temporal sequence and Chinese word order" in Haiman John（ed）1985 Iconicity in Syntax Amsterdam：John Benjamins.

702. Taylor. J. R. 1995 Linguistic categorization：prototypes in linguistics theory, Oxford, Clarendor Press.

703. Thomason, Sarah 2001 Language Contact：An Introduction. Edinburgh： Edinburgh University Press.

704. Tsao, F.F 1978 Anglicization of Chinese Morphology and Syntax in the Past Two Hundred Years〔J〕.Studies in English Literature and Linguistics,Vol.4.

705. Verschueren J. 1999 Understanding Pragmatics, London and New York：Amold.

706. William Croft 2001 Radical Construction Grammar, Oxford：Oxford University Press.

707. Zuckermann G. 2000 Camouflaged borrowing：Folk-Etymological Nativization in the Service of Puristic Language Engineering, Ph. D thesis. University of Oxford.

708. J.S.Speijer 1988 Sanskrit Syntax, Motilal Banarsidass, Delhi.

致　謝

本書是在本人的博士後出站報告基礎上修改完成的，佛語云：勤修淨業，圖報信施之恩。首先感謝導師曹廣順先生爲我提供難得的學習機會可以去中國社會科學院語言所進行兩年的博士後學習，以及先生對我學習和生活無微不至的關懷。我還要衷心地感謝培養過我的恩師蔣紹愚先生，蔣老師無私奉獻，提攜後學的精神令人欽佩。雖然我已畢業，但每次有什麼問題向先生請教時，蔣老師總是耐心地進行解答。感謝我的碩士導師張赬教授，張老師引領我走入漢語史研究這片神聖的土地，張老師也無時無刻關心著我的成長。

感謝遇笑容、石鋟、楊永龍、趙長才、祖生利先生爲我進行博士後中期考核，感謝蔣紹愚、方梅、楊永龍、趙長才先生爲我進行博士後出站報告答辯。先生們所提出的寶貴意見爲我今後深化該研究指明了方向。

感謝中國社會科學院的全體老師。我在中國社會科學院語言所受到的學術訓練將使我終生受益。感謝北京大學和北京語言大學各位老師的指導和幫助。我感覺自己是幸運的，雖然已經走出了校園，但是還可以得到老師們無微不至的關懷和幫助。

感謝中國博士後基金會的科研資助，我在站期間有幸獲得了中國博士後科學基金第 56 批面上資助（項目編號：2014M561142）和中國博士後科學基金第 8 批特別資助（項目編號：2015T80187）。在項目經費的資助下，我於 2015 年

6 月參加了漢語史研究高端論壇（廣西北海）、2014 年 10 月參加了第十八次現代漢語語法學術討論會（澳門）、2014 年 9 月參加了中國語言學會第十七屆學術年會（北京）、2014 年 8 月參加了第十二屆全國古代漢語學術研討會（長春）、2014 年 7 月參加了元白話與近代漢語研究學術研討會（武漢）、2013 年 11 月參加了首屆語言類型學國際學術研討會暨第二屆方言語音與語法論壇（江蘇常熟）等高水平的學術會議並有幸向與會專家學者請教，收穫頗豐，對於跟各位老師學術交流所獲得的啓發和幫助，在此再次向各位老師表示感謝。

感謝中國政法大學人文學院全體老師，這個大家庭爲我提供了和睦溫馨的教學科研環境。也感謝中國政法大學 2016 年校級科學研究青年項目（16ZFQ74001）的資助，爲我進一步修改和完善書稿提供了條件。

感謝花木蘭文化出版社爲出版本書所付出的辛勤努力。

感謝我的家人！他們一直是我在學術這條道路上前進的堅強後盾。

文章千古事，得失寸心知。由於學力不夠，書中錯謬之處肯定不在少數，還望同行專家各位讀者不吝賜教。從二十出頭的青春少年，到如今早已過而立之年，學術之路眞是究其一生的，我雖然天性駑鈍還未摸索到法門，不過以後的路我還會繼續努力前行，祝福所有關愛我的人幸福安康！